VILLA VANILLE

Né le 6 octobre 1932 à Marseille, Claude Klotz vit depuis 1938 à Paris, est marié et père de trois enfants. Après des études de philosophie, il fait la guerre d'Algérie puis enseigne dans un collège de banlieue parisienne jusqu'en 1976. Il vit aujourd'hui de sa plume. Il a été critique de cinéma au journal *Pilote*. Il publie d'abord des romans policiers, *Darakan*, la série des *Reiner* qui fut adaptée à la télévision avec Louis Velle dans le rôle de Reiner. Passionné de cinéma, il écrit aussi des romans qui sont des pastiches de films d'épouvante ou de films d'action comme *Dracula père et fils* et *Les Fabuleuses Aventures d'Anselme Levasseur*. Dracula, Tarzan, les Trois Mousquetaires y sont mis en scène avec beaucoup d'humour. D'autres romans sont presque autobiographiques comme *Les Mers Adragantes* et *Les Appelés*, sur la guerre d'Algérie. Il connaîtra la célébrité sous le nom de Patrick Cauvin, avec des best-sellers comme *L'Amour aveugle, Monsieur Papa, Pourquoi pas nous ?,* $E = MC^2$*, mon amour, Huit Jours en été, C'était le Pérou, Nous allions vers les beaux jours, Dans les bras du vent, Laura Brams, Haute-Pierre* (Prix Vogue-Hommes, roman et cinéma), *Povchéri, Werther, ce soir..., Rue des Bons-Enfants* (Prix des Maisons de la Presse) et *Belles Galères*. La plupart de ces livres ont été portés à l'écran.

Paru dans Le Livre de Poche

L'AMOUR AVEUGLE

MONSIEUR PAPA

$E = MC^2$, MON AMOUR

POURQUOI PAS NOUS ?

HUIT JOURS EN ÉTÉ

C'ÉTAIT LE PÉROU

NOUS ALLIONS VERS LES BEAUX JOURS

DANS LES BRAS DU VENT

LAURA BRAMS

HAUTE-PIERRE

POVCHÉRI

RUE DES BONS-ENFANTS

BELLES GALÈRES

MENTEUR

TOUT CE QUE JOSEPH ÉCRIVIT CETTE ANNÉE-LÀ

PATRICK CAUVIN

Villa Vanille

ROMAN

ALBIN MICHEL

I

Les toits de tôle du quartier indien tremblaient dans la fournaise de midi.

Au-dessus des cases, l'air tournoyait en volutes chaudes et le capitaine Marc Berthier cracha une salive épaisse en traversant la place déserte et poussiéreuse de Manalondo.

Il vérifia rapidement que tous les boutons de métal de sa vareuse étaient fermés, et pria le ciel que les gouttes qui lui coulaient le long du dos n'aient pas encore transpercé le tissu, marquant les omoplates d'un sombre triangle.

Les rideaux de fer des boutiques qui cernaient l'église étaient tirés. Quinze jours auparavant, tout était différent. Par les hangars béants grouillant d'indigènes, le parfum des vanilles et des fleurs d'ylang-ylang coulait dans les ruelles comme un sirop, et les cris des porteurs se mêlaient au beuglement du bétail. Mais quinze jours avaient passé et, en ce printemps 1947, les choses allaient vite. Très vite.

Berthier franchit les quatre marches qui montaient au parvis de l'église et leva la tête. Il était seul. La façade de brique rouge surmontée d'un clocher baroque se dressait contre un ciel turquoise. Venue de très loin, depuis le ras des crêtes de l'horizon, là où s'élevaient les montagnes pourpres de l'Ankaratra, une étoffe brûlante recouvrait l'île d'un feu azur.

Berthier chassa une goutte de ses sourcils.

Le ciel, par endroits, avait pris la couleur de la

flamme du gaz : améthyste. La couleur des yeux de colère d'Ariane. Partout, sur les façades de terre battue, une farine pourpre s'était déposée, le vent collait aux murs la latérite ocre arrachée aux collines proches. Le soir, lorsque les zébus rentraient des pâturages, même leurs cornes étaient rouges, et les enfants criaient de peur.

Ses doigts tâtèrent son ceinturon et tirèrent sur les pans de sa veste. Pas de ventre, surtout pas de ventre, il fallait augmenter le sport, lutter contre cette tendance à grossir qu'il tenait de sa mère ; elle était morte obèse quatre jours avant sa nomination ici. Elle haïssait l'armée. Qu'est-ce qu'elle pouvait y comprendre ?

Il prit une inspiration profonde avant de pousser de sa main gantée le lourd battant du portail d'entrée, et la sécheresse de l'air lui brûla la gorge.

L'orgue.

Il avait coupé le silence comme une épée. La note enflait, se dédoublait, une autre naissait sur une envolée de la première, et leur multiplication continuerait jusqu'à ce qu'une jungle sonore recouvre le village.

Sous la forêt de la musique, la botte du capitaine Berthier sonna sur le seuil de l'église.

Là-bas, près du transept, dans la lumière d'aquarium qui tombait en halo du vitrail, tous se tenaient immobiles, entourant le fauteuil roulant de Sandre. Il vit son fils dans sa longue robe de dentelle blanche.

L'orgue s'arrêta comme s'il l'avait attendu, et Berthier traversa la nef au pas de charge. Malgré lui, ses yeux cherchèrent Adrian dont le souvenir, pourtant atténué par les années, continuait sournoisement, impitoyablement, de lui étreindre le cœur. Il s'en voulut de ce soulagement soudain qui l'envahit. Etait-il donc si lâche ? Adrian n'était pas là. Peut-être ne viendrait-il pas, d'ailleurs. Sa réponse à la lettre d'invitation avait été vague, et la France était loin. Adrian avait connu d'autres cieux, d'autres combats et d'autres amours qui lui avaient fait oublier Manalondo.

— Excusez-moi..., je n'ai pas pu me libérer plus vite.

Grégoire Arians, son beau-père, ne le quittait pas des yeux, avec ce regard qu'il réservait aux métayers des hautes terres lorsqu'il inspectait les plantations de café au moment des récoltes. Grégoire haïssait son gendre : il lui avait pris sa fille, Ariane, la petite Ariane, sa préférée, celle dont les photos nombreuses garnissaient les cadres du salon et du couloir. Ariane courant. Ariane riant. Ariane accoudée aux canons de la rade de Nosy Be, Ariane derrière la chaise où se tient Sandre, Ariane au volant de l'Hamilcar dans les rues d'Antsirabé... Ici, Grégoire est le maître du domaine, des bêtes et des gens, le maître de tout, sauf d'Ariane : c'est à lui, le gendarme, qu'elle appartient.

En silence, Berthier serra la main de Marek Bécalier, le frère aîné d'Adrian. Près de lui, sa sœur Coline était éblouissante, une beauté autre que celle d'Ariane, plus rayonnante, plus charnelle. Sa robe venait de Paris comme toutes les robes de Coline : elle n'était jamais entrée dans un seul magasin de Tananarive. Paris toujours, Paris la mode : Molyneux, Fath, Dior, le new look.

— Nous pouvons commencer ?

Les têtes se tournèrent vers le prêtre. À ses côtés, les visages sombres des deux enfants de chœur sakalaves tranchaient sur la blancheur des surplis.

— Adrian n'est pas arrivé, dit Francis Bécalier.

Le député Andafy Anjaka se pencha vers Ariane. La laine blanche et frisée de ses favoris moussait en écume.

— Voulez-vous que nous attendions encore, ou bien...

Les yeux d'Ariane étincelèrent. Sandre connaissait ce coup de tête qu'elle venait d'avoir, c'était celui de l'enfance lorsqu'elle chassait les larmes, quand elle lisait la violence dans la nuque de sa sœur, dans la chambre de la villa. En ce temps-là, Ariane voulait qu'elle, Sandre, se mette à marcher, et ne supportait pas que quelque chose ou quelqu'un s'oppose à son désir. Marche, Sandre, marche, regarde, fais comme moi, c'est facile, regarde bien, tu dois bouger tes jambes...

Mais Sandre n'avait pas marché, et ce même désappointement qu'elle venait de surprendre chez Ariane, elle en connaissait la raison : Adrian n'était pas venu... Ariane et Adrian, la vieille et flamboyante histoire qui avait à jamais marqué leurs vies même si, depuis, elle avait épousé Berthier, même si, aujourd'hui, c'était l'enfant de Berthier qu'on baptisait.

— Non, je pense que ce serait inutile... Marek prendra la place du parrain, s'il le veut bien.

Marek sourit et se baissa pour saisir l'enfant endormi dans le giron de Sandre. Dans le mouvement, sa paume effleura les jambes mortes et il sentit sous la robe la dureté d'une armature de fer. Il réprima un frisson. Des troupeaux entraient par dizaines dans ses abattoirs, à chaque aube le sang coulait par les rigoles de la cour, et les carcasses sciées et vidées roulaient sur les crochets jusqu'aux entrepôts frigorifiques, et il n'avait jamais eu le moindre recul, la moindre faiblesse... Et là, sous la soie, le contact d'une prothèse nickelée avait amené son cœur à ses lèvres. Il s'est ressaisi mais Sandre a compris, Sandre qui sait tout, qui sent tout... Tout à l'heure pourtant, c'est elle qu'il fera valser la première.

Ariane sourit à Anka. Le député était venu avec sa fille. On disait qu'ils s'étaient disputés ces derniers mois ; elle avait pris des positions violentes, on murmurait que Tulé l'avait entraînée dans le M.D.R.M., ce mouvement démocratique de la rénovation malgache qui s'était créé l'année précédente. Ils voulaient l'indépendance, beaucoup d'entre eux étaient des extrémistes, des terroristes, mais Ariane ne croyait pas à ces rumeurs. Il y avait eu trop de jeux en commun, trop de souvenirs dans les jardins de la villa

Vanille ou chez Adrian, dans le parc de Palembang, lorsque au crépuscule la chaleur tombait.

« Où es-tu, Adrian ? Tu triches encore, tu n'as pas le droit de sortir, pas dans les champs... » Elles couraient toutes deux dans les cannes à sucre, la robe de coton bleu d'Anka se déchirait aux épineux qui bordaient la haie quand elles évitaient la case du sorcier en rentrant les chèvres. Comment Anka serait-elle son ennemie ? Qui pouvait le croire ? Anka aimait Ariane, c'était sûr, comment aurait-elle pu choisir le camp des rebelles ?

Les deux rapaces qui depuis des années tournoyaient autour de l'aire d'abattage du bétail de la Générale Frigo s'envolèrent lorsque les cloches sonnèrent. Leur vol était lourd, leurs ailes grasses couleur de bitume se déployèrent dans l'air chaud et, ensemble, ils planèrent en direction des premières rizières. Le bruit de la ville les poursuivait, de plus en plus lointain ; ils s'élevèrent et, lorsqu'ils n'entendirent plus rien, ils se mirent à tourner dans le ciel vide. Les terrasses brûlées s'étendaient à perte de vue, Manalondo, au pied des premiers reliefs montagneux, n'était plus qu'un amas de toits écrasés par le pouce des dieux de la Grande Ile. Une tache de sang sur le velours vert des plantations qui la cernaient.

Depuis l'éternité, rien ne semblait avoir bougé et rien ne bougerait jamais ; du haut de ce ciel vibrant nul n'aurait deviné les luisances des sagaies et des coupe-coupe distribués dans l'ombre des cases, personne, de si haut, n'aurait pu voir les lances de bambou durcies au-dessus des flammes courtes des foyers de midi. Et qui aurait prêté attention au vieil autocar arrêté en plein soleil sur la route de Faratsiho, rempli de gendarmes aux vareuses dégrafées ? Ils buvaient l'eau tiède des bidons et avaient mis en faisceau leurs fusils de guerre. L'un d'eux, couché à l'ombre d'une touffe de bambous géants, regarda les deux vautours qui planaient au-dessus de lui. Leur vol circulaire était l'image même du silence. Ils montèrent encore, ne furent plus que deux points qui disparurent noyés dans l'immensité. Lorsqu'il n'y eut plus devant ses yeux que le vide du ciel, il entendit une cloche lointaine. C'était presque imperceptible, une trémulation de l'air. Cela venait du village...

Le gendarme soupira et, pour la vingtième fois depuis son arrivée, il déplia le dernier journal en provenance de la métropole. Les plis du papier se déchiraient, il datait à présent de treize jours : des opérations se déroulaient en Cochinchine, Hô Chi Minh cherchait à négocier, la France acceptait le plan Marshall, William Holden était nommé l'Américain type, la grève des fonctionnaires serait un succès, prédisait la C.G.T., et Famechon avait battu Bondavalli aux points... Rien sur Madagascar. Trop loin sans doute, trop de préoccupations : Ramadier, les restrictions, la hausse des prix de gros atteignant 3 %... Qui se préoccupait de l'île lointaine ?

— Que tes yeux soient désormais tournés vers le Seigneur qui dégagera tes pas des pièges qui t'environnent.

Sur le front de l'enfant, la goutte trembla et roula. Marek eut l'impression, avant qu'elle ne se perde dans les dentelles tuyautées du bonnet, qu'elle les reflétait tous, ceux de Vanille, ceux de Palembang, les Malgaches, l'officiant, petite bille fragile et translucide qui les rassembla une fraction de seconde, déformés comme par un miroir de foire.

Le pouce du prêtre traça la croix chrétienne sur le visage du fils d'Ariane, tandis que les orgues se déchaînaient à nouveau.

Tu n'es pas venu, Adrian, pensa la jeune femme, je le savais, mais pourquoi ai-je si mal ? Comment, après tant d'années, ne suis-je pas devenue indifférente ?

Anka croisa le regard de Berthier. Elle connaissait ces yeux. C'étaient ceux des hommes aux désirs chauds, ceux qui font trembler les filles dans les après-midi, lorsque leurs pères sont aux rizières ou dans les pâtures. Ce sont les yeux des Blancs aux doigts de brute, ceux contre qui Tulé se battait. Elle l'entendait parler de politique, de marxisme, de lutte anticoloniale, de révolution mais elle savait que, profondément, c'était cette violence rugueuse, ce mépris qu'il voulait écraser, la morgue du viol ; viens ici, la Merina, petite pute, couche-toi et ne dis rien, je suis un Blanc et mon pantalon immaculé est empli de sexe et de force, je te marquerai de sa brûlure... Mais elle était Anka Anjaka, la fille du parlementaire Andafy Anjaka, et le Blanc ne la toucherait pas. C'était Tulé qui la prendrait ce soir et aucune folie ne viendrait de lui. Ils n'avaient pas encore trouvé le chemin du tremblement, peut-être ne le pouvaient-ils pas, enfermés au sein d'une tendresse trop grande qui nouait leurs mains et leurs envies. Tulé, ligoté, qui jamais ne la faisait crier...

— ... vers Vous, Seigneur, j'ai élevé mon âme. Mon Dieu, en Vous je me confie comme je Vous confie cet enfant devenu votre fils.

Anka avait perdu la foi. Les prêtres qui s'étaient succédé dans cette paroisse étaient de mauvais acteurs, ils n'avaient su ni l'émouvoir ni la convaincre. Elle aiderait à la libération de ce pays, sans Christ ni Vierge, sans saints ni apôtres, elle chercherait ce qui pourrait rendre aux hommes de cette terre le... Pourquoi est-ce qu'elle récitait le discours de Tulé ?... C'étaient ces mots qu'il avait employés hier à la réunion de Morombé. Ils étaient deux mille dans la nuit à écouter sa voix et elle sentait monter à ses narines l'odeur âcre des lambas, la sueur incrustée dans les tissages gris ; c'était l'odeur de l'île, celle du travail forcé, des labours en plein midi, sous le torrent des pluies ou dans les bourrasques des cyclones, l'odeur de ces hommes vêtus de larmes et de sueur. Paysans silencieux remuant à leurs pieds la pauvre braise de quelques brindilles enfumées, ils s'enveloppaient dans le manteau de leurs souffrances, pauvre harde qu'ils avaient tissée tout au long de leurs jours, comme leurs pères l'avaient fait avant eux, et qu'ils s'apprêtaient à tendre à leurs enfants. Soudain, ils avaient entendu la voix de Tulé et des autres. Alors l'espoir avait brillé et ils avaient déterré les vieilles sagaies enfouies dans la boue des rizières depuis que les guerres tribales avaient pris fin.

Dans le hall de la villa Palembang, Nimano vérifia si la terre des pots de plantes grasses avait bien été arrosée. Cela faisait partie de son travail, les boys devenaient de plus en plus négligents. Il traversa la pièce, et de l'index caressa l'épaule de bronze d'une odalisque déhanchée au centre d'un guéridon de marbre. La poussière revenait. Il s'en doutait, depuis la veille un vent imperceptible mais insidieux s'était mis à souffler, et doucement les reliefs s'adoucissaient, prenaient une patine de cuivre et de rouille.

— Nimano !

L'intendant fit demi-tour et gravit l'escalier qui, sous la véranda, menait aux chambres. Lorsqu'il ouvrit la deuxième porte, il constata que Pronia Bécalier s'était habillée et avait ouvert les fenêtres, laissant entrer dans un délire blanc la lumière et la chaleur.

— Adrian est arrivé ?

— Pas encore.

— Aide-moi pour les chaussures.

Le serviteur mit un genou en terre et força le talon dans la chaussure de cuir. Les semelles étaient usées, il aurait fallu en acheter une nouvelle paire mais Pronia ne le voulait pas.

— Pourquoi n'êtes-vous pas à l'église avec votre mari ?

— C'est trop laid.

Nimano sourit. Elle le faisait rire. Elle ne l'avait battu qu'une fois, dans les débuts : elle avait levé la cravache et frappé jusqu'à ce que le sang coule. Après, les choses étaient devenues étranges et incompréhensibles, et on avait emmené Pronia très loin. On avait même dit qu'elle était allée jusqu'en France. Il lui semblait que cela avait un rapport avec le fait qu'elle l'ait fouetté, mais qui se souvenait encore de cette vieille histoire ?

Pronia se leva et Nimano eut juste le temps de serrer le dernier lacet du pied gauche. Elle s'approcha du miroir. Il y avait eu un temps désagréable, celui où elle ne savait jamais ce qu'elle allait y trouver. Elle appréhendait une mauvaise surprise. Qui surgirait du fond de la glace ? Parfois, elle aimait cette image qui lui faisait face et suivait du doigt le contour des yeux et des lèvres. Qui prouvait que ce reflet était le sien ? Levez-vous, gentils corps luisants et doux, dont elle aimait la peau d'or, si tendre, si moite pendant les orages... Elle aurait pu donner tout Palembang, et en plus ce crétin de Francis, son mari, pour les reins furieux d'un fermier noir. Quelle femme blanche, sinon elle, savait de quoi était capable Andafy ? Mais les années avaient sans doute érodé sa force et imprimé des flétrissures à ses muscles tendres et puissants.

Pronia suffoqua dans l'air tiède. Pourquoi Adrian, son fils lointain, ne revient-il pas ? Il était si différent des deux autres... Marek et Coline pêchaient dans les trous d'eau, lui s'en allait toujours chez les Arians, revenait la face brûlée de soleil, et ses yeux dérivaient comme s'ils n'arrivaient plus à voir, tant était riche et balancée la surface de ses rêves... Ce n'est pas balancée qu'il fallait dire, en réalité. Cela lui arrive moins qu'avant, mais parfois des mots s'insinuent et grimpent, atteignent ses lèvres et sortent avant qu'elle ait pu le leur interdire... Elle revoit son fils à cette époque, quand elle savait que son désir était déjà trop grand pour lui. Il voulait tout, Adrian, le bonheur, le ciel, un tout vague et immense, splendide et désespéré, et il courait, petit bonhomme, en tous sens pour attraper son monde trop large.

— L'église n'est pas laide, protesta Nimano, et puis c'est un baptême. Tous y sont, sauf vous.

Pronia lissa le bord de sa paupière supérieure, étalant le fard violet. Le mascara avait collé ses cils. Elle était belle encore, elle ne serait vieille que dans une semaine, ou quand elle le voudrait. Elle sortirait plus tard. D'ailleurs, elle ne sait plus où sont les ombrelles et elle ferait repeindre cette chambre. Plus tard.

— Il y a un repas chez les Arians, vous devez y aller. Vous êtes prête, à présent.

Tant de fêtes... Il y en avait eu de si nombreuses, ici, ou à Vanille, d'autres encore à Betroka chez les Palmieri, chez leur cousin près d'Andapa, dans le Nord, le pays des orchidées. Elle avait dansé pendant deux jours à Bekily dans le désert du Sud. Pour arriver là-bas, le voyage avait duré quatre jours, les voitures tombaient en panne, les radiateurs bourrés de sable... C'étaient toujours les mêmes musiques qui venaient de France, Tino Rossi, Reda Caire. Elle n'aimait que la voix des hommes. La nuit, à la lueur des flambeaux, elle dansait le charleston, l'aiguille du phono crissait encore à son oreille, et toujours elle voyait briller dans l'ombre, les yeux des bourjanes, les conducteurs de pousse-pousse qui riaient parce que la mode était courte et qu'elle devait montrer ses jambes... Elle aurait voulu que cette vie dure longtemps, longtemps, bien après qu'elle eut épousé Bécalier, l'homme aux squelettes, Bécalier avec tous ces crânes dans son bureau,... il palpait les os, les mesurait,.. je l'ai haï pour cela. Et puis Marek était né, puis Adrian, puis Coline. Tout avait cessé avec la guerre, et si la paix était revenue, les musiques s'étaient tues, le temps des grandes chasses et des valses folles était fini, peut-être parce que les petits hommes huilés aux reins creux avaient cessé de rire...

A la sortie de l'église, l'éblouissement de la lumière les figea sur le seuil. Au-dessus d'eux, la volée des cloches semblait vouloir les chasser de la place vide.

Grégoire Arians fronça ses sourcils blanchis. Lorsque Sandre avait été baptisée, le village était là, tout entier. Il avait fait amener deux charrettes attelées à six chevaux pour la distribution des sacs de riz, des carcasses de cochon et des feuilles de manioc. Les matrones avaient installé les marmites sous les parasols et, lorsque les portes s'étaient ouvertes, les gosses de Manalondo s'étaient précipités : il avait donné l'ordre aux domestiques de leur jeter des pièces, et les feux de joie avaient duré toute la nuit jusqu'au blanchiment des dernières étoiles. Il était un roi alors.

Il devina, malgré le miroitement du soleil, des présences dans les ruelles. A contre-jour, il ne pouvait distinguer les silhouettes.

— Ce sont des hommes de ma compagnie, dit Berthier. Une mesure de sécurité en cas d'incident.

Lentement, Arians se retourna et le capitaine eut l'impression que la carrure du vieil homme lui bouchait l'univers. Grégoire contempla le visage de son gendre. Il sentit que l'autre quémandait un compliment. C'était une initiative prudente, donc louable, mais rien dans le regard de Grégoire Arians ne s'était éclairé.

— Ceux qui ne sont pas contents viennent me voir, dit-il, nous parlons et je leur donne raison s'ils ont raison, tort s'ils ont tort. Je n'ai jamais eu besoin de protection et n'en aurai jamais besoin.

Berthier tira sur les pans de son uniforme. Arians n'avait rien compris, il était de la race des vieux colons, ceux qui se vantaient d'avoir arraché les terres à la jungle, monté les murets au flanc des montagnes, creusé les canaux d'irrigation, bâti les écoles et les dispensaires. Et c'étaient eux bien sûr qui seraient tués les premiers si les choses tournaient mal. Et elles tournaient mal.

— On ne dit pas tout, protesta Berthier. Tout ce que nous savons n'arrive pas jusqu'aux journaux, nous avons ordre de nous taire lorsque des fermes sont attaquées, ou...

Marek, d'une bourrade amicale, fit chanceler le gendarme.

— Regarde, tu crois que ça intéresse les types du M.D.R.M. ?

Du menton il désignait Ariane et Coline riant au-dessus de Sandre qui avait repris l'enfant dans ses bras. Anka parlait avec son père. Berthier regarda le tableau des femmes et son regard glissa le long des hanches de la Malgache. Une Merina, la plus belle race du monde... la plus fine, la plus chaude.

Le long des fils télégraphiques, les nouvelles circulaient ; du sud au nord, de l'est à l'ouest, des faubourgs de Tamatave à Fort-Dauphin, des foyers de révolte s'étaient allumés. Le travail avait cessé sur les voies ferrées en chantier, et les grèves gagnaient le bâtiment et les mines. Dans le Nord, les paysans désertaient les plantations tandis que les sorciers fricotaient des tambouilles immondes et vendaient des gris-gris qui donneraient l'immortalité aux futurs guerriers.

« Tout ce qui sera blanc sera mort. » La phrase circulait dans les champs de soleil, sur le seuil des cases pestilentielles, dans les conserveries, tanneries et savonneries de Diégo-Suarez et des villes industrielles. Des rapports militaires secrets précisaient les menaces. Berthier les avait fait recopier en plusieurs exemplaires et distribuer à chaque chef de groupe. Lui, il savait. Alors que Grégoire et Marek, forts de leur présence sur cette terre, venaient plastronner et lui reprocher de protéger leurs droits seigneuriaux. Dans le mouvement involontaire qui gonfla son thorax, il se sentit devenir ridicule. Un coq dressé, un coq blanc en uniforme de parade ; les deux autres le dominaient.

— Nous avons des ordres du commandement central. La rébellion peut éclater à tout instant, les mouvements communistes venus de Moscou...

Le rire de Grégoire Arians lui coupa la parole au ras des lèvres :

— Ça m'aurait étonné qu'il n'y ait pas les communistes dans le coup. C'est un mot qui ici ne veut rien dire, Berthier.

Toujours il l'avait appelé Berthier, jamais Marc. Il se souvenait du jour où, c'était une semaine après son mariage avec Ariane, il avait pris son courage à deux mains :

— Excusez-moi, mais j'aimerais que vous ne m'appeliez pas Berthier, je...

Le regard du vieux... Un regard en coup de fouet, la détente instantanée d'une couleuvre.

— Vous ne vous appelez pas comme ça ?

— Si, mais...

— Alors comment voulez-vous qu'on vous appelle ?

Salaud. Ils n'en avaient plus jamais reparlé et il était resté Berthier.

— Il n'y a pas trois personnes dans toute l'île qui savent ce qu'est le communisme et, si elles le savent, elles s'en foutent. Thorez peut pérorer à la Chambre sur l'exploitation des travailleurs, ici tout ce fatras n'a pas de sens. Demandez à Anjaka ce qu'il pense de Marx.

Le député entendit prononcer son nom et s'approcha. Il serrait contre son ventre le manche de bakélite d'un long parapluie noir. Un notaire. Un notable. Il avait eu trois femmes et aucun des enfants qu'elles lui avaient donnés n'avait vécu. Seule Anka restait, la métisse.

Grégoire posa sa main lourde sur l'épaule habillée de serge sombre du député.

— Combien de communistes dans l'île, Andafy ?

Des dents de porcelaine. Des rides fines qui reliaient les yeux mouillés aux tempes grises. Il avait été beau autrefois, et sa fille avait le même nez ourlé, le même dessin parfait de la bouche.

— Le peuple malgache ne se reconnaît dans aucun parti, le problème ne se pose pas ainsi.

Marek sourit au vieux parlementaire. Il y avait chez Marek une affabilité sans faille et sans nuance. Aux comptoirs des bistrots européens de l'avenue Gallieni à Tananarive comme dans ses abattoirs, il savait s'attirer les sympathies. Bourrades et boutades. Il aimait les pastis interminables aux terrasses du dimanche matin avec les copains des Sucreries marseillaises de Madagascar, de la Lyonnaise et du Crédit foncier. Un joyeux drille, mais il pouvait changer de visage en une fraction de seconde. Chacun des deux cent soixante-dix-huit employés de la Générale Frigo qu'il dirigeait savait que les rires de Marek mouraient d'un coup.

— Groupez-vous pour la photo... autour de Sandre.

Coline arma le Kodak. Elle n'avait pas voulu du photographe de famille, celui qui avait fait tous les mariages, tous les baptêmes, toutes les communions. Ses clichés trônaient sur la desserte franc-comtoise de la salle à manger d'honneur des Arians, celle qui ne servait que les jours de fête ou de réception à la villa Vanille.

Chez les Bécalier, les photos avaient été dispersées dans les chambres, au hasard des coiffeuses, ou des tables de nuit. Pour ses dix-huit ans, Coline avait reçu en cadeau un appareil dernier modèle, s'était passionnée et très vite investie du rôle de gardienne des souvenirs. Aujourd'hui, l'occasion était belle.

— Anka, serre sur Marek, voilà, comme ça... Non, il faut que Papa passe derrière, il est trop grand.

L'ethnologue obéit. Sur toutes les photos, il était toujours au fond, une longue tête pâlichonne dépassant du groupe. C'était ce dépassement qui l'isolait. Depuis trente ans, il avait le même sourire fatigué, imprécis, son sourire pour photographies. Quand il serait mort, si quelqu'un regardait les clichés, il hésiterait à le reconnaître : il y avait dans cette idée quelque chose qui lui plaisait.

— Attention, dit Coline, je vais en faire plusieurs. Vous ne bougez pas.

Toujours les rites. Pourquoi les anciens élèves européens de Francis Bécalier s'étonnaient-ils des modes de vie des Sihanakas et des tribus montagnardes nettoyant les ossements des ancêtres, alors qu'eux accrochaient aux murs les images des leurs !...

C'est vrai qu'il est flou sur toutes les épreuves. Les autres ont ces traits précis, ces ombres fortes et nettes qui sont les marques distinctives des Arians ; lui non. Il n'impressionne pas assez la pellicule. Il n'impressionne personne d'ailleurs.

— Francis Bécalier ? Il a écrit des bouquins d'ethnologie, défendu des thèses insensées et rendu folle sa femme !

— Un sourire ! Attention...

Coline s'agite. On lui a toujours connu ces robes incongrues, faussement négligentes, ces voiles étudiés. Qu'est-ce qui, en elle, est réfractaire à l'inélégance ? Pour qui se farde-t-elle, s'habille-t-elle ? Elle n'a pas d'histoire d'amour, Coline ; entre l'évanescence de son père, les folies de sa mère, en l'absence d'Adrian et les rugosités de Marek, au cœur de cette étrange famille Bécalier, où en est-elle ?

Ils se sont figés. L'appareil photographique a ce pouvoir d'arrêter leurs gestes, leurs vies, à partir de cet instant ils seront là, identiques pour l'éternité.

Les cloches se taisent et le silence retombe sur le village fermé. Ils sont seuls sur la grand-place. Qui se souvient qu'elle s'appelle place Colbert ? On a toujours dit la grand-place. Certes, ils sont les maîtres du pays mais leurs fêtes ne seront plus, désormais, que solitaires.

Coline recule d'un pas. Voilà, ils sont tous dans le cadre. Sandre, sa sœur Ariane et ce demi-sourire qui lui est venu avec les années..., depuis combien de temps l'autre moitié a-t-elle disparu ? Elle était la plus joyeuse d'entre eux, autrefois. Berthier, dressé sur ses ergots, enlace la taille de sa femme. N'essaie pas d'avoir l'air heureux, beau militaire, personne ne s'y trompe. Anka, depuis quelques mois, a dans ses yeux toute la peur du monde. Pour qui tremble-t-elle ? Pour Tulé, son jeune époux rebelle ? Il a fait de la prison, il connaît les geôles de Fianarantsoa ; ils l'ont enchaîné, frappé, mais il continuera ; Tulé est ainsi, un idéaliste. Ils ne l'ont pas tué parce que Andafy est son beau-père, mais il n'a pas dû comprendre les raisons de sa libération.

Il faut sourire, vieux Grégoire, et faire un effort ;

quant à Marek, il continue à rire de toutes ses dents. Il se tordait autrefois sous les caresses de sa sœur : « Pas de chatouilles, Col, pas de chatouilles. » Ça n'en était pas, cher petit frère, pas du tout : elle l'enlaçait, ils se battaient dans les tiges de canne à sucre et, lorsqu'il l'écrasait de son torse et de ses genoux, il ne devinait pas la raison de la folie qui la prenait au ventre.

Andafy Anjaka le libéral, le respectueux, prend la pose : « Il ne faut pas vous armer de canons et de mitraillettes mais de courage, de sagesse et d'esprit de justice. » Pauvre Anjaka qui brandissait dans les couloirs de tous les ministères l'article 2 de sa proposition de loi : « Madagascar doit être un Etat libre ayant son gouvernement, son parlement, son armée, ses finances, au sein de l'Union française. » Comme il les a fait rire, à Paris... Vincent Auriol l'avait mis à la porte de l'Elysée avec Raseta et les autres, les élus noirs fagotés dans leurs costumes d'Occident, pauvres engoncés si soucieux de faire bonne impression.

Coline appuie sur le déclencheur. Combien y aura-t-il encore de baptêmes à la villa Vanille ? Et si celui de l'enfant d'Ariane était le dernier ? Ils imaginent, parce que ses robes viennent de Paris, qu'elle est une perruche exilée ; mais quand elle surveillait, avec Marek, le repiquage des rizières en capeline Schiaparelli, où était le ridicule ? Si elle avait eu à entrer dans les bassins, elle n'y serait pas allée en talons aiguilles... Depuis, ils lui croient la tête vide. Ils ne se sont pas rendu compte que ce pays était leur prison. Coffre-fort et tombeau, ils sont allés de l'un à l'autre sans s'apercevoir qu'ils marchaient lentement vers leur mort. Même Marek ne l'a pas compris, à moins que... Est-ce pour cela qu'il boit autant ? Est-ce pour cela qu'il a tant ri, tant fait le fou dans les bordels des ruelles d'Analakely ? Que cherchait-il sur ces corps de cuivre et d'ébène ? Quelle rage le prenait ?

Seul entre tous, Adrian a dû comprendre. Il est parti sans tremper plus avant ses lèvres dans le poison ; il reviendra peut-être, en voyageur. Mais Coline sait qu'il les quittera car tout le monde les quitte. Elle le leur dit, elle, l'écervelée, la futile : ils ne se sont pas aperçus qu'ils étaient déjà morts, et elle aussi ; mais elle les aime et elle restera avec eux dans l'apocalypse.

Marek souleva les roues du fauteuil tandis que Berthier empoignait le dossier. Il y avait quatre marches pour descendre du parvis de l'église au trottoir. Sandre vit les muscles gonfler le tissu de la veste : Marek ne pouvait faire un geste sans soulever des houles, cet homme était une mer. Et peut-être l'un des seuls à l'avoir entendue rire, elle, la paralysée.

— En voiture, les jolies dames, on paie à l'arrivée.

Sandre oscilla légèrement et retoucha le sol. Marek passa derrière elle et se mit à pousser l'infirme. Les pneus laissaient une empreinte humide sur l'asphalte.

— Grande fête ! On va boire, manger et je retiens la première valse.

— Elle est pour toi, comme d'habitude.

C'était une tradition, Marek ouvrait le bal avec Sandre dans ses bras. Elle gardait les mains autour du cou du colosse et fermait les yeux, il tournait à travers les pièces, traversait la véranda et le ciel tourbillonnait au-dessus d'elle, les rires derrière eux s'affaiblissaient et les voix s'éteignaient.

— Attention, Marek, tu vas lui faire mal...

Jamais Marek ne lui avait fait mal.

C'était bien qu'il se souvienne. Lorsqu'elle était plus jeune, elle avait pensé qu'un jour le bal s'ouvrirait et qu'elle verrait son cavalier de toujours s'élancer, tenant dans ses bras une femme aux jambes droites. Elle les regarderait longtemps tournoyer sous les plafonds du salon de Palembang, les mollets tendus sous la soie s'envolant, revenant, infatigables, elle n'arriverait pas à voir le visage, seulement les jambes cambrées et fermes... Mais cela ne s'était pas produit, toujours Marek avait respecté le pacte implicite, et cette fois encore elle danserait avec lui.

Deux ans auparavant, un orchestre était venu à la villa Vanille, trente-cinq musiciens pour l'anniversaire de la fondation de la plantation. Les hommes des rizières avaient été embauchés pour installer les tentes et les kiosques dans les jardins ; c'était la première fois qu'elle voyait son père en smoking et elle lui trouvait fière allure à Grégoire Arians ! Des lustres brillaient, et Sandre, en robe d'argent fluide comme une cascade, avait, comme chaque fois, tournoyé dans les bras de Marek. Elle sentait encore le crissement du taffetas de sa robe, l'odeur de savon du jeune homme et les cônes d'or des flûtes de champagne, musique et bulles : elle avait trop bu, elle s'en souvenait... Lorsqu'il l'avait reposée sur sa chaise, elle pouvait voir les terrasses envahies par les couples, les bijoux, les épaules des femmes, les dentelles ; les lumières illuminaient le bois ciré des violons et des contrebasses. Pourtant, c'était encore la guerre, tout au moins on le disait.

Près d'elle, contre le mur de la véranda, les meubles avaient été poussés et son œil fut attiré par un cadre tombé. Elle fit rouler son fauteuil, s'avança et prit la photo dans ses mains qui soudain tremblèrent : elle la connaissait, c'était un cliché ancien aux couleurs passées, d'un rose lavé de buvard. Il représentait une femme en jupe longue et au sourire un peu figé : Mathilde Arians, sa mère. Celle dont on ne parlait pas. Elle était morte en lui donnant le jour. Les choses ne s'étaient pas bien passées, ni pour l'une ni pour l'autre, l'une y ayant laissé la vie, l'autre les jambes. Au fort de la fête, dans l'éclatement de la mélodie, il était symbolique que le cadre ait glissé..., Mathilde faisait à peine partie des souvenirs, il avait semblé à Sandre, en cet instant, que le bal, le tournoiement des couples sur les dalles effaçaient encore plus l'image pâlie.

Ils montèrent dans les voitures que les chauffeurs avaient garées sur le mail à l'ombre des tamariniers. Ariane installa l'enfant sur ses genoux. Berthier se glissa à côté d'elle et claqua la portière. Le cortège démarra. L'hôtel de ville pivota doucement, dévoilant le Boulevard. C'était le lieu du marché, mais il n'y en avait plus trace, même les tréteaux avaient disparu.

La senteur, alors, naissait des sacs crevés : gingembre, cannelle, girofle. Le camphre dominait, qui se vendait dans des pots écarlates... Des grappes de crocodiles nains pendaient aux piliers de la halle ; sur les pavés mouillés, les poissons des lacs s'amoncelaient, cernés de citrons verts et de mangues douces. Le vacarme, hier encore, s'amplifiait dans les cavalcades des voleurs de litchis et de bananes. Au long des ruelles, on voyait les charrettes crouler sous les rivières d'oranges, les grenades éclatées filochaient à la surface des ruisseaux, happées par la main des mendiants et des sorciers, hommes de crasse et de sagesse : ils avaient dans leurs poches les piments séchés, mêlés aux plumes de poule qui, à leur gré, procurent ou enlèvent le bonheur du cœur des hommes.

Un pays comme une fête pleine et bruyante... Mais rien ne subsistait.

A la fontaine qui marquait la frontière sud du village, il y avait un vieillard assis sur ses talons. Sous la peau de soie ancienne, la trame de chaque muscle apparaissait, le temps, comme un scalpel, dessinant chaque détail, révélant les profondeurs biologiques... Il s'était entortillé dans son lamba de coton blanc et, pour la première fois, l'idée frappa Berthier que les vêtements, ici, étaient des linceuls.

Anka se pencha à la portière et huma l'air. Une promesse de mimosa y était suspendue. Ce serait la saison bientôt, les collines seraient envahies et les matins deviendraient jaunes et mousseux. Son père regardait défiler le paysage. Je me perds, pensa-t-il, lorsque je quitte ce pays. Dans les couloirs des universités, dans les bibliothèques de la métropole, lorsque les portes des salons se referment sur moi, je me perds. Le berger qui mène les zébus sur les pâturages des hauts plateaux sait plus de choses que moi : il connaît les nécessités des hommes, celles de la terre car il ne s'éloigne pas du figuier qui l'a vu naître. Enfant, Andafy poussait des poules et des canards dans des cases de bambou. A l'horizon s'élevaient des montagnes de soleil : c'est elles qu'il doit voir lorsqu'il se lève de son banc pour parler d'autonomie et de réformes, en prenant garde à ne pas utiliser des mots qui ne sont pas les siens, une langue qui n'est pas la sienne...

La route monte, pourpre au milieu de l'herbe verte. Les montagnes se referment. Il y a des cascades à l'ouest. Par temps clair, lorsque les nuages ont fui au-delà des cyprès du lac Froid, on voit, entre les combes, la poussière d'eau s'iriser et monter en arc-en-ciel. C'est le pays des hautes chutes et des oiseaux de paradis aux ailes invisibles tant est rapide leur battement.

Grégoire Arians se souvient d'être allé autrefois avec sa femme au-delà des terres cultivées. Il fallait ouvrir la piste au coupe-coupe. Ils avaient vu des lémuriens grands comme des hommes se balancer aux branches des arbres aux feuilles rongées. C'étaient les premiers matins du monde, rappelle-toi, Arians, comme Mathilde était belle et comme les forêts étaient profondes. Vous étiez les premiers à entrouvrir les portes du paradis. Les boys tremblaient de peur autour des feux de brousse, tandis que vous regardiez les étoiles dans l'odeur forte des herbes broyées par le poids de vos corps. Ce n'est pas si vieux tout de même, trente... trente-cinq ans.

Ils avaient par la suite ouvert des banques, creusé le sol, importé des machines, ils avaient rompu le silence des nuits de l'Ankaratra et oublié la longue chevelure des cascades, l'argent des lacs immobiles au tréfonds des vallées perdues. Grégoire ne pourrait vivre ailleurs, tout s'est déroulé ici. Il sait même exactement l'endroit où se trouvera sa tombe... Il ne pourrira pas dans un autre lieu que celui où il a vécu.

Voici les premières terrasses des grandes propriétés aux demeures invisibles derrière les rangées de baobabs, les arbres-bouteilles. Ici ce sont les terres des Fautrier. Ils sont partis l'année dernière finir leur vie dans leur Lauragais natal et les silos sont vides ; trois contremaîtres se sont succédé et ont échoué.

Pourtant le riz manque en Europe, les rationnements continuent même si la guerre est finie depuis plus de deux ans.

Marek conduit la première automobile. Il roule vite sur la piste et soulève un nuage de poussière rouge.

Au bout de la route, à l'horizon des palmiers, on distingue déjà les toits de la villa Vanille. Encore quelques centaines de mètres et ils apercevront les colonnades, la longue galerie qui court devant la façade de la maison coloniale. Les servantes auront préparé sur les tables les achards aux tomates macérées dans l'huile, le piment et le curry, il y aura des crevettes d'eau douce et des ragoûts de bœuf à la pulpe de coco. Dans les carafes glacées, on servira le vin du pays, doux et fluide comme le ciel de l'aube d'hiver, on boira de l'alcool de canne et de litchi. Alors seulement, ils se souviendront que ce jour est un jour de fête, que rien n'est irréparable ; Coline posera sur son Teppaz les nouveaux disques qu'elle a reçus de France et elle leur montrera les pas de danse qui envahissent le Nouveau Monde, ils se sentiront dépassés et un peu ridicules, mais qu'importe ; ces musiques sont un écho d'un univers trop lointain pour être réel, et Grégoire Arians entraînera l'une des femmes dans la danse. Il s'étonnera que ses pieds puissent bouger si vite, qu'ils suivent sans peine le rythme du swing et qu'il ait pu oublier, quelques instants, les racines si profondes qui l'enchaînent à ce sol encore brûlant de la journée au grand soleil.

A l'étage, tandis que les flonflons s'étireront le long des escaliers et des balustres, les poings fermés sur son drap de dentelle, l'enfant d'Ariane et de Marc Berthier dormira.

« ... Peut-être le jour viendrait où, pour le malheur et l'enseignement des hommes, la peste réveillerait ses rats et les enverrait mourir dans une cité heureuse. »

Adrian referma le livre et le jeta sur la banquette. Il venait de paraître : le nouveau Camus qu'il avait acheté à Diégo-Suarez. Les journaux en parlaient beaucoup. L'auteur écrivait dans *Combat* des articles transparents et minutieux. Et si les rats avaient débarqué dans l'île ?

Je sens encore sur mes mains les sables de Koufra.

Pourquoi ai-je choisi de prendre le bateau ? Quelque chose me tentait dans ce retour interminable. Accoudé au bastingage, j'ai dû vouloir m'apercevoir dans l'eau moirée des ports d'escale, solitaire et lourd de souffrance contenue, élégant bien sûr, avec un léger coup de vent dans la chevelure. Cinéma.

En fait, il me semble que tout ce romantique délire vient d'une gravure du salon de Palembang. Un jeune homme lointain, pensif et longiligne, fixe d'un air navré les constellations.

Je me souviens l'avoir contemplée des heures entières. Il y avait un mystère dans ce dessin qui était devenu un idéal de vie J'ai rêvé d'être ce type à l'écharpe négligente face aux énigmes de l'univers. Mélancolie et métaphysique. Sa beauté ajoutait de la noblesse à sa pose ; on sentait que, dans la salle de danse des premières classes, des femmes belles et modernes brûlaient du désir de rejoindre sur le pont le séduisant et triste jeune homme, qui n'en avait cure. Méprisant les amours terrestres, il se plongeait dans la contemplation d'Aldébaran et de Bételgeuse, des étoiles autrement affriolantes. Lorsque Marek et Coline me trouvaient devant la gravure, ils savaient qu'il était inutile de vouloir m'en arracher.

Et puis je voulais revenir lentement. La guerre m'avait donné cette patience. J'ai traîné vingt-sept jours entre ma cabine, les transatlantiques du pont supérieur et les chromos de la salle à manger. J'ai lu beaucoup, bu un peu et ai profité de tout ce temps libre pour ne faire aucun point, pour ne dresser aucun bilan.

Pendant cette rêvasserie de près d'un mois entre ciel et eau, je me suis usé les yeux sur l'aveuglant sillage du *Bernardin-de-Saint-Pierre*. Une croisière sur l'océan Indien. J'avais le droit de m'offrir ce cadeau, et je l'ai fait. Rien ne pouvait être pire. Est-ce le dernier voyage ?

L'Indochine craque, Madagascar va craquer. Ramadier a fait voter de nouveaux crédits militaires, ce qui va servir à l'un pourra servir à l'autre. Les choses ne sont pas plus compliquées que ça. Qui pense que les mouvements d'indépendance des pays coloniaux sont inévitables ? Sartre parfois, le P.C. quand ça l'arrange. Pourtant l'Algérie aussi a bougé mais qui s'en soucie ? Le jour de mon départ, on jugeait Joanovici, on débattait du scandale du vin et de Gaulle s'apprêtait à fonder le R.P.F. Gros succès pour *Hellzapoppin* au Lord Byron. Je l'ai d'ailleurs vu. Un nouveau comique, j'ai dû me forcer un peu à rire, ces quatre années m'ont peut-être plus marqué que je ne le crois.

Je devrais me laisser pousser la moustache. Cela me donne un air idiot mais sévère ; je l'avais lorsque nous avons rejoint Montgomery à Tripoli. Je l'ai rasée pour ce retour. Ariane peut tout me pardonner sauf ça : elle me donne un air gendarme. Impardonnable.

Pourquoi suis-je parti ?

Parce que tout était trop facile, trop parfait. Ariane dans ce paradis, dans cette permanence de haute lumière...: Il fallait casser le bonheur, briser l'image trop précise. Tout était immérité, on ne pouvait pas laisser les choses s'enchaîner, je l'aurais épousée et l'univers se serait refermé sur nous. Ai-je eu peur d'un affaiblissement possible de cette violence qui nous jetait l'un vers l'autre ? Je ne voulais pas que le temps nous domestique, et j'ai craint de devenir fade si je restais présent. La guerre a été un prétexte, peut-être a-t-on besoin de souffrir et de ce point de vue j'ai réussi mon coup, trop...

Elle s'est vengée, elle a bien fait... J'ai voulu quitter la jeunesse d'un coup, la guenille de soleil rejetée brusquement dans la poussière d'un chemin, et ma jeunesse, c'était elle. Sans ce départ, je n'aurais jamais grandi ; c'est ce que j'ai cru, j'ai joué à l'homme, je ne suis pas sûr d'avoir gagné.

Ce car n'avance pas. Pire que le *Bernardin*. De lentes roues paresseuses. A cette heure, le baptême est terminé. Ils doivent déjeuner sous la véranda, tous réunis. Marek, sans doute, a encore grossi, Coline étrenne un nouveau chapeau, mon père essaie de sourire, Grégoire serre ses mâchoires. Les Anjaka sont certainement là, eux aussi. Ils ont toujours été de toutes les fêtes. Dans sa dernière lettre, Marek me disait que Pronia, notre mère, allait mieux. Plus sereine qu'autrefois. Apparemment les crises ont cessé. Bizarrement, cela m'a inquiété, car j'ai toujours pensé que c'étaient elles qui la maintenaient vivante, présente au monde. Peut-être manigance-t-elle un de ses tours qui ont fait le charme et la terreur de notre jeunesse.

Un jour, ce devait être au début des années trente. Je revois Coline qui avait dix ans à peu près ; il y avait eu un massacre de tortues. Quatre têtes coupées, alignées au cordeau devant leurs carapaces. Les hurlements de la petite fille avaient attiré mon père. J'avais aperçu son visage décomposé à la fenêtre du bureau où je n'entrais plus depuis longtemps. Pronia avec ce couteau entre les mains. Marek pleurait des larmes rondes sur ses joues rondes. Comment Coline a-t-elle pu s'en remettre ? Il me semble qu'elle avait passé toute son enfance à nourrir ces bêtes ; accroupie dans le soleil, de la salade entre les doigts et les têtes s'approchent, des peaux de préhistoire, une lenteur parcheminée. Elles avaient toutes un nom. Je les ai oubliés. Il me semble que la plus grosse était Marguerite...

Mais il y avait les cadeaux, Pronia faisait crouler Marek sous les Meccano, les grues, les camions ; Coline ouvrait les paquets, défaisait les rubans et les robes s'amoncelaient, formaient un tas au milieu, des nœuds de velours, du taffetas, de l'organdi, toute une fanfare soyeuse, joyeuse... Moi, c'étaient les livres, Pronia l'avait décrété ; je devais aimer lire, c'était obligatoire puisqu'elle m'offrait tout en vrac : Hugo, Dumas, Théophile Gautier, des contes pour enfants, Victor Margueritte, René Maublanc, Claude Farrère, une bibliothèque entière à chaque Noël, à chaque anniversaire et, au milieu des cartons déballés, des papiers défaits, le tourbillon de Pronia, dansante, exubérante... Fais voir comme ça te va, juste un ourlet à faire, tu es jolie, tu as vu, il y a même une cloche sur le côté, et l'échelle se lève, tu es content ? Et toi, Adrian, regarde comme celui-ci est gros, c'est une belle histoire, je l'ai lue à ton âge, il faudra que tu me le prêtes lorsque tu auras fini. Pronia et ses tortues assassinées, Pronia et ses entrechats parmi les trésors. Ce qui nous a liés sans doute plus que tout, c'est qu'elle avait compris pour Ariane et moi. Pourtant qu'y avait-il à comprendre ? Qu'y ai-je compris moi-même ?

Existe-t-il un endroit où je ne sois pas seul ?

A l'armée peut-être. Pendant quatre ans, j'avais eu l'impression que les hommes grouillaient autour de moi. Cela s'était tari peu à peu d'ailleurs, chaque grade nouveau était une conquête d'isolement. Lorsque j'avais obtenu mes galons de lieutenant, j'avais retrouvé mon indépendance.

Pourquoi n'ai-je pas rempilé ? Maintenant je serais capitaine, j'aurais fini général. Dans quelques années, les hommes de la 2e division blindée deviendront un mythe. Une carrière toute faite. Je serais en Indo aujourd'hui à me mitonner une cirrhose dans les mess d'officiers de Hué ou de Saigon.

Je n'ai pas plus choisi de m'engager que je n'ai décidé de démissionner, les circonstances me trimballent, elles ont choisi pour moi. Ce n'est pas totalement vrai : à chaque instant de ma vie, Ariane est derrière moi. J'agis pour elle, contre elle, pour la fuir ou la retrouver. J'ai rejoint Leclerc parce qu'il fallait que la vie passe sans Ariane, je l'ai quitté pour qu'elle continue avec elle. Tout cela n'a pas de sens : Ariane mariée, Ariane avec un bébé, et moi dans ce car avec ma gueule de torturé je-m'en-foutiste.

Je devrais dormir un peu, Elong m'attendra à la gare routière. Avec le retard, nous n'y serons pas avant une heure... J'aime Elong. Il est de la race de ceux qui, ayant toujours été âgés, ne vieillissent plus. A douze ans, c'est avec lui que j'ai appris à conduire l'Hamilcar ; aujourd'hui, il sera là, guêtres et casquette, affable comme les serviteurs noirs des films d'Amérique, indispensable Elong... Comment se sent-on lorsque l'on est réduit à une double fonction : celle du sourire et de la compétence ; le moteur tourne et les dents brillent, rien d'autre ne lui a jamais été demandé... Qui connaît le son de sa voix ?

Oui, je vais dormir, faire naître sous les paupières les images du jardin de Vanille... À l'aide de leurs brins de paille, les géants maîtres du monde retournent les dragons qui dévastent les forêts, les scarabées aux reflets d'encre violette agitent leurs pattes, les cuirasses dorsales s'engluent sous les crachats des tourmenteurs. C'était dans la chaleur de l'avant-guerre, l'ombre dédoublée et trouée de nos chapeaux de paille danse sur le chemin du ruisseau... Comme nous étions cruels, Ariane : durant tous ces étés, aucun insecte n'a traversé la route sans que nous l'ayons écrasé du talon de nos sandales, les dieux que nous étions alors ignoraient la pitié.

— Si tu approches très près, Adrian, tu entendras hurler les fourmis.

— Ce n'est pas vrai.

— Si, elles ont une petite voix, mais si tu avais une petite oreille, tu les entendrais, elles hurlent, je te dis...

Adrian hausse les épaules, cherche ses mots. Elle

est plus rapide que lui, plus futée, plus maligne. Elle a raison, toujours.

— Les araignées crient aussi quand on les tue, encore plus fort que les fourmis.

C'était arrivé la veille, ils en avaient coincé une entre des pierres près d'un muret et l'avaient transpercée avec une épingle à cheveux. Une goutte d'or jaune avait jailli sous le ventre d'ébène.

Son genou est couronné. Lorsqu'elle est accroupie, la croûte se fendille. Une partie est tombée et découvre un épiderme rose qui n'a pas eu le temps de brunir. Une robe en vichy blanc et bleu comme une toile cirée de cuisine et toujours cette boucle qui retombait dans tes cheveux. Pourquoi avais-je ces poussées de larmes ? D'où me venaient-elles ? L'été battait son plein et nous avions douze ans. De l'autre côté des océans, aux confins du monde, des vacarmes grondaient, mais ici, entre les crêtes, les oiseaux planaient et chaque pic rutilait de poussière solaire. Qui pourrait inquiéter les maîtres du jardin ?

— Ouh, ouh, Marek !

La voix lointaine de Coline cherchait son frère. Il est près des grands rochers, là où l'eau coule plus vite, caché sous les banians.

Je pourrais dire encore à quel endroit précis j'ai senti l'odeur de ton cou en sueur. Tu m'as mordu à la lèvre la première fois pour me punir, alors que c'était toi qui avais commencé. Une goutte de ta salive avait coulé sur mon menton et tout était parti en lentes pulsations, irrépressibles, un cœur inexorable battait entre mes jambes, lâchant un sang de neige, chaud et visqueux... Juillet 1929. Nous étions fous, Ariane, dans les couloirs de Palembang, à l'ombre des volets tirés sur les siestes, partout, nos langues se mêlaient, les boutons de tes robes s'ouvraient, tes mains s'animaient, écartaient les obstacles, ton souffle plus rapide dans ma bouche, dans mes cheveux ; viens, je t'en prie, plus vite, plus fort, plus doucement, plus, oui, plus, encore, n'arrête jamais... Elle lève sa main dans le soleil, entre ses doigts le sperme translucide sèche déjà et fait entre les phalanges comme une membrane éphémère, il sent la sève d'arbre, la résine... Juillet 1929. Nul couple ne fut plus libre, plus fou que le nôtre. J'ai l'impression durant tout ce mois d'avoir couru vers toi, sans trêve.

— Ne mange pas si vite, Adrian, tu as tout ton temps.

Je n'avais pas le temps puisque tu n'étais pas là ; je sortais de table, m'approchais de la grille en sifflotant et courais déjà dans le chemin. Je savais que cela était trop, que la vie nous marquait dès l'aurore, mais je croyais alors qu'elle ne nous séparerait jamais.

« Où il y a Ariane, il y a Adrian » ; Pronia le disait, je lisais dans ses yeux qu'elle savait tout, j'ai cru un temps qu'elle nous avait surpris, un jour, enlacés, encastrés, fous de vertige. Personne ne pouvait éprouver cela sans en mourir. J'ai dû en mourir d'ailleurs, à ma façon, à l'étouffée, sans esclandre.

Ce fut le temps du martyre des pique-niques. Nous étions cloués à la longue nappe, et Grégoire Arians, en bras de chemise, surveillait ses filles.

— Promenez Sandre, attention de ne pas la faire verser...

Nos doigts s'enlaçaient derrière la nuque de l'infirme. Sandre savait. Qui ne se serait pas rendu compte ? Nos yeux ne se quittaient pas et il y avait cet imperceptible chavirement de paupières lorsque le désir naissait. Les nuits, le sexe me hurlait l'absence de tes frôlements d'eau. L'étoffe souple des cascades, une huile courait sur tes poignets jusqu'à tes épaules. Contre l'écorce des figuiers, tes jambes tremblaient bloquant mes hanches, rien n'était plus fort que cet étau... Sans cesse, toujours, comment cela a-t-il pu cesser, Ariane ? Ta robe rouge de la terre des volcans, verte des euphorbes écrasées, noire de la glaise des rizières. Nous avons roulé sur ce morceau de planète et son odeur est devenue la tienne, Madagascar alors sentait l'eau de Cologne et le dentifrice.

La voiture roule dans le soleil. Dans la courbe, le moteur souffle, la fumée du pot d'échappement s'effiloche, horizontale, une écharpe fanée que l'usure déchire. Par la vitre, Adrian regarde : là-bas, ce sont les premiers toits pointus, la brique rouge de Tananarive. Il arrive. Je conduirai l'Hamilcar, Elong déteste, le vieux ne doit plus y voir grand-chose. Un jour il accrochera une aile ou un phare et les Arians le mettront à la cuisine dont il a horreur.

Je reviens, Ariane, une fois de plus, papillon appelé par ta lumière. Pourquoi m'as-tu volé les plus belles nuits de ma vie ? J'ai appris ton mariage un an après qu'il a eu lieu. J'étais en Normandie. Joyeux débarquement, lieutenant Bécalier, voici des nouvelles toutes fraîches.

Coline m'avait même envoyé les photos. Tu avais un sourire que je ne te connaissais pas et tu tenais le bras d'un jeune homme sanglé à tête de garçon de café. Tous les autres étaient là bien sûr, derrière vous. Vous formiez ce que Marek devait appeler un joli couple. Ma compagnie marchait sur Coutances, il pleuvait ce matin-là et j'ai frissonné au contact mouillé du capot de ma Jeep. Les batteries des canons achevaient de s'installer sur les bords de la Vire. La guerre était gagnée, aucun de nous n'en doutait. Moi non plus, mais la différence avec les autres, c'est que j'ai commencé à m'en foutre.

La douleur est venue plus tard. Mais était-ce vraiment une douleur ? Une déception mêlée d'une jalousie, quelque chose de sale et de mesquin ; je me suis demandé longtemps si tu avais avec lui les mêmes gestes, les mêmes musiques, en réalité j'aurais aimé savoir s'il te faisait mieux jouir que moi. Je te l'ai d'ailleurs demandé dans une lettre.

Tu m'as répondu que oui.

Parfait. Affaire classée. J'aurais dû sans doute te tuer, le tuer et me tuer, ou deux des trois ou un des deux, j'ai préféré me lancer dans l'import-export. Café et cotonnades contre machines à coudre et réfrigérateurs. A chacun son suicide.

Je me suis installé dans mon bureau de Marseille et, en deux temps trois mouvements, j'avais pratiquement coulé la compagnie. J'ai eu une période pastis assez prononcée, c'est une Arlésienne qui m'en a tiré, j'ai failli, du coup, devenir souteneur sans m'en rendre compte. Et puis, les états de service jouant, j'ai dégoté un poste à Paris au ministère des Armées. J'y suis bien, j'y suis civil et certains soirs, comme disent les poètes de trois sous et les chansons réalistes, lorsque le cœur saigne abondamment, je vais colmater l'hémorragie sur les Boulevards, je marche, je m'enfourne dans un cinéma voir Cooper, Bogart, Fresnay ou Anabella. J'applaudis à Colombes les arrêts de Da Rui, je suis les matches de Charron et d'Assane Diouf à la radio. J'ai un faible pour Bergougnan, il a marqué quatre fois contre Clermont. Je suis un célibataire et un ancien combattant. Je lis *Combat* tous les matins.

Je t'ai tant aimée qu'il doit bien en rester quelque chose, mais où et quoi ?

Manalondo.

II

Andafy regardait le ciel rose. Les champs rectangulaires reflétaient le couchant de toutes leurs parcelles inondées. Des centaines de miroirs renvoyaient le flamboiement ultime des rayons dans les rizières. Pour la première fois de la journée, il eut l'impression de se détendre vraiment. Cela tenait à peu de choses mais parfois il surprenait une crispation dans ses muscles : un poing serré, une jambe agitée de soubresauts imperceptibles, même tout un pan du corps qui se solidifiait, pris par le gel d'une angoisse qu'il ne maîtrisait pas. Il s'appliquait alors à se détendre, à laisser fondre cette tension qui se reformait aussitôt.

Mais ce soir, dans les jardins de la villa Vanille, il

parvenait presque à se retrouver comme autrefois : alangui et calme à l'intérieur de son propre corps, un vieux vêtement pratique et aimé dont même les déformations lui étaient agréables. L'horizon des collines se colmata subitement d'une épaisseur reconnaissable : de quelque façon qu'il s'y prenne, Grégoire Arians obstruait le paysage. C'était dû à sa masse, mais aussi et davantage à une manière de se poser devant les gens, à accaparer d'un bloc leur champ de vision. Comme s'il leur disait : « Je suis Arians le patriarche, le maître des terres de Manalondo, le fils de Ferdinand le pionnier... »

— Vous rêvassez, député, c'est signe que les élections approchent.

Andafy sourit. Derrière lui résonnaient les rires lointains venus du grand salon. Un son de piano. Coline jouait. Il lui sembla distinguer la voix de sa fille. Les hommes étaient absents. Ils devaient fumer par groupes dans les allées du parc.

— Les couleurs du crépuscule ne sont pas les mêmes que celles des bulletins de vote, dit-il ; il serait dommage que celui qui assiste à la mort du jour se mette en même temps à penser à la représentation proportionnelle et au double collège...

Grégoire s'assit et la chaise en rotin craqua sous son poids. L'odeur du cigare passa sous les narines d'Anjaka.

— Vous aimez ce pays, Andafy...

C'était plus une remarque qu'une question.

— C'est le mien.

— C'est le mien aussi.

Andafy relâcha son avant-bras droit soudain rigide.

— Il faudrait arriver à ce que ce soit le nôtre...

Grégoire Arians exhala une longue bouffée de fumée.

Là était le rêve. Le Malgache était un utopiste, sympathique mais idéaliste, une sorte de savant aux idées trop grandes ; il se mettrait bientôt à parler de fraternité, d'humanité, mais il lui suffisait parfois d'un coucher de soleil aux drapés théâtraux pour trouver son bonheur.

— L'histoire d'une colonie n'est pas ce que l'on croit, Andafy. Les journaux parlent d'intérêt, de profit, d'apport de civilisation ou d'exploitation, cela n'explique pas grand-chose. Il y a plus profond, plus sanglant, plus épais...

Le député tenta de discerner dans l'ombre si Grégoire avait bu, mais la lumière empourprée était maintenant trop faible. L'hypothèse était d'ailleurs ridicule, Grégoire buvait mais l'alcool ne troublait pas ses idées.

— Je ne sais pas très bien expliquer, mais en dessous de tout ça, il y a quelque chose de fort et de chaud, comme un sexe planté dans une femme qui ne serait qu'à vous.

Andafy eut un frisson. La force de Grégoire était de sortir du raisonnement théorique, il l'avait maintes fois remarqué. Il allait au concret, à l'essentiel le plus souvent caché, et les mots avaient alors dans sa bouche un goût de racine et de terre au printemps. Sans jamais rien lui dire concernant les tensions, les antagonismes qui déchiraient l'île, il était le premier à lui avoir fait comprendre que la seule solution serait la tragédie. Le pays flamberait un jour sous les galops des cavaliers d'apocalypse. L'odeur du tabac brûlé fut si forte que le Malgache rejeta la tête en arrière.

— Je suis un ours, Andafy, et vous êtes plein de subtilités. Je lis vos articles et vos discours, je ne comprends pas tout mais je sais que vous ressentez ce que je vous dis : en ce moment, les fusils sortent non pas parce qu'apparaissent des mots comme Union française, Mouvement national ou Indépendance, mais chacun de nous s'arme parce qu'il veut dormir exactement sous ces étoiles, parce qu'il sait que nulle part au monde les feuilles de figuier n'ont ce parfum et qu'il croit que la peau des femmes n'est chaude qu'ici, dans les cases des après-midi d'été. Si vous ne comprenez pas cela, vous ne comprendrez rien.

La nuit dispensa Anjaka de sourire, il l'aurait fait

par politesse, par civilité comme il faisait beaucoup de choses. Mais l'envie ne lui en était pas venue. Il savait ce qu'Arians voulait dire, il savait que les raisons de sa lutte s'enracinaient aussi dans des images et des sons... Pronia, la femme de Francis, la mère d'Anka, Pronia murmurante sous les frondaisons de Toamasina, Pronia dans la paix des cascades fraîches, courant au bord des lacs en gradins... Pronia et lui avaient traversé le pays, des forêts de flamboyants jusqu'aux déserts du Sud, jusqu'aux ultimes sables où ils avaient vu s'ébrouer dans le saphir des eaux les premiers requins de l'Océan. C'était par Pronia que l'amour de ce pays lui était venu. C'est parce qu'il l'avait aimée, elle, qu'il avait su voir, écouter et sentir l'éclatement furieux et tendre des jours et des nuits successives. Elle avait catalysé les harmonies et c'est par elle que la terre avait surgi, splendide, irremplaçable...

Avec maladresse, il traduisait aujourd'hui cela en termes légalistes, il avait préparé le congrès national du M.D.R.M., le mouvement indépendantiste de rénovation. La rencontre entre les représentants des dix-huit tribus qui composaient la population de l'île était une nécessité. La propagande raciste des colons et de l'administration, malheureusement reprise par le P.A.D.E.S.M., le « Parti des Déshérités de Madagascar », dressait les ethnies les unes contre les autres. Il était faux de dire que le M.D.R.M. ne faisait que le jeu des Hovas, les anciens maîtres de l'île : des membres d'autres tribus avaient été élus.

— A quoi pensez-vous, Anjaka ? Je sais que le silence est un moyen de pression, mais vous avez tellement demandé que l'on vous donne la parole que vous pourriez en user avec moi.

Les rires s'étaient accentués au loin. Les étoiles. Rien n'arriverait de grave, ce n'était pas possible que cette paix soit rompue.

Ce qu'il y avait de terrible avec la colonisation, c'est que les envahisseurs inventaient et imposaient une sérénité d'une telle force qu'elle semblait naturelle.

Qui aurait pu dire, ce soir, que ces voix de femmes traversant l'espace tiède où se mêlaient les parfums des savanes et des hautes plaines ne composaient pas dans les ténèbres une musique bienheureuse voulue par les dieux ? Le monde qu'avaient construit Grégoire Arians et les siens avait longtemps respiré l'éternité, mais lorsque le vent de l'Histoire soufflait, les éternités que créaient les hommes se succédaient rapidement.

— Vous le savez bien, Grégoire, l'Empire craque d'Hanoi à Alger, c'est un mouvement que rien n'arrêtera. Pourquoi voulez-vous être épargné ? Pourquoi ne voulez-vous pas nous donner ce que nous vous demandons, cela vous coûterait si peu...

L'osier du siège craqua à nouveau.

— L'engrenage, député, l'engrenage... vous le savez bien. Celui qui lâche d'un pouce a déjà perdu. Si vous aviez fait de la boxe, vous le sauriez.

— Alors, qu'est-ce qu'il reste ?

— Vous reculez, dit Arians, vous reculez ou nous nous battrons.

Un goût amer soudain ; depuis qu'Anjaka avait revu l'image de Pronia, des couleurs dansaient sous ses paupières et elles venaient de fuir, d'un coup...

— Vous ne le regretterez pas ?

— Je ne regretterai pas de faire ce que je ne peux pas éviter.

Anjaka ferma les yeux. Des automitrailleuses sur les routes. Les bataillons sénégalais et la police comorienne qui patrouillaient déjà dans les villages à la recherche des insurgés, alors qu'il n'y avait pas eu d'insurrection. Pas encore.

Dans le salon, Coline referma le piano et s'empara du bras d'Ariane.

— Orson Welles fête son anniversaire de mariage avec Rita Hayworth, dit-elle, ils ont l'air heureux mais je le trouve gros.

— C'était peut-être la photo, dit Ariane.

— Non, dit Coline soucieuse, il est devenu gros et il le sera plus encore.

Anka se mit à rire. C'était le genre de sujet sur lequel Coline pouvait disserter durant des heures. Une fois, c'était il y avait cinq ou six ans, la jeune Malgache l'avait vue courir à perdre haleine sur le chemin des crêtes et lui tomber essoufflée dans les bras. Elle avait cru à un débarquement dans l'île, à un accident survenu à Marek ou à Adrian ; Coline avait repris sa respiration avec peine et avait lâché la nouvelle : Fernand Gravey se remarie, avait-elle dit.

Elle en semblait navrée, au bord des larmes. Elle avait couru sur quatre kilomètres, Anka l'avait consolée : ce n'était peut-être pas vrai, les journaux exagéraient toujours, mais Coline était sûre d'elle. Ils l'avaient annoncé à la radio, il y avait même des photos dans *Le Miroir du monde*... Coline aux robes couleur champagne, Coline légère et froufroutante, Coline amoureuse des stars et qui haïssait la guerre car elle l'avait privée de Gary Cooper, de James Stewart... et de Fernand Gravey.

Les trois femmes descendirent en direction de la grande pelouse. Les moustiques grésillaient dans les photophores et l'air sentait la mousse et les pétales charnus des fleurs pâles stagnant dans les bassins. La nuit était venue.

Coline enlaça la taille d'Ariane à sa gauche et celle d'Anka à sa droite.

— On devrait danser, dit-elle, monter un numéro de claquettes, un truc à la Ginger Rogers ; on apprendrait des pas et on donnerait des soirées au Kursaal à Tananarive pour roder les numéros.

— Et après, l'Europe ? suggéra Ariane.

— Mieux : l'Amérique !

Ariane aimait le rire d'Anka, elle ne se serait jamais lassée de l'entendre : il était la vie même, le chant d'insouciance et de compréhension. Anka riait des gens parce qu'elle les aimait, parce qu'elle était heureuse qu'ils existent.

— Nous gagnerions de l'argent, dit Coline, il m'en faut beaucoup.

Ariane haussa les épaules, les dépenses de Coline étaient connues. Ses voyages, ses voitures, la mode, des bijoux aussi. Pourquoi n'es-tu pas venu, Adrian ? Et puis, pourquoi reviendrais-tu ? Pour sourire à l'enfant que tu aurais voulu me faire ? L'enfant de Berthier, le mien, mais moins le mien que s'il m'était venu de toi. Lorsque je ferme les yeux certains soirs, je te sens présent, dressé, et c'est la douceur en pluie, les averses lumineuses des clairières de Manalondo. Elles me venaient de loin du fond de tes reins, je les sentais se tendre, une progression douce et puis ce galop, cette furie, cette chanson et cette danse, Adrian qui me renversait, affolée, cœur cognant. Nous avons vécu cela et si nous pouvons survivre en sachant que cela ne reviendra plus, alors nous sommes beaucoup plus forts que nous le croyons.

Dans la chambre, Sandre somnole, le bébé s'est endormi depuis longtemps. Sous la fenêtre, elle entend la voix de Berthier. Etrange son de voix : lorsque l'on prête l'oreille, sous les tonalités péremptoires traîne une fêlure, un doute. Qui peut croire qu'il est un chef ? Uniquement ceux qui ne cherchent pas à l'écouter...

L'index de l'infirme s'arrondit, elle se penche et effleure la joue de l'enfant ; c'est si léger qu'elle sent à peine la courbure des chairs, le menton minuscule. Qui fera un garçon semblable à la jolie dame aux jambes mortes ? Qui va se dévouer pour la rendre mère comme Ariane ? Qui va la prendre comme sont prises les femmes droites ? Qui ?

Sandre se redresse et son regard quitte le berceau sur lequel elle veille. Par la baie entrouverte, la ligne sombre des collines, et là, dans une échancrure, on distingue la poussée d'un fruit trop mûr, éclaté dans son jus pourpre. C'est à peine visible, on ne doit pas l'apercevoir du jardin, simplement de l'étage où elle se trouve.

Sandre détourne les yeux quelques secondes pour faire le vide, pour mieux comprendre et regarde à nouveau. Un brouillard écarlate coincé dans les rochers ; elle connaît la direction...

Ses mains tâtonnent sur les roues et elle se propulse vers la fenêtre. Ne va pas trop vite, Sandre, n'appelle pas encore, retiens ces secondes, ce sont les dernières ; lorsque tu auras crié, ce monde aura vécu.

Lorsque son appel fera tourner les têtes, autre chose viendra ; elle ne sait pas encore ce que c'est, mais elle en connaît la couleur et elle sait que c'est celle des brûlis de son enfance lorsque les cendres recouvraient les territoires de l'Est et que les souches calcinées mouraient en infimes crépitements. Il fallait gagner des terres cultivables, cela est fini, cela vient de finir à l'instant.

Sandre est arrivée sur le balcon. Quelques secondes encore... laisse les voix monter, lentes et familières, les grillons chanter... Anka rit, Coline doit lui raconter une histoire. Ce couple immobile sous les ombrages, c'est Pronia et Francis. Ceux-là ont conquis une paix respirable après les années déchirantes. Berthier martèle des mots ; il doit parler avec Marek qui le supporte parce qu'il ne l'écoute pas. Allons, Sandre, il faut parler, ils se rappelleront que c'est d'elle qu'est venue la nouvelle.

— Regardez !

Anjaka s'est retourné le premier. La lueur des lampes à pétrole éclaire le balcon où est Sandre. Les ombres creusent ses prunelles. Elle tend un doigt vers l'est, son index a la couleur d'une lune pâle.

— Palembang brûle !

L'osier craque. Grégoire s'est soulevé. Il enfle sa poitrine pour aspirer la nuit dont il connaît chaque parfum. Voilà, cette fois, c'est arrivé. Il y a comme un soulagement en lui, le temps des grandes simplicités est venu : il va falloir se battre, punir et gagner. Sans bruit, il s'ébranle et sa voix semble plus ferme que d'habitude :

— Marek, les fusils.

Berthier court vers les voitures.

Francis n'a pas bougé. Les livres. Ils étaient derrière lui lorsqu'il écrivait, deux mille, plus, il n'a jamais compté. Grégoire a appelé Marek. Il est le fils qu'il n'a pas eu. Des hommes tous deux, des vrais... pas comme lui, Francis... Alors qu'importe que brûle sa bibliothèque, qu'importe que flambe Palembang, tout périra, et c'est tant mieux.

Tulé bloqua le bras luisant de sueur. La torche était si proche qu'il recula sous la violence de la chaleur.

— Où est l'Indien ?

L'homme ne lui répondit pas. Une sueur rouge lui recouvrait le torse. C'était un Antaifasy du pays des sables. Ses yeux embrasés par l'incendie paraissaient immenses. D'une torsion musculeuse, il dégagea son bras et se mit à courir vers les silos de canne à sucre. Ce n'est qu'à cet instant que Tulé se rendit compte qu'il était nu, comme les autres.

Il vacilla devant la montée droite des flammes, le ronflement emplissait la nuit, c'était un bruit ininterrompu d'orage et de chaudières... Il aperçut les silhouettes noires. Il vit l'un des hommes courir et lancer une sagaie embrasée au cœur de l'incendie. Palembang craquait de toutes ses poutres.

Tulé pensa que rien ne les arrêterait à présent. Ils couraient tous au massacre, qui en avait donné l'ordre ? Y avait-il même eu un ordre ? L'Indien n'avait pas pu faire cela. Il était prêt à tout, il savait utiliser les colères et les superstitions, mais là il ouvrait la porte à toutes les vengeances et ce brasier était un départ vers un voyage mortel.

Dans la main d'un des guerriers, il vit briller la lame d'un coupe-coupe. Savaient-ils que la maison était vide ? Qui les avait prévenus ?

— C'était le seul moyen.

Tulé se retourna. Derrière lui, l'Indien contemplait les ondes rouges qui grimpaient vers les étoiles, noyant les murs et les balcons.

— C'est toi qui as décidé ?

L'Indien fit signe que oui et Tulé sentit le désespoir l'envahir. Ce n'était pas ainsi qu'il aurait fallu procéder, il y avait d'autres moyens.

— On a tiré à Moramanga, dit l'Indien. Des hommes des milices et des policiers ont payé les tueurs de Diégo-Suarez, j'ai été prévenu. Cela faisait quinze jours qu'ils traînaient dans des bars en promettant des monceaux d'or. Avec l'alcool en plus, ils ont lancé des assassins et des droit-commun libérés et armés contre des fermiers. Un massacre. Il y a eu douze morts. Les représailles sont déjà organisées : il y aura une première vague d'arrestations et les agitateurs interpellés n'arriveront jamais vivants jusqu'à la porte des prisons. Cela s'appelle une provocation.

Tulé sentit sa salive lui manquer. L'Indien aux yeux immenses avait le regard mort, même les reflets des flammes n'arrivaient pas à le faire vivre.

— Ils ont bien joué, dit-il, c'était exactement ce qu'il fallait faire. Demain des boucheries éclateront, et tous les mouvements de libération seront décapités. Ne rentre pas chez toi ce soir.

Anka. Il ne la laisserait pas seule.

Les deux hommes reculèrent devant l'éblouissement soudain. D'un seul coup, le toit de Palembang s'effondra, éclatant les piliers. Un bouquet de cocotiers flamba de toutes ses têtes ébouriffées. Des torsades de palmes écarlates fusèrent dans l'horizon noir. L'Indien prit le bras de Tulé.

— Tu as des adresses, dit-il. Evite les routes, il y aura des barrages, passe par les sentiers de mulets et voyage de nuit. Le plus simple est de te rendre à Morombé chez le père Marteret. Je te ferai contacter.

— Explique-moi, dit Tulé, pourquoi cet incendie ? Qu'est-ce que cela apporte ?

L'Indien hocha la tête.

— Rien, dit-il, mais cesse de te demander à quoi

servent les choses, sinon je finirai par croire que tu es plus près d'eux que de nous.

Tulé le sait. Il est plus près d'eux que des siens. Il a appris comme eux, ils lui ont inculqué jusqu'à la forme de leurs idées. Ça s'est passé dans leurs écoles, leurs universités, et il voulait retourner tout ça contre eux, les prendre à leur propre piège. Mais ce n'est pas avec des diables nus courant autour d'un incendie qu'il pourrait les battre, des diables frottés d'huile de palme pour chasser les balles et rendre immortels...

— Pourquoi as-tu fait cela ?

— Je ne les tenais plus, dit l'Indien. Ils ont cru que Moramanga était le signal. Je ne les ai pas détrompés.

C'était donc cela. Qui aurait pu leur faire comprendre qu'une tuerie de colons avait été fomentée par des colons ? Lequel d'entre eux aurait pu l'imaginer et l'admettre ? Même les diables qui volent la nuit les cadavres des ancêtres dans les grottes sacrées n'agissent pas ainsi. Les Blancs ne se tuent pas entre eux.

— Ce n'est pas une action isolée, dit l'Indien. Des postes ont été attaqués à Manakara et Ambatondrazaka, des lignes électriques ont été coupées et j'ai lancé des coups de main dans les dépôts d'armes de Mananjary et d'Andilamena. C'est une nuit rouge.

Ils dansaient à présent autour des granges crépitantes. L'émail des dents limées brillait dans les chants de victoire. Des sauvages.

Tulé sentit son ventre bouger. La peur était à l'intérieur, un rat réveillé se retournait, mordait les viscères, c'est lui qui actionnerait ses jambes lorsqu'il fuirait : il grandirait à toute allure, prendrait toute la place jusqu'à coïncider exactement avec lui.

— Ne les méprise pas, Tulé, tu sais d'où ils viennent. Tu connais leur histoire. Tu sais donc qu'il ne pouvait pas en être autrement.

Depuis des années, Tulé leur apprenait ce qu'ils savaient déjà : leurs grands-pères étaient des esclaves, les terres de leurs pères appartenaient à une poignée de planteurs, ils avaient brûlé leur peau et usé leurs mains à construire les routes des Français.

Moins d'un siècle auparavant, les canons des envahisseurs avaient creusé leurs rangs de traînées rouges. L'Indien et lui leur avaient appris cela dans les réunions de villages, dans la paillote des chefs : c'étaient les semailles. Ce soir, la récolte.

Il n'avait rien à dire, il avait participé à la formation politique des masses et en avait été le principal responsable, mais tout se mélangeait à présent, les sorciers et la politique, la liberté et le sang, l'espoir et l'incendie. Et s'il s'était trompé ? Si aucune cause, aucune injustice ne valait une vie ni même un bûcher ?

Il était faible, Tulé, il le savait, et il s'était toujours protégé de tout. L'Indien le lui disait souvent : exalte-toi, tu les exalteras, ne leur donne pas de chiffres, pas de faits trop nombreux, ta voix compte plus que tout, elle seule est l'arme des révolutions si elle est force et colère. Il y a des mots à employer : déshérités, misère, vol, impôts, écrasement...

Ces mots, il les prononçait mais il ne les martelait pas, leur matière était riche et intense, et il ne savait pas en faire chatoyer la grandeur. Jamais il n'avait soulevé l'auditoire, jamais il n'avait senti le grondement muet de son public, cette lame invisible qui les soulèverait parce que, sans le vouloir, sa gorge aurait tremblé... Il n'était pas un tribun, tout juste un maître d'école, un agitateur sans talent, trop froid. Anka en souffrait, peut-être était-il avec elle comme avec les paysans de l'Ankaratra, distant, trop gracile. Ce soir, tout lui échappait. Il leur parlait hier de luttes, de communisme, d'équité, et voilà qu'aujourd'hui ils hurlent de rage autour des ruines de Palembang, la villa Bécalier dont le maître lui avait ouvert la porte et où il avait lu, au cours de plusieurs étés, les livres lourds aux tranches dorées. Montesquieu, Lévy-Bruhl, Durkheim, Spinoza... Il y avait un sofa de Chine, il posait sa main sur les accoudoirs, lissant les visages de nacre des bouddhas. Il y avait toujours dans le jardin une odeur de mandarine qui entrait par les fenêtres. Il ne savait pas qu'un jour les torches qu'il avait allumées calcineraient chaque livre.

L'homme portait des nattes tressées et ses mains frappaient un tambour de brousse. Tulé reconnut le sorcier de Mananga, un vieux bandit que les imbéciles payaient pour jeter ou lever le mauvais sort. Il faisait peur aux enfants et des femmes le battaient lorsqu'il tournait autour des filles nubiles, il détalait sous les volées de pierres, et ce soir il haranguait les armées de la misère, sautant sur un pied, chaloupant, grotesque dans la poussière et la fumée.

L'Indien s'approcha de lui et murmura quelques mots rapides que Tulé n'entendit pas. Le sorcier s'arrêta net et partit d'un trot lourd de pachyderme. L'homme qui se trouvait le plus près de Tulé retourna le bambou qu'il tenait à la main et écrasa l'extrémité d'étoupe enflammée dans la terre. L'auréole bleue s'éteignit, un bidon d'essence tinta contre une pierre et tous disparurent.

— Va-t'en, dit l'Indien, les soldats vont arriver, ils sont signalés sur la route de Manalondo. Tu seras contacté dans huit jours.

— Je ne peux pas laisser Anka.

L'Indien haussa les épaules. Tulé se demanda pourquoi on l'appelait ainsi, on savait peu de choses sur lui sinon qu'il avait été l'organisateur des grèves d'ouvriers à Marovoay, dans le bâtiment et les arsenaux, qu'il avait passé quelques années en U.R.S.S. et fait de la prison à Johannesburg où il avait été torturé durant quinze jours. Un professionnel.

— On peut tout et toujours. Dépêche-toi.

Les choses allaient trop vite tout à coup, il se mit à courir et escalada le premier remblai des rizières. La lueur de l'incendie l'éclairait, il pouvait voir son ombre déformée progresser le long du talus. Une cible parfaite. Il accéléra et partit vers le sud. Il savait comment éviter les postes et les villages. Ce n'est qu'au bout d'un kilomètre, lorsque la fraîcheur des herbes gorgées d'eau monta jusqu'à lui, qu'il cracha une poussière de salive et de cendre qui lui brûlait la gorge.

Il lui fallait retrouver les réflexes des gens de ce pays, il était un Hova, rien d'autre, ses ancêtres dirigeaient le royaume, ils savaient voir dans la nuit, découvrir les sources cachées et vivre du jus des figues de Barbarie. Il était un gibier que nul chasseur ne pourrait atteindre, chaque arbre le cacherait, chaque ondulation de terrain, la terre était son alliée, il ne craignait rien...

Le sorcier repoussa entre ses omoplates la lanière de cuir qui retenait le tambour. Il trottinait lourdement, ses orteils écartés largement posés sur le sol. Il n'avait eu des chaussures qu'une fois : un vendeur d'ylang-ylang sur un marché lui avait donné une paire de sandales usées pour qu'il le guérisse d'une maladie vénérienne attrapée dans l'unique bordel de la rue Clemenceau. Elles s'étaient rompues très vite et il n'en avait plus jamais porté. Il glissa la main dans la poche de son short rapiécé et palpa les deux billets que lui avait donnés l'Indien. Deux cents francs, il pourrait acheter au colporteur plusieurs litres de betsabetsa. Rien au monde ne valait le riz fermenté, l'alcool-poison ; tout devenait lumineux et facile, des chants naissaient à ses oreilles et chaque arbre se changeait en femme, en l'une de ces filles crédules à qui il vendait de la poudre de lézard pour leur éviter d'être enceintes. Quelquefois, il arrivait à les attirer dans sa tanière et laissait retomber la toile de sac de l'entrée, il se faisait menaçant, parlant des dieux mauvais contre lesquels même les morts ne pouvaient rien tant était grand leur pouvoir. Il fallait qu'elles se donnent pour chasser les démons...

Il vit le rocher face à lui. Il marquait la fin des plantations Palembang. A quelques mètres se dressait le poteau indicateur. Il avait bu une bonne partie de la journée, une caisse de bière tiède et du jus de litchi dans l'arrière-cour d'un distillateur clandestin, mais son ivresse n'était pas suffisante pour qu'il ne s'aperçoive pas qu'il s'était trompé de direction. Il avait pris trop à gauche à travers la palmeraie et se trouvait à présent en direction de la route du village. Il s'arrêta.

Ce n'était pas le silence habituel. Quelque chose se passait derrière la colline, un son rauque qui montait comme celui d'une bête énorme et malade.

Des voitures. Il y en avait plusieurs.

Il tenta de chasser les brumes de la boisson et de la danse. D'un revers de main, il essuya son menton couvert d'une mousse amère. Le résultat des incantations... Il suffisait de fermer les yeux et de se lancer à corps perdu dans le rythme du tambour, et les diables lui emplissaient la bouche d'une eau salée qui coulait aux commissures de ses lèvres. Certains s'aidaient de morceaux de savon pour arriver à ce résultat, mais lui n'en avait pas besoin car il était le meilleur homme-médecine de la région, il pouvait...

La côte devant lui s'illumina soudain. A moins de cent mètres, les phares de la Jeep dressèrent une double colonne jaune qui vacilla sous le cahot, s'inclina et éclaira la route. Le sergent Doubart se leva de son siège et, cramponné à la ridelle de la portière, libéra sa carabine d'un coup d'épaule.

— Regardez, en voilà un.

Ils virent le vieux courir à la limite de la portée des phares. Il semblait avoir un sac sur son dos qui rebondissait à chaque enjambée.

Doubart jeta un coup d'œil en arrière. La Jeep de commandement du capitaine Berthier était loin ; s'il l'attendait, il perdrait le fugitif de vue, et puis les ordres venaient de tomber, ils étaient nets : abattre les suspects.

— Rattrape-le !

Le chauffeur enfonça la pédale d'accélérateur et les pneus de la voiture hurlèrent dans le chuintement du caoutchouc arrachant les pierres. Les quatre hommes décollèrent des sièges et se cramponnèrent.

Un nœud de peur serra la gorge du gendarme voisin de Marek. Des fils téléphoniques coupés empêchaient les communications mais l'appel radio avait été éloquent. L'insurrection éclatait, il y avait cinquante morts à Moramanga, des femmes et des enfants avaient été égorgés. Le soldat serra la crosse du Garant et fit jouer la culasse.

L'homme affolé courait au milieu de la route en zigzags inutiles ; il titubait et, à chaque enjambée, dévoilait ses talons couleur de calcaire.

Le sergent Doubart arma l'USM 1, perdit son calot, jura et écrasa la détente. Le staccato du chargeur percuta les tympans du fuyard qui s'écroula sur les genoux et fit face. Marek reconnut le sorcier. Un vieux bandit, ivrogne et inoffensif.

— Arrêtez, dit-il, c'est...

Doubart, soulevé par un cahot plus violent, faillit basculer sur la route.

— Foutez-moi la paix, hurla-t-il.

Le vieux était à vingt mètres. Le canon de l'arme s'immobilisa et le sergent balança les quatre balles restantes.

Les deux premières soulevèrent le Malgache et le retournèrent comme une crêpe, la troisième creva son tambour et la dernière lui explosa la moitié de la tête.

— Bon Dieu, dit Doubart, un coriace.

Marek eut une sorte de sourire, son buste se cassa de lui-même à l'extérieur et il vomit.

— Faudra vous habituer, dit Doubart, c'est la guerre à présent. Allez, avance.

La roue avant droite passa à quelques centimètres du cadavre et fonça dans la nuit. Déjà sur Palembang, la lueur de l'incendie faiblissait.

— Personne ne bougera, dit Grégoire, ni pour calmer les esprits ni pour les attiser.

Anjaka eut un sursaut et s'écarta de la fenêtre.

— Vous pensez que j'ai quelque chose à voir avec ces meurtres ? J'ai toujours...

Grégoire haussa les épaules. Il parlait vite, ce qu'il

ne faisait jamais, à un rythme d'urgence qu'il ne se connaissait pas.

— Vous êtes toujours resté dans la légalité, je sais, mais que vous le vouliez ou non, vous êtes avec eux.

— Cet amalgame prépare à lui seul votre future défaite, Arians ; si vous confondez les terroristes et les réformateurs, vous aboutirez à un double désastre : cette île va s'ensanglanter et vous creuserez vous-même votre tombe.

Grégoire referma d'un coup d'épaule la porte de l'armoire.

— Aidez-moi.

Il fit glisser quatre draps pliés sur les avant-bras tendus du député.

— Montez-les à l'étage.

Anjaka obéit. Il croisa un soldat dans l'escalier. Le métal de son casque brillait. L'homme fumait en dissimulant l'extrémité rougeoyante de la cigarette dans la paume de sa main. Le Malgache reconnut l'odeur râpeuse du tabac de troupe.

Berthier était parti en patrouille mais avait mis en place un dispositif de sécurité. Les hommes grouillaient dans le jardin. Il y en avait quatre sur la terrasse, groupés autour d'un F.M. On pouvait entendre leurs voix étonnamment claires descendre du haut de la villa Vanille.

Anjaka poussa la porte. Coline et Ariane dépliaient un lit de camp dont les armatures rouillées résistaient.

— Je vais vous aider...

La lune glissa sur la joue d'Ariane, la goutte de sueur se forma, s'arrondit et démarra lentement, suivant la courbe du maxillaire.

— C'est idiot de faire les lits, dit Coline, personne ne dormira de toute façon.

Ariane força de tout son poids sur les montants qui s'écartèrent enfin, tendant la toile.

— Ordre du maître, haleta-t-elle, on ne discute pas.

Berthier avait donné également des directives en ce sens : personne ne quitterait la villa avant le jour.

— Où est Sandre ? demanda Coline.

— Elle fait du café avec Anka.

Ariane prit les draps des bras du Malgache. Elle devina dans sa silhouette immobile une blessure nouvelle. Il y a quelques heures encore, il ne se serait pas tenu ainsi. Arrivait-il que l'on vieillisse en si peu de temps ?

D'un coup de poignet, elle libéra la toile de ses plis et le long rectangle blanc se déploya dans la chambre avec une douceur d'aile vivante. Un oiseau de vapeur avait surgi et retombait sur la paillasse... Une voile éphémère.

Andafy Anjaka remarqua les autres lits alignés contre le mur. Le parfum de Coline coulait dans la pièce.

— Ce sera la chambre des hommes, dit-elle, si vous avez peur vous pouvez nous appeler, nous serons à côté.

Ariane avait toujours eu pour Coline une admiration apitoyée, celle que l'on réserve à une femme capable d'atteindre des sommets de désespoir pour un raccord de mascara manqué. Superficielle, belle... Berthier l'appelle la femme à l'homme inconnu. Il ne peut pas croire que tant de crèmes, d'onguents, de rouges à lèvres et de poudres ne soient utilisés que pour un plaisir personnel. Il ne connaît pas Coline. Qui connaît-il d'ailleurs ?

Des voix dans le parc. Grégoire parlait avec un soldat.

Oh, Adrian, Adrian... je ne pouvais pendant nos nuits que répéter ton nom, sans cesse, il devenait un chant à note unique, il se confondait avec mon souffle, il était ma respiration. Tu avais pris la place du monde, Adrian, et tu n'es pas venu... Cela signifie que tu ne viendras plus et que la vie devient la vie sans toi jusqu'à ce qu'elle cesse. Que de temps, Adrian, que de temps à passer ! Si seulement ces années usaient le souvenir, si seulement elles te transformaient en une ombre tremblée dont le danger s'émousse... Si tu pouvais n'être plus qu'une nostalgie, un regret agréablement douloureux, si je pouvais ne ressentir que ce picotement vague et acidulé qui vient de ce que la vie aurait pu être autre, une sorte de rêve à l'envers. Voilà, cela n'aura pas eu lieu... Là commencent les sagesses, elles colmatent les brèches : peut-être n'aurait-ce pas été si merveilleux que cela, peut-être nous serions-nous lassés, peut-être aurions-nous cessé de nous aimer très vite, peut-être, Adrian, peut-être...

Ariane descendit. Bien que la villa ne fût éclairée que par la lumière de la lune, ses pieds trouvaient leur chemin...

Avant leur mariage, Berthier désirait qu'ils s'installent à Manalondo, une maison au pied de la colline et entourée de bananiers, mais Ariane n'avait pas voulu quitter la villa Vanille. Elle avait protesté : l'arrière donnait sur le mess des officiers, ce serait donc bruyant, les chambres étaient petites et mal exposées. Ils étaient donc restés au domaine.

Berthier n'avait pas été dupe mais n'avait pas insisté. Sans doute avait-il compris que ces murs qui étaient ceux de l'enfance étaient encore pleins d'Adrian. Il y avait partout, près des enclos, derrière les anciens cachots des esclaves, dans les hangars à grains, dans les chambres désertes, la trace de leur folie. Vanille enrobait Ariane, était l'écrin sans lequel elle ne pouvait vivre. Rester à la plantation de son enfance était une fidélité, la souffrance-bonheur qui ourlait chaque jour de sa vie.

Je suis une imbécile, pensa Ariane. Je n'ai jamais voulu que l'amour comptât seul dans mon existence, et c'est exactement ce qui m'est arrivé...

Le salon était empli de reflets de lune. Pronia se tenait sur le canapé. Seule dans l'obscurité. Ariane s'agenouilla à ses pieds et lui prit les mains. Un moteur de Jeep démarra, monta jusqu'à l'aigu et, sous ses paupières fermées, Pronia eut la vision des pneus écrasant les graviers giclant sous le caoutchouc, giflant les herbes en une molle mitraillade.

— Pronia, ne soyez pas triste. Vous resterez ici tant que vous le voudrez et vous reconstruirez Palembang.

Les cils remontèrent lentement. Un rideau sur un théâtre mort. Comment un œil vivant pouvait-il être si vide de toute vie ?

— C'était la maison de Bécalier, celle de mon mari, ce n'était pas la mienne... Cette maison brûlait depuis longtemps, très longtemps, mais personne ne s'en apercevait... Personne n'y a mis le feu, tous ces soldats sont inutiles...

— Qu'est-ce qui brûlait dans cette maison, Pronia ?

Ariane n'aima pas la façon dont Pronia se pencha vers elle. Il y avait dans son attitude quelque chose d'un oiseau, immense et seul, guettant l'inaudible, un signal que nul sens humain ne pouvait percevoir mais qui l'avertirait d'un surgissement effroyable.

— L'ennui, Palembang s'est enflammé d'ennui. De celui de Francis, du mien, de celui de Marek, de Coline. Je suis heureuse que la maison ait brûlé...

— Ne parlez pas ainsi.

Le rire de Pronia. Un fruit au jus acide et désordonné.

— Attends de vivre encore et tu sauras que c'est ainsi qu'il faut parler : de la manière que l'on n'a pas apprise.

Ariane se dressa. Il y avait eu un appel, lointain. Les conversations des hommes s'étaient tues. Une voiture arrivait.

— ... la négation de toute fatalité.

La fin de la phrase de Francis Bécalier avait résonné, incongrue dans la nuit vidée de sons.

Silence.

Ariane perçut le cliquetis métallique d'une arme, une crosse raclait un arbre ou un mur.

Elle sortit et devina un groupe d'hommes. Grégoire était au milieu, seul à ne pas avoir de fusil. Personne ne venait jamais à cette heure et ce n'était pas une Jeep. Je connais le bruit de ce moteur... L'Hamilcar...

Elle se mit à courir dans l'allée de citronniers. Il y a des lieux où personne ne me rattrape, j'y ai battu le vent à la course.

Le bruit de l'explosion lui boucha les tympans. Les cris ondulaient, cotonneux.

— Arrêtez, ne tirez pas, ne tirez pas !

Ariane dérapa dans le tournant, le talon de sa chaussure droite se brisa net. La voiture bloquait la route en travers, la fumée de la grenade masquait la calandre. Elle reconnut le capot délavé.

Elong était à genoux sur la route, les mains sur la tête ; la peur avait fait jaillir la sueur, dilatant chaque pore de sa peau.

Ariane entra dans la lumière des phares et vit la silhouette en contre-jour. L'homme sauta par-dessus la portière et sembla rester quelques fractions de seconde suspendu dans le vide. Il fit deux pas. Le bas de son pantalon était maculé de boue.

— Ne tirez pas, dit-il, vous êtes fous !

La forme ondula soudain, noyée.

— Qui a lancé cette grenade ?

— J'ai cru à une attaque, mon lieutenant, quand j'ai vu le chauffeur noir, j'ai dégoupillé.

Adrian avança dans le jeu des faisceaux lumineux qui multipliaient son ombre sur le sol. Il toussa dans l'odeur de poudre, mit sa main en visière devant ses yeux et vit les armes briller dans la main des soldats.

C'était la guerre et c'était la nuit.

Ariane se détacha, éclairée par les projecteurs, et disparut un instant dans l'éblouissement trop fort de la lumière ; il se retint pour ne pas courir : tous les hommes qui les entouraient étaient ceux de Berthier.

Et soudain elle fut là, proche comme la mort au bout d'un fusil. Je n'ai même pas à respirer tes cheveux pour en reconnaître le parfum.

— Tu as fini par venir, Adrian Bécalier !

L'eau agrandissait les pupilles. Les larmes s'incurvaient en coupelle, perlant les cils. Il n'y aura jamais de bonheur en moi si nous séparons nos vies.

Mon amour, mon bel amour martyrisé.

— Je suis de retour, Ariane...

La main d'Adrian trembla sur le bras nu d'Ariane. Que meurent les hommes et que tout éclate et s'effondre sous les constellations et les batailles ; nous voici deux, pour toujours, sous les balcons de cette nuit en flammes... Nous sommes de retour. Bienvenue, Adrian.

Marek

Putain de soif.

Ils sont morts. Ce n'est pas possible autrement. Lorsque les portes s'ouvriront, il n'y aura plus que des cadavres.

J'ai l'impression que ce train pue déjà.

— Tu veux de la bière ?

Marek se retourne avec difficulté. Son bras est ankylosé ; voilà plus de deux heures qu'il ne quitte pas des yeux les trois wagons, et ses omoplates sont meurtries par les cailloux du ballast.

Un ordre idiot. Cette surveillance est inutile. Après les avoir enfermés, ils ont plombé les portières. Qui pourrait sortir ?

La bouteille est chaude. Du pouce, il fait sauter la fermeture métallique, libérant le joint de caoutchouc rose. Amère et triste. Même la bière s'est mise à être triste. Ces jours se fondent entre eux et n'en forment plus qu'un, rouge et brûlant. Cela a commencé lundi lorsqu'ils ont lancé les Africains sur les villages et armé les colons. J'ai suivi parce qu'il n'aurait manqué que moi, et personne n'aurait compris que je n'y sois pas. Ils sont tous là : Douvier, Foucart, Alexandre et les frères Pluviot... ceux du dimanche au café de la Place.

C'est vrai que c'est mon rôle aussi, et qu'il me faut combattre : ils ont brûlé ma maison, ces fumiers ! Marcel Pluviot surveille comme moi. Je le vois d'ici, en haut du remblai. Ils lui ont collé un F.M., avec un serveur sénégalais. J'espère qu'il est meilleur tireur que joueur de billard. Les insurgés ont pillé les arsenaux, les dépôts d'armes à Diégo-Suarez. Le lieutenant l'a expliqué : la lutte est égale à présent. Ce n'est plus trois cinglés à poil avec des coupe-coupe... ils ont des flingots et des bâtons de dynamite. On va en chier. Hier on a tué du bétail et fait sauter les maisons. Pour l'intimidation, pour qu'ils arrêtent...

Ils ont installé la mitrailleuse devant l'enclos et tellement tiré qu'il a fallu arroser sans arrêt le canon. Après, les bêtes ont été brûlées. J'ai encore l'odeur dans les narines, biftecks, cuir et poils comme à la tannerie. On a arrêté les types du M.D.R.M., les femmes ont filé dans la brousse : j'en ai vu un qu'ils ont fusillé tout de suite, ce devait être un gros gibier, un meneur. Foucart l'a reconnu, c'était l'instituteur. On a mis les autres dans les wagons à bestiaux, fermé les portes et depuis on attend.

Ils sont trois cents au pifomètre. Deux jours qu'ils cuisent sous le soleil.

J'ai dormi chez Douvier. J'ai voulu discuter un peu des événements, mais il dit qu'il n'y a pas à discuter et qu'à partir du moment où l'on discute, c'est qu'on n'est plus sûr d'avoir raison.

— Tu veux t'en aller, Marek, ou tu veux rester ?

— Je veux rester.

— Alors si tu veux rester, tu fais le ménage, c'est la seule façon, y en a pas trente-six.

Bien sûr que je veux rester. Je suis né là et je ne connais rien d'autre. Coline est allée en France, elle m'a expliqué, montré ses photos de la tour Eiffel. Qu'est-ce que je foutrais là-bas ? Je ne ferais pas dix mètres sans être perdu... Ici, je connais tout, du cap d'Ambre à Ambovombé, je me retrouve partout les yeux fermés. Et puis c'est mon travail : les entrepôts, la viande, je sais y faire. On n'aurait peut-être pas dû tuer les bœufs, tous ces troupeaux... Mais Douvier a raison, cela fait partie du coup de balai à donner.

Je dois être avec eux. Il y a tant de choses à préserver : l'odeur de l'anis le dimanche matin à la terrasse du Colbert, les musiques dans les feuilles des platanes le soir du 14 Juillet sur la place, et puis la famille ; Douvier a raison, si on ne se défend pas, tout disparaîtra, toute notre vie et on sera perdus. Même Grégoire Arians, si fort soit-il. Lui ne prendra jamais le bateau du retour... Moi non plus. Je suis d'ici, plus que Coline, plus qu'Adrian, plus que mon père ; Pronia, elle, est de nulle part, du pays de la folie...

Doubart m'a raconté qu'à Nosy Varika, ils ont embarqué des suspects dans les avions et les ont lancés vivants sur les villages. Les noms étaient connus, ils étaient six. Les autres réfléchiraient. Ça leur montrerait qu'on ne rigole plus.

La migraine me vient souvent depuis mon adhésion aux Volontaires civils. C'est un sacré changement. Finie la petite vie pépère à Palembang. Fini Palembang. Ils vivent tous à Vanille avant de reconstruire dès que les événements se seront calmés. Ça a fait plaisir à M. Arians que je m'engage. Le drame de ce type, c'est d'avoir deux filles. Lorsque j'y réfléchis, je me dis que celui de mon père, c'est d'avoir deux garçons.

Il n'a jamais su quoi faire de nous. Adrian a toujours été ailleurs, et moi, lorsque j'entrais dans son bureau, j'étais trop épais, je me sentais prendre trop de place, et les bouquins qu'il me donnait à lire, c'était pareil, j'avais de trop gros doigts pour tourner les pages et un trop gros cerveau pour des mots si fins : je ne comprenais pas... Adrian était plus malin et plus mince. C'est drôle les gosses, étant enfant j'aurais aimé le tuer. J'en ai rêvé, je l'écrasais et je prenais sa place, je me fourrais dans sa peau et j'étais Adrian... délicat avec le sourire en coin que je voulais briser et l'œil de gaieté quand il jouait à des jeux à lui dans le fond de la véranda.

Heureusement Coline me préférait. Je m'en suis aperçu tard, elle était grande déjà, une dizaine d'années peut-être... Moi j'en avais quatorze, et qu'est-ce qu'elle pouvait me coller ! Ça m'horripilait, mais aujourd'hui je sais que c'était bien qu'elle ait été là parce que j'ai dû sentir que c'était la seule qui m'aimait et que c'était important. Même si j'avais du mal à ressentir les choses.

Plus qu'une demi-heure avant la relève. Je me demande ce qu'ils vont faire de ces types. Avec la fatigue et l'habitude, je commence à m'en foutre. Ils sont déjà dans leurs cercueils, c'est ce qu'il faut se dire, trois grands cercueils de bois.

Marek, sans se lever, ramena la musette sur son ventre. Coline lui avait donné quelques provisions mais tout avait fondu. Il avait reçu le matin une ration de l'armée américaine, le corned-beef sentait la toile de tente. Il sortit un paquet de Lucky Strike et en prit une entre deux doigts. Le papier était sur le point de se déchirer. Il exhala la fumée bleue.

Trois grands cercueils de bois sur la ligne de Tamatave.

Lorsque je fume comme ça d'habitude, c'est que je viens de faire l'amour avec No-San. Elle vient d'Haiphong où elle était déjà pute. S'il n'y avait pas Grégoire, je la garderais pour moi, je l'installerais, mais un jour il a raconté une histoire de type qui installait sa pute chez lui, et à sa façon de dire j'ai compris qu'il n'était pas d'accord.

Je ne monte qu'avec No-San parce qu'elle sait ce que j'aime et que je n'ai pas honte devant elle. Je suis allé dans des bordels où des femmes ont ri, je ne veux plus le revivre, alors je reste avec No-San et je fume des Lucky.

J'ai fermé la Générale Frigo. Les ordres sont venus de Tananarive. On rouvrira lorsque tout sera rentré dans l'ordre. Ça ne peut pas durer davantage pour une raison toute simple, et sur ce plan-là Berthier est catégorique : on a les avions, les canons, les soldats, et eux ils n'ont presque rien, donc ils vont arrêter avant le massacre total.

Certains disent qu'il y a les Russes derrière, mais ce n'est pas vrai. On dit aussi que les Américains sont favorables à l'indépendance, mais c'est encore une bien belle connerie. Il suffit de passer trois heures dans n'importe quel patelin de l'île et de les regarder faire : si on partait du jour au lendemain, ils n'en auraient pas pour trois mois avant de mourir de faim. Pour être indépendant, il faut être capable de l'être et ce n'est pas leur cas. Je suis né avec les Malgaches, je les connais bien, j'ai eu des copains parmi eux, mais ils sont quand même trop cons.

— Bécalier, regarde...

Marek sursaute. Il a failli s'endormir. La sueur coule sur ses avant-bras. L'homme qui s'est approché est un costaud de Beraketa dans le Sud. Ils ont pêché ensemble une fois sur les bords de la Mandrare.

— C'est Jabert qui arrive.

Marek regarde le convoi cahotant sur la piste. La Jeep roule devant, suivie d'une batterie d'autocanons dans un nuage de poussière qui voile le soleil.

Les deux hommes se sont dressés dans les herbes. Leurs semelles écrasent les pierres chaudes. Midi. Le haut moment de la fournaise. Les rayons tombent droit au-dessus des toits immobiles.

Quand un train ne roule pas, pense Marek, il a l'air idiot.

— Avec Jabert ça va chier, dit le costaud, il sait ce qu'il faut faire.

Marek ne le voit pas encore... une silhouette brouillée à côté du chauffeur. Jabert commande les opérations dans la région nord. Il y a quarante-huit heures, il a tiré vingt-cinq prisonniers politiques de la prison d'Ankazobé et les a fait exécuter dans le bâtiment des douanes. Pour l'exemple.

Dans le virage, Marcel Pluviot retire les cales qui maintenaient son fusil-mitrailleur tandis que son serveur enroule les rubans de balles qui entourent son torse.

— Qu'est-ce qui se passe ?

Marek plisse les paupières : dans le miroitement général, il n'arrive pas à comprendre le sens des gestes que lui adressent des soldats éparpillés le long de la voie.

— On quitte la position.

Marek réajuste la bretelle de son fusil et recule dans les herbes.

Au-dessus de lui, à trois cents mètres, les véhicules se sont rangés, parallèles au train. Sur le toit des camions blindés, les tirailleurs vissent les pare-flammes à l'embouchure des mitrailleuses lourdes.

— Dépêche-toi.

Marek court à présent, les bidons s'entrechoquent au-dessus des cartouchières. Le reste de la compagnie est là, à l'orée du bois. Douvier est assis par terre, son chapeau de raphia entre ses genoux. Il a l'air épuisé. Marek se retourne. C'est l'instant où Jabert commande le feu.

Les trois canons tonnèrent en même temps. Le premier était un 28 mm de la Deuxième Guerre mondiale, une arme allemande antichar, les deux autres étaient des calibres 57 à obus explosifs. Le premier wagon éclata instantanément. Les roues parurent jaillir des rails et les éclats de bois montèrent droit dans l'air.

Le fracas fut tel que Marek eut l'impression que le tonnerre avait coupé le jour en deux et que jamais les parties ne se recolleraient.

Le staccato de la 12/7 s'insinua entre les détonations qui pulvérisaient les parois du convoi.

Marek vit la ligne des impacts s'allonger de gauche à droite puis de droite à gauche, le mitrailleur balayait avec une régularité de machine à coudre ourlant un tissu.

Ce n'était pas la peine. Ils étaient déjà morts. J'en suis sûr. Personne ne pouvait tenir sous le soleil dans ces cages de bois.

Les affûts des canons reculèrent encore quatre fois et tonnèrent. Le toit du wagon central s'envola, les fragments d'acier des obus scièrent les planches déchiquetées.

Il y eut un rire derrière Marek, il entendit une voix :

— Purée rouge... Un hachis !

Oui, c'était exactement ça. Une purée rouge. La

mitrailleuse tirait toujours. Cela n'aurait jamais de fin.

— Putain, dit Douvier, cette fois ils auront compris, on va avoir la paix.

Marek hocha affirmativement la tête. Oui, il fallait qu'ils aient compris, absolument, sinon... Peut-être pourraient-ils rentrer bientôt, rendre le matériel. Cela aurait été rapide en fin de compte. Même pas une semaine de représailles et la vie allait reprendre. Le silence s'installa d'un coup. Malgré la nappe de fumée qui stagnait le long de la voie, Marek vit que deux des voitures s'étaient ouvertes, béantes comme des fruits sombres et monstrueux, une planche tourbillonna et retomba comme au ralenti. Une flamme courut sur le faîte du dernier wagon qui ressemblait à une palissade aux pointes brisées.

— Combien t'as dit qu'ils étaient là-dedans ?

Marek avala sa salive et répondit sans se retourner :

— Trois cents.

— Ça va faire un exemple, appuya Douvier. J'avais dit qu'avec Jabert y aurait pas de cadeau.

La colonne se reforma lentement. Marek laissa les premiers rangs passer et se glissa à côté d'un des frères Pluviot. Il lui jeta un coup d'œil rapide et latéral. Pourquoi avaient-ils cessé de se regarder comme autrefois ? Tout de suite, leurs yeux fuyaient.

— De la bouillie, dit Pluviot. T'as vu le sang couler sur les rails ?

Marek haussa les épaules ; il avait vu et n'avait pas ressenti grand-chose. Il pensa qu'il commençait à s'habituer.

III

Francis Bécalier s'écarta de la tôle brûlante de la voiture qui l'avait amené devant les décombres de Palembang. L'enchevêtrement des poutres calcinées formait une pyramide presque régulière. Dans l'angle sud, le toit de l'ancienne véranda s'était effondré et, sur la pente des tuiles, deux singes minuscules se tenaient en équilibre. Une odeur traînait encore. Il ne ressentit rien. La villa avait appartenu à un planteur, un des concurrents de Grégoire Arians. Il était étonnant qu'en tant d'années il n'y ait pas accumulé de souvenirs. Il ne se souvenait plus d'avoir vu courir sur les balcons et dans les couloirs ni Adrian, ni Marek, ni Coline...

Les livres. Seulement les livres. Pronia, entre deux séjours en clinique, s'installait à l'étage dans son rocking-chair, la fenêtre ouverte sur les collines, noyée dans son silence ou sa frénésie. Il y avait l'ombre des palmes, les orangeades que le boy lui apportait dans son bureau. De ces années à faire semblant d'écrire, il revoyait les cercles des verres sur les pages blanches, une géométrie dans laquelle il se perdait... Un temps sans repères, identique. Il repoussa l'idée qu'il lui fallait choisir : regretter ces années ou non. Difficile puisqu'elles n'avaient pas été vécues...

L'un des singes cria, une rage subite, un zigzag instantané comme un coup de fouet. Dans six mois, la végétation aurait tout submergé, le bois brûlé s'enfoncerait dans l'humus et disparaîtrait. Pourquoi Vanille était-elle si présente, pourquoi l'attirait-elle comme un aimant, alors que Palembang avait été une fausse demeure où rien ne s'était passé. Il s'y était enfermé, Pronia l'avait fuie, c'était une maison sans joie...

Un instant il fut tenté de s'approcher, d'escalader le monticule noirâtre, de rechercher quelques traces, quelques livres ; des photos peut-être avaient échappé à l'incendie, mais l'escalade risquait d'être périlleuse, il pouvait demander à Elong, mais à quoi bon ? Lorsque tout serait apaisé, il proposerait de rentrer à Tana, peut-être même en France... Plus tard... Il y penserait plus tard.

Sur la route du retour, il croisa Adrian. Durant les années de guerre, il n'avait jamais eu peur pour lui, il l'aimait trop mal pour qu'il en fût différemment, mais ce n'était pas propre à Adrian, il en était de même pour Marek et pour Coline. Il était passé à côté de ses enfants... Il était d'ailleurs passé à côté de tout.

Francis Bécalier abandonna la voiture et marcha près de son fils, longeant les rizières. Ce fut Adrian qui réagit le premier au silence qui, tout de suite, s'était installé entre eux.

— Nous n'avons jamais beaucoup parlé, n'est-ce pas ?

Francis enfouit les mains dans ses poches. Il devait se voûter car son fils était à présent plus grand que lui.

— Je ne sais pas poser les questions intéressantes.

Adrian rit. La tentation le prit de saisir le bras de son père, de créer pour la première fois une vraie connivence entre eux, quelque chose de nouveau et d'un peu tendre.

— Je ne suis pas doué pour la conversation, poursuivit Francis. Je ne t'ai même pas demandé si la guerre avait été rude...

— En effet, ce n'est pas une très bonne question...

— Comment as-tu trouvé ta mère ?

— Mieux.

Pourquoi avait-il cet air battu, cette éternelle fatigue ? Le vieux savant n'en connaissait peut-être pas lui-même la raison ; elle remontait loin, au temps des premières fouilles dans les tombeaux des rois Vazimbas et de l'expédition dans les grottes de l'Isalo, lorsqu'il avait commencé à bâtir cette théorie qui l'avait ridiculisé dans la plupart des facultés et des sociétés anthropologiques des deux hémisphères : l'ethnie malgache était à l'origine de toutes les races du monde, tout était parti d'ici, de ces forêts épaisses. Madagascar était le berceau de l'homme.

Au cours de ses années d'enfance et d'adolescence, Adrian avait souvent trouvé son père les yeux perdus, dans son bureau de Palembang. Il n'écrivait pas. Il regardait, au-delà des terrasses, les collines blessées dont le vallonnement montait jusqu'aux hautes montagnes centrales, là où, un jour, l'homme était né. Il en était certain. Les autres, les théoriciens de Pretoria, de Londres, de Paris, ralliaient la thèse contraire : les tribus étaient venues de la mer, des côtes du Mozambique et d'Indonésie, elles s'étaient installées dans les forêts, au cœur du monde malgache. L'hypothèse prévalait. Bécalier avait défendu ses idées mais la mer ne garde pas la trace des sillages des bateaux, ni de ceux d'aujourd'hui ni de ceux d'autrefois. Il était, en quelques années, devenu un clown du savoir, un ethnologue dont les travaux faisaient rire. Bécalier le pitre, reclus au cœur de ses fantasmes et dont l'Etat refusait systématiquement les demandes de crédit.

Le doigt de Francis Bécalier désignait sur la carte la région des hautes terres à son fils.

— Regarde, Adrian, la preuve est là, quelque part, enfouie dans les contreforts de granit. Les villages des premiers hommes sont là, cachés, je le sais... Il faudrait une expédition, une seule, seulement vingt hommes pendant six mois.

Ils firent une dizaine de pas. La chaleur montait de plus en plus.

— Décidément, dit Adrian, nous ne sommes pas plus doués l'un que l'autre. Et ton livre ?

— Il avance.

C'est ma faute aussi, pensa Adrian, il ne m'a jamais battu, jamais grondé ; s'il a été absent, c'est que je n'ai pas sollicité sa présence.

— Tu vas rester un peu dans l'île ?

— Je ne sais pas encore.

Ariane. Tout dépendrait d'elle. Comme toujours...

Bécalier sortit un mouchoir, en épongea son front et sa nuque. Il eut un regard navré vers le bleu exacerbé du ciel.

— Je ne m'y suis jamais fait, murmura-t-il.

Adrian l'arrêta net.

— Les paroles ne sont pas le meilleur moyen d'exprimer ce que l'on ressent, dit-il. Si nous n'y arrivons pas, nous ne devons pas le regretter.

Francis avait en cet instant un air penaud, presque enfantin. Je suis plus vieux que lui, pensa Adrian.

— Tout de même, le langage est en général...

Adrian le prit aux épaules.

— On s'en fout, dit-il, on ne se parlera jamais et on s'en fout.

Francis vit la douceur dans le rire des yeux de son fils, quelque chose avait craqué dans la digue, une fissure infime qui s'élargirait ou se refermerait, personne ne pouvait encore le dire. Une nouvelle fois, ce n'était pas lui qui avait pris l'initiative, le fils était plus mûr que le père.

Ils reprirent leur marche.

— Avant que j'oublie, dit Francis, je suis content que tu sois revenu.

Le miroitement du soleil dans les rizières était éblouissant.

— Je t'offre un verre, proposa Adrian, il doit bien rester un café ouvert à Manalondo.

Il chercha une cigarette et l'alluma. Ariane. Elle était là... Leurs regards ne s'évitaient pas, il voulait la voir seule, absolument... Un attendrissement lui était venu de cette rencontre avec son père mais, à aucune seconde, l'image d'Ariane Berthier ne s'était évanouie. A aucune seconde...

— Il y a un proverbe kalanoro, dit Sandre : « Garde tes larmes pour la mort. » Tulé n'est pas mort, Anka...

— Aussi je n'ai pas de larmes... ou alors elles coulent seules.

A moins que ce soit pour une autre raison qu'elle ne peut avouer parce qu'elle l'ignore elle-même... Mais c'est une tentation si facile, si logique de penser : son mari est en fuite, elle n'a pas de nouvelles, comme elle doit être malheureuse !... Pauvre Sandre, qui a la chance de ne pas savoir à quel point les humains peuvent cesser de s'aimer.

Depuis ce qu'ils appelaient entre eux « la nuit du baptême », Anka s'était installée à Vanille et partageait la chambre de l'infirme. Le député avait regagné Tananarive et vivait des jours houleux sous la surveillance des hommes du haut-commissariat. Avec les autres élus de l'Assemblée, il avait demandé que la métropole envoie une commission d'enquête. Le ministre des Colonies avait fixé son choix sur le socialiste Defferre pour la diriger, mais qui se faisait la moindre illusion sur le sort du rapport qui serait rédigé !

Un jour bleu s'écrasait déjà contre la moustiquaire. Le vent s'était levé dans la nuit, venant de l'ouest, et il avait semblé à Sandre qu'il apportait un goût de bruyère et de mousse, un parfum mauve de sous-bois. Mais il ne restait plus au matin la moindre trace de cette fraîcheur. Le ciel, de toute la force de l'azur, repoussait la chaleur contre la surface des terres.

Anka s'assit sur son lit et posa son menton sur ses genoux, puis elle regarda Sandre passer sans encombre du lit au fauteuil. Sandre n'avait besoin de personne : elle se levait, s'habillait, se lavait seule.

Il n'y avait qu'une chose qu'Anka ne savait pas : pouvait-elle faire l'amour ?

Les pneus du fauteuil roulant glissèrent sur le parquet de bois précieux. Sandre vit dans la coiffeuse le reflet de sa compagne. D'où lui était venue cette beauté ? Une statue gracile et parfaite que les hommes devaient avoir envie de rendre folle. Il y avait des femmes ainsi, qui appelaient la domination... Comment possédait-on la beauté ? Tous devaient désirer saisir cette flamme, la courber entre leurs mains. De quelle argile était faite Anka ? Quels dieux l'avaient sculptée ?

— Tu veux mettre la radio ?

L'heure des informations approchait. Elles étaient rassurantes, tout rentrait dans l'ordre peu à peu. Il y avait eu une vague d'arrestations mais c'était inévitable après le soulèvement. Quelques insurgés poursuivis s'étaient réfugiés dans la forêt, on en avait retrouvé quelques-uns morts de faim, mais le pire n'était pas survenu.

Le bouton blanc tourna sous la pression des doigts d'ambre.

« Le décret ordonnant la dissolution du M.D.R.M. a été signé hier soir, et il a été décidé la levée parlementaire de tous les élus du parti. Une inculpation a été prononcée contre les membres du parti nationaliste dont le chef Rakotondrabé vient d'être arrêté à son domicile... »

Anka se recroquevilla. C'était arrivé.

Ils allaient arrêter son père. Cela devait être déjà fait. Il ne tiendrait pas le coup. On disait que les prisons étaient surchargées, les autorités pénitentiaires mélangeaient à dessein les politiques et les droit-commun, les coups de cravache pleuvaient... Que deviendrait le vieil homme aux poignets si graciles ? C'était déjà sa crainte d'enfant, cette finesse trop grande des attaches paternelles... Elle craignait cette fragilité apparente des os, des vaisseaux qu'elle voyait courir sous la peau brune lorsqu'il la soulevait de terre.

Elle se leva et s'habilla. Il fallait bouger, enclencher le corps, les idées viendraient plus tard. D'abord, se renseigner, Grégoire saurait. Grégoire parlait peu mais il saurait. Il ne l'aimait pas mais il l'aiderait. Il y a quelques jours, ils discutaient ensemble, lui et son père, le soir de l'incendie de Palembang.

Tulé en fuite, son père en prison et elle ici, au milieu d'eux. Marek s'est engagé, Berthier poursuit les révoltés. Les autres ne comptent pas. Et puis il y a Adrian, le spectateur. Tous sont devenus différents, demain ils seront des ennemis... Un soir, lors d'une réunion que Tulé organisait, un berger des plaines d'Ikopa avait écouté, son menton sur la crosse de sa longue canne, et avait dit une phrase qu'elle voudrait n'avoir jamais entendue, et qu'elle s'efforçait depuis d'oublier : « Ce qui est blanc nous tuera. » Du fond de quelle sagesse, de quelle folie avait-il tiré ces paroles ? Et voici qu'ils nous tuent, vieux berger. Ils nous tuent.

Sandre brossait ses cheveux. Elle n'était pas infirme tous les matins. Certains jours, aujourd'hui par exemple, elle refusait de l'être. La paralysie n'est pas un état dans lequel on s'installe avec une égalité d'humeur. Les doses d'espoir, d'amertume, de renoncement, d'injustice s'équilibrent ou se combattent pour rendre l'existence acceptable ou monstrueuse.

Sandre, la demi-femme qui doit vivre une vie entière. Qui voudrait qu'elle s'intéresse à eux ? Qu'elle sache les noms des gouverneurs, des commissaires de province, des chefs de district ? Qu'elle participe à leur combat ? Ne le lui demandez pas. Ils savent bien qu'elle les aime, certes, mais qu'en même temps elle les hait tous, doucement, sans fureur, depuis l'enfance... Même la belle métisse, que le drame embellit encore en marquant ses paupières du bistre des insomnies, sait pourquoi elles ne sont pas de vraies amies... Parce qu'elle l'a vue trop souvent courir dans le jardin...

— Je vais partir, dit Anka, si mon père est en prison, il faut que j'aille le voir.

Le mouvement de la brosse, inlassable.

— Tu ne sais même pas si l'on autorise les visites.

— Je me débrouillerai.

— Et Tulé ?

— Tulé est jeune, il a plus de ressources. Il doit connaître les cachettes.

— Et toi ?

Anka attrapa dans la glace le regard de Sandre Arians. L'infirme continuait son va-et-vient, la chevelure croulait jusqu'aux reins. Elle semblait tout entière à son occupation mais Anka savait qu'il n'en était rien. Sandre semblait plongée dans un livre et une remarque lancée du coin des lèvres démontrait que rien de la conversation qui venait d'avoir lieu ne lui avait échappé. Dans le grand salon aux vieux meubles en rotin, lorsqu'elle jouait avec Ariane et quelquefois Coline, Sandre brodait mais elle devinait tout, entendait tout et, sans lever les yeux de l'ouvrage, elle donnait les réponses aux jeux des autres filles.

— Tu veux savoir si je connais les cachettes de Tulé ?

Le fauteuil de Sandre tourna sur place. Le dos de la brosse sur le marbre de la coiffeuse fit un bruit d'os.

— Cela m'importe peu, dit-elle, que crois-tu ? que j'irais le dénoncer ?

Anka eut la sensation bizarre que l'air devenait plus sec, moins chargé d'odeurs et de vie... Ce n'était plus soudain qu'un milieu ambiant presque hostile.

— Je ne crois rien, dit-elle, simplement ta question m'a étonnée.

Le rire de Sandre monta dans la chambre.

— Voilà la guerre, dit-elle. Elle n'est plus dans les fusils, les soldats et les fumées ; elle est entre toi et moi, deux amies anciennes qui s'épient et se méfient.

Anka secoua la tête.

— Je ne me méfie pas de toi, dit-elle.

— Si, tu te méfies : si tu connaissais ces cachettes, et peut-être les connais-tu, tu ne me les dirais pas parce que tu aurais peur que j'aille les répéter à Berthier, Marek ou mon père.

Anka sentit un rayon chauffer son bras. Il passait entre les persiennes, rayait le lit en diagonale et venait l'éclabousser, révélant le duvet d'or, imperceptible, sur sa peau cuivrée.

— Et tu irais ?

Le rire encore, mais ce matin il n'avait pas le tempo d'autrefois. Il était rare, le rire de Sandre, mais chacun ici le connaissait : si Sandre riait, c'est que les jours à Vanille étaient heureux... L'été avançait, interminable, les pluies venaient en saison basse, sous le ciel violacé les rizières verdissaient, les palmes se gorgeaient de sève. Sur les routes de chaque plantation, passaient les chariots des récoltes, les paysans repiquaient, semaient à nouveau, il y avait les fêtes, les amours, les naissances et cette marque précise comme une estampille que le bonheur était là : le rire de l'handicapée... Sandre et sa joie comme une confirmation, mais le métal de la voix n'était plus le même.

— Ton mari ne m'a jamais beaucoup parlé, dit-elle, nous ne nous sommes plus beaucoup revus depuis ton mariage.

Anka sortit du rayon blond et entra dans l'ombre de la chambre.

— Ce n'est pas une réponse, dit-elle, mais cessons ce jeu, il est ridicule.

Sandre posa ses mains sur les accoudoirs. C'était l'un des tests du matin : c'est à leur contact qu'elle savait si elle serait infirme ou pas toute la journée.

— Je n'aimerais pas vivre ce que vous vivez, dit-elle. Moi, c'est autre chose. Lorsqu'on est à demi mort, on s'installe dans l'indifférence. Votre sort présent et à venir ne m'intéresse pas.

— Tu t'es passionnée autrefois, dit Anka, pour tes études. Pendant des années, on ne pouvait pas te sortir de tes livres.

— J'étais jeune et ce n'est pas une excuse. Je vois aujourd'hui les choses différemment.

Anka sentit l'impulsion de ses reins : faire deux pas vers Sandre Arians, se mettre à ses pieds, retrouver la connivence, la chaleur... Mais il y avait Tulé en fuite, poursuivi par toutes les polices, par les hommes du P.A.D.E.S.M., son père arrêté, le sang, les pillages et cette fille clouée sur son fauteuil, les yeux violents, et qui refusait ce monde.

Sandre regarda Anka sortir de la chambre. Elle marchait. Elle allait plonger dans la boue, dans la douleur une tourmente l'attendait aux portes de Vanille, mais elle marchait, les muscles longs, de cette foulée rapide de métisse... Quel que soit ton destin, Anka, songe que Sandre aurait donné toutes les heures de sa vie pour être toi, une fois, une seule, le temps d'une course dans le parc, le temps de savoir ce que c'est que d'être vivante entièrement, d'être un élan docile, les bielles huilées de tes jambes véloces... Elle t'a trop enviée pour ne pas te haïr, comme les autres.

Entrez tous dans l'enfer dont vous avez ouvert les portes, et grillez jusqu'à la fin des temps.

Le contremaître hocha la tête et indiqua les quatre Blancs rigolards qui buvaient des canettes de bière, adossés aux grilles de l'usine.

— Tes ouvriers ne viendront pas parce qu'ils ont peur.

Ariane se retourna vers le groupe.

— Peur d'eux ?

Tanolo battit des paupières. Il venait d'une peuplade côtière de la tribu des Vezos. Elle l'avait embauché il y avait six ans. Grégoire le lui avait recommandé. Tanolo avait été sergent de tirailleurs au cours de la Première Guerre mondiale. Trois ans dans les boues de la Marne où il avait grelotté de fièvre sous le crachin glacial d'un pays dont il n'avait vu que les casernes et les gares de triage. C'était lui qui, chaque 11 Novembre, prenait la tête du défilé des anciens combattants et déposait la gerbe tricolore sur les brodequins du poilu de pierre érigé au centre de la Grand-Place de Manalondo. Il avait gardé l'uniforme et le portait aujourd'hui.

— Pourquoi ont-ils peur ?

Tanolo cracha dans la poussière blanche de la cour de la cimenterie.

— Les Blancs ont des revolvers sous leur veste et parfois ils tirent.

Ariane fixa le Malgache. Ses cheveux commençaient à grisonner. Il habitait le quartier musulman derrière les silos, ils vivaient à sept dans les anciens entrepôts désaffectés. Deux femmes et quatre enfants. Il y avait quelques années, elle avait payé les lunettes de l'un des garçons dont le strabisme nécessitait des verres correcteurs, car il arrivait que Tanolo dépensât sa paye dans les bars aux odeurs d'anisette. La guerre lui avait laissé une bronchite permanente dont la toux retentissait dans toute la cimenterie, et donné l'habitude de boire sur le zinc des alcools rudes à dose massive.

— Pourquoi les tueraient-ils ? Il n'y a pas de raison... qu'est-ce que c'est que cette histoire ?

— Ils font la police. C'est comme s'ils étaient des policiers.

Ariane regarda autour d'elle, navrée. La vision des camions immobiles sous les bouches de chargement béantes la démoralisait. Quatre pelles plantées sur un monticule de ciment donnaient à l'usine une impression d'abandon. Tout cela revivrait-il un jour ?

— Va les voir, dis-leur qu'ils n'ont rien à craindre, je serai là avec eux. Et puis j'en parlerai à mon mari. Ils le savent mais répète-le-leur : il est lieutenant chez les gendarmes et il les protégera. Dis-leur de venir demain, il faut que l'usine reparte.

Il acquiesça. Il se faisait vieux. Il lui parut soudain minable, flottant dans sa vareuse trop grande à la trame apparente. Elle savait que les jeunes le fuyaient lorsqu'il commençait à parler de l'Argonne et de la neige sous laquelle il avait laissé ses poumons pendant l'hiver 1917. Un ivrogne radoteur, mais il savait encore se faire craindre des manœuvres qui traînaient les brouettes ou nouaient les sacs de la Cimenterie Arians.

Ariane monta l'escalier de fer qui menait à son bureau. Toujours cette impression d'aborder à la passerelle. Le bateau traversait une mer immobile, les chaînes et les poulies s'entrecroisaient au-dessus de sa tête, et en bas s'ouvraient les bacs géants, les machines entraînant la ronde sans fin des wagonnets.

Mon paysage. Il m'a évité de trop penser, de trop mal vivre. Je me suis entourée de métal, de classeurs, de grondements, d'engrenages, d'odeur de plâtre et d'essence lourde. D'ici, de ma dunette, j'ai vu les hommes s'agiter en bas. Les bulletins de commande s'empilaient. Les bateaux devaient attendre sur les docks de Saint-Augustin, de Sainte-Luce et de Diégo.

Le monde devra un temps se passer du ciment de Manalondo.

— Ariane !

Elle fit le tour de son bureau et se pencha.

Au centre de la cour, Adrian levait la tête vers elle.

Il se dégarnit. Un peu. Un tout petit peu, d'un seul côté, le gauche. Cela lui va bien, d'ailleurs ; les hommes croient toujours que la perte de leurs cheveux sonne le glas de leur charme...

— Je descends...

Le fermoir de son sac claqua. Un coup éclair de rouge à lèvres. Tout en marchant vers la porte, elle tenta de saisir son image dans les vitres. Je suis jolie, je le sais, et tant pis pour toi, Adrian.

Il la regarda descendre l'escalier de fer en colimaçon et avança vers elle.

— Tu es la femme la plus facile à suivre qui soit ; si tu n'es pas près de ton fils, tu es à ton usine.

— Triste usine : regarde, ils ont tous déserté.

— Pourquoi ?

Elle haussa les épaules. Pourquoi n'ai-je pas mis la robe rouge avec les pois ? C'est celle qui me va le mieux.

— Ils ont peur.

— Je comprends ça, dit Adrian. Je t'emmène dans les montagnes bleues.

Le lieu des anciens pique-niques. C'étaient les collines de l'Est, les premiers contreforts échappés aux brûlis ; les fougères y étaient hautes et leurs feuilles avaient donné leur nom à l'endroit. C'était là qu'ils s'étaient embrassés un dimanche pour la première fois. Quel âge avais-tu, petit garçon ? Douze ans ? Moins sans doute...

— Pas trop longtemps, dit Ariane, je n'ai pas confiance dans la nouvelle gouvernante et il pleure beaucoup en ce moment.

Ils arrivèrent à la porte.

— Il fait ses dents, dit Adrian.

Ariane se mit à rire.

— Comment tu sais cela, toi ?

— Je m'intéresse, je serai peut-être père de famille, un jour.

Ils montèrent dans la voiture de Marek qu'il avait prise au garage. Un des garde-boue avait été enfoncé et redressé sommairement au marteau, cela se voyait à la peinture éclatée. Les deux phares avant étaient brisés. Adrian n'avait pas interrogé son frère sur l'accident. De toute façon, Marek était rarement là ; depuis trois jours, il était devenu chef de patrouille et ses responsabilités semblaient lui peser. Lorsqu'il partageait leur repas, il ne desserrait pas les dents.

Ariane s'assit à côté d'Adrian et il mit le contact.

— C'est vrai, dit-elle, tu ne nous as pas dit si tu avais enfin trouvé chaussure à ton pied.

Il n'aimait pas ce coin de Manalondo ; c'était celui des fabriques et les cheminées de brique étaient semblables à celles des régions de l'est de la métropole : Hénin-Liétard, Hagondange. Il avait libéré ces villes durant la dernière guerre. Tout y avait la couleur des crassiers, le ciel là-bas était désespéré, strié des hauts madriers des chevalets de mine, les potences. Des drapeaux s'agitaient devant lui. Des filles en tablier et talons de bois couraient vers les tanks. Cigarettes et chewing-gum.

— Je n'ai pas trouvé chaussure à mon pied, dit Adrian.

Au cours de toutes ces nuits, la cuisse de Berthier écrasant ma hanche, j'y ai souvent pensé : qui tiens-tu dans tes bras ? Dans quels cheveux respires-tu ?

— Tu ne vas pas me faire croire que tu vis en moine ?

La place Colbert pivota, l'église s'enfonça derrière eux. La grande halle du marché était presque déserte, avec seulement quelques vieilles autour des sacs de tomates, de courgettes et de litchis. Personne à la terrasse du café mais il y avait des groupes agglutinés autour du zinc.

Peut-être Marek y était-il ?

A la sortie de la ville, deux camions militaires stationnaient, bâches baissées. Lorsqu'ils virent l'Hamilcar, un caporal qui mangeait à la gamelle fit un signe et deux Malgaches écartèrent les barrières qui fermaient la route. Adrian se pencha à la portière.

— Qu'est-ce qui se passe ?

Le sergent avala avec peine et jeta dans le récipient sa cuillère de fer.

— Contrôle, dit-il. On cherche des types.

— Qui ça ?

— Des types. On a des listes avec leurs noms, alors on arrête et on vérifie.

Adrian rembraya doucement et, par les vitres ouvertes, l'air entra, frotté aux herbes du matin.

— Ils doivent chercher Tulé, dit Ariane.

— Tulé et des tas d'autres...

Ses genoux étaient écorchés si souvent autrefois. Je me rappelle la couleur des sparadraps qu'elle portait sur les rotules. Ses bras égratignés par les griffes des acacias. Il n'y a pas plus nu qu'un corps égratigné.

— Que dit-on de tout cela en France ?

Adrian se mit à rire.

— En France ? Il y a un scandale du vin : Yves Farge contre Félix Gouin, Alex Jany bat des records, Olivia de Havilland a reçu l'Oscar et Vincent Auriol annonce que l'Union française va revivre.

— Mais nous ? Les événements ici ?

Adrian rétrograda, il savait qu'en haut de la côte, passés les arbres géants, l'espace s'ouvrirait et qu'ils auraient la plaine à leurs pieds, sans limites, la table immense qu'interrompait à l'horizon la chaîne des montagnes qui, de l'autre côté, descendait vers l'Océan.

— Vous avez contre vous un double handicap : vous êtes coincés entre une révolution qui a commencé, l'Indochine, et une autre qui va démarrer, l'Algérie. Par rapport à ces deux morceaux, vous ne représentez rien, ni économiquement ni politiquement.

— Que va-t-il se passer, Adrian ?

Il sentit monter la fêlure dans la voix d'Ariane.

— Tu as aussi peur que tes ouvriers, dit-il.

— Différemment, mais c'est vrai, je ne sais pas où je vais, je ne sais pas si...

Je ne pourrai jamais lui expliquer... cette impression d'avoir ici toujours été chez moi et en même temps de n'y avoir jamais été... Qui m'a apportée, m'a greffée sur ce corps qui n'était pas le mien ? La peau de cette terre appartient à d'autres et elle est devenue la mienne, tout s'est refermé.

— Nous sommes nés ici, Adrian, nous y avons tellement joué enfants que je me dis que ce paysage est à nous, si immense soit-il.

Ils étaient arrivés. Il avait souvent rêvé à cet endroit.

A une époque, celle qui avait précédé le débarquement en Normandie, il y pensait tous les soirs. Le soleil s'échappait des ravines, fuyant vers les courbes mauves ourlant le haut des crêtes. Des fumées montaient devant les paillotes lointaines, les femmes rentraient par les sentiers, des fagots de bois mort sur la tête, un bêlement de chèvre au loin créait la paix... La nuit viendrait et les oiseaux de paradis fileraient dans l'air clair comme des pierres jetées. Comme c'était tentant, la possession : tous les Arians y avaient succombé... A qui pouvait bien appartenir la nuit ? Et les frondaisons de l'automne ? Et le clapotement des pluies derrière les vitres ? Et l'aboiement des chiens aux grilles des grands domaines ? Ils voulaient que ce soit à eux parce qu'ils y vivaient, ils le voulaient de toutes leurs fibres. C'est votre folie et vous finirez par en mourir...

Ils claquèrent leur portière ensemble et s'assirent au pied du banian qui marquait le sommet du col. L'ennui avec ce pays, c'est qu'il était empli d'endroits semblables à celui-ci ; dès que l'on s'y trouvait, à certaines heures du jour, on s'y sentait devenir le maître du monde... Il avait éprouvé souvent cette impression. Ici, il y avait longtemps, il s'était juré que rien ne le séparerait jamais d'Ariane... Temps lointain.

— Pourquoi es-tu parti, Adrian ? Tu ne me l'as pas dit vraiment.

La voix a conservé sa fêlure, c'est autre chose pourtant... Si tu as renversé ton visage vers le ciel et fermé les paupières, c'est pour que les larmes ne passent pas, pour qu'elles restent au fond, lointaines, tapies.

La guerre était une réponse mais il y avait eu autre chose. Une envie mauvaise de la quitter, de ne pas être le copain de toujours que l'on épouse.

— Je ne sais plus, une envie de revenir vainqueur... différent, pour qu'il y ait autre chose entre nous que les années d'enfance. Revenir homme, te retrouver différente...

Un guerrier, voilà la raison. Il me fallait compenser quelque chose, je ne voulais plus être le fils de Francis Bécalier. La guerre sur moi aurait pesé de tout son poids et j'aurais pu alors me prévaloir d'elle pour te prendre toi. C'est cela, Ariane, il y a d'autres raisons, mais c'est surtout cela : te subjuguer, te meurtrir peut-être. Un besoin de ta souffrance pour me faire accepter autrement. Je ne voulais pas que tu retrouves grandi l'enfant que tu avais aimé, je voulais ton admiration, ton amour, presque ta crainte. L'homme de Leclerc, mûri dans les sables, le nouvel Adrian : une connerie ! Et pour satisfaire mes fantasmes de soldat, j'ai oublié que quatre années s'étaient passées et qu'un homme pouvait être venu, autre que moi, et qu'il a été possible qu'il te prenne, que tu lui laisses faire ce que je croyais m'être réservé... J'étais un vrai con, Ariane, mais même aujourd'hui je n'admets pas, je ne veux pas admettre... Il n'a pas pu, tu n'as pas pu être avec lui comme tu avais été avec moi, ou alors les humains sont tellement interchangeables que rien ne vaut plus la peine, ni les baisers, ni les paroles, ni les soupirs...

Les larmes à présent, sans relâche... Le ciel sur les paupières d'Ariane et ce double ruisseau qui chante sur ses joues, pourquoi coulez-vous, alors qu'il est là et qu'il suffit que mon bras se déplace, que ma main se lève et ce sera ta joue et ta bouche si souvent effleurée de mes doigts... Le gâchis, Adrian, le gâchis, énorme, à en colmater toute une vie. J'ai relevé ton défi, tu me retrouverais femme, installée, mère, heureuse. Je l'ai voulu, j'ai réussi. Tout s'est fait contre toi, pour toi, car tu m'as quittée, Adrian, que tu le veuilles ou non, et quelles qu'en soient leurs raisons, les gestes ont eu lieu : tu m'as quittée, et pendant si longtemps que je ne peux croire en cet instant que ma main qui te cherche te retrouvera, et que ce sera toi enfin, mon bel amour, mon Adrian.

Francis

Plus que toute autre chose, j'ai aimé les fastes du Savoir.

Il a été de longues années inséparable d'un décor : boiseries anciennes, lumière diffuse des abat-jour au pied de cuivre. Dans l'ombre, les livres montent derrière moi, rangés. Chaque reliure porte une pastille blanche avec un numéro ; ils sont innombrables, on ne voit pas le sommet de la bibliothèque. Le dôme a disparu : la nuit est tombée. Longues tables vert billard, froissement des feuilles sous le halo circulaire, parfois un toussotement vite réprimé, un grincement de chaise dont l'écho se répercute. La Société d'anthropologie, la Sorbonne, à vingt ans nous étions déjà vénérables.

Il y avait aussi les squelettes, les crânes, les fragments d'os, les poteries, les silex. Pourquoi ai-je aimé cela ? Jusqu'à la poussière des bocaux, des vitrines d'échantillons... Une visite d'enfant peut-être dans un musée de préhistoire, des tableaux aussi, reproduits dans des livres d'école : peaux de bêtes, chignon sauvage pour les dames, massue et sourcils froncés pour les messieurs... Des livres : les primates fuyant le froid et les ténèbres à la recherche du feu... J'ai travaillé beaucoup, avec furie même, j'aimais cela, naïvement.

Tout était vrai de ce qui était dans les livres, j'ai tout avalé jusqu'à la dernière syllabe...

Le vieux maître pianotait sur son bureau de palissandre ancien, il était alors le père de l'ethnologie, le chef incontesté de l'école française, sa thèse sur la mentalité magique des primitifs était la référence majeure. Qu'importait qu'il n'ait jamais dépassé Senlis. Qu'aurions-nous fait de la réalité ?

— Un excellent travail, vraiment, et ce poste de maître de conférences à l'Institut des hautes études malgaches vous permettra de parfaire vos connaissances sur les rites de passage...

Je suis parti. C'était le temps des pantalons de flanelle, des traversées interminables et des belles Polonaises. J'ai eu les trois... Lorsque j'ai posé dans l'île mes mocassins de jeune professeur fortuné, je ne savais pas que j'y resterais le reste de ma vie. J'avais vingt-cinq ans à peine et le siècle débutait, le vingtième.

Pourquoi ai-je voulu briller ?

Comment ne me suis-je pas douté que toute découverte était la concrétion de l'orgueil ?

Ils m'avaient appris à contorsionner les faits. Je savais peu de choses, sinon que le réel était adaptable. A quoi ? A tout... Il pouvait se modeler assez pour étayer chaque hypothèse.

Tout a sans doute été question d'impressions, j'ai cru respirer certains matins l'odeur des premiers jours du monde. Au sud, vers les portes du désert, les canyons sont peuplés de vestiges troglodytiques, j'y suis parti, jamais longtemps, jamais assez, j'ai dormi sur les plus anciennes pierres du monde. J'avais les chiffres, les arguments, ou ce que je croyais être tel ; j'ai toujours été rapide dans mes vérifications. Mon idée était que l'île était peuplée bien avant que n'apparaissent les pirogues des immigrants malaiso-polynésiens, indonésiens, arabes et africains. J'avais découvert le berceau de l'humanité : les Vazimbas, les Pygmées blancs qui déferleraient sur le monde plus tard, envahissant les terres proches. J'ai vu mon nom éclater sur les dictionnaires de sciences humaines, section anthropologie. Francis Bécalier : l'homme qui a découvert l'origine de l'homme.

J'avais inversé le sens migratoire. J'étais sûr que les descendants des Vazimbas vivaient encore dans les cuvettes désertes des plateaux de Bongolova. Les Kimosys, introuvables, les Kalanoros qui furent, dit-on, coupeurs de têtes.

Mais pourquoi ressasser tout cela ?J'ai trop subi d'éclats de rire ; il m'aurait fallu plus de force pour résister. Adrian m'a haï d'être un pitre. Les journaux ne se sont pas gênés pour faire de moi le clown de service, le savant cinglé, j'ai conservé les articles, ceux du *Bulletin* de l'Académie malgache jusqu'à ceux de *L'Illustration*. J'ai enseigné quinze ans à des gens qui m'ont ouvertement considéré comme un crétin, ce qui était exact, ou comme un escroc, ce qui l'était également. La vérité devait être entre les deux...

Chef d'expédition... J'ai écrit des livres, Pronia dans mon flanc comme une épine, Pronia qui n'aimait que la vie et les vivants et que j'ai installée à Palembang, peuplé de momies et de fossiles.

Je n'avais que mon bureau pour vivre, là seulement j'arrachais aux heures une navrante et stérile sérénité. Il est difficile de savoir à quel point une vie peut être manquée.

Dans ce domaine, j'ai établi un record. Mes yeux fuyaient par la baie et j'imaginais des revanches : « La découverte il y a deux jours d'une nécropole datant du néolithique prouve de façon irréfutable que la thèse du professeur Francis Bécalier était exacte. Il existait bien... »

Les mêmes rêves toujours, j'ai usé la bakélite de mes stylos à force de les faire tourner entre mes doigts... Mes trois enfants ont grandi. Du fond des après-midi immobiles, j'entendais les cris de Coline poursuivie par Marek. Pronia galopait, elle aimait les chevaux.

J'ai tout su de Pronia et d'Andafy. C'est moi qui les ai présentés... Le plus jeune étudiant malgache sortant diplômé d'un Institut français. C'était le temps des colonies ; sur des photos de l'époque, je porte un casque de toile et une saharienne. Andafy sourit en lavallière et complet-veston, Pronia le regarde, elle tient entre ses mains une ombrelle fermée dont la dentelle mousse. Une robe longue laisse dépasser les bottines blanches... Je pense qu'ils couchaient déjà ensemble, ce dut être instantané. Je n'ai rien dit, ne m'en sentant ni l'envie ni le droit. Ce qui était entre eux était trop violent pour que je m'y oppose, la tempête qui les soulevait m'aurait balayé ; et puis les pitres n'ont pas de droits, les Paillasse se taisent... vieille histoire.

Je lui faisais si peu l'amour, il n'y avait pas de fêtes dans nos draps, aucune, seulement une décharge acidulée, rapide et honteuse. Le sexe a toujours été pour moi intempestif, une sorte de rajout pas très ragoûtant à la création, un appendice douteux et maladif. Comment les êtres pouvaient-ils, sans vergogne, se lancer dans une telle promiscuité... Haute conscience du sans-gêne de la pénétration. D'autant que je devinais les furies indigènes, les yeux chamboulés des filles dans les cases, les rires des garçons aux libidos faciles. L'air du soir sentait la sève et les corolles des fleurs charnues. Une île en rut, joyeuse et haletante, et moi, Blanc ulcéré, sans vigueur, perclus dans mes entraves, un faux savant de caricature, crispé, inefficace, près de Pronia, cette femme au corps fou qui rêvait au sexe de bronze d'Andafy Anjaka.

Anka est leur fille. Personne ne l'a su. Ni Adrian, ni Marek, ni Coline.

Anka croit que sa mère était une paysanne du village de son père emportée par les fièvres, l'année de sa naissance. Grégoire s'est douté de quelque chose mais n'en a jamais parlé, tout ce qui est inutile n'intéresse pas le vieux roi de Vanille. Pronia a accouché d'Anka au Kenya, à Mombasa, Andafy a ramené l'enfant. C'est ce qu'on appelle un secret de famille.

Mes livres ne veulent rien dire, j'ai décrit des rites, l'écorce d'une société, des cultes, les structures de la tribu, les filiations, les liens parentaux, les pratiques magiques. Je n'ai jamais transcrit leurs rires, leurs larmes, leurs amours ; je n'ai jamais parlé de leur vie : des journées de quinze heures dans les champs d'arachides, les gosses dans les mines de graphite, de mica ou dans les puits de charbon de la Sakoa. J'ai décrit les danses de passage pubertaire sans dire que, le lendemain, l'adolescent s'abrutirait dans les conserveries de Nosy Be et brûlerait ses poumons dans les ateliers de défibrage de sisal.

Que voulait dire ce chapitre sur la transmission du patrimoine, alors que, depuis 1905, nous avons volé toutes les terres ? Des milliers d'hectares sont dans les mains de Grégoire Arians... Quelle importance une cérémonie d'incantation à laquelle j'ai réservé quatre-vingts pages, alors que je n'en ai pas écrit une seule sur le travail public qui a vidé le pays de ses forces, condamné un peuple entier aux travaux forcés. Les morts de la construction de la route de la Mandraka bordent le chemin de leurs tombes-tumulus, les autres ont apporté le paludisme dans les villages de l'Imérina. Ce n'était peut-être pas un travail d'anthropologue, peut-être devons-nous, comment dit-on, définir les cadres précis de notre objet d'étude : cela permet d'omettre l'essentiel, notre présence blanche !

Je suis un biographe qui omettrait de dire que son personnage a vécu sa vie en prison...

Qu'est-ce qui me prend ? Je ne vous ai pas toujours aimés, chers Malgaches, je vous trouvais l'œil torve et le cerveau rabougri. Je ne me suis pas aperçu que les trois quarts de votre activité consistaient à survivre. Je vous ai réduits à n'être que des vieillards, je n'ai voulu trouver en vous que la trace de votre passé. Peut-être a-t-il fallu que vous incendiiez ma maison pour que je me rende compte que votre « naturelle servilité » avait des limites...

Comme cela m'importe peu en fin de compte, que tout s'effondre... je me suis suffisamment effondré moi-même pour que rien ne m'arrive. Je ne risque, après tout, que de ne plus retrouver les glaçons dans mon orangeade de l'après-midi que m'apporte l'un des boys... pas sûr d'ailleurs, Berthier disait hier encore que tout rentrerait dans l'ordre.

Je n'ai rien vu venir. Comment l'aurais-je pu ? Ces dernières années ont été pour moi dominées par la santé de Pronia. Les séances d'électrochocs n'ont apparemment pas changé grand-chose. Elle avait pourtant la liberté, son cheval, de l'espace, un amant, des enfants... Qu'a-t-elle voulu de la vie ? Que lui demande-t-elle de plus ? Je ne l'ai jamais su. Sans doute le contraire de ce qu'elle a obtenu. L'idée qu'elle ne m'a pas aimé une seule seconde m'a torturé un temps, attristé un autre, tout cela a sombré dans l'indifférence. Je n'ai peur de sa folie que parce qu'elle m'impressionne, je guettais la nuit ses marches silencieuses dans les couloirs de Palembang, ses regards dans lesquels je vois se révéler des choses absentes ; elle semble construire inlassablement des décors, des architectures, et elle nous hait de ne pas en faire partie... J'habite un autre monde que le sien depuis... sans doute depuis toujours.

Francis Bécalier longe le quartier nègre de Manalondo. Les trottoirs sont vides ; depuis l'établissement du couvre-feu, la moitié des commerces restent fermés. Les couffins de safran et de piments rouges ont été cependant sortis devant la boutique des Malais. Il y a du poisson séché sur les étals, et quelques montagnardes sont descendues avec des paniers de mandarines et de tomates vertes. Elles ont été arrêtées par les soldats qui bouclent la ville, et ont dû montrer leur sauf-conduit. Elles se sont installées à l'ombre des arcades du marché central. C'est le coin le plus convoité, il y fait frais même au cœur de l'après-midi car l'eau de la fontaine est proche et il n'y a pas loin à aller pour arroser d'eau fraîche les fruits trop mûrs sur lesquels courent les mouches bleues.

Bécalier traverse dans les clous bien que la circulation soit inexistante. Il pénètre dans la ruelle qui sent la girofle et le camphre. Bar-tabac. Il pousse le battant et les clochettes tintent. Cela l'avait surpris à son arrivée. Il avait parcouru la moitié de la terre, pénétré dans un autre monde entre Equateur et Capricorne, un monde où l'air était chaud, où une flore effrénée s'exaspérait dans les jardins, où les racines crevaient les murs et où se croisaient les races d'Afrique et d'Asie, des lointains Bantous aux immigrants de Java et de Bornéo ; et lorsqu'il avait voulu acheter des cigarettes, le premier son qu'il avait entendu était celui de son enfance, le grelot au-dessus de la porte était comme celui de l'épicerie de Mme Grenier dans le vieux quartier lillois, sur les bords de la Deule où il était né.

Ce n'est pas Matang qui est derrière le comptoir.

Bécalier n'a jamais vu cet homme. C'est un Européen. Il porte une chemise kaki mais n'est pas militaire. Les poils de ses avant-bras frisent par touffes. Il a une chevalière à diamant enchâssé au petit doigt de la main gauche. Bécalier tend les billets qu'il a dans la main.

— Des Lucky Strike, s'il vous plaît. Cinq paquets.

L'homme se retourne, cherche au milieu des marques.

— Matang n'est pas là ?

Pourquoi est-ce que je pose la question, je sais qu'il n'est pas là. Lorsque ce type m'a regardé, quelque chose s'est passé dans mon estomac, quelque chose qui m'a dit que Matang ne serait plus jamais là. Il faut que je parte vite d'ici.

L'inconnu pousse les paquets vers Francis et ne prend pas l'argent.

— Cadeau de la maison.

Bécalier prend les cigarettes, fait tomber un paquet, se baisse et le ramasse. C'est encore la même odeur de tabac et de vanille. Vingt ans que je viens ici, même plus. Il y a d'autres hommes derrière le rideau de perles qui ferme l'arrière-boutique. Deux, peut-être trois. Matang souriait toujours, plus du côté droit que du gauche. Des gencives roses.

Francis Bécalier sort. Même dans la ruelle, il sent le regard de l'homme du comptoir dans son dos.

Pourquoi n'ai-je pas posé de questions ? Une lâcheté de plus n'est pas une grande nouveauté.

Sur la place, ils sont là, affalés dans les fauteuils des terrasses. Marek est parmi eux, il ne me voit même pas. L'anis est pâle dans les verres. Pourquoi ai-je toujours été inoffensif ? La peur en moi doit être visible.

IV

— Ratissez large !

Qu'est-ce que cela voulait dire ?

Berthier n'eut pas à ouvrir la bouche pour poser la question. L'administrateur désigna les listes imprimées rangées sur son bureau.

— Cela signifie que vous n'avez pas à vous limiter dans vos arrestations à ceux dont vous avez déjà les noms.

Berthier inclina la tête.

Tout était permis. En clair, c'était cela que signifiaient les ordres.

Il tira sur les pans de sa vareuse. Depuis le 30 mars au matin, les camions revenaient, chargés de suspects. Tout au moins de ceux qui n'avaient pas été abattus en cours de route.

— J'ai reçu un appel téléphonique du directeur de la Pénitentiaire : ils ne peuvent plus accueillir personne. Il y a quatre-vingt-dix-huit prisons pour l'ensemble du territoire et plus de vingt mille détenus.

— Créez des camps.

— Il y en a.

Le petit homme se pencha vers Berthier. On s'attendait, à voir son physique ascétique, à ce qu'il ne produisît pas une seule goutte de sueur. En fait, il ruisselait dans le nylon de sa veste bleu pétrole.

— Vous avez entendu ce qu'a dit le haut-commissaire de Coppet à Betafo en avril : « Si le peuple malgache veut la guerre, il aura la guerre. » Nous savons aujourd'hui qu'il la veut. L'armée a les choses bien en main. Nous nous devons de la seconder.

Berthier inclina la tête. Il faut que je fasse attention de ne pas toujours incliner la tête, cela devient un tic. C'était vrai que la situation était dans la main des Français, le général Garbey avait commencé à percer des routes dans les régions forestières et établissait un réseau de postes de plus en plus serré pour mieux traquer les fuyards, les tirailleurs algériens et les hommes de la Légion avaient pour mission d'anéantir les bandes rebelles.

— Voulez-vous boire quelque chose, monsieur l'administrateur ?

— Merci.

Il crèvera plutôt de déshydratation. Putain de civil !

Berthier entrouvrit une chemise de carton bleu et fit semblant de la parcourir.

— Nous avons enregistré trois plaintes d'Européens, l'une d'un planteur-éleveur à Beroroha. Un dénommé Gaye. Il prétend avoir assisté à des scènes de torture dans la cour de la Sûreté à Tananarive. Ici même, on a découvert le cadavre d'un patron de bar-tabac, ainsi que celui de son épouse. Ils ont été égorgés dans leur arrière-boutique. Le vol semble le seul mobile car on ne connaissait pas d'activité politique à la victime. Quant à la troisième...

— Donnez-moi tout cela.

Berthier referma le dossier et le tendit à son interlocuteur. Ce salaud pouvait classer, il avait les doubles.

— Je vous rappelle que tout individu suspect d'appartenir ou d'avoir des sympathies pour le M.D.R.M. doit bénéficier de toute votre attention.

Berthier saisit la main mouillée. Il eut l'impression en la serrant qu'elle exsudait une huile tiède.

— Je me permets de vous rappeler cela car il a été remarqué que certains responsables locaux faisaient preuve d'indulgence coupable envers les ennemis de la République, sous prétexte que des liens de voisinage, voire d'amitié, avaient pu se créer avant la rébellion.

— Cela n'arrive pas dans la gendarmerie.

— Je le souhaite.

Berthier raccompagna son visiteur à la porte. Il eut l'impression curieuse que l'homme tenait debout grâce à son nœud de cravate ; lorsqu'il le desserrerait, il s'effondrerait en un tas gélatineux.

Il revint au bureau et, sans se rasseoir, prit les listes. Une quinzaine de noms à chaque page, il y en avait six recto verso. En gros, cent quatre-vingts arrestations à effectuer. Il enverrait les hommes de Marek, encadrés par les siens. A deux reprises, il avait eu l'impression que ce dernier ne maîtrisait pas complètement les colons qui l'avaient nommé chef de détachement. Des incidents s'étaient produits dans un village du canton du fleuve Nomorona. Quatre prisonniers auraient été fusillés dans la forêt, les corps arrosés d'essence et brûlés. Mais que pouvait faire Marek ? Certains éléments de ses troupes étaient déchaînés, la plupart des Malgaches qu'ils employaient dans leurs exploitations avaient fui et, si l'ordre n'était pas rétabli, les récoltes pourriraient sur pied et le bétail mourrait... En tout cas, il allait pouvoir s'en occuper dès cet après-midi.

Son ongle descendit le long de la liste. Tulé Masaoro figurait en troisième position. Les quelques lignes en face de son nom étaient éloquentes : « Activiste dangereux. Membre directeur du parti indépendantiste. Etudes supérieures en métropole. A reçu des cours d'agitation populaire. Contacts étroits avec l'Union soviétique. »

Berthier revit le visage mince, le collier de barbe rare, les yeux doux et longs, Tulé si frêle et si passionné. Il avait parlé une ou deux fois avec lui, de choses anodines, de mécanique. Il avait des ennuis avec le moteur de sa vieille Citroën, une 156 D traction avant. Que pouvaient-ils se dire ? Ils étaient trop loin l'un de l'autre pour trouver un terrain d'entente, et puis Berthier l'avait senti tellement plus intelligent que lui, plus habile. La preuve est qu'il ne le méprisait pas, ou qu'il s'y prenait de telle sorte que le gendarme ne s'en était jamais aperçu. Il était pourtant tout ce que Tulé haïssait, l'oppresseur, la force brutale du grand capital. Aujourd'hui, c'est lui le gibier.

Le doigt de Berthier suit la liste, il en connaît certains. Il y a même un secrétaire de mairie avec qui il avait affaire pour les accidents de la route, un instituteur pas loin de la retraite, des cultivateurs, des hommes de la cimenterie qui travaillaient pour Ariane. Un médecin, un menuisier, un comptable de la Compagnie occidentale de Madagascar, des manœuvres dans les plantations de café, de vanille, de tabac, de cacao.

Anka Masaoro.

Le nom est le dernier en bas de la page trois.

« Epouse et complice de Tulé Masaoro, fille d'Andafy Anjaka, député M.D.R.M. arrêté pour rébellion contre la République. Activiste et agitatrice. »

Berthier tire sur sa vareuse. Le ceinturon craque. Il faudra le graisser davantage.

La métisse. Sa taille ployante. Elle avait une robe imprimée la dernière fois qu'il l'a vue, c'était pour le baptême, un col carré à bordure blanche. Quelque chose se passe entre eux puisque son regard le fuit. Que sait-elle ? Qu'Ariane lui a échappé ? Elle n'est pas satisfaite, il l'a vu à sa façon d'être seule. Elle ne porte trace de l'amour ni sur son visage ni sur son corps...

Ce qui l'attire est la certitude d'un accomplissement certain s'ils se retrouvent un jour dans les mêmes draps. Comme lui, elle a cette évidence au fond du ventre, mais comment l'admettrait-elle ? Elle ne se fera jamais baiser par un gendarme. Trop fière, trop révoltée, elle croit dans les écrits de la gauche, Sartre, Camus et les autres. Lui a l'air d'un con avec son képi et ses rangers cirés, mais il a lu des livres, il connaît ses illusions. Elle continue à rêvasser sur son pays débarrassé de l'enfer de la colonisation, et à serrer dans ses bras le corps d'un idéaliste enfiévré et maigrichon qui a peu de chances de sauver le monde s'il ne fait pas jouir sa femme.

Cours, petite, cours vite, le capitaine Berthier va chausser ses bottes de sept lieues et te poursuivre...

Il faut qu'il fasse réparer cette moustiquaire.

Dans le bureau voisin, la machine à écrire crépite, une autre lui fait écho à l'étage au-dessous. Elles forment la musique de ses après-midi.

Dans la cour du bâtiment de la gendarmerie de Manalondo, les camions militaires s'ébranlent, soulevant la poussière plombée. C'est la relève des postes. Des hommes vont être déposés à plusieurs kilomètres de la ville en sentinelles avancées, d'autres resteront à l'intérieur. Ceux qui garderont la poste centrale seront les plus favorisés. Ils dormiront sur la terrasse qui domine l'avalanche des toits des vieux quartiers. C'est l'édifice le plus élevé. Appuyés au parapet, ils verront la nuit recouvrir la ville peu à peu. La musique du phono qui montait du café de la Place a disparu depuis l'établissement du couvre-feu, tout sera donc vide et silencieux. Les lumières s'éteindront vite et ils demeureront seuls, les étoiles si proches de leurs visages qu'ils auront l'impression qu'en étendant leurs mains, ils les chasseront comme des moustiques de lumière.

Grégoire souleva la moustiquaire dont les plis retombaient en festons sur le berceau d'osier tressé.

L'enfant dormait. Il eut l'envie de passer son index sur la joue pleine du bébé, mais il se retint.

Sous l'ombre du banian, l'une des Hovas l'éventait sans trêve, manœuvrant une longue palme sèche dont le bruit de soie froissée couvrait le crissement des cigales de midi.

Ne pas trop s'attacher. L'enfant d'Ariane représentait un danger, un petit garçon qui courrait bientôt à travers les couloirs de Vanille, avec son sang dans les veines, même s'il ne portait pas son nom. Un grand-père avec des bonbons dans les poches et de l'indulgence dans les yeux. Jamais. Il n'est pas encore gâteux.

Il aperçut son ombre sur l'herbe de la pelouse et redressa le torse. Il ne se voûte pas. Se voûter n'est pas un signe de vieillesse, ce qui l'est c'est de s'en foutre. Il est trop lourd, une masse qui se déplace parfois avec peine. Mais c'est bien ainsi, c'est ça qu'ils craignent. L'autorité commence avec l'épaisseur.

Il se retourna brusquement, un talon avait rompu une brindille.

— Tu étais là ?

Ariane sourit à son père.

— Je t'ai vu. Tu regardais ton petit-fils.

Grégoire ne répondit pas. Le regard de toujours, celui qui ne cillait pas. « Il me regarde comme une porte. » C'est Sandre qui avait dit cela, elle était petite, pourtant. Moi aussi il m'a regardée comme une porte. Une porte qu'il n'a pas pensé à ouvrir parce que ce qui se passait à l'intérieur ne l'intéressait pas.

— Je pars en inspection. Il y a un engorgement dans les canaux de l'ouest, le curetage n'a pas dû être effectué dans les règles et les pousses des bassins affleurent déjà, le soleil va les brûler.

Les rizières toujours, et tous ces soins, ces soucis pour son riz bien-aimé, le riz le plus mauvais du monde.

— Tu devrais venir avec moi.

Ariane fourra les mains dans les poches de sa salopette. Tu m'aurais fait cette proposition il y a vingt ans, cher papa, je serais tombée par terre, folle de bonheur.

— Pas aujourd'hui.

— Pourquoi pas aujourd'hui ?

Ariane fixa le chef de la tribu Arians. Cela ne lui ressemblait pas. Il ne posait d'ordinaire jamais de questions, il avait compris depuis longtemps que ce n'était pas la bonne façon d'obtenir des réponses.

— J'ai à faire.

— Quoi ?

Les yeux d'Ariane variaient, tous ceux qui la connaissaient le savaient. C'étaient des yeux de bord de mer. Ils pouvaient avoir la couleur des matins de soleil, le lavande transparent des eaux basses et claires ; ils pouvaient aussi s'alourdir de nuages, comme des blessures sur des chairs tuméfiées.

— Des tas de choses.

— Cela veut dire quoi, des tas de choses ?

Elle sortit le paquet de cigarettes de sa poche. Il fallait s'appliquer à ce que tous les gestes soient calmes, ajustés, un modèle de sérénité. Grégoire Arians avait le don de découvrir le trouble dans le quart d'un frémissement, dans un mot en trop ou en moins.

— Qu'est-ce que tu cherches à me dire ?

Le vieux regarda la fumée monter. N'essaie pas de le bluffer, Ariane, il te connaît, c'est lui qui t'a faite. Ton père sait que tu as peur en cet instant parce que tu sais que lui ignore la crainte.

— Adrian, dit-il.

L'attaque encore, directe et imparable. Il n'avait pas changé. Je suis déjà battue.

— Quoi, Adrian ?

— Tu le vois beaucoup.

Il avait su autrefois, de toute façon il savait tout, toujours... Il ne fouinait pas, n'espionnait pas, mais les secrets venaient à lui, il avait un don pour ça.

— Je te rappelle que nous vivons tous ensemble ici, que nous nous croisons au...

— Ne joue pas avec moi, Ariane.

La voix coupée au ras des lèvres. Les ciseaux rugueux de Grégoire Arians.

— Je ne joue pas.

Si, je joue. Je joue avec l'homme que j'aime. Hier, nous sommes allés jusqu'au pré de l'arbre mort avec le bébé, et nous avons joué à ce que l'enfant soit nôtre, cela s'est fait tout seul. Lorsque Adrian a pris de l'avance dans le sentier et que sa silhouette s'est découpée sur le bleu ciel, qu'il a déposé le couffin à l'ombre pour m'attendre, je ne pouvais plus avancer, tant j'avais de désir en mon ventre, et de larmes dans le cœur...

— Il est chaud, non ? On dirait de la fièvre.

— C'est parce que tu n'as pas l'habitude...

Nous parlons des heures, c'est vrai, de tout, sauf de Berthier ; il n'a pas encore posé la main sur moi, je le voudrais, tu le feras sinon ce sera moi. Je me souviens de tout, mes doigts plutôt se souviennent, les boutons de tes chemises, ceux qui résistaient, ceux qui s'ouvraient seuls, je les sens encore rouler sous mes ongles. Je partais, emportée par tous nos galops, j'ai trop aimé ton impatience, ta lenteur imposée, ta fièvre... Que s'est-il passé, Adrian ? Parfois tu voudrais me tuer. Et Berthier qui rentre un jour sur deux fourbu ! Je ne sais plus si ce qui macule ses treillis est de la boue ou du sang, il repart à l'aube, harassé par les poursuites à mener. Ce pays est un tombeau...

J'ai parcouru les journaux de Paris, *Le Figaro, Franc-Tireur, Combat :* il n'y a rien sur nous, rien, ils parlent de tout sauf de nous. *La Tour d'Ezra* passe en feuilleton, Nadeau parle de Maurois, on a arrêté von Papen. Il y a des grèves contre Ramadier, les fonctionnaires sont mécontents. J'ai trouvé un article en deuxième page de Georges Altschuler. Le P.C. s'élève contre l'arrestation des élus malgaches, il est bien le seul.

On parle de vingt morts à Moranga et d'arrestations nombreuses.

— Je suis majeure, papa, je n'ai pas à rendre compte de mes faits et gestes à qui que ce soit.

Grégoire est grand mais il y a des instants où il sait se rendre encore plus grand. Il semble que des vertèbres nouvelles s'ajoutent à sa colonne.

— Tu te trompes. Je n'aime pas que des choses méprisables se passent chez moi.

Ariane aspire une bouffée qui emplit ses poumons.

Et les filles des jours de récolte ? Les gamines de quinze ans au ventre creux que tu emmenais derrière les silos, savaient-elles ce que signifiait le mot « méprisable » ? Grégoire lit dans les yeux trop grands : il y voit l'image incrustée. Ariane avait l'âge de ces paysannes, elle avait surgi dans la poussière d'or, le vent soulevait la paille des récoltes. Il en besognait une, une petite Noire chavirée. La fille d'un chef de village qui s'était tranché la gorge avec une scie à métaux au cours d'une crise de delirium, comme Radama, le premier roi de l'île ; la fillette était partie, se louant aux récoltes et se vendant aux hommes. Grégoire aimait les femmes, toutes... Ariane l'avait vu, la chemise volant sur ses fesses massives, pris par une rage de plaisir, au-dessus de cette gosse aux rires suraigus. Grégoire avait vu fuir sa fille sans sortir de ce corps étroit. Il aurait voulu expliquer à Ariane qu'il lui donnait de l'argent, plus qu'elle n'en gagnerait pendant les prochains mois de l'année.

Mais elle n'avait pas eu prise sur lui, il n'avait pas baissé la garde, sa sévérité avait été la même pour elle, avant comme après. Simplement, il y avait une honte entre eux, quelque chose qui n'aurait pas dû être vu, et rien n'effacerait la tache..., le patriarche, suant de plaisir.

— Rien ne se passe de méprisable. Je profite de la présence d'Adrian. Il ne restera pas toujours.

— Tu as un fils et un mari.

— Et une sœur infirme et des hôtes, et toi. Il me semble que vous mangez tous ?

Grégoire regardait la colère monter. Il ne l'a jamais vraiment aimée, Ariane : il est plus normal qu'on ne le croit de ne pas aimer ses enfants.

— Vous mangez, vos lits sont faits par les femmes de chambre, le linge est propre, il ne manque rien, il y a des provisions en réserve. Tu as une réclamation à formuler ?

Pourquoi l'ai-je interrogé ? Il ne répondra pas. Pas une fois il ne l'a fait.

— Fais attention à Adrian.

Il lui tourna les talons et s'ébranla.

— Je ne suis pas une pute à deux francs que l'on s'envoie derrière une meule.

Il y a encore trois ans, il m'aurait tuée pour avoir dit cela. Pas aujourd'hui. Il se retourna.

— Je ne crois pas en effet que tu te sois fait payer.

Elle le vit disparaître dans l'allée ; au bout, derrière les grillages barbelés que les soldats venaient de poser la semaine précédente, les pneus lourds des camions défonçaient la route.

Je tremble. Il m'a toujours fait trembler. Salaud.

Dans le parc, Adrian poussait le fauteuil de Sandre. Elle avait dénoué ses cheveux et ils moussaient dans le soleil. Il l'installa au pied d'un logotra géant. C'était l'arbre patriarche. Il dépassait les trente mètres. On racontait que le père de Grégoire avait construit Vanille de façon qu'il puisse le voir de la fenêtre de sa chambre, et il était enterré à quelques mètres du tronc à l'écorce rouge, sur le tertre de gazon.

— Les événements de l'Histoire ont une particularité, dit Sandre : ceux qui les vivent ont trop le nez dessus pour se rendre compte de leur importance, et ceux qui ont du recul n'en perçoivent pas les détails qui leur permettraient de savoir si les faits sont capitaux.

Adrian s'assit contre la roue gauche. Là-bas, dans le tremblement de la lumière chaude, il vit Ariane. Le pantalon lui allait bien. Tout lui allait bien.

— Et la conclusion de cette pertinente observation ?

— Rien n'est historique, dit Sandre, même pas ce qui se passe ici...

— Je vois les choses différemment, dit-il. L'économie de l'île n'est pas prépondérante pour la métropole, et les petits fournisseurs ne font jamais la une des journaux, quoi qu'il leur arrive.

— Tulé est un communiste, dit Ariane, il est bon que ça se sache.

Il était obligé de lever la tête très haut pour la voir. A contre-jour, il ne pouvait discerner ses traits que par intermittence. Lorsqu'elle inclina le visage vers sa sœur, l'éblouissement du soleil frappa ses rétines et il baissa les paupières.

— Il y a autre chose, poursuivit Adrian. Les démocraties détestent les taches sur leur drapeau. Elles font en général tout pour les cacher.

— A partir de quand y a-t-il tache ? demanda Sandre.

— Il suffit parfois d'un mort, cinquante mille ne suffisent parfois pas, c'est une question de circonstances, d'habileté, de mode aussi. Il s'agit de savoir si, pour Paris, le cadavre est ou non en vogue cet été, s'il attire la clientèle ou la repousse.

— Vous êtes morbides, coupa Ariane.

Il restait encore en elle quelques fragments de la colère qui l'avait secouée lorsque Grégoire avait disparu. Adrian le sentit.

— Je voudrais écouter la radio, dit Sandre, il y a un bulletin dans moins de cinq minutes.

— Ils ne disent rien. L'armée fait censure et empêche les informations de passer.

Adrian se releva et conduisit l'infirme à l'intérieur de la villa. Il y régnait une odeur d'eau morte. On venait de changer les fleurs dans les vases, et un parfum végétal traînait, pourrissant, une fragrance verte, de la couleur brillante des corselets des mouches sur les étals des bouchers, les jours de marché.

La maison d'Ariane.

« Je vais jouer dans la maison d'Ariane », combien de fois avait-il prononcé cette phrase ? Il y avait vécu plus d'heures que chez lui, à Palembang. Ils jouaient sous les meubles du salon, à une époque ; leur ventre rafraîchi par le dallage, ils inventaient des attentes anxieuses, il la tenait serrée, encastrée, la salive coulait de leurs bouches jointes... Parfois des pieds surgissaient au ras de leurs yeux, ceux de Grégoire, les pieds nus des boys ou des servantes. Ils ne se séparaient pas, au contraire Ariane resserrait l'étreinte, les secousses venaient, irrépressibles, enchantées, des reins d'enfants qui bougeaient seuls. Adrian voyait se baisser les paupières de la fillette, elles restaient quelques secondes entrouvertes, coupaient la pupille en son milieu, comme les yeux des morts, et c'était de mort qu'il s'agissait dans le râle-sanglot qui la cambrait soudain... Et lui qui partait dans sa main, sa vie forcenée, jaillissant blanche et lactée de ce voyage écrasé, sans honte, sans retenue, elle gardait longtemps le sperme au cœur de sa paume, tandis que s'apaisaient les lourds battements de leurs cœurs. Un jour, leur déchaînement broierait leurs poitrines...

Il installa Sandre près de la fenêtre, tourna le bouton de l'appareil et sortit. Je veux l'avoir encore, je l'aurai, sinon ce n'est pas la peine de vivre, je veux retrouver la lenteur et la force, je veux revivre ces instants, sentir sa sueur, entendre battre la folie dans son ventre.

Il émergea dans l'or du parc. Elle n'avait pas bougé. Un brin d'herbe dansait à sa lèvre. Il s'assit près d'elle. Dans la partie ombreuse de la propriété, la jeune Malgache éventait toujours le berceau.

Les yeux d'Adrian fixaient le petit lit d'osier... Nous avions rêvé à cela aussi, bien sûr, c'était inévitable. Nous voulions un enfant, nous avons même dû dire quatre, nous n'étions pas regardants à cette époque.

— Tu as parlé à Marek ?

— Non.

Adrian ne voyait plus son frère, inconsciemment il devait le fuir. Ils avaient de tout temps eu si peu de chose à se dire que chacune de leurs rencontres avait été difficile. Chacun en repartait avec l'impression d'être un imbécile aux yeux de l'autre, ce qui s'était parfois révélé exact.

— Que t'a-t-il dit ?

Ariane cassa la tige verte et la fit tourner entre ses doigts.

— Peu de chose, mais c'est cela justement qui m'inquiète : tu connais Marek, s'il n'est pas bavard, c'est qu'il se sent mal, et pour que Marek se sente mal, il faut que ça aille vraiment mal.

Adrian chercha les cigarettes dans sa poche. Depuis qu'il avait retrouvé Ariane, sa consommation avait quadruplé.

— Tu lui as posé des questions ?

— Non. Avant-hier au soir, il m'a simplement parlé d'une patrouille à trente kilomètres dans les collines. Il m'a semblé très pâle. Je crois qu'il boit.

— Ce n'est pas une nouveauté.

Ariane se redressa.

— Pas ainsi, il buvait pour la fête, avec ses copains, le soir, le dimanche, mais là c'est différent : il part en camion avec des hommes, ils ont des fusils, de l'essence et de l'alcool. Je n'aime pas ce qu'ils font.

— Tu n'en sais rien, protesta Adrian, il n'a jamais...

— Il a tué quelqu'un, dit Ariane, je le sens, il a essayé de me le dire l'autre soir, je crois que c'est ça...

Il la regarda ; c'était ainsi qu'elle le fascinait, se laissant emporter par ses passions, ses intuitions élevées au rang de certitudes. Comme elle avait été insupportable quelquefois ! souvent, même... Des caprices, des rages de fillette alors qu'elle était femme déjà... C'est moi qui l'ai eue le premier, je me souviens de tout, de sa douleur, de mon effroi, de son rire, du sang sur la paille et le mouchoir jeté, que d'amour, Ariane... que d'amour...

Un autre que nous pourrait-il vivre en ces lieux ? Ce n'est pas possible, ils sont trop à nous, trop imbibés de nos souvenirs : le ruisseau a gardé notre mirage et la nuit nos soupirs. Quiconque viendrait serait un usurpateur, quoi qu'il fasse et quel que soit le prix payé. Ariane me fait comprendre son père : jamais Grégoire ne partira, jamais il n'acceptera le partage. Il est si doux d'être le maître du monde.

Je ne sais pas si, depuis mon retour, elle a refait l'amour avec Berthier. Sans doute... qu'est-ce que cela change ? Je n'ai de toute façon pas envisagé que cela fût possible avec un autre que moi.

— Sortons, dit Adrian, allons en ville. J'achèterai des journaux et des cigarettes.

Elle se dressa aussitôt. C'était un truc à elle, cette vivacité, ce don d'être prête, instantanément.

Nous tournons en rond, pensa-t-il. Manalondo serait vide, boutiques fermées, patrouilles dans les rues, volets tirés, des soldats sur les terrasses, ils rouleraient quasiment seuls sur les pavés disjoints de la place Colbert. Ils boiraient un verre sur le boulevard et scruteraient le visage des rares passants. Sur le marché, l'arroseuse municipale chasserait dans les rigoles les feuilles de salade fanée et les grenades pourrissantes, tout sentirait la mort et la fin du jour.

Pars, Adrian, pars, avant qu'elle ne t'entraîne... Ce monde est sans espoir.

Grégoire et les siens se cramponneront quelque temps, quelques années, mais un jour ou l'autre ton univers s'écroulera, il faut l'abandonner avant le crépuscule.

Dango de Torres traversa la cour du pénitencier de Fianarantsoa : c'était le plus ancien de l'île, bâti sur les vestiges d'un couvent de dominicains.

Le linge séchait aux barreaux des cellules et, sur le mâchefer, les acharnés de football frappaient de leurs pieds nus une balle de chiffon.

Il écrasa avec soin la cendre de la Balto et remit le reste de la cigarette dans sa poche de poitrine. Il n'avait pas perdu une parcelle de tabac. En quinze ans de réclusion, on prenait le sens des économies.

Ceux du quartier disciplinaire le regardèrent passer, accrochés aux grillages qui barraient les soupiraux. Il cligna de l'œil à leur intention et traversa la foule des prisonniers.

Les choses allaient mal. Il n'avait jamais connu cela. Ils étaient quatorze par cellule, et la chiourme s'augmentait de nouveaux arrivants par camions. A son arrivée dans ces lieux, la cour était presque vide pendant les promenades. Aujourd'hui, il n'était même plus question de s'asseoir le long des murs ou de la poterne. Ils n'étaient qu'une trentaine à porter l'uniforme des prisonniers, c'était devenu la marque de l'ancienneté.

Il poussa la porte et se trouva dans le couloir central.

— Tu as mis le temps...

Dango reconnut le maton. Un ancien lui aussi. Un Corse comme lui, mais il était des montagnes, près de Vizzavona, et ils ne fraternisaient pas.

— Qu'est-ce qu'on me veut ?

Le fonctionnaire fit un signe d'ignorance. Les clefs pendaient au ceinturon. Les bourrelets gonflaient la veste de serge noire.

— J'ai pas fait de conneries ? Je ne comprends pas...

— Tu verras bien.

De Torres suivit le gardien. Les voûtes de pierre étaient coupées d'escaliers ferraillants. Un filet métallique avait été installé pour empêcher les suicides. Les cellules des prisonniers étaient ouvertes et on devinait par l'entrebâillement des portes blindées les lits superposés, les tinettes sans couvercle, le lavabo unique.

Machinalement, le prisonnier boutonna le col de sa chemise bleue et pénétra dans le bureau du directeur.

— De Torres, matricule 322, annonça le gardien.

Les deux hommes installés derrière le bureau ne bougèrent pas. De Torres ne connaissait pas le plus grand. Il y avait en lui quelque chose de militaire dans la coupe des cheveux qui formaient une brosse courte et grisonnante. L'inconnu regarda le prisonnier. Sur la table, des pages dactylographiées étaient éparpillées. De l'endroit où il se trouvait, de Torres ne pouvait les lire mais il les avait suffisamment vues autrefois pour les reconnaître, même à cinquante mètres. C'était son dossier et le jugement : Dango de Torres condamné le 7 octobre 1932 à vingt ans de prison pour vol qualifié et complicité dans le double meurtre de veilleurs de nuit travaillant pour le compte des filatures Goubert à Tamatave. Deux hommes étranglés pour deux cent cinquante francs en billets de banque et trois tonnes de déchets métallurgiques. Il s'était fait pincer trois jours après le forfait. Il risquait sa tête, l'avocat avait joué la corde sensible des jurés : l'alcoolisme, la misère, l'affolement. Il avait pris vingt ans et en avait fait quinze.

— Tu es de Torres ?

— Oui.

— Tu connais ce type ?

Dango se pencha sur le cliché. Un macaque. Un vieux. Bien habillé, souriant.

— Jamais vu.

L'homme se leva. Il portait sur la hanche un étui à revolver de cuir noir. Le pistolet à l'intérieur semblait minuscule.

— Il est ici. Cellule 34.

Dango haussa les épaules.

— Il en arrive tous les jours de nouveaux, on dit qu'il va falloir planter des tentes, je ne peux pas tous les connaître.

L'homme ne le quittait pas des yeux. Il eut un geste de la main vers le directeur qui se leva à son tour et sortit.

Dango ressentit un malaise. Cela n'arrivait jamais. Lorsqu'on était appelé chez le directeur, c'était lui qui vous recevait, qui punissait... Qui était cet homme ?

— Tu ne me connais pas mais ça n'a pas d'importance. Ecoute bien ce que je vais te dire et ne réponds pas tout de suite. Cet homme sur la photo s'appelle Anjaka. Andafy Anjaka. C'est un communiste du M.D.R.M. Nous cherchons à nous débarrasser de lui mais c'est difficile car il y a les lois.

Dango baissa la tête. Méfie-toi, souviens-toi des paroles de ton père : les petits trinquent toujours.

— Tu sais ce qui arrive s'il a un accident ?

— Non.

Les paumes massives de son interlocuteur se plaquèrent sur le bureau.

— Cinq ans de moins pour toi.

Net, sans fioritures. Cet homme ne craignait rien. Pour dire une pareille chose, il fallait des pouvoirs.

— Qui me le prouve ?

— Moi. Tu t'évades. Tout sera prévu. Tu as ma parole.

Cinq ans. Plus de mille huit cents jours. Un bout de vie.

— Quelle sorte d'accident ?

L'homme fit le tour du bureau. Il était grand. Près de deux mètres.

— Ne fais pas le con, dit-il, tu le sais parfaitement. Rappelle-toi : cinq ans.

Dango perçut l'agacement dans la voix.

— Banco, dit-il, je prends.

L'autre eut un sourire mort-né.

— Tu as deux copains que tu ne connais pas encore, dit-il, ils sont arrivés ce matin, ils te contacteront. Ils t'aideront. On est bien d'accord, ça sera un accident.

De Torres inclina la tête.

— On est d'accord, dit-il. Vous n'avez pas une cigarette ?

Le paquet de Gitanes était déjà dans la main du prisonnier.

— Tu as quatre jours. Pas plus.

La fumée forte gonfla les poumons de Dango de Torres. Quelque part, une machine s'était emballée, il était pris dedans, il allait falloir faire attention de ne pas laisser sa peau dans les engrenages.

— Vite...

Tulé accéléra.

La corde usée des espadrilles produisait un martèlement sourd sur la terre meuble. Le bruit de la cascade s'estompait derrière eux. Après les pluies, les sentes se transformaient en ravins infranchissables mais, en cette saison, le massif était tailladé de coupures sèches, de creux chaotiques où des roches suspendues dans le vide s'élançaient en architecture de vertige.

— Attention...

Le guide s'accroupit derrière une souche calcinée. La foudre avait brisé et enflammé l'arbre. Sur ces hauteurs, les orages étaient nombreux. Durant de longs jours, la tempête et la grêle noyaient les pentes ; les vieux parlaient alors de colère. On sortait les morts des cercueils et les sorciers procédaient à des offrandes. Les nuages s'écartaient et, en trois jours, l'or couvrait la montagne : c'était l'éblouissement des mimosas, qui mouraient aussi vite qu'ils naissaient. Un matin, la montagne cessait d'être ce moutonnement jaune jusqu'à l'infini des crêtes, elle prenait la nuance triste de la rouille et tout disparaissait.

— Regarde...

Le guide s'écarta et Tulé rampa jusqu'à lui. Il se souleva sur les coudes et découvrit la vallée. Dans une des boucles du torrent desséché s'étalait le village. Sans un mot, il fouilla dans sa chemise et en sortit des jumelles.

Un pan de mur bondit sur lui, dériva sur un toit aux tuiles cassées, une cour, des fagots de roseaux secs. Il se stabilisa sur un espace dégagé, une sorte de mare étroite. Il enregistra le pied à demi enfoncé dans la vase, remonta le long de la jambe nue et découvrit le corps. Deux têtes, une autre, une autre encore. Quatre cadavres parallèles, l'un d'eux était plus petit que les autres... un gosse.

Il chercha dans la boue sèche une trace de pneus, mais n'en trouva pas. Les Français étaient partis.

— Allons-y, dit Tulé, il y a peut-être eu des témoins.

Sans un mot, son compagnon se redressa et, zigzaguant à travers les pierres massives éparpillées le long de la pente, il descendit vers Togavona.

Cela avait été un village d'éleveurs. Il y était passé l'an dernier. Les troupeaux de zébus paissaient à l'infini. Les habitants venaient des hautes terres du Sud, le pays Bara. Ils étaient pauvres mais c'étaient d'excellents bergers. Depuis des siècles, ils vivaient en compagnie des bêtes.

Les deux hommes traversèrent le pont de bois qui enjambait le ruisseau à sec. Il n'était plus possible de se dissimuler.

Tulé sentit l'odeur dès la première cahute et se couvrit le nez et la bouche de son mouchoir. Les portes des cabanes avaient été arrachées, le bourdonnement des mouches était incessant, elles devaient être des milliers à tournoyer, encore invisibles...

En escaladant des broussailles qui fermaient l'enclos de l'une des fermes, ils se trouvèrent sur la place. Les quatre corps étaient parallèles, la nuque de l'un d'entre eux était cassée à angle droit sur le mur de torchis. On voyait sur la chaux qui le recouvrait l'impact des balles. Tous les quatre avaient été fusillés.

La réalité, pensa Tulé. Il en avait parlé souvent, s'était gargarisé du mot, elle s'était confondue avec des chiffres : le montant comparé des salaires des travailleurs malgaches et européens, les rapports d'exploitation, le nombre d'hectares des grandes propriétés.

Elle était là, à présent ; la réalité, c'étaient ces cadavres que les mouches masquaient d'un grouillement d'élytres gris... Il n'y avait pas pire que la réalité.

Il se retourna, entendant un murmure. Le Malgache qui l'avait amené au village parlait à quelqu'un à l'intérieur de l'une des masures. Près de la porte, deux chèvres broutaient l'herbe rase entre des blocs de terre argileuse.

Tulé entra. Il dut se baisser pour passer le seuil et resta courbé, le plafond de pisé était bas. Deux caisses de bois servaient de table et le sol était couvert de peaux de bœuf roux et blanc. Assise sur une natte, une vieille femme aux jambes étiques parlait sans trêve. Les lobes des oreilles distendus par le poids trop lourd des anneaux de cuivre pendaient comme deux sacs de chair rabougrie. Tulé ne comprenait pas son dialecte. Toutes les tribus de l'île se comprenaient entre elles, mais il avait depuis longtemps cessé de pratiquer sa langue natale.

— Qu'est-ce qu'elle dit ?

Le guide agenouillé traduisit le flot incessant des paroles.

— Ils sont arrivés hier, ils étaient une dizaine dans un camion, à l'heure de la sieste ; les soldats en ont ramassé quatre dont son petit-fils et les ont abattus sur la place. Ils ont tiré sur les bêtes qui se sont enfuies en brisant les barrières. Depuis, elle n'a vu personne.

La vieille le fascinait. Elle avait dû être belle. Les rides couraient, un réseau ramifié, plaqué comme un masque sous lequel se trouvait peut-être son vrai visage, immuable. Les yeux d'encre s'affolaient, rougis de blépharite. Quel âge ? Ce n'était pas une question d'années mais de vie... La misère marquait les femmes, leurs corps déformés par les travaux, les poumons emplis de brume, les peaux cuites par les étés infernaux...

— Elle a tenté de les empêcher, elle a reçu un coup de crosse.

La vieille montrait sa main. Le pouce et l'index violacés avaient gonflé, les chairs autour des ongles étaient tuméfiées.

— Il faut l'emmener chez un médecin, dit Tulé.

Le guide parla, l'écouta répondre.

— Elle n'a pas d'argent, et puis elle ne veut pas quitter sa maison, elle pense que les autres vont revenir.

Tulé sentit ses omoplates s'endolorir et sortit de la pièce. Il se redressa et parcourut des yeux le village.

Quelques charognards tournoyaient. Trois d'entre eux étaient posés sur les branches basses de l'un des poivriers.

Hier, des informations étaient parvenues par l'intermédiaire de la Croix-Rouge. Les massacres s'intensifiaient : tous les détenus de la prison de Moramanga ont été fusillés par crainte d'une insurrection générale. Les autorités militaires distribuent des armes à profusion aux colons les plus violents. Quatorze villages détruits à la dynamite dans le district de Tuléar. Et puis, cette nouvelle qui lui était parvenue par un des facteurs aux écritures du commissariat central : il lui avait chuchoté ces renseignements de l'une des caches qu'il occupait à la sortie des anciennes mines, dans une taille désaffectée.

— Les tribunaux sont de juridiction militaire et les condamnés n'ont pas d'avocat.

Il avait expliqué que les aveux étaient obtenus le plus souvent par la torture, et que les condamnations à mort étaient nombreuses.

Tulé pensa à son beau-père. Il avait été arrêté quatre jours auparavant et incarcéré au bagne de Fianarantsoa. Les choses seraient différentes pour lui : ils n'oseraient pas supprimer un député. Il y aurait des protestations à Paris. Le gouvernement finirait bien par s'émouvoir et comprendre... il aurait droit à un procès plus équitable.

Le regard de Tulé dépassa les chaumes des toits. Malgré lui, il chercha dans la masse sombre de la forêt qui recouvrait le versant sud de la montagne la trace d'un mouvement, d'une vie humaine. Les paysans avaient fui, de quoi vivraient-ils ? Dans quelques semaines, les brouillards reviendraient et avec eux le froid mouillé qui creusait des cavernes dans les poumons. Les enfants ne survivraient pas.

La rage lui venait. C'était inhabituel. Il n'avait jamais connu cela, ce n'était même pas les leçons des instructeurs politiques qui avaient bridé en lui la violence de la haine ; par nature, il ignorait les forces noires, irrépressibles, qui arrachaient certains de ses compagnons de lutte aux domaines rationnels de l'efficacité, aux règles froides du combat.

Son engagement politique ne venait pas d'une force intérieure où se seraient mêlés la colère de l'exploité, le sentiment de l'injustice, une aspiration romantique à la liberté. Au contraire, il se voulait théoricien et pragmatique, insensible aux passions, peut-être parce que celles qu'il éprouvait étaient faibles, peut-être parce qu'il croyait trop à une bonne volonté générale, universellement répandue... Il avait pensé longtemps qu'il suffisait de mettre les hommes devant leurs responsabilités et de les aider à ouvrir leur cœur pour que les problèmes s'apaisent. Il savait aujourd'hui que cette croyance avait la face enfarinée de bienveillance de l'imbécillité.

Et puis les assassins étaient venus, ils avaient tué, au hasard, en plein jour, pour l'exemple... Les bouchers qui buvaient des pastis aux terrasses sautaient dans des camions, vidaient des chargeurs sur des gosses, incendiaient les clôtures et repartaient les mains rouges sous la surveillance des policiers et des soldats.

Et la rage montait... Il s'y laissait aller à présent, totalement, elle poussait les larmes dans ses yeux, voilant la misère du décor, faisant onduler les piquets de bois des enclos. C'est son peuple, ce sont les siens, nus, désarmés, ils fuient et ses mains sont vides. Il ne sert à rien sinon à témoigner un jour s'il leur échappe... Il est un scribe, un homme sans fusil, il l'a toujours été et il en devient fou.

Ils quittèrent le village quelques minutes plus tard. Tulé devait regagner l'une des grottes de l'Ankaratra où l'attendaient les principaux dirigeants du M.D.R.M. dissous. Il ferait envoyer deux hommes pour enterrer les cadavres et s'occuper de la vieille qui ne pouvait survivre seule.

Ils montèrent à travers les éboulis. Le vent se levait avant l'arrivée du soir. Tulé se sentit enveloppé d'un manteau palpable, une soie fraîche et vivante sous laquelle toutes les hautes herbes des pâturages se courbaient. Il eut l'impression d'une caresse ultime et d'un appel de désespoir. Dans le rougeoiement du crépuscule, l'île rassemblait ses forces et poussait ce murmure de frémissante agonie : c'était l'heure où chaque plante, chaque roche venait, par-delà l'immensité de l'étendue, chanter sa note la plus haute... une symphonie. C'était celle des plaines et des cascades, des pics de granit du pays ancien, celle des steppes qui courent au pied de l'Andringitra, celle des grands déserts cernés de murailles, celle des lacs de cristal, celle des aloès aux fleurs folles qui dévalent jusqu'aux mers chaudes, jusqu'aux plages et aux coraux, jusqu'aux sables blancs infinis... C'était le chant ultime des volcans, des torrents et des fleuves, c'était le cri de Madagascar martyrisé.

L'Indien était revenu.

Lorsque Tulé pénétra sous les voûtes granitiques qui leur servaient de repaire, le faisceau de sa lampe électrique le révéla, debout contre l'une des colonnes naturelles qui montaient dans le noir de la montagne.

Ils étaient nombreux, accroupis ou assis sur le sol en déclivité. Il respira une odeur de viande et de riz : une marmite chauffait sur un feu de bois. Il en connaissait quelques-uns et il serra des mains, la lueur du foyer dévoilait à peine les visages.

— Tu as des nouvelles d'Anka ?

— Aucune.

L'Indien hocha la tête.

— Il y a quatre jours, elle a fait une demande aux autorités pour voir son père, dit-il, l'autorisation lui a été refusée. Elle vit sans doute chez des amis à Fianarantsoa ou dans les environs. Son nom figure sur la liste des suspects.

La peur, un rongeur aux dents rapides et puissantes... une mâchoire inlassable qui broyait les viscères, remontant au cœur. Il ne faut pas qu'ils la prennent, pas Anka, pas avec ces soldats. Il ne veut pas...

— Elle sait qu'elle est recherchée ?

Sa voix avait changé soudain, un autre avait parlé dont il ne connaissait pas le timbre haut perché, presque enfantin.

— Ce n'est pas sûr.

— Il faut la prévenir.

L'Indien s'approcha de la marmite et fit tourner la cuillère de bois.

— Ne cherche pas à le faire. Surtout pas toi, tu la perdrais.

Une envie de vomir, intenable, venant de l'impuissance.

— Je ne peux pas rester sans rien faire, il faut que...

— Je m'en occupe.

Tulé chercha l'air. Il fallait qu'il entre dans ses poumons, qu'il en balaye les poisons.

— Comment vas-tu faire ?

— Je connais des gens.

Un mensonge. L'Indien lui avait appris que mentir était une technique qu'il fallait posséder sur le bout des doigts pour mener à bien la lutte révolutionnaire ; il cherchait simplement à le calmer pour que son angoisse cesse, pour qu'il soit un combattant efficace, sans attaches.

— Tu te moques du sort d'Anka, dit-il, tu as mis le feu aux poudres et, maintenant, tu t'aperçois que la tempête te dépasse.

La main de l'Indien se posa sur son épaule. Jamais il n'avait su discerner quelle était dans ce geste la part de la menace et celle de l'affection.

— Nous sommes en guerre, dit-il, et si nous ne nous battons pas, nous sommes morts.

Tulé plia les genoux : la montée avait brisé les muscles de ses cuisses, il sentit l'épuisement le gagner.

— Nous sommes morts, dit-il, ils ont les canons, les avions, les armes, et nous...

— Nous avons frappé une fois, dit l'Indien, une seule, et ils tournent, affolés comme des phalènes...

— Ils ne tournent pas, dit Tulé, ils vident les villages, massacrent tout ce qui vit.

— Des groupes de défense viennent d'être formés, des cibles sont désignées. Dans quelques jours, les ordres d'attaque seront donnés.

Tulé regarda l'Indien. Ce n'était pas possible, il ne pouvait pas songer à cela, la disproportion des forces était trop grande. Il revit le visage de la vieille assise sur la terre battue de sa case, le cuir de sa peau sur les os sans chair. Nous n'avons jamais été des guerriers, ni les Hovas ni les autres tribus, nous sommes des bergers, des paysans, des pêcheurs, des montagnards, nos vieillards sont courbés dans les rizières.

— Tu es fou, il est impossible...

— Rien ne l'est. Que veux-tu faire ? Fuir dans la forêt et attendre la mousson ? Te laisser prendre par les volontaires civils ? Nous avons pour nous le nombre et les appuis.

— Quels appuis ?

Ils avaient baissé la voix pour ne pas être entendus des autres. L'Indien s'agenouilla au côté de Tulé.

— Ce n'est pas un suicide, dit-il. Ce qui le serait, c'est d'accepter de rester un gibier. Nous avons des choses à faire. Protéger la population, fomenter des attentats, prendre des otages, punir, nous défendre. Il s'agit de cela, Tulé, nous défendre, ou alors construis toi-même ton échafaud, mais ne compte pas sur moi pour t'aider.

Tulé, anéanti, fit rouler deux cailloux entre ses doigts.

— Ils violent les lois, poursuivit l'Indien. Paris les protège, ils envoient de plus en plus de troupes aéroportées. Ils demandent la tête de Raseta, tout de suite ; Castellain a dit : « Toute sanction différée n'est plus une sanction » ; un autre député, July, clame que, sur les bancs de l'Assemblée, les assassins ne doivent pas s'asseoir... Nous ne nous en sortirons que seuls car nous sommes seuls.

— Mais concrètement ?

— Concrètement, chacun aura sa tâche et ne la discutera pas. Désormais, nous sommes des terroristes. C'est ainsi qu'ils nous nommeront. C'est pour cela que je te demande de ne pas t'occuper d'Anka, d'autres le feront. Ta mission est ailleurs.

La sueur ruisselait sur le visage de Tulé. L'Indien avait toujours eu raison contre lui. Jamais il n'avait pu s'opposer à sa volonté ; à chacun de ses mots, il sentait fuir toute force, toute résistance.

— Et quelle est ma mission ? A supposer que...

L'Indien s'immobilisa.

— Marek, dit-il.

Tulé s'efforça de respirer lentement, comme à chaque fois que son cœur s'emballait.

— Quoi, Marek ?

— Tu le connais. De nous tous, tu es celui qui peut l'approcher le plus facilement. Tu vas nous aider à lui tendre un piège.

— Que lui ferez-vous ?

— Ce n'est pas à toi que je demanderai de le tuer. Tu n'es pas fait pour cela.

Le halètement de Tulé passa entre ses lèvres.

— Pourquoi Marek ?

— C'est un boucher, dit l'Indien, et il doit mourir.

— Qu'en résultera-t-il ?

— Que les bourreaux paient toujours. Et les bourreaux réfléchiront.

Tulé releva la tête. Au bout du boyau, se découpait un demi-cercle de jour rouge au bord irrégulier : la nuit allait venir et le soir était écarlate.

Coline

Ils ne vont pas recommencer. Je ne le veux pas.

Qu'elle trompe Berthier m'est égal, mais je n'aime pas que les gens s'aiment, surtout comme ces deux-là se sont aimés.

Cela date de loin, je pourrais dire le jour exact, mais le problème n'est pas là. Le monde croule autour de nous et la seule chose qui m'importe, ce serait qu'Ariane n'ait pas retrouvé Adrian.

J'ai toujours craint l'amour des autres, mais plus particulièrement le leur parce qu'il était visible, qu'il fut insolent et qu'il continue à être fou. Je voudrais que soient chassés de ma mémoire leurs regards échangés, le frôlement de leurs corps dans l'ombre des salons ou le soleil des promenades. Ils ne pensaient qu'à eux, ne rêvaient qu'à eux, chaque seconde était une connivence... Parfois, au repas du dimanche à Palembang ou à Vanille, par-dessus les cristaux de la table, séparés par la blancheur et les broderies des nappes, par les faïences que les servantes apportaient, au milieu du brouhaha des conversations, des rires de Marek et des bavardages infinis de Francis

Bécalier, mon père, ils se fixaient avec une telle intensité qu'il m'est arrivé de croire qu'elle jouissait, immobile, sur sa chaise. Il y avait un gonflement des lèvres, un imperceptible frémissement du torse, l'œil d'Ariane filait ; un instant, je voyais l'émail de ses dents mordre le silence de son cri...

Et Adrian savait.

Un jouvenceau noir de soleil, aux genoux tachés d'ecchymoses, aux boucles rebiquant sous la brillantine dominicale qu'il volait sur les coiffeuses.

Quel était leur code, leur langage ? Peut-être ne se parlaient-ils plus, j'ai pensé que les mots entre eux étaient inutiles, ils savaient se faire l'amour de loin, par le regard, par l'expression...

Je les ai suivis, et c'était ma souffrance, mon horreur recherchées. J'ai découvert leur chambre, une cabane désaffectée sous les tamariniers, elle avait servi à un maréchal-ferrant. Je les ai vus, entendus, contemplés, épiés, je me suis repue d'eux jusqu'à la nausée, jusqu'à en mourir. C'est eux qui m'ont chassée du monde de l'amour avec leur ventre, leur sexe, leur bouche, leurs caresses et leur acharnement... Comment ne se sont-ils pas entre-tués de bonheur... Mes oreilles n'ont pas cessé de retentir du cri d'Ariane, je revoyais leurs poses, leurs cambrures, j'entendais leurs rires... Ne pleure pas, Coline, des messagers viendront t'apporter les dernières robes de Paris. Je me suis habillée parce que vous viviez nus, pour vous nier ; j'ai souvent pensé que l'on devrait vous tuer pour excès, pour luxure, pour cette fusion.

Allons, le spectacle de l'amour des autres est une chose que l'on devrait épargner aux filles comme moi, cela les rend envieuses, malades jusqu'à l'infirmité. Peut-être n'ai-je pas supporté que mon frère m'échappât, c'est possible, bien que je n'aie jamais vraiment aimé Adrian ; j'ai préféré le balourd, Marek l'inaccessible. Prends ta petite sœur dans tes bras, mon bel athlète, pourquoi trembles-tu ? Je me souviens du quadrillage de tes abdominaux sous ma main, quel bond, Marek ! quel bond tu as fait ! J'en ris encore après en avoir pleuré...

Je suis partie grâce à toi, à ton argent, sur le *Laconia* de la Cunard White Star Line, sur le *Lafayette*, le *Félix-Roussel :* les Indes, l'Indochine, puis Paris, Londres... Près de trois ans, Marek, juste avant que n'éclate la guerre, trois ans pendant lesquels aucun homme n'est venu.

Coline se leva et enfila le peignoir de Sandre qui traînait sur un fauteuil. Depuis l'incendie, tout avait pris des allures de campement. Il était dix heures passées et, une fois de plus, elle était la dernière levée. Elle avait entendu une voiture aux premières lueurs de l'aube, des voix indistinctes et elle avait reconnu le pas de Marek dans l'escalier ; il avait buté contre l'avant-dernière marche du palier. La fatigue ou l'alcool, peut-être les deux.

Elle entra dans la salle de bains. Il y avait des serviettes jetées sur le rebord de la baignoire.

Je suis jolie. Des lieutenants empressés rôdaient dans les coursives, leurs talons martiaux sonnaient sur les planchers des ponts-promenades.

— Puis-je espérer la prochaine valse, mademoiselle Bécalier ?

Ils l'enlaçaient. Ils sentaient le savon, l'eau de Cologne. Je t'oublierai, Marek, je t'oublierai dans leurs bras. Les salons des premières ressemblaient à Versailles, dehors c'était la mer de Chine ou de Java, le Pacifique ou les Dardanelles... Quelle importance, chaque vague ressemblait à l'autre, les manches des officiers se constellaient de galons dorés, Johann Strauss et fox-trot, rumba, j'adorais la rumba, je les sentais fondre sous mes hanches, je riais beaucoup, il y avait des lustres vénitiens, l'après-midi des parties de tennis se déroulaient entre les deux cheminées écarlates, le vent soufflait, faisant voler fourrure et chapeau cloche.

— Viendrez-vous à notre table ce soir ?

Je dormais dans des transatlantiques, l'après-midi,

cernée de mouettes, je changeais de toilette, cinq, six fois par jour.

Des lumières, ce sillage incessant sur la mer que nous creusions, et jamais de plaisir. J'ai couché beaucoup pourtant, ils étaient beaux, leurs épaules étaient larges, je voyais la lune s'écraser sur leurs uniformes en vrac sur le sol, ils jouissaient vite en général, s'excusaient, je les devinais rougissant dans la pénombre.

Trop de jeunesse, trop de temps sans femme, trop de roulis et de tangage, alors évidemment on a beau être enseigne, quartier-maître, commander aux machines ou aux matelots, on se rhabille, penaud, réintégrant le bel uniforme de parade.

Quelques-uns furent de grands amants, mais ce fut lettre morte, ma tête trop pleine rendait mon ventre vide... Dans le vol nocturne des blancs albatros coulés dans la lumière de lune, je sentais le lent chuintement des lourdes machines huilées... Ils s'agitaient en moi, tendus, vainqueurs, je guettais le surgissement de l'émoi, quelque chose allait bien venir, jaillir, me dompter, me submerger enfin. Je voyais Ariane, sa furie déchaînée... mais rien ne troublait ma conscience trop nette, et ce n'était que le désespoir qui entrait dans la cabine, avec la lumière des étoiles tamisée par les vitres du hublot... Les ongles crispés sur leurs épaules et simulant le halètement des femmes ordinaires, j'ai appelé le souvenir de Marek, mais je n'étais déjà plus qu'un jouet cassé, un violon qui ne chantait plus, qui ne chanterait plus, je n'ai jamais su pourquoi... Depuis, mes robes viennent de Paris et j'ai cessé de parcourir les horizons des mers.

J'ai retrouvé Madagascar, l'île immobile, et n'en ai plus bougé. J'épie l'amour des autres et m'en rends malheureuse. J'ai triomphé lors du mariage d'Ariane, le nœud magique qui l'attachait à mon frère venait de se défaire et je savais qu'elle ne pouvait aimer Berthier, après avoir connu la folie d'Adrian.

Rien ne me ferait vivre ce qu'elle avait vécu, elle aurait toujours sur moi cet avantage, mais le bonheur n'existerait plus pour elle. Elle ne connaîtrait plus les après-midi dans la cabane des tamariniers, elle en avait fini avec les extases et les délires. Berthier l'aimait mais il avait contre lui tout un monde passé dont il ne se remettrait pas. Il serait vaincu à jamais, ils demeureraient un couple tiède, et de cela je pouvais me satisfaire.

L'eau coula sur la faïence. Coline régla la manette, vérifia la chaleur, ils étaient trop nombreux dans la maison. Pronia restait des heures sous la douche, épuisant la réserve vidée dès le matin, il lui faudrait aller se laver à la rivière comme les négresses.

Que va-t-il se passer ? Que se passe-t-il dans la vie d'une femme sans homme ? Rien, bien sûr, cette flambée est un événement sans grande importance... Les camions de l'armée repartiront et les forestiers apporteront les madriers pour reconstruire Palembang. Ils relâcheront Anjaka et tout repartira dans l'ennui et la futilité.

Il me faudrait une autre crème pour la nuit, celle-ci est trop grasse.

Comme il est difficile de vivre au paradis... Je suis la seule ici à savoir ce qu'est le monde, j'ai vu Shanghai, bâtie de crasse et d'eau croupie, les ports brûlés, les fanges, les sampans échoués des rivages de Chine, le grouillement des ruelles montant du port, Marseille et Liverpool, les poutrelles des docks, un océan de fumée et de charbon. J'étais une femme amphibie qui ne descendait plus aux escales.

Et puis, un matin de retour, les rives de l'île se profilaient dans le cercle des hublots ou par-delà les bastingages mouillés. Je sentais venir à moi l'odeur des fleurs de vanille et de cannelle. Les sirènes résonnaient au-dessus de ma tête et les rades s'ouvraient comme des bras de femme, j'apercevais déjà les lignes de palmiers, les premiers contreforts des montagnes géantes, les monts de cristal... Coline est revenue. Marek m'attendrait à l'embarcadère, je le voyais du haut du dernier pont, splendide, en costume blanc, je devinais son sourire, mon père était là parfois, j'étais chez moi... Je n'avais rien appris, ma mémoire était vide, ces voyages étaient creux, il ne m'en restait que quelques présents dans mes malles, et la vie reprenait, si facile, si effrayante, avec au plus profond le secret enfermé : Coline n'est pas une vraie femme, Coline n'est rien, une honte et un chagrin. C'est une douleur de vivre sous les palmiers, vêtue de soie et cernée de servantes. Je m'essaie au cynisme depuis des années, simplement par impossibilité d'être cette souillon qui emplit ses seaux aux fontaines de Manalondo et qu'un homme baise à toute heure du jour, sur un sommier aux ressorts cassés, cernée de marmaille.

Je ne veux pas de vos histoires, je veux tout ignorer, les revendications, les intérêts, le vent d'indépendance, les colères de Grégoire, je suis ailleurs, sans vous... Tulé, Anka, Marek, Andafy, bec et ongles vous vous déchirez, moi je m'écarte car je ne suis pas humaine : polie, laquée, ongles faits, bouche peinte, je suis un front de cire et un œil de porcelaine. Je bouge, je mange, je souris : une perfection mécanique. Une clef à remonter : regardez, je parle, il ne me manque que la vie.

Comme ma mère. Ce que j'ai pu deviner d'elle tout au moins, j'ai dû obliger les servantes à m'en parler... Son visage est plus éloquent que tout ; elle n'était pas faite pour la violence de cette vie... Ai-je souffert de sa folie ? Qu'en sais-je, nous ne connaissons pas nos méandres... Mais si aucun homme n'est venu dans ma vie, c'est peut-être parce qu'elle est partie dans son refuge...

Pronia. Elle venait de l'est de l'Europe. Elong m'a raconté que le bruit des camions et des voitures la faisait fuir. Elle a dans le regard quelque chose d'un oiseau devant le chasseur, un tremblement de sourire pour masquer l'angoisse. Je n'ai su parler qu'après son premier enfermement, je n'ai donc jamais dit « Maman ». C'était trop tard lorsqu'elle est revenue : elle était Pronia pour toujours, celle qui me comblait de robes froufroutantes et qui massacrait mes tortues. C'est elle qui a dû glisser dans mes gènes quelque chose qui me menace et que j'appréhende.

Coline prit un bain presque froid, choisit une jupe garance, un corsage à pois gris et décida de descendre aux cuisines. C'était Ariane qui, depuis quelques jours, dirigeait la maison. Elle aurait peut-être envie d'une relève. Dans le couloir, elle se heurta à Berthier. Le capitaine, toujours sanglé, distillait un ennui implacable. La seule chose qui plaidât en sa faveur, c'est qu'il était suffisamment intelligent pour s'en rendre compte et en souffrir.

— Vous avez l'air fatigué...

Ils se parlaient peu. Il l'avait sans doute fait danser au cours des fêtes qui se donnaient avant le mariage d'Ariane. Elle ne s'en souvenait pas. Qui se serait souvenu de s'être trouvé dans les bras de Berthier ?

— Il y a eu un contrôle dans l'ensemble du district, huit cents personnes à identifier. Ça a duré jusqu'à l'aube. Ariane est là ?

Quand cessera-t-il de demander où est sa femme ? Il doit savoir, pour Adrian. Qui ne l'a pas su ! Mais que pourrait-il dire ? Les femmes ont le droit d'avoir des amours de jeunesse, et les amants celui de revenir chez eux... Coincé le capitaine, rien d'autre à faire que d'arrêter les suspects, cirer son baudrier, ses bottes réglementaires et espérer que le passé soit mort.

L'office était vide. Les servantes n'étaient pas encore arrivées du village où elles vivaient. Que leur commanderait-elle ? Les mêmes plats revenaient depuis quelque temps, Grégoire avait eu plusieurs remarques... Allez, va, belle Coline, le soleil brille et tu n'as pas trente ans. Tu es de celles dont on dit qu'elles ont la vie devant elles, sans se rendre compte qu'elles sont mortes depuis bien longtemps.

Je ferai peut-être quelques photos... Il faut savoir garder sur papier les mondes qui s'achèvent.

V

— Pourquoi ?

Ariane devina dans l'obscurité le profil de Berthier. La lune noyée découpait des ombres rousses. Près d'eux, l'enfant avait bougé.

— J'ai de la fièvre, chuchota-t-elle, et mon dos recommence à me faire mal...

Tout en parlant, elle prenait conscience de l'inanité de ses explications. Comment aurait-il pu la croire... mais aussi, quel était ce monde où une femme devait inventer des raisons pour ne pas se donner...

Une colère venait, il la voulait, il allait insister, se coller à elle et, une fois de plus, elle l'aurait sur elle, les narines gonflées de son odeur de sueur et ses reins réguliers en pistons, inlassables. Qu'est-ce qu'il pensait ? Qu'elle aimait cela ?... cette force entêtée, invariable, dont elle connaissait jusqu'à la nausée l'absence de péripéties...

Berthier crispa les mâchoires ; dans le rectangle de la nuit, il fit surgir l'image du dos d'Ariane, la perfection des lignes douces, les muscles tendaient le satin de la peau.

— Pourquoi tu ne veux pas ?

— Ce n'est pas parce que je ne veux pas, c'est parce que...

Le drap lui fouetta les épaules. Elle perçut le choc des talons sur la natte et vit la silhouette de son mari traverser la chambre.

Elle se haïssait d'avoir menti. Pourquoi ne pas avoir dit qu'elle n'avait pas envie de lui ? Pourquoi ces prétextes idiots de comédie de boulevard ?

Adrian, bien sûr... Il était dans la chambre, plus présent qu'eux-mêmes, palpable dans le noir. Elle se heurtait à lui, sans cesse.

Berthier revint vers le lit. Le verre d'eau brilla dans sa main comme s'il avait concentré toutes les lueurs éparses dans la pièce.

Il ne parlerait pas. Pas une fois le nom d'Adrian

n'avait franchi ses lèvres. Comment peut-il supporter cela, pauvre capitaine... Après la colère, une sorte de pitié vint à Ariane : il parcourait la région, établissait des barrages, procédait à des vérifications d'identité et, lorsqu'il rentrait le soir, il ne trouvait qu'un fantôme de femme. Il aurait voulu se noyer en elle, sombrer dans l'ultime et heureuse fatigue d'amour, et elle lui refusait ce cadeau auquel il pensait avoir droit. Il n'était ni méchant ni bête, on disait de lui qu'il était beau garçon..., ils avaient fait ensemble un magnifique bébé, ils avaient eu quelques instants paisibles et souriants... Dans l'ombre, à travers l'espace blanc du drap, elle tendit le bras vers lui. Un geste de paix.

— Tu as des nouvelles d'Anka ? interrogea-t-il.

La main d'Ariane s'arrêta avant que ses doigts n'effleurent le torse de Marc Berthier. Pourquoi demandait-il ça ? Pourquoi surtout cette voix différente, administrative, la voix qu'il devait réserver à ses hommes, le jour d'inspection des paquetages ?

— Elle m'a dit en partant qu'elle allait voir son père à la prison.

Le fond du verre tinta contre le marbre de la table de nuit.

— Et depuis ?

— Elle ne m'a pas donné de nouvelles.

Elle se redressa. La soie de la chemise de nuit phosphora dans la pénombre.

— Tu ne sais pas où elle peut se trouver ?

Une sonnette d'alarme... Ne parle pas, Ariane, pas encore...

— Aucune idée.

Elle est chez Fajadama, la maison à flanc de rocher, dans un des dédales de Mahamasina, le quartier des rickshaws à Tananarive. C'est une amie de toujours, personne ne la trouvera là-bas. Le père de Fajadama répare et loue les pousse-pousse, il saura la cacher s'il le faut.

— Tu es certaine qu'elle ne t'a rien dit ? Tu m'as raconté une fois que tu étais allée à la ville chez des parents à elle.

Ariane fut heureuse que l'obscurité dissimulât son visage : il aurait pu y lire. Grégoire disait qu'elle ne pourrait jamais tromper quiconque : les mensonges s'inscrivaient sur son front. Anka, la fillette à la robe de toile toujours redéchirée, cherche-nous, Anka, cours, je vais me cacher avec Adrian... J'aimais l'or de sa peau, celui de ses yeux, rien ne fut plus blanc dans mon enfance que l'émail de ses dents.

— Je ne me souviens plus de l'endroit. Pourquoi voulais-tu le savoir ?

— J'ai un mandat d'arrestation la concernant.

— Anka !

Ariane se força à un rire de dérision.

— Je ne te crois pas.

— Si, dit Berthier, et je m'étonne de ta surprise, un père autonomiste et un mari indépendantiste, cela suffit.

— Mais elle, bon sang, elle, en quoi tout cela la concerne-t-il ? Elle n'a jamais eu la moindre remarque, le moindre intérêt pour la politique.

— Elle a été repérée à plusieurs occasions à côté de son mari, dans des meetings.

Qu'arrivait-il à Marc Berthier ? Quelle était cette nouvelle voix définitive, ce ton coupant d'interrogatoire ?

— Et alors ? Je connais Anka ; bien sûr, elle a accompagné Tulé, qu'est-ce que cela prouve ? Est-ce qu'elle a pris une seule fois la parole ? Est-ce qu'elle a écrit des tracts ou fait sauter des casernes ?

— Nous n'en savons rien, mais...

— Et c'est pour le savoir que vous voulez l'arrêter ?

Des salauds. Une fois entre leurs pattes, ils l'intimideraient, la feraient parler, car le gibier, c'était Tulé, c'était lui qu'ils voulaient, ils croyaient y arriver par elle... Et il pensait que c'était moi la clef de tout, que je serais assez conne pour lui donner les renseignements. Tu ne me toucheras plus, Berthier, je hais ta peau. Ton sexe me fait vomir. Je ne dois pas trembler.

Elle se leva. Le bébé avait bougé : il ne tarderait pas

à se réveiller à présent, c'était l'heure où il voulait boire.

Elle entendit le craquement de l'allumette et, aussitôt après, l'odeur musquée du tabac noir envahit la chambre.

— J'aime ces moments de grande intimité, dit Berthier.

Il venait de la surprendre. Jamais il n'avait fait de l'ironie jusqu'à présent. Il ne savait pas. Il ne faisait rire personne, et surtout pas lui-même.

— Tu as cherché à me tirer les vers du nez, dit-elle, ce n'est pas agréable.

Le rougeoiement de la cigarette fit apparaître des lèvres trop molles. Rien en toi n'est net, capitaine, trop de chairs lâches...

— Je te croyais pourvue d'un plus grand sens civique.

— Ce n'est pas le sens civique qui me fera donner mes amies.

Le rire de Berthier sonna mal. Quatre notes fausses et sans joie.

— J'ignorais qu'Anka te fût si chère. Excuse-moi.

Ariane enfila le peignoir et gagna la cuisine. La lumière l'éblouit. Elle chercha le biberon dans le placard.

L'avertir.

Anka l'aurait fait pour elle. Elle le ferait pour Anka.

Il fallait aller vite. Demain. Oui, demain.

— Vous pouviez pas vous tenir tranquilles, non ? Voilà le résultat de vos conneries...

La voix venait du fond de la cellule. C'était celle de l'un des trois Blancs. Ils avaient la meilleure place, près de la fenêtre, loin de la tinette, assis en tailleur sur la paillasse de la couchette supérieure. Ils ne quittaient pas les cartes de la journée. Les autres, tous malgaches, ne répondirent pas.

Andafy remua sa cuisse ankylosée. L'odeur devenait irrespirable. Ils étaient dix-sept et la chasse d'eau avait cessé de fonctionner depuis le matin. Ils ne tiendraient pas longtemps comme ça.

A dix heures, un des gardiens avait collé sa bouche à l'œilleton et annoncé la nouvelle : la distribution des colis était suspendue jusqu'à nouvel ordre.

C'est cela qui avait motivé l'exclamation du joueur de cartes.

— Fallait pas descendre des arbres, les mecs, la politique c'est pas pour les singes...

Andafy ne réagit pas. L'habitude venait. Quatre jours de prison lui avaient donné un certain vernis de patience. Les autres se taisaient. Il n'en connaissait aucun.

— Tu saignes toujours ?

— Non.

C'était un des derniers arrivés, un ouvrier boulanger d'Ankazobé. Il avait pris un coup de pied dans l'oreille. Les clous des semelles avaient déchiré le cuir chevelu, mais ce qui inquiétait le plus le député, c'est que le sang lui coulait du nez à intervalles réguliers... Des vaisseaux avaient dû se rompre.

Le jeune homme colla sa nuque aux barreaux du lit. Andafy lui donnait quinze ans, peut-être moins.

— Pourquoi t'ont-ils arrêté ?

— Ils sont rentrés dans le village et nous ont tous pris. Ils nous ont battus et emmenés dans des camions bâchés.

— Qui ?

— Des soldats. Les Sénégalais.

Le flot rouge reprit, noyant la lèvre supérieure, débordant des commissures, il formait une moustache écarlate, liquide.

— Couche-toi...

Il fallait un médecin, sinon il se viderait. Andafy chercha autour de lui un regard sur lequel s'appuyer, une compassion, une volonté, mais il ne vit rien que les chevelures crépues des têtes effondrées sur les genoux joints.

Le blessé murmura une phrase qu'il ne comprit pas.

— Qu'est-ce que tu dis ?

— ... mal à la tête.

Les gouttes ruisselaient sur la toile militaire. La tache s'élargissait. Le député escalada les corps de ses compagnons et son poing heurta la porte blindée. Il entendit l'écho se répercuter à l'extérieur. Un grondement courait dans l'allée, montant le long des voûtes, multiplié par les architectures de pierre et d'acier.

— Qu'est-ce qui te prend ?

Andafy se retourna vers le beloteur et désigna le garçon.

— Il faut l'emmener à l'infirmerie.

— Tu te crois où ?

— En prison et, dans une prison, il y a une infirmerie où l'on soigne les malades.

Le Blanc fit glisser les cartes entre ses doigts. C'était un droit-commun. Il était intrigué par Anjaka. Ce type n'était pas comme les autres. Bien qu'il ne se soit pas déshabillé depuis trois jours, ses vêtements européens sentaient le bon tailleur.

— T'as lu ça dans les livres, dit-il, attends la promenade : quand ils verront qu'il reste un type couché, ils l'emmèneront.

Andafy revint lentement vers le blessé, enjambant les détenus roulés en boule sur le sol de terre battue. Un caillot de sang s'était formé à l'intérieur du nez, déformant le visage. Un boxeur sonné, cloué au tapis pour le compte, et l'hémorragie ne s'arrêtait pas.

Quarante-huit heures auparavant, il avait entendu dire que les visites étaient suspendues, et cela l'avait rasséréné. Anka avait dû chercher à le voir, mais n'avait pu pénétrer à l'intérieur de la prison, cela lui avait évité d'être arrêtée... Il savait sa fille intelligente et prudente, mais il savait aussi qu'elle ferait tout pour l'approcher et qu'il jouait le rôle du leurre. En le tenant lui, ils espéraient l'attraper elle, et au bout de tout cela, se trouvait le vrai gibier : Tulé.

La sonnerie l'arracha à sa torpeur. Les lourdes clefs tournèrent dans les serrures et les gonds rouillés des portes de métal gémirent. Le vide du hall se meubla de sons répercutés par les verrières.

— Promenade !

Les nerfs de bœuf frappèrent les balustres de fer en une sorte de tonnerre roulant qui couvrit le claquement des bottes descendant les escaliers et les appels des gardes. Andafy resta le dernier près du lit du garçon et fit signe au surveillant.

— Il ne peut pas bouger... il faut le montrer à un médecin.

— Descends.

Anjaka n'est pas à la Chambre des députés : l'homme à qui il s'adresse n'est pas tenu de lui répondre. Il ne faut pas chercher à discuter.

— Grouille-toi.

Anjaka sortit dans l'étroit corridor et suivit la foule des prisonniers. Il pénétra avec eux sous un tunnel voûté et déboucha dans le soleil. La cour était bourrée d'hommes immobiles, serrés les uns contre les autres.

Il avait constaté depuis le premier jour qu'en ces lieux les hommes avaient des mouvements d'oiseaux, inopinés, et une inquiétude effrayée dilatait leurs pupilles.

Ils formaient une masse compacte agitée de remous infinis. Il renversa la tête vers le ciel pour emplir ses poumons d'air, mais l'odeur de sueur et d'effroi imprégnait tout. Il n'y échapperait pas tant qu'il serait ici. Dehors, le désordre devait être total. Il avait simplement su que l'immunité parlementaire avait été levée. Tous ses collègues du M.D.R.M. étaient sans doute en prison comme lui, mais cela ne pouvait durer. Il y aurait une levée de boucliers en France, tout ce que le pays comportait de démocratie réelle n'admettrait pas un tel manquement à la Constitution, une telle violation des droits fondamentaux des élus, les hommes de gauche parleraient et proclameraient la vérité : il était avec ses amis la victime d'une opération qui consistait à éliminer un parti qui avait la majorité absolue et qui avait droit, légalement, à participer au gouvernement de l'île.

Il y aurait procès et on verrait alors si la justice française avait les moyens de s'offrir une nouvelle affaire Dreyfus.

L'espoir revenait. Physiquement, il tiendrait, il n'était pas encore décati. Pendant ces heures, il s'était rendu compte qu'il tenait mieux le coup que d'autres, plus jeunes... Il avait tout supporté, la nourriture, la promiscuité, il avait dormi, roulé en boule, mouillé de sueur, le dos meurtri par les lames métalliques du lit à étages. Et puis, il avait décidé, il y avait longtemps et une fois pour toutes, d'être un combattant. Et même si ses armes avaient jusqu'à présent été la connaissance des lois, la séduction des discours mêlée à la rigueur des arguments... L'avancée difficile des réformes cahotant sur le chemin de la liberté, il avait toujours su ce qu'il risquait. La prison, l'internement, l'intimidation. C'était arrivé déjà, il avait été agressé un soir par deux nervis en rentrant chez lui, après une séance de travail. Il était ressorti de chaque moment difficile avec une force nouvelle. Il en serait ainsi une fois encore. Rien n'avait pu le détourner de la mission qu'il s'était donnée...

Si. Quelqu'un y était presque parvenu. Pronia Bécalier.

Plus de vingt ans plus tard, il se souvenait de ces heures passées avec elle. Elles avaient été les seules où s'était infiltrée la folie. Les seules. Mordu jusqu'au sang. Il l'attachait, debout, aux tringles de cuivre de son lit d'étudiant... Pas un millimètre de sa peau qu'il n'ait léché passionnément, mourant de désir. Il voulait partir, il avait eu peur de ses crises, elles se multipliaient, et les médecins craignaient pour l'enfant, et Anka était née... et puis Francis a pardonné. Une seule chose que Pronia n'a pas sue et qu'elle ne saura pas : je n'ai plus eu d'autre femme après elle. Il était devenu un animal politique, il avait, là, retrouvé d'autres passions. Allons, il pouvait l'avouer : elles n'avaient jamais égalé celles de leurs amours...

— Tournez... vers la gauche.

Du haut de la tourelle-mirador, l'homme tient un haut-parleur et lance l'ordre. Aux angles des toits se tiennent des militaires, le F.M. en batterie. Qui chercherait à s'évader ? Les murs de dix mètres sont surmontés de grillages qui quadrillent le ciel.

— Allez, tournez...

Un ordre idiot, cela fait partie du règlement, les détenus doivent marcher. Cet exercice est censé leur être salutaire, mais ils sont englués, collés les uns aux autres, pourtant une vague se forme, un mouvement se dessine, hésite, devient réel. Andafy suit, encastré entre des corps, son menton dans la nuque d'un détenu.

— Plus vite...

La vitesse augmente. Le chuintement des espadrilles et des pieds nus s'intensifie. Entre les têtes, il voit là-bas les épaules racler les murs de pierre. Un maelström, ceux du centre piétinent sur place, les autres aux extrémités trottinent, genoux ployés. Andafy ne pense pas, il avance avec les autres, il fait partie de ce corps unique et tournoyant et ressent sa présence. Il a prononcé des discours là-dessus, des phrases que répétaient le lendemain les quotidiens en première page : « Intervention remarquée du député Anjaka à la séance d'hier. » Que disait-il exactement ? « Le peuple uni », « Une force nouvelle se lève », « Merinas, Hovas, toutes tribus confondues, animés par une même espérance, marchent d'un même pas... »

Le voilà le même pas...

La sueur franchit le barrage de ses arcades sourcilières et coula dans ses yeux. Est-ce qu'ils ont emmené le blessé ? Quelque chose a dû se briser dans sa tête, j'ai pensé être médecin quelquefois, cela remonte à loin.

L'image de Pronia encore. Elle est nocturne d'ordinaire... Il la pénètre et son visage change. Celui qu'elle a en cet instant est-il le vrai ? Il l'a cru longtemps, il ne sait plus. Pourquoi la réalité d'une femme se dévoilerait-elle lorsqu'un homme entre en elle ? Il y a là un bel exemple d'orgueil masculin. Mais il n'y avait ni homme ni femme, il y avait Pronia et lui. Il a su qu'il pouvait vivre à l'intérieur d'une peau noire parce qu'elle l'a aimé.

Tout en se laissant porter par la houle des corps, Anjaka porta presque distraitement la main à son dos. Son coude heurta un torse mais il parvint à glisser ses doigts au-dessus de ses reins. Il y avait une douleur qui rôdait soudain.

Il sentit l'humidité grasse et regarda sa paume.

D'où cela venait-il ? Il avait dû sans s'en apercevoir se frotter à son compagnon de cellule, non, ce n'était pas ça. Le sang aurait séché et là, il coulait, fluide... Il ouvrit la bouche pour appeler mais l'air disparut de la surface de la terre. Ses lèvres se desséchèrent instantanément et happèrent le vide.

Une coupure, longue et droite, comme un trait de flamme. Elle jaillit, incendiant son dos. C'était sous l'omoplate. Il eut la vision d'un trait rouge et chaud par où la vie allait fuir...

Il trébucha, s'accrocha à l'homme devant lui... Ne pas tomber, ils me piétineraient. C'était un cauchemar d'enfant, il s'écroulait et une meute fonçait sur lui, ils l'écrasaient. Il se réveillait, hurlant, il fallait que sa mère allume la chandelle.

— Attention...

Une poussée le déporta sur la gauche. Ses jambes ne le portaient plus, trop lointaines, trop légères, elles se trouvaient en bas, cotonneuses, impalpables... On l'a frappé, il ne s'en est pas aperçu, qui ?

— Allez, courez, encore, encore...

La voix venait du toit, un toit tournoyant, la vitesse s'accélérait...

De l'air... il me faut de l'air...

Il sentit le choc des genoux de l'homme derrière lui et sa colonne vertébrale sonna sous le poids des semelles... Quelqu'un lui tomba dessus, se releva... Il entendit des jurons, la voix qui reprenait dans le mégaphone. La bouche contre la terre, il se recroquevilla sous l'incessant piétinement... il perçut les cris... à peine audibles, comme si tous hurlaient derrière une glace, les bouches distendues... les gestes ralentis. Voici Pronia, il ne savait pas qu'elle avait quitté le jardin... ils auront toute la nuit encore, ils la rendront éternelle, ils savent faire cela... Il faudra simplement que cesse la souffrance, il faut boucher cette rivière par où il s'en va si vite... il veut rester, il veut rester en ce monde puisqu'elle en fait partie, puisque nulle part ailleurs il ne la retrouvera...

La terre autour de lui était rouge de son sang. Andafy se redressa sur ses paumes écorchées et tenta de soulever son buste. Il n'y parvint pas mais n'en conçut aucune amertume, la jeune femme qu'il avait aimée était si près de lui qu'il sentit le frôlement de la dentelle de sa robe contre sa joue, et le sourire qui l'accueillit était celui dont il avait gardé le souvenir.

La nouvelle de la mort du parlementaire fut annoncée trois jours plus tard, la version officielle parla de malaise cardiaque.

Aucun rapprochement ne fut effectué entre cet accident regrettable et la tentative d'évasion dont se rendit coupable, quarante-huit heures plus tard, un détenu dont le corps fut retrouvé au pied du mur d'enceinte. L'homme portait une corde munie d'un grappin et avait été abattu par un gardien au moment où il tentait l'escalade. Il se nommait Dango de Torres.

L'attaque de la prison de Fianarantsoa commença quatre jours plus tard, à quatorze heures précises.

Le gardien en poste au deuxième mirador du mur de l'est fixait sans le voir le carré blanc de la cour intérieure. Une heure chaque jour, elle était pleine de la foule silencieuse des prisonniers. Ils étaient pour l'instant enfermés, suffoquant dans l'air vicié des cellules.

Les yeux de l'homme clignèrent, le ciment renvoyant les rayons avec violence brûlait ses pupilles. Il se détourna quelques secondes et son regard se porta vers l'extérieur des hauts murs. Il surplombait la masse verte des micocouliers bordant la rue. Malgré l'épaisseur du feuillage, il distingua l'agitation d'un groupe d'hommes. Sans bouger le haut du corps, il tendit la main droite vers la bretelle du Garant placé en face de lui, et la sueur l'envahit d'un coup. Son ventre se creusa sous le ceinturon et la peur fondit sur lui. Il arma, changea de position, cherchant à percer l'entrelacs des branches. Tout avait disparu. Des gamins peut-être... Certains jouaient sous les ombrages jusque devant la porte de la citadelle. Il reposa le fusil. La crosse racla le sol.

Sans doute une erreur. Il y avait de quoi être nerveux, les consignes étaient strictes. Tous les matins, le gardien-chef les réunissait et donnait des ordres, à chaque fois plus serrés : interdiction de parler aux détenus, tir sans sommation pour toute tentative de fuite, double vérification des portes, la liste s'allongeait et bientôt...

Le manche de sagaie le frappa à l'épaule avec la violence d'un coup de gourdin. Le choc le projeta contre le mur et, un centième de seconde, il pensa que son omoplate était fracassée. L'arme de jet heurta le mur de bambou et le fer acéré érafla sa chaussure. Il happa son fusil malgré la douleur et tomba sur les genoux par réflexe de protection. Sans chercher à savoir d'où était partie la courte lame qui vibrait encore à ses pieds, il orienta le canon de son arme vers le haut et lâcha une rafale courte.

L'alerte était donnée.

Sur le mirador central, les deux supplétifs bondirent sur la mitrailleuse.

Les doigts du tireur tremblèrent sur la double sécurité, le long ruban des balles se déroula au soleil en vipère de cuivre.

— Tire, bon Dieu !

Sur le faîte des murs, devant eux, les grappins lancés crochaient dans la pierre. Comme jaillis de la bouche du soleil, les hommes de l'Indien se ruèrent.

Le mitrailleur régla la hausse, ses lèvres se desséchèrent et ses phalanges blanchirent sur la détente au moment où les bustes des attaquants apparaissaient. Le canon effectua un quart de tour, crachant six cents coups-minute, c'était une Maxim russe à effet de recul ; les deux hommes, secoués par les impacts, disparurent dans la fumée. Sous eux, les soldats couraient droit sous les poternes, jetant des grenades par-dessus les remparts.

La première vague d'assaut des attaquants reflua, des corps basculèrent, d'autres restèrent cassés en équilibre sur le sommet des murailles. Un grappin mal arrimé se décrocha et un chapelet d'hommes s'écroula en château de cartes. Les guerriers hurlaient, on avait défoncé pour eux des barriques de bière fermentée et de vin de palme, les sorciers avaient prédit victoire et invulnérabilité. Ils se lancèrent, brandissant des piques et des arcs de chasse, malgré les explosions des grenades défensives à fragmentation qui creusaient les rangs.

Déjà, toutes les casernes et tous les postes de combat de la région avaient été alertés et les camions, bourrés de soldats et de volontaires, fonçaient sur les routes, envahies de nuages de poussière, et convergeaient vers le pénitencier.

L'Indien comprit que tout était inutile... Il savait aussi qu'il était trop tard pour donner l'ordre de repli. Le sang, l'alcool et le fracas des armes avaient rendu ses hommes fous, ceux qui passaient au travers des balles se brisaient au pied des murs, tentaient de monter avec leurs ongles et mouraient, la rage au cœur.

A l'intérieur des cachots, les prisonniers, immobiles, écoutaient le bruit de la bataille. Dans l'étroite lumière, striée par l'ombre des barreaux et qui tombait sur eux, leurs yeux étaient fixes. Il était difficile de dire à quoi cela se sentait, mais il flottait dans l'air un parfum de défaite ; c'était amer et triste, et, lentement, en creux dans leurs regards, l'espoir s'effaçait... A présent, ils savaient tous que le fracas du combat était celui d'une tuerie. De toutes ses tours, de tous ses miradors, la prison crachait le feu.

Lorsque les camions arrivèrent, les assiégeants, pris entre deux tirs, s'enfuirent. La chasse à l'homme dura longtemps, certains arrivèrent jusqu'aux premières ruelles du quartier espagnol et furent abattus, les prisonniers furent regroupés sous la halle du marché et fusillés contre les piliers par groupes de dix.

Aucun chiffre officiel ne transpira sur le massacre ; Berthier, arrivé avec les renforts, vit dans l'amas des corps que l'une des victimes remuait encore. Il dégaina son automatique pour le coup de grâce, comme le règlement l'y obligeait. Il ne sut jamais pourquoi il tira à côté de la nuque sombre et vivante, près du corps inerte. Il pensa souvent qu'une main invisible avait détourné son poignet. L'homme avait-il profité de son geste et attendu la nuit pour se sortir de l'emmêlement des cadavres, avant que les gendarmes ne les basculent dans les fosses ?... Il aurait aimé le savoir.

Le soir, alors que les soldats tendaient des rouleaux de barbelés au sommet des remparts dans la lueur des phares, il estima le nombre d'indigènes abattus à quatre cents. Il reprit sa Jeep pour rentrer à Vanille et s'arrêta au sommet d'une colline. Il coupa le moteur. La nuit était claire. Il se demanda pourquoi, malgré la chaleur intense de la journée, tous les grillons se taisaient.

L'île gisait, massive dans l'ombre, et sa musique avait disparu. Un mécanisme brisé. Le ciel était plus sombre à l'est et Marc Berthier pensa que le vent allait se lever très vite, que peut-être la pluie tomberait et laverait le sang sur le sol et les murs de la ville.

— Tu es sûre de la trouver là-bas ?

— Non, mais il y a une chance.

Adrian passa la quatrième. La route filait, droite, bordée de cocotiers. Il y avait quelques ouvriers dans les rizières, on voyait les taches blanches des sombreros de paille sur le jade des herbes gorgées d'eau.

Il braqua, contre-braqua, pour éviter les nids-de-poule.

Il chercha les cigarettes dans sa poche et ne les trouva pas. Oubliées sur la table de nuit. Ou alors Marek les lui avait fauchées. Depuis qu'ils partageaient la même chambre, il ne retrouvait plus rien.

— Tu cherches tes cigarettes ?

Elle lui tendit le paquet de Balto qu'il avait oublié sur le tableau de bord.

— Je t'en allume une ?

Il acquiesça. Que se passait-il ? C'était un étrange matin, il y avait eu du vent durant la nuit, le bruit de la bourrasque l'avait réveillé. La gaze des moustiquaires flottait comme une voile, ondulant à travers la pièce, et il avait entendu le cliquetis des gouttes larges sur les dalles du patio... Lorsqu'il s'était levé, le monde était propre, rincé jusqu'aux collines, il avait eu l'impression d'une acuité plus grande, comme s'il lui avait été possible de voir les détails d'un brin d'herbe à des dizaines de kilomètres. Tout était devenu vif et précis, chargé de dynamisme. Il avait prêté plus d'attention au goût du thé et du tabac, une hypertrophie soudaine des sensations, et puis, dans le hall, Ariane l'attendait. Pourquoi, en cette seconde, l'idée lui était-elle venue qu'il était reposant de savoir avec certitude d'où pouvaient venir bonheur et souffrance ? Elle en était le réceptacle et la dispensatrice, tout ce qui n'était pas d'elle était sans importance, la guerre, le soleil, la paix, les orages... Les salves de la mort et les cloches des victoires n'étaient rien qu'un souffle de vent négligeable sur son front ; ces années de guerre étaient les années sans Ariane, et rien d'autre... Il les avait traversées en dilettante, c'était peut-être l'explication du courage qu'il avait montré. Tous ces combats, d'Afrique aux bords du Rhin, ne comptaient pas, les hommes couraient dans le vacarme et l'odeur de la poudre, mais cela ne le concernait guère, sa vérité était ailleurs, lointaine, en forme de femme... Seule Ariane avait été vraie durant ces années.

Elle lui glissa la cigarette allumée entre les lèvres et lâcha la bouffée qu'elle avait dû aspirer du coin de la bouche. C'était une grimace de gosse, une fillette dans une cour d'école, à la fois dégoûtée et ravie de sentir pour la première fois la chaleur âcre de la fumée.

Il rit.

— Tu ne sauras jamais, tu as l'air d'avoir douze ans.

Elle haussa les épaules.

— Ce n'est pas vrai. J'ai beaucoup fumé il y a quelques années.

— Tu donnes encore l'impression que c'est la première fois.

Il retrouva le mouvement d'autrefois, la dénégation enfantine qui balançait les boucles sur le front.

Que se passait-il ce matin ? Il y avait en chaque détail une joie inexplicable, c'était dans l'air, une brise qui agitait les palmes lavées de l'averse nocturne, c'était dans la vitesse, c'était dans le jeu facile de ses mains sur le volant, c'était dans le regard d'Ariane, une goutte en suspension pleine de rire et de fête...

Il accéléra encore, lançant l'Hamilcar qui doublait les charrettes attelées de bœufs à bosse. A l'arrière, les paysannes avaient déplié les parasols géants du marché aux légumes. C'était comme une musique en fond sonore qu'il serait seul à entendre.

— Il y a longtemps que je ne t'ai pas entendu siffler.

Il rétrograda, fit patiner l'embrayage et acheva les dernières notes du « Lamento » de *La Tosca*.

Il se renversa sur le siège et raidit les bras, laissant circuler un flux de bien-être.

— Je ne sais pas ce qui arrive, dit-il, tu m'as plaqué, tu t'es mariée, tu as un enfant, les dieux de la révolte ont empoigné l'île, nous partons au secours d'une femme en danger, tu crains pour elle, et je sens que tu as envie de rire.

Elle renversa la tête sur le siège et il vit briller ses dents. Elle se retourna et prit *L'Avenir de Madagascar* qui traînait sur la banquette arrière. Dans le mouvement, il sentit l'odeur du shampooing.

— Je peux te résumer, dit-il : Defferre se bat en duel avec un député de droite. A part ça, c'est vraiment ennuyeux. Ramadier continue à se maintenir mais il doit se cramponner

— Et nous ?

— Le haut-commissaire recevait hier les anciens combattants malgaches. Je suppose qu'il espère tout arrêter comme ça.

Elle replia les feuilles avec soin, les remettant exactement dans leurs plis.

— Je ne t'ai jamais entendu donner ton avis sur ce qui se passe, dit-elle. A table, tu laisses parler les autres, tu n'interviens pas.

Adrian relança le moteur. Le vent de l'Ankaratra. Ils allaient aborder les forêts, l'air sentait déjà la résine. Il se souvint des vacances lointaines, les bûcherons sciaient les troncs d'ébène et de bois de rose.

— Je pense que je dois m'en foutre, dit-il, c'est essentiellement ça.

Ariane regardait les mains d'Adrian... Elle en avait tout connu, la douceur, la violence, la fragilité. Elles avaient bougé dans ses cheveux, elles avaient essuyé la sueur de ses reins...

— C'est ton pays, dit-elle, tu y es né...

— Je crois que Tulé a raison, dit-il, il me semble qu'un jour l'île sera indépendante, que nous partirons, mais peut-être le M.D.R.M. va-t-il trop vite.

— Je ne comprends pas ton indifférence. Tu te réfugies dans la théorie et...

— Tu comprends mieux les excès de certains ?

— De quoi veux-tu parler ?

— De l'histoire du train par exemple. Il y a eu un témoin français, un cheminot : les troupes ont canonné à tout va sur des prisonniers, des hommes sans armes.

Ariane frissonna. L'homme avait été licencié et rapatrié en France, un nommé Brezza. Qui fallait-il croire ?

— Le P.A.D.E.S.M. est d'accord pour châtier les coupables et continuer dans...

— Le problème, coupa Adrian, c'est que, dans ce genre de guerre, les coupables sont partout ; quant au P.A.D.E.S.M., tu sais comme moi qu'il n'a aucune racine dans la population, c'est une création des services du haut-commissariat, qui l'utilise pour créer un antagonisme entre les tribus et les Hovas. C'est une pitrerie.

— Je déteste parler politique avec toi, dit-elle, tu sais tout sur tout, et en plus, tu t'en moques, je le sens, et ça te donne un avantage.

— La froideur du désintérêt l'emporte sur l'excès de passion.

Elle se mit à rire.

— Tu es le type le plus pédant que je connaisse.

Sans lâcher la route des yeux, il écrasa son mégot dans le cendrier et freina.

— Bon Dieu, Ariane, je n'aime que toi.

C'était sorti seul, sans raison... Il ne saurait jamais pourquoi c'était venu.

— Adrian...

— Je ne sais pas pourquoi...

J'ai trop gardé cette douceur en moi, tant d'années que je la fais taire, que je me bats avec elle, je n'en veux plus et elle est là, toujours, exténuante.

Adrian...

Les lèvres d'Ariane courent sur ses joues, ses paupières. Moi non plus, Adrian, je ne peux plus me battre, qu'avons-nous fait ? Tant d'années perdues, toute une vie devenue fausse. Je ne suis pas réelle sans toi, je parle, je marche à travers Vanille, je souris à mon enfant, je dors et tout est faux, truqué, ce monde n'est pas le bon puisque tu n'y es plus.

— Excuse-moi...

— Tu es fou.

Elle le tenait contre elle et il avait eu ce geste de gosse battu qui essuie son chagrin du dos de la main... Je ne veux pas que tu souffres.

— Adrian, mon amour...

Je l'ai dit tout bas si souvent, pendant les nuits d'été, sous le déluge des moussons, à tout instant... Et maintenant la vérité s'installe, s'étale, et nos doigts se mêlent et tout a craqué en toi, toutes tes fuites, tes retraits, tes défenses...

Elle était dans ses bras à présent, tout avait disparu. Un beau spectacle, Adrian, un héros de la 2e D.B. Tu as libéré Strasbourg, l'épopée du désert, et te voilà brisé par la fillette d'autrefois.

Les doigts de la jeune femme effleurent ses tempes mouillées.

— Tu as une ride là, plusieurs même...

Il resserre l'étreinte... Allons, soldat, ne la lâche plus, elle a toujours été à toi, ose te dire que tu es venu la reprendre, alors, ne joue plus, n'attends plus...

La bouche d'autrefois, si splendidement nouvelle, le corps ployé, personne ne sait se donner, s'offrir comme toi avec cette violence câline. Cela m'a poursuivi chaque seconde, et c'est aujourd'hui, en cet instant, que tout se retrouve et se dénoue.

Le vent frise autour d'eux les forêts obsidienne, trois tombeaux surplombent la route et le soleil a déjà réchauffé les pierres plates... On dit que ce sont les dernières demeures des rois venus conquérir les terres du pays des Imamos. Adrian a enfoui ses doigts dans les boucles d'Ariane et leurs yeux ne se quittent plus...

Autour d'eux, flamboient les bougainvillées.

Le caporal rendit la carte d'identité.

Lorsqu'il passa le bras à travers la portière, Adrian sentit l'odeur de sueur et de toile rêche. Le soleil inonda l'avant-bras semé de taches rousses.

— La route est barrée, mon lieutenant.

— Je ne suis plus soldat. Qu'est-ce qui se passe ?

— Une bande repérée dans le coin. Ils ont attaqué un sergent à la sagaie.

— Je dois impérativement me trouver à Tananarive dans moins d'une heure, dit Adrian.

— Je suis désolé. Ce sont les ordres.

Un têtu. Ariane intervint. Lorsqu'elle descendit, les hommes la regardèrent, ses hanches bougeaient, harmonieuses. Adrian prit conscience dans leurs yeux de la fascination qu'elle exerçait.

— C'est très important, dit-elle, une question de vie ou de mort.

Un torrent coulait en contrebas. Dans la descente, elle vit les automitrailleuses dissimulées de la route par la déclivité. Les eaux rouges avaient pris la couleur de l'argile arrachée au flanc des montagnes, comme une artère où battait un sang bouillonnant au cœur de la prairie. La guerre. La mort.

— On ne peut pas passer. Question de sécurité.

— Donnez-nous une escorte, dit Adrian, c'est une affaire de vingt minutes.

Le sergent se renfrogna. Des complications, et il n'aimait pas cela, il fallait prévenir le Q.G., bouleverser la mise en place des dispositifs pour deux civils. Rien ne prouvait d'ailleurs que ces deux-là n'étaient pas des sympathisants aux rebelles. Il y avait eu des cas signalés, rares, mais quelques-uns ; des colons cachaient des fuyards ou des suspects, allant jusqu'à leur fournir de la nourriture.

— Je ne peux pas faire ça.

Adrian connaissait ce genre de personnage, il avait partagé avec eux quatre ans de sa vie. Celui-là ne changerait pas d'avis. Restait la solution de faire le détour par Ambatolampy. Une cinquantaine de kilomètres supplémentaires. Cela valait mieux que de perdre son temps en discussion.

Il fit remonter Ariane furieuse et partit en sens inverse. A quelques kilomètres, il prendrait un sentier à travers les champs de coton et rejoindrait l'autre route... Ils roulaient, vitres baissées dans la montée de la chaleur qui commençait à écraser la vallée. Adrian sentait les vibrations du volant et les muscles de ses avant-bras devinrent douloureux. Ariane ressentait chaque cahot. La voiture plongea dans une courbe, fut noyée un instant sous les palmes et, lorsqu'ils émergèrent de la mer verte des feuilles-éventails, ils virent les ruines se profiler dans le labyrinthe des troncs.

— Qu'est-ce que c'est ?

Adrian était venu là autrefois avec son père et Pronia ; Coline les accompagnait, Marek, puni, était resté à la maison : Francis avait expliqué en professeur comme il aimait le faire.

— Une usine, dit Adrian. La reine Ranavalona voulait industrialiser le royaume et a demandé à des Français de construire des fabriques pour des canons, des fusils.

Ils descendirent, attirés par l'ombre et le silence... Les murs se dressaient, immenses, briques sombres d'une architecture en dents de scie... Les arbres avaient crevé les planches et grimpaient vers les verrières effondrées où l'entrelacs des poutrelles ployait sous les végétations furibondes, les lianes pendaient du sommet des cathédrales. Sous les monticules de volubilis et de fougères sauvages se devinaient les silhouettes ramassées de mécaniques soudées de rouille, un sommeil de machines paralysées, un cimetière dont les bêtes disparues dissimulaient leurs ossements de fer sous un linceul végétal.

— Francis m'a raconté, dit Adrian. Le type s'appelait Laborde, ça devait se passer dans les années 1830. Vingt mille Hovas ont construit ces édifices, ils étaient corvéables à merci et un grand nombre y ont laissé leur peau...

Ariane s'insinua entre les troncs contorsionnés des banians et les pylônes. Les bouches des hauts fourneaux s'ouvraient, crachant un incendie d'orchidées et de plantes grasses... Les pluies des moussons et des orages avaient crevé les toits. Une mousse noire comme un lichen recouvrait le ciment des murs sur lequel le soleil dansait par des trous de lumière, des faisceaux d'or striaient l'espace, jaillissant par les blessures des parois. Soudain des rails, dont les traverses vermoulues s'enfoncèrent sous leur poids : ils devinèrent dans un amas de planches et de roues la forme d'un wagon.

Anka a fui de nos mémoires, allons, c'est dit, nous n'irons pas à Tananarive.

Adrian enjambe les racines géantes, se glisse sous les arbres de fonte des moteurs morts et se retourne.

Ils sont au centre de la salle des machines, la plus haute. Une poutre d'acier descellée est tombée du plafond et coupe la salle en une immense diagonale de trente mètres.

Adrian s'arrête. Il vient d'y avoir un froissement là-haut, presque au sommet, là où le feuillage est le plus épais.

Ariane serre le bras d'Adrian.

— Regarde...

Ils se sont arrêtés tandis qu'au-dessus d'eux, les longues ailes d'or rose s'étirent et se déploient lentement... Les plumes chatoient et retrouvent leur place, après avoir tremblé. L'oiseau se dresse sur des pattes géantes et son ombre, multipliée, semble envahir la salle, recouvrir l'alignement des ferrailles englouties.

Un flamant venu des lacs tout proches, les lacs bordés de roseaux d'où les cohortes s'envolent comme pour peindre leurs ailes dans la teinture sanglante du ciel...

Le couple assiste à l'envol, un battement unique et déjà l'animal est haut dans l'espace, une croix vivante, palpitante dans sa couleur de buvard d'écolier, et les mains d'Adrian retrouvent le chemin d'Ariane... Nos âmes sont semblables à ces ruines, quel destin nous a entraînés dans ce décor de destruction ? Quelques années encore, et tout disparaîtra, englouti par les vertes marées tropicales...

Qui viendrait nous chercher ici ? Adrian, Adrian, te souviens-tu de l'odeur des tamarins ? Nous retrouvons les gestes, les parfums, les engloutissements ; comme hier, le cri lointain de Coline ou de Marek va retentir : « Ariane, Adrian... où êtes-vous ? » La voix ne troublait rien, noyée dans ton halètement, elle était la musique des après-midi de Palembang et de

Vanille. Tes yeux dans les miens guettent le désir qui monte, monte encore, comme autrefois, et comme en ces jours passés, je vais mourir. Tout se dénoue, tout tourbillonne et se déchaîne, inlassablement, jusqu'à ce que je ne sois plus rien, jusqu'à ce que je fonde.

Il se dressa sur les coudes et les feuilles écrasées lâchèrent un jus odorant. Les yeux d'Ariane s'élargirent, il savait que c'était cet instant qui comptait, que rien d'autre sur cette planète ne pouvait égaler cette minute. Il resserra l'étreinte et les ongles de la femme griffèrent ses reins. Ils roulèrent l'un sur l'autre, broyant sous leurs corps les tiges des fleurs ouvertes.

Le cœur frappe. Son ventre tremble encore et se soulève en chamade, elle est tienne, follement, autant qu'un être humain peut être à un autre, et tout a repris sa place. Demain viendront les conséquences, le surgissement des obstacles, mais pour l'instant rien n'existe que nous, réunis sous l'éboulement des passerelles inutiles, dans ce grand carnage métallique qui nous entoure.

Il se renverse et les doigts caressent les tempes, retrouvent la courbe du nez et le renflement des lèvres... je l'ai pour moi seule et le garderai. Il faudra parler à Berthier, divorcer, changer de vie, rien ne m'effraie, ma vie est là, sous ma main, elle bouge, chaude et vivante...

Ariane secoue sa chevelure, et son rire emplit le hall désert. A cheval sur l'homme qu'elle aime, elle respire l'instant soudain de liberté. Rien de ce qu'elle veut n'est impossible. En ces minutes qui sont celles du triomphe, elle sait que rien ne lui résistera. Je suis Ariane Arians et je reprends Adrian, il coule dans mes veines, il est dans ma gorge lorsque je bois l'eau fraîche de l'été, il est le sommeil dans lequel je plonge après la fatigue, il est le jour qui me réveille, il est l'air, acide et tendre, qui entre en mes poumons. Il est ma vie.

Je sais ce qu'ils croient, je connais mon image : un potentat que l'on approche dans la crainte, je suis la puissance et la tradition. Aux dernières récoltes et depuis vingt ans, tous ceux qui travaillent dans les vallées m'appartiennent, ils furent jusqu'à trois mille, et ces foules courbées dans les rizières, ces multitudes chargeant et déchargeant les sacs, le foulard noué sur la bouche dans la poussière jaune des silos et des wagons, sont les miennes. Ils sont les enfants des soixante mille guerriers malgaches que le sergent Arians, commandant une compagnie de tirailleurs réunionnais, a taillés en pièces à Marovoay le 2 mai 1895. Mon père est entré le premier, le 9 juin, à la tête de ses hommes dans le camp retranché de Maevatanana et a planté le drapeau tricolore. Il y a perdu un bras, gagné la croix de guerre et le paludisme. Amputé sous une tente de fortune, il entendra les canons français bombarder le palais de la Reine. Le lendemain, la monarchie était morte et la guerre gagnée. Ferdinand Arians, manchot, regardera l'essentiel du corps expéditionnaire se réembarquer à Mahajanga et laissera filer le bateau de France sans lui. Il aime l'odeur de l'île, ses soleils troués de pluie, et le ventre des filles rieuses des bordels de la capitale. Contre une partie de sa solde d'invalide, il achète une colline sur les flancs de l'Ankaratra, il serre dans son portefeuille des titres de propriété mouillés de sueur dont le papier se déchire et l'encre se dilue ; il les perdra la semaine suivante, dans une saoulerie avec des marins portugais. Cela n'a pas d'importance : moins de quinze ans plus tard, Ferdinand Arians possédera plus de cent mille hectares où il cultive le sisal, le café, le riz, où il pratique l'élevage.

Fin 1895, il a vu, au cours de la révolte des Pagnes-Rouges, se lever l'insurrection malgache avec le mouvement Menalamba. Les Pagnes-Rouges sont des Zanakantitras, un clan vivant dans le sud de la province Imamo très attaché à la terre des ancêtres. Ils vont massacrer ceux qui acceptent l'envahisseur français et la résistance malgache va s'étendre à travers Madagascar. Ferdinand se retrouve à côté de Gallieni venu rétablir l'ordre en novembre 1896. Ce sont ses hommes qui fusilleront les dignitaires impliqués dans la révolte et exileront la reine Ranavalona en Algérie. Désormais, le général proconsul règne et réprime, et Ferdinand, qui construit Vanille, devient l'un des maîtres de l'île. Il meurt d'une angine de poitrine en pleine gloire et passe fortune et flambeau à son fils, moi. Ma mère est morte depuis longtemps, je suis né ici, j'ai été élevé par des nourrices noires, et il m'a fallu, à la seconde même où s'est éteint mon père, devenir un autre, quelqu'un capable de maintenir l'empire Arians, le royaume du sergent Ferdinand qui décida de ne plus revoir les plaines gasconnes d'où il était parti.

Il m'arrive encore d'être surpris du changement qui s'est opéré en moi à cette époque, cela se voit même sur quelques photos : je suis grand, frêle, et je souris à l'objectif au milieu d'amis vêtus de blanc ; certains portent la cravate, les guêtres et le canotier, j'ai une chemise ouverte et je fume une cigarette. Je n'apparaîtrai plus jamais dans cet accoutrement de dandy : quelques mois plus tard, je suis devenu Grégoire Arians, et le sourire a disparu. Il y a en moi un poids nouveau qui s'épaissira, je règne et je me bats... Les relations que je peux avoir à Tananarive m'apprennent que pas un jour la guerre ne s'arrête... Villages soulevés, surgissement de chefs de guerre toujours abattus et toujours renaissants : Tsivoa tient le pays Bara pendant des années et Lyautey s'essouffle, se noie dans le sang des insurgés mais ne triomphe jamais... Ralaimongo reprend le flambeau, il a rencontré Hô Chi Minh à Paris, il est un manipulateur rompu à toutes les combines, il connaît et développe les dessous ombreux du nationalisme, lui aussi mourra. Mais rien n'est plus difficile que les heures présentes : les fusiliers marins et une compagnie de légionnaires ont reculé dans la région du lac Alaotra. Je suis le guerrier d'une vieille guerre.

J'ai parlé avec Marek hier. Berthier était présent : Anka est arrêtée. Il y a eu une rafle à Tananarive et ils la ramènent ici. Ils ont deux mois pour rétablir l'ordre, car dans deux mois commencent les récoltes, et il faut que j'assure la sécurité de mes paysans dans les champs, celle des ouvriers dans les fabriques comme celle des bergers dans les collines. Je n'ai appris qu'hier la mort d'Anjaka, par la presse, comme tout le monde...

Je ne sais pas vraiment ce que j'éprouve, ces temps sont trop troublés pour que soient nettes à mes yeux la forme et la force que prennent mes réactions. Un homme disparaît, dont je revois la cravate grise et le parapluie noir ; il avait une certitude ferme qu'il exprimait doucement. Cela lui avait permis d'être une figure politique. Nous avons parlé souvent ensemble, et peut-être avons-nous ressenti, lui comme moi, cette amicale poussée de respect qui vous porte vers un adversaire que vous savez déjà vaincu. J'ai craint une seconde que sa mort n'ait été sale. Je veux dire par là provoquée. J'ai téléphoné au porte-parole du haut-commissaire qui m'affirme qu'il n'en est rien. Il a eu en main le certificat de deux médecins légistes et aucun doute ne plane. Adieu, Andafy.

— ... c'est à vous, Grégoire.

Il se leva.

A l'intonation de la voix, il comprit que cet appel était le deuxième, que le premier n'avait pas été suffisant pour le tirer de sa rêverie. Par les fenêtres de l'hôtel de ville de Manalondo, il laissa s'enfuir le souvenir des derniers soldats de la conquête, les tirailleurs aux casques blancs, les zouaves aux pantalons rouges, tous les hommes des armées coloniales des guerres passées.

Grégoire se redressa lentement et commença à parler en fixant le ciel à travers les vitres.

— Je ne partage pas le point de vue de ceux que j'ai entendus jusqu'à présent s'exprimer, dit-il.

Ils l'écoutaient. Ils étaient huit. Ils étaient les fermiers les plus riches. Ils employaient à eux tous plus de vingt-deux mille hommes et on ne pouvait compter les hectares leur appartenant. Il faisait chaud dans la salle des mariages et leurs chemises collaient à la moleskine des fauteuils.

Hector Venaudet haussa les épaules. Il possédait trois conserveries sur la côte et avait le monopole de l'exportation d'arachides et de poivre vert.

— Cela m'aurait étonné que tu partages quelque chose avec nous.

Grégoire négligea l'interruption.

— Je ne m'appuie pas sur la légitimité, dit-il, je ne suis pas sûr que nous ayons le droit de diriger ce pays.

Venaudet se tourna vers ses voisins.

— Une nouveauté, dit-il. Grégoire Arians rejoint le clan des communistes et des curés de gauche : Madagascar aux Malgaches, c'est la loi du premier occupant...

Grégoire ne lança pas un regard à l'homme qui venait de l'interrompre.

— Je pense même que nous en avons sans doute moins le droit que les Malgaches, mais que cela m'est égal.

André Guevaro connaissait Grégoire, ses silences, et cette réflexion lente de rouleau compresseur. Il était l'un des hauts fonctionnaires du district, et n'ignorait pas que si une décision devait être prise, elle porterait la marque d'Arians.

— Vous avez l'air de découvrir que cette île est entourée d'eau, dit Grégoire. On dirait que vous ne vous êtes pas rendu compte que nous n'avons jamais cessé d'être en guerre et que nous n'avons pas à parler de droit, mais de victoire : nous avons le pouvoir parce que, jusqu'à présent, nous sommes les plus forts. Ce sont les fusils qui nous ont amenés ici, ce ne sont pas les écrits qui nous y maintiendront.

— Qu'est-ce que ça veut dire ?

Guevaro eut une main impatiente en direction du perturbateur.

— Cela veut dire que nous n'avons pas à discuter à perte de vue pour savoir si nous avons ou non le droit de rester ici : nous avons à lutter pour ne pas partir. Tout le reste est affaire de moralistes et de politiciens.

Venaudet se leva et la cendre de son cigare s'éparpilla sur le bras du fauteuil.

— Nous nous battons, dit-il, nos milices sont à côté des troupes d'intervention et font du bon travail.

— Ce n'est pas assez.

— Qu'est-ce que tu proposes ?

Grégoire écrasa ses deux poings sur la table. Des visages passaient, les lèvres charnues des filles de l'Imamo, leurs danses après les semailles, le retour au village sur les charrettes à bœufs et les carrioles attelées, les hommes qui le saluaient du haut du camion. Il avait bavardé, bu avec eux, s'était réjoui des naissances et des guérisons... A Manalondo, il avait été le premier à brandir à bout de bras le premier enfant mâle des chefs de tribu. Il avait encore dans ses paumes la sensation du corps minuscule, chaud de sang et de liquides huilés, tandis que les vivats montaient vers lui, le maître bien-aimé, le détenteur des terres innombrables dont leur sort dépendait. Mais un homme doit servir jusqu'au bout ce à quoi il sert... Vous m'avez aimé mais je dois vous vaincre, je n'ai pas d'autres raisons d'exister.

— Il faut prendre Tulé avant tout. Il dirige la rébellion dans la région entière, les gendarmes l'ont appris en interrogeant des prisonniers.

— Et lorsqu'il sera pris ?

Grégoire eut un sourire où chacun put lire le mépris : c'était, au coin des lèvres, l'accentuation d'une courbe de dédain... Il savait qu'à sa place n'importe lequel d'entre eux se serait défilé, qu'au mieux il s'en serait tiré avec des métaphores.

— Il faudra le tuer, dit-il. Sans jugement. Ils comprendront que les méthodes qui nous viennent des bureaucraties démocratiques n'ont pas cours ici. Les maîtres ne sont pas à Paris, mais ici.

L'odeur du cigare parvint aux narines de Grégoire.

C'était bon. Une odeur d'homme, de force et d'argent. Rien n'était meilleur que cela.

Le monde était ainsi. La nature donnait l'exemple, des plantes aux insectes, des vautours des chaînes Anosyennes aux serpents des marais de Kinkony, tout se partageait entre deux races, les tueurs et les tués, les maîtres et les esclaves, et cela continuerait ainsi jusqu'à la fin des temps.

— Je n'ai pas de haine, poursuivit Grégoire. Il est normal que nous soyons combattus, ça l'est aussi que nous les écrasions. Nous n'avons à avoir ni indignation ni colère, ils secouent simplement un joug que nous ne devons pas lâcher. Ils ont raison et nous aussi.

Le silence s'installa. Le début de la séance avait été animé, Guevaro qui en était le président avait dû tempêter pour arrêter le vacarme. Des commères, avait pensé Grégoire, des commères outragées... C'est à partir de cet instant que son attention avait dérivé.

Tout avait été tellement simple. L'Histoire s'expliquait par des lois éternelles, identiques. Rien ne les changerait, rien ne les améliorerait. Très loin, à l'autre bout de la planète, des hommes instruits tentaient d'introduire des modifications, des réformes, mais ils avaient perdu le sens du réel. Ce n'était pas ainsi que se résolvaient les problèmes ; ils apportaient des décrets, des règlements, des dispositions nouvelles alors qu'il n'existait que la sueur, le sang et, à l'infini, l'eau verte des rizières.

Je n'ai pas eu de fils. Sandre ne se mariera pas. L'enfant d'Ariane transporte dans ses veines le sang de Berthier le gendarme, il y a déjà une pauvreté en lui. Je le sens à sa pâleur, aux attaches trop frêles. Il reste Marek qui n'est pas de ma race, mais qui aime la terre plus que tout. Il se bat en ce moment pour elle, il m'a toujours respecté. Il sait ce que je sais : qu'il ne faut pas penser une seule seconde que l'autre a une valeur, car c'est oublier la sienne. L'heure est au sang, et si la paix revient, elle ne sera pour le vaincu qu'une longue aspiration à une revanche future. Il n'y aura ni fin ni paradis, car il n'y a pas d'égalité : elle est la source de tous les mécontentements, celui qui croit que l'homme est heureux de savoir qu'un autre est son égal est un imbécile.

— Nous passons aux finances, dit Guevaro, le problème est crucial.

Grégoire Arians respira profondément : cette réunion prenait enfin son vrai sens, la guerre coûtait cher, elle pouvait durer. Il fallait que les volontaires ne dépendent de personne, ni des autorités militaires ni de la gendarmerie. Il était nécessaire que leur indépendance soit absolue, et cela n'était possible que si l'argent suivait. Les milices représentaient la véritable défense de l'île, elles devaient être fortes, organisées, permanentes... Et pour cela, il fallait sortir l'argent.

— Au cours de notre dernière assemblée, dit Guevaro, le système de cotisations choisi a été fixé sur la base du chiffre d'affaires de nos différentes entreprises, avec un plancher fixé à...

Tout ce qu'ils voulaient, il l'accepterait, il paierait, plus qu'eux tous réunis...

La terre fournissait de l'or si l'on savait s'y prendre. C'est elle qui financerait, car elle savait conserver ceux qu'elle aimait, et lui l'aimait. Cela faisait bien longtemps qu'elle était son seul amour, bien avant que son épouse ne mourût. L'île avait remplacé une femme, sa femme, et il savait pourquoi : c'était parce qu'elle en était une.

Oui, il avait préféré la terre aux femmes ; Mathilde avait la pâleur douce des filles du Nord, il avait partagé sa vie avec l'inquiétude que l'on accorde aux êtres de fragilité. Elle n'avait pas su lui donner de fils, et peut-être avait-il toujours su qu'elle mourrait jeune, qu'elle ne sortirait pas victorieuse du combat de l'accouchement. Après Ariane, les médecins lui avaient interdit d'avoir un autre enfant, mais elle voulait un garçon pour perpétuer les Arians, elle en était morte, Sandre avait survécu, lui aussi... C'était une histoire triste, et il avait su l'oublier. Presque. Etrange que l'image de Mathilde Arians lui revînt en cet instant. Une faiblesse...

VI

Soixante avions avaient participé aux récents bombardements. Comme des hordes primitives, Tulé et ses compagnons avaient fui à travers la savane.

Près de deux jours qu'ils attendent dans les hautes herbes qui bordent le fleuve Ikopa. En cette saison de décrue, les bancs de sable sont nombreux et les crocodiles viennent y dormir aux heures chaudes du jour. En amont, avant l'unique pont, les dômes des carapaces des tortues géantes se confondent avec les rochers. Ils sont douze et dorment à tour de rôle. Sept d'entre eux ont des pistolets-mitrailleurs volés dans un des arsenaux d'Antsirabé. Avant de leur parvenir, les armes ont voyagé de nuit à travers les montagnes du Nord, sous les houppelandes des bergers, les chargeurs dans les couffins d'aubergines et de tomates, balancés sur le ventre des mules.

Tulé écarte ses yeux de la route pour se reposer le regard. Si tout va bien, les voitures apparaîtront dans le tournant dans moins de dix minutes. Il y aura une Jeep qui ouvrira la route et une traction avant Citroën suivra. Huit personnes en tout. La mission est double : récupérer les armes, et surtout s'emparer de l'homme assis à l'arrière de la Citroën. C'est un civil, il fait partie de la commission d'enquête, qui ne servira à rien si on ne montre à cet homme que ce qui plaît à ceux qui le promènent. Le but est de l'amener aux portes du bagne d'Antalaha et surtout de lui montrer le charnier.

Ils l'ont découvert il y a quatre jours, à trente mètres d'un sentier de montagne menant à un camp de regroupement. La Légion avait reçu des ordres précis : tout individu mâle dont la situation administrative et les conditions d'arrestation ne permettaient pas de conclure à une totale innocence devait être passé par les armes. Une semaine auparavant, neuf suspects avaient été fusillés, leurs corps promenés dans les villages sur le capot des camions, et finalement enterrés dans une fosse. L'Indien avait été prévenu par un gamin de quatorze ans qui avait assisté, caché, à la scène.

Tulé pose son front sur une souche morte. Le tronc est devenu spongieux, des insectes y grouillent, creusant de longs canaux dans la chair pourrissante... Une odeur douce d'écorce et de mort plane. Il n'y a plus de papillons, il lui semble que son enfance en fut entourée, ils volaient jusque dans la cour du collège, leurs ailes chamarrées de pourpre et de nuit. Comment pouvaient-ils être aussi légers, peints de couleurs aussi lourdes ?

Il n'a pas d'arme. Il commandera le feu sans en avoir lui-même. La raison en est simple : il est de loin le plus mauvais tireur. Sur un demi-chargeur, il n'est pas arrivé à toucher la cible une seule fois. Ce sont les plus habiles qui ont gardé les Tokarev. Il n'est rien de plus laid que ces engins soviétiques. Il n'a pas voulu de sagaie. Si le sang des Menalambas coule dans ses veines, la part guerrière en est exclue.

La peur est toujours une absurdité, elle est le désir féroce d'être ailleurs que là où l'on se trouve. Il est sûr qu'il ne fuira pas... Il mourra avec elle, figée au fond de lui... On dit que dans ces moments-là les sphincters lâchent. Pas les siens. Il ne le veut pas.

Que veut l'Indien ? Que veulent ceux auprès desquels il prend ses directives ? Existent-ils seulement ? Il ne le sait plus. L'histoire des révoltes coloniales repose peut-être sur la capacité de certains à faire croire à d'autres qu'ils reçoivent ordres et appuis d'êtres et de forces imaginaires... La misère fait le reste, et au milieu, il y a des gens comme Tulé qui lisent et parlent ; c'est par eux que les idéaux se propagent, justice et liberté, et puis, un jour, ils se couchent dans les herbes et déclenchent la fusillade parce qu'une voiture est passée.

Il voit les dos de ses hommes bouger dans l'ombre mouvante des branches. Ce sont des guerriers, cela fait un siècle qu'ils se battent... Pourquoi n'est-il pas l'un d'eux ? Hier, il n'a pas pensé à Anka, pas une seconde, le sommeil l'a pris au cœur de l'épuisement et elle n'est pas venue hanter sa nuit. Il ne l'a pas rendue heureuse, il peut se le dire à présent, c'est là une autre forme de courage... Si une balle, dans quelques minutes, met fin à sa vie, il faut au moins qu'il se le soit dit une fois : nous nous sommes trompés, Anka, car nos corps ne s'aimaient pas.

Les épaules des guetteurs se figent. Tulé relève son front où l'arbre rompu a laissé une marque rouge. Un bruit de moteur. Ce sont eux.

— Ne tirez pas avant mon signal. Vous ne visez que la Jeep.

Il a repéré un caillou sur la route : lorsque les roues avant passeront devant, il commandera le tir. Si la première rafale ne suffit pas, il fera lancer une grenade allemande à manche, ils n'en ont qu'une, mais ça devrait suffire. Les deux autres, placés de l'autre côté de la route, s'occuperont de la traction. Ils ne tireront sous aucun prétexte. Blesser l'un des membres de l'équipe Defferre serait catastrophique.

Le bruit s'accentue, il gonfle de seconde en seconde. La main de Tulé se crispe autour d'une poignée d'herbe. Il faut réussir, montrer à cet enquêteur les victimes, qu'il rende compte des massacres, il faut qu'il écoute les récits des paysans, des villageois... Il faut que la France sache, et elle ne laissera pas faire...

En rampant sur les coudes, il se déplace sur la gauche et, à l'extrémité du gué, se détachant de la masse des arbres, le blindé apparaît : il roule et la tourelle pivote, une tête vivante et bonasse, une bouche verte d'où sortent les canons de deux pièces de petit calibre à tir rapide. Ce n'était pas prévu.

Un jouet d'enfant ; s'il tend la main, l'ongle de son

index suffira à le faire disparaître. Une pichenette et il tombera de la table. Derrière, il y en a un autre. Deux tanks. Le second est plus sombre, plus massif. Tulé cherche dans sa mémoire : il a étudié les caractéristiques des chars de combat dans un vieux manuel, mais il ne se souvient plus, et puis à quoi cela pourrait-il lui servir ? Un visage se tourne vers lui. Un deuxième. Il faut se replier et il n'a pas prévu de plan pour cela. Après l'attaque, ils devaient traverser à gué en emmenant le prisonnier, mais il ne leur est plus possible d'être à découvert sur la route : les deux tanks les apercevraient et auraient le temps de les canonner.

Le cœur de Tulé n'est qu'une vibration profonde qui ébranle chaque muscle, chaque nerf. Il sonne dans la cage de la poitrine, orgue de la cathédrale.

Les yeux des hommes ne le quittent plus.

Une bataille est inutile. Leurs balles s'écraseraient sur le blindage et il suffirait d'un tir pour qu'ils soient exterminés...

— Ne bougez pas. Enterrez-vous.

Devant lui, sur sa gauche, un de ses compagnons rabat sur son torse les touffes de genévrier. Tulé colle à nouveau son visage contre le sol.

Je suis invisible. L'herbe. La route. Le fleuve... Ne pas regarder : ils vont passer très près...

Son œil s'ouvre et le premier tank entre dans son champ de vision. Les chenillettes écrasent la terre rouge, le tonnerre des rouages emplit l'espace, les engrenages défilent devant lui ; les mottes arrachées s'envolent, s'éparpillent et retombent en pluie. Sous son ventre, le sol tremble... Nous ne vaincrons jamais. Ils ont cette force odieuse, implacable, ces masses de fer lancées, aveugles... Les canons pivotent, antennes d'insectes, les dragons aux yeux investigateurs, ils vont nous trouver, rien ne peut leur échapper, nous ne sommes rien, que des hommes affolés, aplatis, attendant la charge, ils sont la force, ils sont donc la justice...

L'Indien a parlé de lance-flammes : c'est sans doute

le tube à l'avant du bouclier de protection. Des hommes ont dû voir la gueule circulaire droit sur eux, un cri de silence et l'enfer rouge déclenché, le brasier instantané, la brûlure... Le deuxième blindé. Un volet est levé : on voit le casque du tankiste, les roues sont plus hautes, plus massives. Tulé reconnaît le canon, c'est celui de la photo du manuel, c'est un 30 millimètres à frein de bouche. Tout tremble dans l'univers, et lui avec... Ils ne disparaîtront jamais. L'air sent l'essence, l'acier chaud et l'huile noire. Que s'est-il passé ? Pourquoi sont-ils sur cette route, au lieu de la traction du chef de mission ? Quelqu'un a-t-il parlé ? Ceux qui sont arrêtés sont torturés, il est facile d'avoir des renseignements, mais qui était au courant de cette action ? Tout bêtement, il peut s'agir d'un contrordre...

Le corps jaillit, flèche de bronze. C'est Bakari. Il était posté le plus près de la route, son bras se détend.

— Non !

Tulé s'est dressé et hurle.

La grenade tournoie en oiseau ivre, frappe sur la tôle du blindage arrière, rebondit et roule sur le sol défoncé.

Tulé court, plonge et plaque le Malgache au sol. Il sent sous son thorax les sanglots cassés de l'adolescent : Bakari a quatorze ans. Si la grenade explose, ils sont morts.

Quelques secondes. Dans le vacarme des moteurs et des chenilles, les soldats ne se sont aperçus de rien. La grenade est au milieu de la route : un cylindre court, et le manche de bois. Mon Dieu, faites que...

Les autres n'ont pas bougé, le délai d'éclatement est de quatre secondes.

L'oreille ourlée est contre sa bouche.

— Tu as armé en tirant sur la cordelette ?

Bakari fait signe que non.

Tulé sent tous ses muscles devenir vivants. Mal au ventre soudain.

La fusée ne s'est pas allumée, elle n'éclatera pas. Le grondement s'affaiblit. Les tanks s'éloignent. Sauvés.

Sans lever la tête, Tulé hurle :

— Ne bougez pas, pas avant que je vous le dise.

Aucun ne s'est affolé, personne n'a cherché à fuir. Simplement, Bakari, fou de peur et de rage, et dont les larmes s'apaisent, a craqué de toutes ses coutures. Allons, mes hommes sont des guerriers et l'espoir nous est permis.

Le frôlement contre sa jambe l'avertit. Un des hommes de l'Indien a rampé jusqu'à lui. Tulé se retourne.

— Qu'est-ce qu'on fait ?

— On décroche. Attendez mon ordre.

Le combattant acquiesce et recule, les herbes se referment derrière lui et le masquent. Tulé masse son estomac douloureux. Ne pas vomir. Il fixe le chronomètre à son poignet : cinq minutes encore. Ils traverseront alors le fleuve et gagneront la cache. Bakari essuie ses joues et renifle. Il n'aurait pas fallu l'emmener ici en première ligne, il est trop jeune. Mais c'est lui qui a voulu, il a vu les soldats à l'œuvre dans son village. Ils ont détruit sa maison au mortier, son frère a été arrêté, il l'a vu poussé à coups de crosse dans un camion. Il veut tuer, cela se voit dans ses yeux et il a perdu les pédales, bourré de peur et de vengeance.

L'arrière du deuxième char a disparu. Dans quatre minutes, ils courront tous vers la rive : la mission a échoué mais ils s'en sont bien sortis.

— Regarde.

Bakari montre la route. L'écho du tonnerre des blindés qui s'éloignent a empêché qu'on l'entende arriver. Une automitrailleuse. Une araignée noire, mortelle. Elle guette et s'avance avec une lenteur tatillonne. Le casque des hommes brille derrière la protection du blindage. A l'avant, la Vickers est installée : 450 coups-minute. On distingue, malgré la distance, le récipient de récupération du liquide de refroidissement. Ne pas bouger. Il n'y a pas de raison qu'elle nous détecte davantage que les tanks. Il faut s'incruster encore dans l'humus, laisser passer la suite du convoi. Le danger n'est pas plus grand que tout à l'heure.

La douleur revient, c'est une torsion des viscères, quelque chose d'humide et d'aigre qui tournoie soyeusement.

— Tulé...

— Quoi ?

Les yeux immenses, exorbités, l'hypnotisent. Le visage du garçon est gris. Pourquoi ne parle-t-il pas ?

— Quoi ? Qu'est-ce que tu veux dire ?

Les syllabes se forment, chuchotent :

— La grenade...

En plein centre de la route, ils vont la voir. A présent, le bruit du moteur est audible. La voiture est à deux cents mètres, elle cahote un peu, se rapproche.

Trop tard pour tenter une sortie et la ramasser.

Le destin. Le hasard va jouer son rôle. Peut-être le projectile est-il invisible, dissimulé par un repli de terrain.

Attaquer les premiers, profiter de la surprise. Abattre le conducteur, le tireur, et fuir. Tulé a deux cents mètres pour se décider. Cent cinquante. Il y a un an à cette heure, il lisait Trotski et Adam Smith, il ne savait pas avec quelle force le sang coule des artères ouvertes, il croyait que Anka était heureuse.

L'engin n'est plus qu'à cinquante mètres.

Ariane souffle sur ses mains et le talc s'envole. Elle sourit à l'enfant, replie le triangle de toile sur le petit ventre et referme l'épingle anglaise.

— Tu es tout beau, beau et sec.

Elle couche l'enfant dans le berceau. Le crâne s'encastre parfaitement dans sa paume. Il faudra lui couper les ongles. Il a les doigts longs, les mains de Grégoire, elles auraient pu être ma joie et mon refuge, mais elles ne m'ont pas protégée. Un jour, bébé, lorsque tu regarderas les miennes, je souhaite que ce soit avec la tendresse que je n'ai pas reçue.

— Tu as chanté, dit Sandre.

Ariane se retourne. L'infirme est dans l'encadrement de la porte. Les yeux gris seraient magnifiques s'ils étaient lumineux, mais rien n'éclaire ce regard de brouillard et de froid.

— Pourquoi dis-tu cela ?

Sandre manœuvre le fauteuil et entre dans la pièce.

— Cela fait longtemps que ça ne t'est pas arrivé. Tu ne t'en es pas aperçue ? Tu as chanté tout le temps que tu changeais ton fils.

Ariane se redresse imperceptiblement. Rien n'était jamais simple avec Sandre, ni gratuit.

— Qu'est-ce que tu en conclus ?

Sandre s'approche du petit lit et glisse l'index dans la main à demi fermée de l'enfant.

— Je dois en conclure quelque chose ?

— Allons, dit Ariane, tu sais bien que, même en le voulant, tu ne pourrais pas faire autrement.

— Regarde comme il serre, dit Sandre. La force que les nourrissons ont dans leurs mains m'a toujours paru disproportionnée.

Ariane tire sur la cordelette du store, tamisant la lumière qui envahit le lit de l'enfant, et gagne la porte. Il faut qu'elle passe à l'usine. Elle a été avertie que des ouvriers étaient arrivés par camions, sous protection de l'armée. Ils cherchent de l'embauche. Ce sont des manœuvres merinas venant du sud-ouest de l'île. Elle en a employé souvent et c'est l'occasion de faire repartir les machines.

— J'en conclus simplement que tu es heureuse, dit Sandre. Lorsque l'on chante, c'est que l'on est heureux.

Toute l'enfance d'Ariane avait été marquée par ce don horripilant qu'avait sa sœur de deviner les choses... Elle trouvait une allumette brisée dans un cendrier et en reconstituait l'histoire. Marek fumait, Grégoire aussi, mais Grégoire avait un briquet, donc c'était Marek qui seul se servait d'allumettes. S'il l'avait cassée, c'est qu'il était nerveux car il ne le faisait pas d'ordinaire ; or, quelles raisons Marek avait-il d'être nerveux ? Elle faisait une enquête, interrogeait des gens, Grégoire avait parlé de difficultés de travail, une histoire de vétérinaire tatillon. Lorsqu'elle apercevait Marek, Sandre susurrait avec ce sourire spécial qu'elle arborait pour ces reconstitutions d'équilibriste :

— Pas facile d'obtenir les permis d'abattage en ce moment...

Marek ouvrait des yeux ronds et l'appelait « diablesse », mais cela n'avait jamais fait rire Ariane qui savait que ces inquisitions pouvaient devenir un moyen de persécution.

— Je suis heureuse de langer mon fils, dit Ariane, ne va pas chercher plus loin.

Sandre hoche la tête, joue avec la menotte de l'enfant.

— Tu le langes depuis six mois, dit-elle, et tu n'as chanté qu'aujourd'hui.

Ariane sait qu'elle ne la lâchera pas, qu'il faut la laisser développer son jeu.

— Explique-moi, dit-elle, tu détiens le secret des âmes, révèle-moi le mien.

— C'est simple. Si tu n'as chanté qu'aujourd'hui, que s'est-il passé aujourd'hui qui t'a entraînée à le faire ?

Elle sait. Bien sûr, elle sait, elle sait tout... Elle nous a vus partir, Adrian et moi, elle nous a vus revenir... Cela doit se voir à ma façon de marcher, de respirer. Je chante parce qu'il était en moi, comme avant, avec la même force, la même magie, et que, quel que soit notre avenir, quelle que soit l'horreur qui en découle, il y aura eu ces instants, et je les aurai vécus comme seuls sont vécus les instants où ne règnent que les corps.

Ariane ramasse une jupe qui traîne sur le lit et ouvre l'armoire.

— Il y a une chose à laquelle tu ne prêtes pas attention, dit-elle, et c'est étrange de la part de quelqu'un qui observe tout.

Sandre abandonne l'enfant et se retourne :

— Et quelle est cette chose ?

— Toi, tu ne chantes jamais.

Comme tes yeux s'assombrissent, il est fini le temps

où tes jambes mortes te servaient de boucliers ; je n'ai plus de pitié.

— Je n'ai pas une aussi belle voix que la tienne.

— Non, dit Ariane, il y a une autre raison, et comme tu les connais toutes, tu connais celle-là.

Elle plie la jupe avec soin. Voici encore quelque chose qu'elle a appris : ralentir ses gestes, les rendre précis, contrôler.

Sandre sourit : elle est la plus intelligente de nous tous, elle l'a toujours été, mais un jour je gagnerai la bataille.

— Je pense que tu veux dire par là que personne ne me fait l'amour.

— Exactement.

Le fauteuil roule vers la lumière. Un profil ravissant. « A peindre », comme le disait Francis Bécalier. Ma jolie sœur immobile aux yeux de cailloux.

— Permets-moi de préciser dans ton intérêt, Ariane : ne chante pas devant Berthier, ce serait imprudent...

Ariane dépose la jupe dans le tiroir, le referme. Le bois sent le camphre. Elle a toujours connu cette armoire : sa glace a reflété ses premières poses d'adolescente lorsqu'elle bombait le torse, cherchant le relief d'une poitrine absente... C'est là qu'elle s'était trouvée belle une première fois, la première robe de bal, le tissu lamé plaqué contre la peau. Carole Lombard et Joan Crawford... C'est là qu'elle avait voulu avoir les yeux d'Adrian pour savoir comment il la voyait. Je ne dois pas chercher à vaincre Sandre. A quoi cela servirait-il !

Elle marcha vers sa sœur et s'arrêta si près d'elle que leurs genoux se touchèrent.

— Nous avons recommencé, Adrian et moi, dit-elle, nous n'y pouvons rien.

Quand tes yeux s'animeront-ils ? Quand la mort fuira-t-elle, emportant l'étain qui colmate tes pupilles, cette glu qui poisse ton regard ?

— Tu n'as pas à me le dire...

— On ne dit pas toujours ce que l'on doit dire. De toute façon, tu le sais.

— Pauvre Ariane, murmure Sandre, te voici à nouveau dans le labyrinthe.

C'est étonnant comme les êtres peuvent parfois ne pas s'aimer, j'ai tellement tenté pourtant, ma sœur paralysée... Que de choses elle ne connaîtra pas, dans sa demi-existence...

— Je m'en sortirai.

— Je te le souhaite.

— Ce n'est pas vrai.

Sandre sourit encore et ne proteste pas. Quelqu'un vient d'entrer dans la villa. Des pas sonnent sur les dalles, traversent le hall, reviennent.

— Il y a quelqu'un ?

— Francis.

Ariane va à la porte et se penche à la balustrade donnant dans le vide du hall.

— Qu'y a-t-il, Francis ?

Il lève la tête, sa mèche flasque balaie son front.

— Anka vient d'être transférée à Manalondo...

Berthier

Maman a porté longtemps des jupes courtes.

Quel âge avais-je ? Dix ans ? Disons entre dix et quinze. Tout était court en elle : les cheveux, la cravate, la taille, mais les jupes surtout. Je les revois : plissées, droites et courtes. Je me souviens de mes effrois lorsqu'elle s'asseyait : les hommes regardaient ses jambes, elle s'en moquait absolument, peut-être le faisait-elle exprès, je n'ai jamais vu quelqu'un se soucier aussi peu des autres et de l'effet qu'elle produisait. Elle était dans ses toilettes d'une liberté qui me terrorisait ; elle aimait faire virevolter ses robes... Elle donnait l'impression d'avoir toujours l'envie irrépressible de se déshabiller, de ne pouvoir supporter le contact des vêtements sur sa peau. C'était l'époque où elle mangeait des rahat-loukoums et m'appelait « petit con ».

C'est rare qu'une mère appelle ainsi son enfant. Lorsque nous sommes arrivés à Paris, cela surprenait beaucoup les gens du quartier. Au début tout au moins. Ils se sont habitués par la suite. Je me souviens d'un échange très bref entre notre concierge et ma mère ; nous revenions du marché et je grimpais les étages en portant un cabas dont les poignées me sciaient la paume, lorsqu'elle m'avait dit, gentiment grondeuse :

— Allez, petit con, dépêche-toi.

La concierge avait arrêté le va-et-vient du chiffon de cire sur la rampe :

— Pourquoi l'appelez-vous ainsi, madame Berthier ?

Ma mère avait souri à la vieille femme.

— Parce que c'est vrai, avait-elle répondu. C'est un petit con.

Longtemps, je me suis donc appelé « petit con ». C'était devenu un nom d'ailleurs, je le retrouvais écrit sur le tableau noir : Peticon. J'en ai oublié parfois Berthier. Je ne fus pas un bon élève ; de mes années scolaires, deux caractéristiques s'imposent : je travaillais beaucoup et j'avais peur tout le temps.

« Elève appliqué. » C'était vrai. J'écoutais de toutes mes oreilles, de toutes mes forces, mais il y avait un moment où les méandres du fil étaient tels que je les perdais. « A du mal à suivre... » Sur les feuilles d'écolier, je me souviens de ma sueur délayant l'encre. Les fractions. Elles furent un cauchemar. J'ai pleuré sur elles, je ne comprenais pas comment elles s'additionnaient, se divisaient. Je ne dormais pas les nuits précédant les compositions, les interrogations. Les maîtres en blouse grise passaient dans les rangs. Il y eut dans ma vie quelques années sans couleurs. Lorsque j'en revois les images, tout est uniforme, tout a pris la teinte instituteur. Blanc de la craie et de la neige dans la cour. Noir de mon tablier et de mes doigts tachés... Il n'y eut pas de saisons ces années-là, un long hiver identique. Les immeubles alignés dans le froid pétrifiant, Lille, la maison avait des odeurs d'égout, elles montaient des canaux de la Deule. Ce fut Paris après, une ville où la nuit brillait davantage, je revois du rouge et du clinquant, des parfums aussi et de la fumée... C'était le cabaret où maman travaillait. Ses cheveux étaient plaqués et ses manches moussaient autour de ses bras virevoltants. La rue descendait, il y avait un moulin au-dessus de nous, il n'y avait que des femmes et j'attendais près du vestiaire, nous n'habitions pas loin, des chambres en enfilade. On démolissait les cafés-concerts pour en faire des cinémas ; lorsqu'il pleuvait, il fallait marcher sur des planches.

Maman m'emmenait à l'Apollo écouter Esther Lekain, son amie « la petite Tonkinoise ». Je l'ai entendue cent fois, on allait au Palace et à la Scala, Mistinguett dansait à la Cigale. Chevalier et Georgius au Bataclan et à Mayol. Je ne comprenais pas que le même monde puisse comporter à la fois les brumes du matin sur les canaux du Nord et les lumières trépidantes des music-halls. Comment pouvait-on s'y retrouver dans des décors si différents ? Lequel était le vrai et quel était le sens de la pièce ? Il y avait eu les silences apeurés des salles glaciales du collège, les crucifix plaqués sur les murs des longs couloirs gothiques, des chuchotements de confessionnaux, et tout à coup ces vacarmes, ces girls trépidantes dont je voyais trembler en cadence les fesses blêmes sous les plumes et le collant... Je ne m'y suis pas retrouvé.

Lesbienne. Ça voulait dire quoi ? Elle n'était pas lesbienne puisque j'étais là : il y avait eu un homme un jour. Il était mort à Craonne ou Verdun, en 1917, elle ne se rappelait plus. Les dernières années, lorsqu'elle eut commencé à grossir, elle m'a donné sur mon père les seules indications que j'aie jamais eues : « Il avait une tête à avoir une moustache et chantait *Viens Poupoule.* »

Marc Berthier se redressa sur sa chaise. Il y avait une légère trace de salive sur la manche de sa veste d'uniforme, juste au-dessus des galons. Il avait dormi quelques minutes, la tête sur son bras, et rêvassé.

Pourquoi, lorsqu'il songeait à sa vie, défilait-elle dans l'ordre chronologique ? La maison qui donnait sur les eaux épaisses et douceâtres, les peupliers qui filaient droit vers la Belgique, l'appartement à Paris où elle dansait dans le petit salon sur des rythmes noirs, le jazz qui arrivait ; il avait eu des femmes très vite, la première à quinze ans : il passait devant elle plusieurs fois par jour pour rentrer chez lui.

— Bonjour, madame Thérèse.

— Bonjour, bonhomme.

Forte femme, Mme Thérèse, on devinait sous la jupe des corsets compliqués, toute une armature élastique, des gaines-accordéons, des emmêlements. Il la trouvait laide et vieille, mais il était monté parce qu'elle ne lui faisait pas peur. Il avait pensé qu'elle ne se moquerait pas de lui, pas trop. Elle avait deux dents en acier sur le côté qui se voyaient lorsqu'elle parlait, et les ressorts du lit avaient tremblé lorsqu'elle s'était assise.

— Tu aimeras les putes, avait-elle dit. Lorsqu'on commence avec elles, on finit avec elles, c'est une loi.

Elle l'avait bloqué entre ses cuisses en étau et il était parti tout de suite, secoué comme un lapin moribond. L'amour était ridicule. Des enfants prisonniers de vieilles chairs marbrées lâchaient sans plaisir des flaques blanches sur des femmes rigolardes et expérimentées...

L'armée. Elle s'était mêlée pour lui à des images de colonies. Des Tonkinois en pirogues, les tam-tams d'Afrique, les ruelles des casbahs maghrébines, clairons sonnant l'appel des fortins du désert, les bousbirs, les Tropiques, A.E.F., A.O.F., des terres neuves où des crétins aux dents blanches attendaient en roulant des yeux qu'on leur apporte la voiture à essence et le moulin à légumes.

Il s'était engagé : gendarme. Il avait grandi, perdu

ses joues lunaires, et gagné une moustache, celle que son père aurait dû avoir. Il avait découvert les bordels du Maghreb, et devant les filles de salle aux odeurs de sel et de savon vert, il avait cessé de se sentir minable. Elles ne le jugeaient pas. Elles travaillaient sans rire et sans moquerie, il devenait alors comme les autres, un tringlot en virée. Il avait aussi appris à boire. Sur les phonographes, la rumba avait remplacé le shimmy et Jean Sablon Esther Lekain ; au cours des permissions, il revenait chez maman rue Lepic et s'ennuyait très vite, il allait au cinéma tous les après-midi et voyait tout en vrac : *14 Juillet, Boudu sauvé des eaux, Scarface, King Kong... Scarface* surtout lui avait plu, il aimait les gangsters, l'Amérique et les armes... 1932 et l'avenir, large comme les portes des casernes... avant de regagner son poste à Mostaganem, il passait ses soirées au Vel'd'Hiv : sur la piste en contrebas, les cyclistes tournaient, le bruit des pneus ronflait sur le parquet, Chevalier venait saluer les champions, Pills et Tabet chantaient *Couchés dans le foin.* Il allait quelquefois aux claques bon marché de la rue de Fourcroy, mais n'y trouvait pas grand intérêt : la négresse était souvent en main. Il ressortait alors et remontait par les Boulevards. Il ne se trouverait plus jamais dans le lit d'une Blanche, et un intense soulagement l'avait submergé ; c'est cela qui l'avait décidé à se réengager définitivement, il était devenu soldat par éjaculation précoce ; les Noires ne s'en moquaient pas, elles avaient peur de lui.

La vie passait en garnisons : il avait été brigadier à Constantine, lieutenant à Tizi Ouzou. A chaque promotion, le mousseux coulait dans le mess... Et puis, l'hiver 1938, il avait reçu son affectation pour Madagascar. C'était loin mais des anciens lui avaient vanté les charmes du pays et de la prime d'éloignement. L'Algérie se fonctionnarisait et n'était plus qu'une succursale méditerranéenne ; là-bas, il restait des espaces, de l'aventure, un des derniers continents où pouvait se vivre encore le vieux rêve colonial.

Il était arrivé à la saison où les torrents étaient en

crue... Ils roulaient, énormes et furieux, s'échevelaient en cascades tonnantes, les eaux rouges des terres arrachées... Dans le bureau de Manalondo, il avait regardé sur la carte épinglée au mur les limites de son territoire : il régnait sur un empire plus grand que la France.

Ici, il était roi.

Dans une caisse oubliée par son prédécesseur, il avait trouvé des journaux anciens, des articles ayant trait à la Grande île, des archives : une couverture du supplément illustré du *Petit Journal* l'avait frappé. Le dessin représentait une exécution à Tananarive : des soldats fusillaient deux notables devant une foule accroupie. Le texte apprenait qu'il s'agissait d'un prince et d'un ministre : « Le général Gallieni ne plaisante pas ; il l'a prouvé dès le début. » Il était également précisé que les Malgaches ne connaissaient le respect que lorsqu'il se basait sur la crainte. Les temps avaient changé, le vieux rêve s'était déplacé, il était devenu nostalgie.

Il s'était installé et avait commencé à cirer bottes, ceintures et baudriers. Il envoyait quelques hommes parcourir les districts, il enregistrait des plaintes, établissait des rapports d'accident, octroyait des patentes. Toute cette paperasserie ne lui déplaisait pas.

Et puis, il y avait eu les bals de Vanille.

Il avait fourni quelques hommes à Grégoire Arians pour obliger la main-d'œuvre en grève à reprendre le travail dans les rizières. En remerciement, ce dernier l'avait invité un soir pour l'anniversaire de Sandre. Il avait dansé avec Ariane qu'il avait croisée quelquefois au volant du cabriolet Horch de son père. Ils avaient parlé de la guerre, elle était loin, de l'autre côté de la terre, et son vacarme ne pouvait troubler le silence des monts de l'Ankaratra. Il avait eu le sentiment d'être poussé par une force confuse : celle de s'insérer pleinement dans un décor, une harmonie qui lui suggérait d'effectuer des gestes, de dire des mots correspondant à la couleur du moment ; il se trouvait sous les étoiles, en uniforme de gala, rasé de frais, il représentait la France et l'Armée, des boys passaient des plateaux, et cette jeune femme un peu trop diaphane souriait de façon imprécise dans l'odeur des magnolias. Il y avait des valses, toute une douceur sucrée dans l'étirement des violons. La pièce imposait une histoire d'amour : tout s'y prêtait trop pour qu'elle n'ait pas lieu, et le rôle de l'amoureux lui était imparti. Il en avait le costume, l'âge, et peut-être le physique après tout. Peticon était devenu beau garçon, un peu empâté, l'œil un peu rond, mais bien pris dans sa vareuse blanche. En l'embrassant dans l'ombre bleue du parc, il avait pensé qu'être marié n'impliquait pas l'adieu aux filles de couleur... Ariane serait une épouse sans histoire : c'est ce qu'il avait cru. Plus tard, les langues s'étaient déliées, des phrases en lambeaux surprises... Une ombre accompagnait la fille Arians... celle d'Adrian, le soldat, l'homme de Leclerc qui était parti on ne savait trop pourquoi... Berthier était resté longtemps sans faire l'amour, et puis la violence était venue, la brutalité, il l'avait toujours confondue avec le sexe. Pauvre Berthier, acharné dans son labeur de tâcheron, bougeant ses reins mécaniques, sans folie, sans passion. Appliqué. Comme autrefois à l'école sur les bords de la Deule... Bon élève, Berthier, une immense bonne volonté, mais dans les yeux d'Ariane la même image dont la lumière ne faiblissait pas, jamais il n'avait pu l'éteindre ; lorsqu'il sentait sa jouissance venir, il emprisonnait entre ses mains les tempes de sa femme et scrutait jusqu'au fond du cœur ses yeux immobiles pleins de l'amour ancien, un amour qu'il avait voulu briser sous son poids, sous le plaisir, mais qui avait tenu, et Adrian était revenu.

Tous savaient. Tous l'avaient méprisé, le méprisaient encore... il était celui qui se contentait d'être le remplaçant, celui que l'on avait épousé faute de mieux.

Je ne suis pas stupide, pas assez pour ne pas savoir que je ne fais pas naître les passions. Personne ne rêve au gendarme Berthier, je suis ridicule, je l'ai camouflé sous l'uniforme, je marche droit et lentement, je bombe le torse, mais ils savent.

J'ai eu trop peur pour faire peur... On ne choisit pas d'être ce que l'on est, et j'aurais tant voulu être autre chose, l'inverse même.

J'attraperai Tulé. Il doit être tout proche, j'ai un instinct pour ça. Ils sauront que je suis un chasseur. Anka parlera. Elle sait où il est. Lorsqu'elle ouvrira cette porte, je saurai à l'instant même si elle a quelque chose à me dire et je saurai le lui arracher. J'ai vu ses hanches sur le parvis, le jour du baptême... c'est étrange comme l'image m'est restée... précise comme une photo... Le tissu serre la peau, elle a vu mon regard et j'ai aimé sa crainte soudaine. Ce qui va venir est la suite de cet instant, aucun de nous n'en parlera, mais aucun de nous n'a oublié.

Ne pas penser qu'ils ont tué son père, elle doit faire surgir autre chose, n'importe quoi.

Penser à l'enfance.

Ils avaient été des enfants de lumière.

Leurs courses, leurs cris, leurs jeux, tout cela avait baigné dans la plus haute note de clarté que ce monde pût fournir. Ils ignoraient bien sûr que c'était une chance. Ils croyaient cette terre sans ombre et sans langueur... Un soleil fixé au plus haut avait déversé sur eux l'éclairage d'or vibrant qui leur façonnait des âmes bienheureuses, et il semblait à Anka, lorsqu'elle s'endormait, qu'elle se trouvait encore auréolée de l'intense lueur, compagne de toutes leurs heures.

Et puis, sans qu'elle s'en soit aperçue, la force brillante éclatant sur les rouges latérites et le saphir des rivières s'était peu à peu ternie. Des grisailles avaient nappé les décors, et bientôt leurs courses s'étaient faites moins vives, ils s'étaient observés, cherchant à savoir de qui venaient les ombres : d'eux-mêmes ou des autres ? Il naissait d'obscures jalousies, des rivalités, des compétitions dans le repliement des couleurs... Elles s'étaient fondues entre elles, les puretés de leur éclat s'étaient nuancées, des dégradés étaient nés, et une gamme infinie de tons se compliquait de l'aube au crépuscule... Cela s'appelait l'adolescence.

La nuit était totale.

Rien ne bougeait.

C'était une salle de classe. Il y régnait encore cette odeur rêche de chiffon de craie qui lui avait serré la gorge d'angoisse, lorsqu'elle entrait en classe, étreignant la poignée de son cartable, dans les couloirs de l'Institution Sainte-Thérèse de Manalondo. Elle était la seule métisse, et il n'existait pas un seul millimètre de sa peau qui ne fût en alerte.

Elle se retourna et sentit une douleur à la pommette. C'était en montant dans le camion avec les autres qu'elle avait reçu un coup de coude. Les soldats poussaient derrière...

Les bancs des enfants avaient été repoussés contre les murs et entassés les uns sur les autres pour laisser la place libre sur le sol. En contre-lune, elle vit briller la faïence blanche des encriers. L'encre s'y épaississait, formant une purée violette sous la plume ; elle revit ses doigts, le pouce et l'index maculés... Elle plongeait sa main dans la rivière tiède, sa robe en corolle autour d'elle... Ariane courait... « Viens jouer, Anka, dépêche-toi... »

Les prisonnières étaient couchées sur le sol. Derrière la cloison, les hommes riaient. Elle avait eu peur un moment, on avait beaucoup parlé de viols dans les villages, mais à travers les vitres elle avait vu briller des barrettes d'officier. Ils n'oseraient pas.

Elle s'était endormie avec la tombée de la nuit, rompue de fatigue, roulée en boule, les genoux au creux de ses bras. Il n'y avait pas eu un bavardage chuchoté, pas un sanglot... Les autres femmes n'avaient pas échangé une parole, c'étaient des paysannes, des montagnardes, elles avaient beaucoup voyagé et ne comprenaient pas les phares, le bruit des camions la nuit, les arrêts soudains, les départs, le jeu des projecteurs sur les bas-côtés de la route, le surgissement des arbres aux ombres étirées, pivotantes, grimpant jusqu'au ciel, le reflet des armes sous la lune, les voix à l'heure où tout dort.

Ils l'avaient arrêtée à Tananarive, comme elle sortait des locaux de la Compagnie havraise péninsulaire. Elle y avait une amie, elle voulait lui demander un appui pour se rendre à la prison afin de connaître les conditions de la mort d'Andafy. Comment l'avaient-ils trouvée là ? Elle s'était demandé si leur police était particulièrement efficace, disposant d'un réseau d'informations, ou si le hasard avait joué en leur faveur...

Depuis, les visages s'étaient succédé. C'était étrange, bien qu'elle s'efforçât à l'indifférence, chacun d'eux faisait naître ou mourir un espoir. Cela venait d'un rien, d'un frémissement de paupière, d'une lèvre au pli accentué, certains semblaient inaltérables, rien n'éclairerait la ligne sombre des pupilles. Hommes fermés aux peaux malades. Cela l'avait frappée : le cercle rouge et fiévreux de la marque du képi. Les pores dilatés luisaient de sueur huileuse, les joues rêches de barbe, les grains de beauté, toute une géographie malsaine, des promontoires, des crevasses, des traces d'anciens furoncles...

Elle se souvenait des dos des rameurs sur la Sisaony, un tissu d'or parfait recouvrait les muscles, ils se coulaient dans la lumière de la rivière... Mes jambes déformées par la transparence des eaux, je nageais vers le sable des berges, et je savais, lorsque je sortais, que j'étais faite de soie, comme eux...

Nous étions deux races, et la pauvreté blanche me frappait, les dieux avec eux s'étaient montrés avares et maladroits...

Des lumières dans le couloir. Des lampes électriques. Pourquoi n'ont-ils pas éclairé ? Pourquoi viennent-ils dans la nuit, comme des voleurs ?

Les ombres démesurées s'écartelèrent sur le plafond.

Ils sont entrés.

Les rayons droits fouillent les corps. Glaives

brillants qui s'entrecroisent, se heurtent. L'explosion frappe sur les paupières, s'arrête sur le visage d'Anka.

— Lève-toi...

Des femmes se sont réveillées. Aucune ne parle, elle sent leur soulagement déjà ; ce n'est pas elles que l'on est venu chercher... Deux yeux brillent, disparaissent. Elle voudrait se laver, effacer toute cette crasse.

Il faut pour gagner la porte avancer vers le tableau noir : anciennes terreurs... Les traces du chiffon dessinent des nuages... Une chevauchée immobile et chaotique. Voici le couloir, les portemanteaux scellés... Pourquoi l'enfance se déroule-t-elle dans ces locaux identiquement vert endive ?... C'est cela, il faut penser à des choses insignifiantes. Pourquoi l'intérieur des écoles n'est-il pas rose ou blanc ? Il y a une raison...

Les deux hommes qui encadraient Anka s'effacèrent devant la porte fermée.

— Entre...

Le battant s'écarte et Anka fait deux pas dans le bureau de la directrice : rayonnages, dossiers, mappemonde, photos. « Votre conduite est inacceptable, mademoiselle Andafy, vos résultats, après avoir été excellents, deviennent lamentables. » Une Underwood d'un noir d'enfer occupe le centre du bureau encombré de papiers. L'homme derrière se lève et tire sur sa vareuse, bombant le torse. C'est Berthier.

— Asseyez-vous.

Anka obéit. C'est la première fois depuis longtemps qu'on ne la tutoie pas. Elle se souvient de lui le jour du baptême : il avait eu un regard sur elle, ses yeux ont touché son corps... Elle se souvient d'avoir plaint Ariane ; il n'est pas sûr qu'un homme capable de regarder ainsi une femme soit capable d'en aimer une autre.

Le parvis de l'église était vide. Il y avait des soldats en faction dans les ruelles, mais Palembang n'avait pas encore brûlé. Etait-ce notre dernier instant de paix ?

Berthier frotte avec précaution l'aile de son nez.

— Ariane s'inquiétait de vous, dit-il, elle va être heureuse d'apprendre que vous êtes en bonne santé.

Il est... comment pourrait-on dire ça ? Avenant. Il oublie son rôle, le beau gendarme, il n'a nul besoin de faire le gracieux... Elle ne cherchera pas à lui rappeler leurs liens : ne pas s'abaisser.

— Tout cela est désagréable, dit Berthier, pour tout le monde. Il n'est pas plus intéressant pour moi d'être derrière ce bureau que pour vous de vous trouver devant, alors que vous êtes la meilleure amie de ma femme, que nous avons partagé la même table et le même toit.

Les yeux du capitaine glissaient comme s'ils subissaient eux aussi les lois de la pesanteur. Ils se fixaient sur ceux d'Anka qu'ils quittaient aussitôt pour descendre le long du cou et du torse, deux gouttes de pluie sur une vitre, incertaines et zigzagantes... Elle les sentait sur son corsage, insistantes... Il me veut mais il n'osera pas, Ariane est entre nous.

— Je suis désolé pour votre père, et je voudrais vous dire combien le gouvernement français s'est ému de cette mort que certains ont voulu utiliser à des fins politiques et partisanes ; je puis vous assurer...

Anka se contracta : ne pas penser à Andafy, l'éviter à tout prix, n'avoir ni chagrin ni colère, car il faut survivre, et tout en elle devait être tendu vers ce but. Ils l'ont tué. Ils ne l'auront pas, elle. Pas la fille après le père. Ils ne sont pas assez forts pour cela.

— Je suppose que l'on vous a donné la raison de votre arrestation ?

Il y a un fragment d'apitoiement dans l'œil d'Anka lorsqu'elle regarde Berthier. Ou bien cet homme ne dit que des phrases creuses pour le seul besoin de parler, ou bien il croit à ce qu'il affirme, et c'est un imbécile.

— Je crains que vos confrères ne soient un peu trop pressés pour expliquer les causes de leurs actes en ce moment.

Berthier ouvre de l'ongle le dossier à couverture

verte qui se trouve à sa gauche, et fait semblant de parcourir les feuilles dactylographiées.

— Vous n'êtes pas visée, vous, il s'agit en fait de...

— Vous voulez mon mari, dit Anka. En passant par moi, vous pensez obtenir des renseignements.

— Vous en avez ?

— Il m'a toujours tenue à l'écart de son activité politique.

— Pas le 17 novembre, ni les 4 décembre, 11 décembre, 18 décembre de l'an dernier, et tous les jours de la première semaine de janvier 1947.

Anka contrôla sa respiration. Ne pas répondre de façon essoufflée, conserver le rythme lent des âmes pures et sûres d'elles. Ils étaient bien renseignés. Ces dates correspondaient à la tournée dans les villages des steppes et dans le massif de la Pierre-qui-brûle. Ce nom venait d'une légende : un feu permanent flambait en haut des crêtes, allumé par les divinités des montagnes. Elle avait tenu à accompagner Tulé, ils étaient plus de deux mille venus de l'horizon. Elle l'avait aidé comme elle avait pu. La rencontre se prolongeait tard dans la nuit, Tulé répondait à tous et à toutes. Ils dormaient dans des sacs de couchage.

— C'était exceptionnel. C'était pour nous des sortes de vacances.

— Nous savons que vous n'avez jamais pris la parole, mais vous avez aidé à la collecte de fonds.

C'était vrai. Avec les autres organisateurs, elle avait tenu les cahiers de comptes, transporté les billets et les pièces dans des sacs de farine.

— Cela nous est égal, dit Berthier. La seule chose qui nous intéresse, et nous vous demandons votre aide pour cela, c'est votre collaboration pour que nous puissions mettre un terme aux actions de votre mari, ce qui aura pour conséquence de le protéger de lui-même. La voie dans laquelle il s'engage est sans issue, il faut que nous l'arrêtions avant qu'elle ne lui soit fatale.

Elle connaît cette musique, ils avaient toujours eu tendance à se transformer en bienfaiteurs : routes, ponts, hôpitaux... Voici maintenant qu'ils cherchaient à nous sauver de nos propres envies de liberté.

— Je ne peux rien vous dire sinon que j'ignore où il se trouve.

— Nous avons des renseignements précis sur les habitudes des chefs du M.D.R.M. Ils disposent d'un réseau de cachettes dont ils changent constamment. Il ne vous a parlé d'aucune d'elles ? Un simple nom pourrait nous suffire pour nous mettre sur la voie. Je vous rappelle que vous lui rendriez un grand service car, et vous le savez bien, tôt ou tard, nous l'aurons.

Anka inclina la tête, ses mains lui parurent mortes. Elles reposaient sur la serge de sa jupe, abandonnées et sombres. Les lunules blanches des ongles semblaient phosphorescentes. C'était vrai, tôt ou tard ils l'auraient, mais elle n'y serait pour rien.

— Une chose peut vous faire changer d'avis.

— Laquelle ?

Le pouce du Français lissait le baudrier, inlassablement, caressant le cuir, tournant autour de la boucle. De sa main libre, Berthier exhiba un papier bleu de la taille d'un télégramme.

— Une traduction codée : votre mari a reçu l'ordre de brûler Vanille.

Elle hocha négativement la tête. Ce n'était pas vrai. Il n'était pas un soldat, elle ne l'avait jamais vu avec une arme de sa vie, il n'avait aucun art du commandement ; les soirs de la Pierre-qui-brûle, il avait toutes les peines du monde à obtenir un silence relatif.

— Je ne vous crois pas ; il sait que j'y vis, que le bébé d'Ariane y vit et d'autres personnes qu'il estime, Francis Bécalier entre autres.

— Il n'est pas seul. Ce n'est pas lui qui a décidé mais c'est lui que l'on a désigné pour exécuter : nos informations sont formelles. Réfléchissez ; préférez-vous qu'il soit pris en train de commettre un attentat, ce qui ne lui laisserait aucune chance devant les tribunaux militaires, ou bien maintenant...

— Où il n'en aurait pas davantage.

Le dossier refermé claqua sur la table.

— Vous ne savez pas ce que vous dites. Les juges savent différencier un assassinat d'une tentative d'assassinat.

— Mais ils punissent l'auteur de la même manière.

Berthier se dressa et fit le tour du bureau. Pourquoi faisait-il ainsi briller ses bottes ? Elle avait toujours eu l'impression qu'il descendait de cheval ou qu'il allait passer une revue de détail, ou bien qu'il entrait faire un bridge dans les salons de la colonelle. Impeccable et inutile. Un fantoche.

— Je dois protéger cette région, c'est mon rôle. Vous comprendrez que le cas de Vanille m'est particulièrement cher. J'y ai femme et enfant, je ferai donc tout pour que la propriété ne subisse pas la moindre alerte.

Tulé brûlant les silos, plaçant des charges de dynamite dans les granges... impensable. Au cours de son arrestation, une des prisonnières avait parlé. Elles étaient accrochées aux ridelles, secouées par les cahots de la piste, et à moins d'un mètre d'elles, le garde armé avait interdit les bavardages ; mais la vieille chuchotait, les mots chuintaient entre les dents brisées : l'administrateur Pont avait fait fusiller dix-huit prisonniers, et les corps arrosés d'essence avaient brûlé sur la place du village devant les habitants réunis. Et si des représailles avaient été décidées par les chefs de la rébellion ? Si Vanille en était une ?

— Alors ?

Pour la première fois depuis qu'elle se trouvait dans ce bureau, elle sentit tinter la cloche d'alarme. Il y avait eu dans l'interrogation de Berthier une note rapide, le froissement d'un métal jusqu'à présent camouflé.

— Je ne sais rien. Je ne peux rien vous dire.

L'odeur de cirage. Les deux mains à plat sur les bras du fauteuil qu'elle occupait, il s'accroupit... Le cuir craqua aux chevilles.

— Je dois savoir, Anka, et je saurai. C'est mon métier.

— Je vous le répète, je ne sais rien.

Les yeux toujours ; ils avouaient honteusement le désir, tous les désirs, les envies, celle de frapper, de la broyer, de la faire hurler, là, sur la table. Une métisse, dressée de toute sa beauté inaccessible sur le parvis de l'église... Il a vu la bouche d'Anka en cet instant, cette moue dont il pouvait deviner le sens : il ne m'aura pas.

Vanille n'est pas seule en cause, ni la France, ni l'armée, ni le devoir...

— On sait plus de choses qu'on ne le croit. Fais un effort.

La peur naît des disproportions. Il y a ces phalanges fortes près de ses poignets, ce cuir brillant aux cassures rugueuses, ces épaules qui tendent la toile et cette assurance que confère la certitude d'être l'ordre et la loi. Les jambes de la jeune femme sont minces sous le rempart du tissu, ses doigts sont fins et elle n'est même pas sûre que vouloir être libre soit juste, elle est le scarabée sous la badine qui le renverse, la loi naturelle du plus fort remplace toutes les autres...

Anka ferme les yeux. Une goutte de sueur descend le long de ses sourcils, glisse vers l'arête du nez. La peur de l'un excite l'autre. Il ne faut pas qu'il sente que je voudrais qu'il me frappe pour que l'attente cesse. J'ai cette honte de le vouloir. Il le veut aussi, je sens son sexe en moi, ardent comme une arme. Nous serons dans les chaises renversées sur le plancher, violents comme jamais tu ne fus avec Ariane, ni comme je l'ai ressenti avec Tulé... L'amour est bataille, capitaine, il est mépris, meurtre et violence, et nous sommes prêts l'un à le subir, l'autre à le donner.

La main de Berthier dérape, emprisonne le poignet, glisse sur le bras du fauteuil et recouvre la cuisse ronde sous le tissu. Les reins d'Anka se cambrent et leurs yeux crochent l'un dans l'autre. La bouche du Blanc mord dans le ventre plat et les fleurs claires de la robe luisent soudain de salive.

Meurs donc, Tulé, meurs vraiment, combattant des

grandes causes, pourquoi rien en lui ne l'a-t-il submergée ?

Elle empoigne les cheveux épais de l'homme qui la soulève et mord les lèvres qui la mordent. Il a compris qu'elle le voulait, que ce viol n'en est pas un. Une métisse. Dans tous les bordels de garnison, il a toujours choisi la femme noire, celle que l'on domine, celle dont on oublie l'âme, dont on sait qu'elle n'a pas vécu d'histoire d'amour... Le noir, c'est l'épaississement, l'envahissement de la peau et de la chair, un empiétement sur la part humaine, le pantin dont on ne peut souffrir car qu'importe sa conscience. Sous les paumes furieuses qui la broient, Anka s'écartèle et, lorsqu'il jouit en la pénétrant, elle a l'impression que la traînée de sperme qui gicle sur son pubis la brûle comme un acide, et que jamais elle n'effacera la trace douloureuse.

VII

Entre Ankazobé et Maevatanana, les usines s'arrêtèrent. Malgré les pressions et les réquisitions, le mot d'ordre de grève fut suivi largement.

Lorsqu'il apprit que ses entrepôts étaient vides et qu'aucun camion n'en partirait, Marek sortit de Vanille au volant de son Dodge et fila sur Manalondo. Sur la grand-place, le café était fermé. Il regarda sa montre : il était huit heures du matin, et il n'avait aucune chance de le voir ouvert avant dix heures. Il s'arrêta à l'ombre du clocher et ouvrit le coffre. Il en sortit trois bières chaudes qu'il but sans respirer, l'une après l'autre. La soif persistait.

Il reprit le volant et pénétra dans la cour abandonnée de son entreprise. Il avait plu durant la nuit et la terre était grasse. Quelques mares s'étaient formées et, dans les ornières creusées par les roues, une eau sombre stagnait. Les rails qui conduisaient aux chambres froides luisaient dans les premiers rayons.

Il s'arc-bouta pour faire glisser le panneau métallique bloquant l'entrée des frigos et dérapa dans une vase rougeâtre. Il força et la lourde paroi coulissa. Il se rejeta en arrière. L'odeur se rua sur lui. Il recula et faillit s'étaler dans la boue. Une odeur âpre et brûlante. La pourriture.

Il sentit son estomac bouger et une mousse tiède filtra entre ses dents. Il cracha et traversa en courant, enjambant la voie ferrée.

L'électricité avait été coupée. Les deux cent quarante carcasses de bœufs qui pendaient, accrochées aux tringles d'acier, étaient recouvertes d'un velours mordoré, elles cuisaient sous la toiture de zinc où frappait le soleil : au thermomètre, le mercure indiquait trente-trois degrés, il devait normalement en marquer moins quatre.

Marek gagna le bâtiment de bois où se trouvait son bureau.

Il ouvrit d'un coup de pied et arracha le dernier tiroir. La bouteille de rhum roula et vint se couler à l'intérieur de sa paume.

Il cracha le bouchon et but jusqu'à étouffer.

Il se laissa tomber dans son fauteuil, et la bouteille tournoya en l'air avant de se fracasser contre le mur.

Salopards.

Quelqu'un avait appuyé sur la manette de commande. Pourquoi ?

Il les connaissait tous, ou presque. Ils avaient ri ensemble, il les avait engueulés, il en avait viré, il en avait aidé, ils lui offraient des cigarettes, il leur donnait du rhum. Il avait tué des bêtes avec eux, au merlin, les bottes dans le sang, il avait ouvert les carcasses à la scie, vidé les seaux de tripes... Il n'était pas lointain : il était là, au milieu d'eux, il avait enfoncé les crochets dans la viande, tiré sur les chaînes du treuil pour hisser les mâles les plus lourds, il ne les avait jamais frappés. Il les payait bien, il avait supprimé la fouille au pointage de sortie. Et ils lui avaient fait ça !

Pluviot a raison : un nègre est toujours un putain de nègre. Les étoiles dansaient devant lui ; il chercha la bouteille et, d'un revers d'avant-bras, balança une avalanche de feuilles et une lampe qui s'écrasa.

Ils ont coupé le froid. Fumiers.

La pièce tournoya autour de lui : le mur du fond se rua avec une telle vitesse qu'il leva le bras pour se protéger. Il s'arrêta, s'éloigna à toute allure, tandis qu'un balancement brutal faisait glisser le sol sous ses pieds. Il tomba et son front heurta la poignée d'un tiroir. Pourquoi à lui ?...

Il ferma les paupières sous la douleur et le chagrin. Il leur avait donné des bêtes pour leurs fêtes, payé le médecin pour leurs enfants...

Sa main tâtonna sur sa hanche, il ne trouva pas le Colt Army et se souvint qu'il l'avait laissé dans la voiture. Il a leurs noms, à tous, il y a des listes. Il va les arrêter, mais avant il faut qu'il en tue un parce qu'ils ont trahi. Il est Marek, bon Dieu ! Marek Bécalier, de Palembang, et ils l'ont trompé... L'odeur était partout, elle stagnait, s'infiltrait sous les portes, elle recouvrirait Manalondo, arriverait jusqu'à Vanille, la puanteur des bêtes mortes... Il fallait les sortir, les charger sur les wagons et les enfouir dans un charnier, ou y mettre le feu.

Il se leva à nouveau et, d'un élan, fit craquer la toile de sa chemise : les boutons volèrent. Il l'arracha et la noua sur son visage en foulard protecteur, masquant le nez et la bouche. Son torse frémit sous la puissance des muscles. Il se raidit contre la tempête de l'alcool et traversa la cour déserte.

Il entra dans l'entrepôt, étouffa sous la charge nauséabonde de la charogne et, avec une rage mortelle, il empoigna la bête la plus proche. Il souleva la masse oscillante qui se dégagea du crochet de fer et la bascula sur son épaule. Il fléchit sur les jarrets, remonta d'un coup de reins et avança, courbé, vers l'extérieur.

Au milieu de la cour, il déchargea d'un effort violent. Le poids de la carcasse était tel qu'il faillit tomber avec elle. Il frotta ses paumes l'une contre l'autre : tout poissait. Tout poisserait désormais. Il était leur ami et ils lui avaient fait le pire. Il allait sortir les cadavres un par un, les brûler à l'essence. Il ferait ça tout seul, il n'avait besoin de personne, et lorsque ce serait fait, il s'occuperait d'eux... Il en tuerait...

Beaucoup.

Les matins d'Ariane étaient emplis d'oranges.

Cela avait toujours été, il en traînait plusieurs dans les couffins de la chambre, sur le rebord des fenêtres, sur les tables de nuit... Elle en aimait le goût mais plus encore le parfum, et Adrian s'était enfoncé le nez dans les oreillers aux senteurs d'écorce sèche et de pulpes sucrées.

La nuit de ses draps est la nuit d'un jardin.

— Tu ne m'as pas parlé de tes femmes pendant ces années.

— Quelles femmes ?

— Ne fais pas l'idiot. Raconte-moi.

Il se mit à rire. Il adorait ces instants. Elle se blottissait contre lui avec des grognements, elle mimait la jalousie, la colère, c'était son répertoire des matins joyeux...

Ils n'avaient pris aucune précaution vis-à-vis des autres. Berthier avait prévenu hier soir qu'il ne rentrerait pas, et il l'avait rejointe dans sa chambre. Tous savaient ou sauraient, quelle importance cela avait-il ? Le monde croulait, on pouvait toujours tenter de chanter sur les bords extrêmes de l'apocalypse ; il n'y aurait pas de pardon, et celui qui n'acceptait pas de vivre pleinement sa vie mourrait deux fois.

— Il n'y a pas eu de femmes. Une peut-être.

— En quatre ans ?

— Oui, mais elle m'a suivi partout, très belle, très fascinante... La voix, la chevelure...

Ariane se souleva sur un coude...

— Un corps parfait, une intelligence hors pair, sensuelle, tendre, passionnée.

Il rit de l'inquiétude qui s'installait dans l'œil de la jeune femme. Elle le frappa et il dut esquiver, emmêlé dans les draps, tandis qu'elle jouait de sa fausse colère :

— Dis-moi vraiment, ne me mens pas...

Qu'aurait-il pu lui dire ? Il avait encore dans les narines l'odeur javellisée des chambres identiques des bordels militaires. Des filles suivaient l'armée, quelquefois elles se donnaient pour une boîte de rations, pour des cigarettes, pour des dollars, pour rien, parce qu'ils étaient les libérateurs apportant avec eux l'air froid et enivrant de la paix, elles couraient après les tanks, se juchaient sur les camions. Une fois, à la frontière flamande, il avait rencontré une femme dont il revoyait le profil à la lumière rousse d'un café sans fenêtre... Un canal : ils avaient marché sous des dentelles de pluie, sur des ponts. Il avait voulu faire l'amour le long d'une berge à chardons, le canon tonnait au loin en direction de la mer, et puis Ariane était née de la nuit, de la guerre, du ciel immuable, et la douleur était venue, physique... Elle ne cessait pas. Il avait cru que le temps gommait, que les heures passées apaisaient les blessures... Ce n'était pas vrai, elle était apparue dans la pluie froide, dans ce dimanche d'eau grise, une forme venue des terres de jeunesse, les terres abandonnées, et il n'existait plus d'autres baisers que les siens.

Il s'était relevé et avait marmonné une excuse vague. Il avait quitté l'inconnue sous un portique, la ville s'enroulait en escargot autour d'une rue unique. Les briques des murs ruisselaient... Il n'avait même pas su son nom, il avait juste eu le temps de glisser de l'argent dans la poche de l'épais manteau perlé de gouttelettes d'eau. Une robe d'ombre bleue, des cheveux en chignon. Qu'était-elle devenue dans le cataclysme qui soulevait alors le monde ?

— J'en ai trop connu, des blondes, des brunes, des

grandes, des naines, des femmes à barbe par centaines, par milliers.

Il l'enlaça, bloquant entre les siens les bras d'Ariane.

— Je vais te tuer, dit-elle, à petit feu. Tu vas souffrir.

Il l'écrasa sous lui. Nous jouons. Nous jouons comme s'il y avait un avenir pour nous, comme si le destin nous avait réunis et qu'aucun obstacle ne subsistait, comme s'il était possible que, dans une heure ou dans deux, le drame ne surgisse pas. Berthier va savoir. Il sait déjà... Grégoire interviendra en patriarche, gardien des valeurs éternelles. Vanille s'embrasera car je ne te lâcherai pas.

— Partons, Ariane.

Il sait qu'il n'y a que la fuite, qu'il ne leur reste que cela.

Dans les pupilles renversées, un lac monte et ses lumières... Elles pétillent, carillon de couleurs.

— Partons, Adrian...

Je l'emporte, elle m'emporte, elle divorcera, je l'épouserai. Il y a l'enfant de Berthier, mais il y a une solution à toute chose, à tout sans exception...

— Ariane !

Ils sursautent ensemble. La voix qui les hèle du parc est celle de Grégoire. Il ne peut pas savoir encore qu'Adrian est près d'elle...

— Ne bouge pas...

Ariane bondit et, le corps nu, passe en étincelle dans la pièce, dans un envol de drap. Elle est déjà à la fenêtre, fermant la ceinture du peignoir. Elle se penche.

— Qu'y a-t-il ?

Grégoire lève la tête et ses yeux clignent dans le soleil. Il se recule d'un pas, le bras en protection contre la lumière trop forte.

— Il y a le feu aux entrepôts de Marek.

Il court déjà d'un trot lourd en direction des voitures. Ariane revient dans la chambre. Adrian sort du lit : dans le mouvement trop rapide, le verre dans lequel ils ont bu cette nuit tombe et se brise.

C'était à l'heure de la lune haute, ils avaient tant fait l'amour que leurs gorges s'étaient desséchées. Adrian lui avait dit que l'on pouvait se saouler d'amour comme de vin, que la folie était la même et que, dans les deux cas, la soif grondait, brûlait les muqueuses. Il avait traversé la villa dans la nuit et rapporté le verre, il l'avait vu luire doucement durant le trajet de retour, il avait renversé un peu d'eau dans sa marche et senti quelques gouttes glisser entre ses doigts, une caresse furtive et mouillée, un petit fantôme liquide et nocturne. Ils avaient bu longuement ensemble, et c'est la nuit tout entière qui était entrée en eux, tendre et fraîche comme l'herbe qui pousse au fond des cascades et des torrents de l'Ikopa.

Dans la ruée solaire du matin, les fragments de cristal s'irisent et emplissent la chambre de scintillements diamantés...

Les membres bougeaient.

Dans la chaleur blanche et vibrante, Marek vit des pattes se dresser, vivantes... Les carcasses se soudaient dans la fournaise et formeraient bientôt une bête unique et monstrueuse. Une bête née de l'enfer. Il s'écroula, les épaules rompues, et souleva la bouteille dont il avala une énorme lampée. Il s'était souvenu du placard de Monolimbo le contremaître. Le vieux en gardait toujours une en réserve, il lui en avait offert quelquefois. Marek avait enfoncé la porte en deux coups de masse et le rhum coulait à la commissure de ses lèvres, débordant sur son torse tandis que, devant lui, les flammes montaient de la viande morte, trente zébus enchevêtrés, noircissant dans les nappes rouges.

Un bœuf énorme, aux pattes multiples emmêlées, grésillait dans sa propre graisse, les chairs pendantes, carbonisées, les noirs drapeaux de peau brûlée volant dans la course pourpre, la sarabande du sang et du feu d'un nouveau dragon...

Le craquement des os fit reculer Marek : l'échafaudage des zébus croula et une myriade de flammèches fusa dans l'air bleu.

Ivre d'alcool et de fatigue, dans le grondement continu des flammes, Marek se redressa et oscilla vers le bûcher. Un lambeau enflammé frôla son torse et se colla à son pantalon imbibé de rhum.

En une fraction de seconde, un drap de flammes l'enveloppa. Il lâcha la bouteille qui explosa au sol, serpent bleu instantané, et pivota sur lui-même. Il ne sut jamais que le cri qu'il entendit et qui le terrifia était le sien. La douleur fondit, effroyable.

Douvier braqua avec une telle violence que la force centrifuge le déporta sur le siège et il se meurtrit la hanche contre la crosse de la carabine placée sur le siège voisin.

— Fais gaffe, bordel !

Pluviot à l'arrière se cramponna au siège et eut un coup de menton vers la portière.

— Regarde, à gauche.

Douvier obéit. La fumée grasse avait dépassé des toits mais, trop lourde pour monter davantage, s'écrasait sur les zincs et les tuiles, et tartinait la ville d'une suie bitumeuse...

— Les fumiers, dit Douvier. Ils ont encore foutu le feu...

Pluviot serra les dents. Il remonta la vitre. L'air était empli d'une puanteur insupportable de corne et de chairs brûlées.

— Fonce !

D'autres voitures convergeaient, sirènes en action, de toutes les rues de Manalondo. Douvier fut le premier à franchir la porte de l'entrepôt. La fumée était telle qu'elle formait un écran gris impénétrable. Au centre, on distinguait un vague rougeoiement. Il freina et vit une ombre jaillir du brouillard.

Pas Marek. Il ne faut pas que ce soit Marek. Marek est un ami, nous avons tellement bu, tellement ri, tellement chanté ; Marek, c'est l'ancienne vie, c'est la santé joyeuse des jours faciles, ce sont les dimanches carillonnants sur la place du marché.

Les yeux de Pluviot s'exorbitent : une masse noire s'abat sur le capot, tandis que ce qui fut un visage se tourne vers lui.

— Non, souffle Douvier, pas ça.

Il sort de la voiture et marche vers le corps écroulé, les lèvres semblent avoir fondu dans un visage dont les yeux sont morts...

Douvier s'agenouille, ne pas s'approcher, ne pas le toucher, surtout pas.

La main de Grégoire se pose sur l'épaule de Douvier qui s'écarte. Le maître de Vanille s'approche de Marek. J'aurais aimé qu'il fût mon fils ; du pouce de la main droite, il actionne les chiens du Manlicher à double canon. C'est un vieux fusil, il a plusieurs fois tué avec cette arme des lémuriens géants sur les plateaux de Mahafaly. Le doigt ne tremble pas sur la détente.

L'explosion projette le corps martyrisé sur le sol.

Grégoire éjecte l'étui vide de cartouches, tousse dans la fumée et sort de l'entrepôt où le brasier achève de se consumer. Ceux qui le regardent s'éloigner savent qu'il n'aura plus jamais la même démarche.

Moins de dix minutes plus tard, l'information était diffusée par la radio sur l'ensemble du territoire : les rebelles avaient incendié l'entrepôt frigorifique de Manalondo et tué son chef d'entreprise, une figure de la ville, un homme apprécié de ses concitoyens. Ordre était donné de tout mettre en œuvre pour retrouver les incendiaires.

Douvier but ce soir-là beaucoup de bière au café de la Place. Contrairement à son habitude, il ne parla pas. Ses collègues, des « volontaires civils », sachant ce qu'il avait vécu, ne lui posèrent aucune question. Il se leva de son siège alors que la nuit était déjà tombée, et ne prononça que trois mots :

— On y va.

Tous sortirent derrière lui, leur fusil en bandoulière.

Dans les heures qui suivirent, quatre villages flambèrent, huit hommes et trois femmes furent fusillés et leurs corps balancés dans des puits.

Sur toute l'étendue de la terre malgache, les fleurs rouges des brasiers éclatèrent.

Le cortège déboucha à la porte du cimetière.

Tout au long de l'allée centrale, les hommes du 131e régiment d'infanterie coloniale présentent les armes lorsque passe devant eux le cercueil recouvert d'un drapeau tricolore. La famille suit : Francis que soutiennent Adrian et Coline. Pronia est restée dans le jardin qu'elle ne quitte plus depuis quelques jours : elle surveille les orchidées.

Derrière, toute la communauté française suit, ceux de Vanille et les autres, les amis, les compagnons de travail, de fête, de combat.

Il fait beau sur la colline qui surplombe Manalondo. La tombe la plus ancienne est près de la murette de pierres sèches, c'est celle d'une Arians, la femme de Grégoire. Une vingtaine de blocs de basalte marquent les demeures des morts, la dernière est couverte encore de couronnes de fausses perles blanches : c'est celle de Lucas Pluviot, décédé il y a quatre mois, à l'âge de deux ans, des suites d'une diphtérie.

D'ici, on peut voir les toits du village et l'étalement des rizières en étages. Le ciel est dégagé si l'on excepte, à l'est, des effilochures de coton sale qui vont disparaître bientôt de l'autre côté de la terre. Il est dix heures du matin et le vent qui n'a pas cessé de la nuit plaque les jupes des femmes sur leurs jambes, et retrousse les basques de la vareuse de Berthier et des sous-officiers qui l'accompagnent.

Les tambours sont en berne et leur roulement sourd a fait fuir les fodys, les oiseaux écarlates qui disparaissent en rasant les herbes vers l'abri des forêts.

Grégoire n'a pas desserré les dents depuis la mort de Marek. En franchissant les colonnes qui marquent l'entrée du cimetière, il s'est senti confirmé : allons ! cette terre est bien la sienne. Les hommes sont chez eux à partir de l'instant où ils ont élu un coin pour y mourir. Il a connu tous ces morts : les Pluviot, les Bécalier, les Sarton, il était l'ami d'Octave Douvier, sa femme repose là, sur la gauche, à l'ombre des euphorbes et des aloès. Il sait où est sa place, il l'a choisie près du figuier, là où la vue s'étend jusqu'à l'infini des plaines. Personne ne pourra l'empêcher de reposer ici, avec ceux de Manalondo.

Adrian serre le bras de son père qui fléchit. Il y a une incompréhension dans les yeux du vieil homme qui n'a pas versé de larmes. Il en sait la raison : Francis n'a pas encore compris comment ce colosse avait pu être son fils ; Marek aux biceps marqués, à la voix forte, dont les rires interrompaient ses éternelles lectures, voici qu'il était mort sans qu'il ait eu seulement le temps de l'aimer.

Cela ne s'était pas fait, les deux hommes s'étaient manqués, et sa tristesse ce matin venait de là, plus que de la mort elle-même.

Le cercueil s'immobilisa au-dessus du trou creusé. Adrian entendit le choc sourd du bois contre les cordes qui le retenaient.

Le prêtre s'approcha et une rafale fit danser le surplis sur la soutane.

— Il semble à ceux que la douleur aveugle justement que le Dieu qui préside à nos humaines destinées soit un Dieu d'impatience et de violence...

Sandre ramène le fichu contre sa poitrine. De l'endroit où elle se trouve, elle n'entend que par intermittence les paroles que le souffle venu des montagnes emporte. Les mots étirés se déchirent comme des toiles, ils se défont en syllabes, en lettres, et chacun d'eux disparaît, happé par l'espace, oublié...

Il n'y aura plus de valses, elle ne tournera plus dans les bras de Marek Bécalier à travers les salons de Palembang.

— ... ces temps de haine s'impriment dans nos âmes, nous regardons autour de nous et cherchons dans le ciel les silhouettes annonciatrices de cataclysmes. Marek a vu jaillir les cavaliers de la nuit, les guerriers d'apocalypse.

Pourquoi ne lui a-t-elle pas demandé de la garder après la fin des musiques, pourquoi n'a-t-il fait que la tenir serrée, immobile, quelques secondes si courtes après la dernière note... Elle a tout deviné de Marek, ses beuveries, ses bravades, ses faiblesses, ses coups de tête, mais il l'a fait danser, Marek, quoi qu'elle apprenne et quoi qu'on lui dise, il l'a fait danser...

Ariane sent contre la sienne l'épaule de Coline... Marek, si pratique, c'est égoïste mais c'est le souvenir qu'Ariane en garde. Marek, j'ai cassé la lanière de ma sandale, Marek, sculpte-moi un bâton, Marek, va-t'en, Marek, reviens, Marek, fais-nous rire...

Coline serre la jeune femme contre elle et la supplie.

— Ne pleure pas.

Ariane secoue la tête tandis que les bourrasques redoublent, courbant les herbes hautes.

— Je voudrais partir, Coline.

Pourquoi a-t-elle dit cela ? Fallait-il attendre que Marek meure ?...

Les feuillets de la Bible claquent tandis que le curé de Manalondo achève.

La foule avance. Berthier trace dans l'air un signe de croix et tend le goupillon à sa femme. Leurs doigts s'effleurent et Ariane sent tout son être se rétracter. A ses pieds, en dessous d'elle, le cercueil sur lequel la terre meuble croule déjà en infimes avalanches. Les fleurs s'amoncellent. Il faut fuir. Viens avec moi, Adrian, quittons cette folie, il existe d'autres univers, celui-ci a vécu.

— Tu as une minute ?

Adrian se retourne. C'est Douvier. Il était avec Marek au moment de sa mort.

— Je dois raccompagner mon père.

— Ce ne sera pas long.

Les deux hommes s'écartent... La cohorte piétine

devant Francis et Coline, la cérémonie de condoléances.

— Tu ne te bats pas avec nous ?

— Je sors d'en prendre.

Adrian a parlé plus vite qu'il ne l'aurait voulu, mais il n'a jamais aimé Douvier. Cela devait arriver ; il ne s'est pas engagé, c'est vrai. C'est son droit. Il n'en a pas eu envie, c'est tout. Il fait ce qu'il veut.

— Ils ont tué ton frère.

Adrian le regarde. Un enragé. Cela se sent. Il est le seul des volontaires à être venu en treillis kaki. Marek avait parlé de lui, quelques jours auparavant, Marek n'aimait pas la chasse à l'homme, il s'était laissé entraîner, avait pensé que son devoir était de garder ce pays, qu'ils en étaient les maîtres de plein droit, mais autre chose motivait Douvier, une haine brutale, une jouissance dans le mal.

— Et alors ?

— Tu laisses faire ?

— Explique-toi mieux.

Douvier eut un sourire sale.

— Si on touche à ma famille, je reste pas dans mes pantoufles.

— Moi si, dit Adrian.

Le sourire de Douvier s'accentua. Un homme aux certitudes imbéciles qui ne les remettrait pas en question. Adrian avait passé deux ans avec le colonel Trébant : il avait fait carrière au Maroc et ensemble, ils avaient parlé longuement, tranquillement au cours des bivouacs de la campagne d'Italie et de France. Il avait prédit à Adrian qu'après la guerre un mouvement de décolonisation générale s'amorcerait et que la solution armée serait la plus mauvaise. Il voyait la France s'enliser car il y aurait des révoltes sur tous les fronts de l'empire : l'Asie, l'Afrique... L'Angleterre était confrontée à cet inévitable phénomène. La voix de Trébant sonnait encore aux oreilles d'Adrian : « Quand on cherche à vous botter le cul, Bécalier, ça ne sert à rien de vouloir en botter un autre, il faut enlever vos fesses de sous la semelle. »

Négocier. Donner satisfaction aux mouvements d'indépendance. Cela s'opposait à l'instinct, au vieux réflexe de conservation... C'est vrai que ces terres avaient été conquises, qu'elles étaient donc nôtres et qu'il y avait là comme un abandon, mais il fallait dépasser cela. Il fallait savoir ne pas sortir les fusils.

— Je te répète qu'ils ont tué ton frère. Sa place est vide à la brigade et, à part toi, je ne vois pas qui pourrait la remplir.

Adrian frissonna sous l'attaque du vent. C'était étrange, cette fraîcheur en cette saison. Elle venait des plateaux des Tampoketsas. Il y faisait froid parfois tard dans la saison.

— Tu occuperas la place pour deux.

Douvier recula d'un demi-pas. Il était trapu, l'encolure large, il avait voulu monter un club de lutte avec Marek et quelques autres, mais il n'avait pas réussi.

— On n'enterrerait pas ton frère, je te broierais la gueule.

— Je ne me bats pas, dit Adrian, j'ai mes raisons. Je ne t'empêche pas de faire ce que tu veux, alors fous-moi la paix.

— On se fait trouer la peau pour toi, et pendant ce temps-là...

— J'ai plutôt l'impression que c'est vous qui trouez la peau des autres pour l'instant.

— Et c'est pas fini, dit Douvier, encore quelques jours et on va laver ce pays de la racaille.

Des têtes s'étaient tournées vers eux. Parmi elles, Adrian vit les yeux d'Ariane, inquiets.

Adrian sentit monter un tremblement. Le taureau de la bêtise était là, devant lui. Jamais il ne l'avait supporté, Marek n'était pas semblable à eux... Les premiers soirs, lorsqu'il revenait d'expédition, il l'entendait vomir dans la salle de bains. Cela s'était produit à trois reprises, il n'aimait pas faire ce qu'il faisait, peut-être avait-il été trop faible pour s'avouer qu'il en avait horreur. Il n'avait pas osé refuser, laisser partir les autres gueulant dans leurs camions, les copains de toujours partant en virée, la bande joyeuse dont il savait parfois être le chef... C'étaient eux avec leur jactance et leur violence qui l'avaient tué... Ils l'avaient entraîné dans la fête des massacres : viens jouer, Marek, viens avec nous pendre les rebelles, viens brûler les fermes, égorger les bêtes, on va rigoler, Marek...

— Je sais pas ce que t'as fait pendant la guerre mais c'est pas toi qui as dû la gagner.

— Je comptais sur toi pour ça.

Douvier pivota sur ses hanches et frappa, mais Adrian avait vu venir. Il esquiva comme sur un ring et frappa à son tour.

Douvier prit le coup sur l'oreille, mais il avait été mal porté et il n'arrêta pas sa charge ; lorsqu'il voulut doubler, Grégoire et deux autres le bloquèrent net et ses pieds quittèrent le sol.

— Pas ici, dit Grégoire, et pas aujourd'hui. Vous réglerez ça plus tard.

Douvier n'eut pas un regard vers Adrian. Le sang avait quitté son visage. Il se dégagea et rejoignit le groupe des volontaires.

Tous quittaient le cimetière à présent.

— Qu'est-ce qui s'est passé ?

Adrian hocha la tête, négligeant la question de Berthier.

Il entendit une phrase au passage : « Tout le monde devient fou avec ce vent. » Ce n'était pas vrai, ce n'était pas le vent, c'était bien pire...

Adrian chercha son père ; il le vit s'éloigner, soutenu par Ariane et Coline. A quelques mètres, Sandre était restée seule près de la tombe que les fossoyeurs achevaient de combler.

Elle entendit les pas sur la terre meuble et leva les yeux vers Adrian.

— Sais-tu ce que disent les habitants de ce pays lorsque quelqu'un meurt ?

Adrian hocha négativement la tête.

— C'est étrange, dit-elle. Vous vivez avec eux depuis plus d'un siècle, et personne ne les écoute parler, personne ne sait ce que sont leurs croyances...

Il posa les paumes sur les poignées et recula légèrement le fauteuil.

— La substance du défunt s'incorpore à la terre qui l'absorbe, et c'est grâce à elle que la terre engendre la vie. Toutes les existences futures sont le produit des morts anciennes.

C'était aussi pour cela que cette guerre était inutile ; dans la pensée des indigènes, chaque homme, chaque femme abattu en ferait naître d'autres. La mort était au centre de la chaîne de la vie, elle n'engendrait ni tristesse ni crainte... Une autre vie surgissait, plus large, plus complète, le pouvoir des disparus était plus grand. C'était pour cela qu'on leur rendait un culte.

La tête de Sandre s'inclina sur sa poitrine.

— Je souhaite que Marek renaisse, dit-elle, dans les fleurs de l'été prochain, dans la sève des arbres, dans l'air, dans les pluies à venir, dans les enfants que vous aurez, Ariane et toi.

Il s'agenouilla, prit le visage mouillé contre sa poitrine... Personne n'avait autant de chagrin que Sandre.

— Sandre, tais-toi, je t'en prie.

Elle s'entêta, obstinée.

— Oui, dans vos enfants... Ils seront vrais, Adrian, car ici tout est mensonge, tout est truqué : Berthier et Ariane qui t'aime toi, Francis et Pronia devenue folle, Grégoire, ses entêtements, et Coline qui n'aime personne, et tous cramponnés à ce village que vous avez rendu désert.

— Calme-toi, Sandre, il ne faut pas.

Devant eux, l'un des fossoyeurs enfonça une croix provisoire dans la terre meuble.

Marek Bécalier 1918-1947.

— Parle-leur, Adrian, avant qu'ils aient tout réduit en cendres, tu es le plus sage d'entre tous. Tu as vu le monde, fait la guerre, ils te croiront. Ne te contente pas de les voir s'enfoncer, il faut les aider... Ce sont des fous.

Ils sortaient. Ils allaient se disperser dans les sentes

de la colline, ils rejoindraient les voitures que l'on apercevait entre les tamariniers... Les soldats regagneraient la caserne et, lentement, Marek disparaîtrait des mémoires.

La main de Sandre s'accrocha au veston d'Adrian.

— Promets-moi de faire quelque chose, ne laisse pas tout mourir sans agir...

Il eut un instant de panique. Cela faisait des années qu'il était spectateur : il contemplait le monde, chassant soigneusement le sens qui s'y trouvait, et il n'y voyait plus qu'une danse absurde, des paroles vaines qui ne le concernaient pas. Ici, tout était stupidité, seule Ariane jaillissait du magma, elle était le feu, la danse, le plaisir.

— J'essaierai, dit-il, je ne suis pas fait pour cela.

— Les hommes ne sont faits pour rien, dit-elle. Emmène-moi d'ici.

Il dut peser sur le dossier pour sortir les roues des ornières, et il engagea la voiture de l'infirme sur l'allée centrale. Le vent soufflait toujours et les pétales lourds des orchidées que l'un des ouvriers entassait sur la tombe fraîche parurent un instant vivants, bougeant dans le cristal coupant de l'air, comme des bêtes épuisées.

L'ordre de brûler Vanille avait été reporté.

Tulé rejoignit ses hommes dans les cahutes des berges, et ils ne bougèrent plus. Ils pêchaient la nuit sans sortir de l'abri de branchages qui les dissimulait. Les fils pendaient dans l'eau boueuse et ils mangeaient lorsque la pêche avait été bonne.

Il leur était impossible de sortir. Depuis l'incendie et la mort de Marek, des patrouilles de militaires et de volontaires sillonnaient sans cesse la région. Les arrestations se succédaient. Il fallait attendre que tout se calme pour qu'un contact puisse être repris. De toute manière, ils n'avaient pas assez d'armes pour tenter quoi que ce soit. Quatre fusils et deux P.M. étaient insuffisants. Tulé lui-même n'avait qu'une grenade, celle qu'il avait récupérée sur la route après le passage du camion. Les soldats ne l'avaient pas vue, une roue était passée à quelques millimètres du manche.

La chair des poissons de la rivière sentait le sable et la vase. Sous les dents de Tulé, les écailles crissaient dans l'odeur de fumée. Il cracha des arêtes entre ses pieds et s'efforça de ne penser à rien. Il ne s'agissait plus d'inculquer au peuple les principes marxistes de la propriété et de l'accaparement des fruits du travail, les paysans fuyaient de toutes parts, abandonnant les fermes, les rizières. Les Français les accusaient de sabotage, sans main-d'œuvre une année de récolte serait perdue, mais la terreur était trop forte, et les sorciers avaient parlé : les temps étaient à la mort et les forêts géantes devenaient le seul asile.

Le sifflement tira Tulé de sa torpeur : cela aurait pu être le cri d'un oiseau aquatique, semblable à ceux de ces rives couvertes d'ajoncs, et dont les œufs tachetés s'écrasaient sous les talons, mais l'oreille de Tulé s'était exercée.

Un appel de sentinelle. Quelqu'un venait.

— Le feu.

En trois coups de pied, on le recouvrit de sable et les cendres disparurent.

Les hommes armés glissèrent sur le ventre et rabattirent les tiges des arbustes devant l'entrée.

— Silence.

Il avait lancé l'ordre par habitude mais il le savait inutile. Ceux qui l'entouraient étaient rapidement devenus des combattants et il pensa que, lorsque la vie était en jeu, les humains apprenaient vite. Aucun son ne pourrait révéler leur présence.

Il y eut deux trilles successifs très brefs, et Tulé se détendit. Quelqu'un venait mais la visite était sans danger.

Les branches s'écartèrent. L'Indien peut-être... Non, il aurait prévenu.

Il avait quatorze ans et était sakalave ; Tulé l'avait aperçu plusieurs fois, il portait des messages. Sa jambe droite était plus courte que l'autre, et le pied déformé semblait se balancer au bout de la cheville comme un paquet de chiffons.

— Assieds-toi.

Le gosse s'accroupit dans la glaise et posa les deux béquilles de bois contre le mur. A la racine de son front, la sueur perlait.

— Tu as mangé ?

Il fit signe que non et une main se tendit, tenant un poisson enfilé sur un fragment de bambou taillé.

Les dents blanches mordirent dans les écailles noires qu'il ne recracha pas.

— J'ai vu l'Indien.

— Qu'a-t-il dit ?

— Bétafo.

La fuite. Elle avait donc été décidée.

C'était la position de repli prévue depuis longtemps. Les hautes montagnes inviolées, le repaire des ancêtres et des singes hurleurs. Ils y seraient en trois jours de marche. La ville était un marché, il y était allé plusieurs fois : les bœufs à bosse soulevaient la poussière qui recouvrait tout. On y vendait du maïs et du paddy autour de pierres tombales où les bouviers frottaient leurs dos endoloris. On disait que là était le berceau des premiers hommes, les Vazimbas. Ceux-là mêmes sur lesquels Francis Bécalier avait écrit le livre qui avait brisé sa vie...

Aucun Blanc ne pénétrait jamais dans la région des volcans, les pierres levées dressées à la mémoire des chefs de guerre semblaient former un cercle magique infranchissable. Ils se retrouveraient tous là-bas et s'éparpilleraient dans les forêts, ils y attendraient, ils y attendraient quoi ? D'y mourir ? Des jours meilleurs ? Il n'était pas sûr qu'ils reviennent...

— Tu n'as rien d'autre ?

L'infirme eut un geste de dénégation.

Mahanofy se trouvait derrière lui dans l'ombre de la cahute. Il se pencha, passa son avant-bras sur la gorge du garçon et le renversa contre son torse. Le poignard brilla dans sa main libre et il le posa sur la peau fine, en dessous de la pomme d'Adam.

— Tu mens, dit-il, c'est un piège.

Le garçon n'avait pas quitté Tulé du regard. Il mâchait toujours la chair froide du poisson.

Tulé fixa longuement les yeux d'ébène.

— Lâche-le, dit-il, il dit la vérité.

Mahanofy relâcha son étreinte et rengaina l'arme. Tulé étira ses jambes endolories. Ils marcheraient de nuit et se cacheraient le jour. Pour l'instant, la guerre était finie pour eux : ils se repliaient. Il fallait partir tout de suite et il en fut soulagé ; il n'aimait pas cet endroit trop encaissé. Un terrier où ils auraient étouffé tôt ou tard.

Dans trois jours, ils seraient à Bétafo.

Anka

Elle eut envie de prendre la route de Morombé ; Tulé lui avait indiqué qu'en cas de danger elle trouverait refuge chez le père Marteret. Il la cacherait quelques jours dans le presbytère, mais il était connu pour ses opinions et devait sans doute être surveillé. Se rendre chez lui pouvait être le meilleur moyen de se faire prendre. Ses sermons tonitruants avaient attiré sur lui trop de haine blanche. Peut-être était-il même déjà en prison.

Restait Bétafo.

Elle savait que c'était la solution. Le réflexe tribal jouait et elle s'en voulut de le ressentir. Elle avait lu des livres, étudié, passé des examens, acquis des diplômes, et ce soir elle n'avait qu'une hâte : se retrouver près des pierres levées sur lesquelles étaient gravés des mots d'un langage oublié. La protection des ancêtres... Il était donc possible que rien ne fût plus fort que les légendes. La culture acquise se fendillait. Il avait suffi qu'il y ait menace pour que les superstitions surgissent en elle, tout ce fatras qu'elle avait chassé et contre lequel elle s'était battue... Se pouvait-il que dans ses veines circulent encore ces croyances jugées hier ridicules ?

Elle mettrait plusieurs jours par les montagnes. Suivre la route était dangereux car les soldats établissaient partout des barrages, mais elle pourrait prendre des camions, se cacher sous des marchandises, profiter d'une voiture ou d'une charrette...

Il faisait moins chaud et, lorsqu'elle sentit ses pieds s'enfoncer dans la mousse cernant les bruyères, elle défit ses sandales, les glissa dans sa ceinture et continua pieds nus. Il faudrait trouver de l'eau et de la nourriture, mais cela viendrait en son temps. Même si les villages avaient été désertés par les montagnards, il resterait bien une tomate oubliée dans un champ, un oignon, un fond de sac de paddy ou de farine.

Elle déboucha sur un plateau étroit. La paroi en à-pic semblait tomber sur elle. La brume du soir cernait la vallée d'une écharpe mauve et elle s'arrêta. Une douleur naissait à la jointure des cuisses, cela faisait plus de cinq heures qu'elle marchait, et il fallait laisser aux muscles le temps de s'assouplir.

Tous les sons étaient morts. Il y avait une telle épaisseur dans ce silence qu'elle secoua la tête à la recherche d'un bruit. Les sourds devaient éprouver cela, cette impression d'enfermement soudain... Un mur étanche l'isolait du monde. Elle s'assit sur un bloc de pierre et fixa l'étendue. L'immobilité minérale du paysage lui serra la gorge. Rien ne bougerait jamais plus. Dans l'immensité des vallonnements qu'elle découvrait, le mouvement avait disparu. La terre, dans l'attente de l'étreinte prochaine de la nuit, s'était statufiée, et les vapeurs pourpres qui avaient envahi les premières pentes des surplombs lui parurent porter les couleurs de la peur.

Elle guettait avec avidité le premier frôlement proche d'un insecte, le premier cri d'un animal lointain ou l'envol d'un oiseau qui provoquerait la brisure du silence et lui apporterait la preuve que le monde qui l'environnait appartenait encore à celui des vivants.

Berthier m'a laissée partir.

C'était après leur deuxième nuit. Le soleil ne s'était pas encore levé et il l'avait sans un mot emmenée jusqu'à la route. Qu'y avait-il en cette seconde sur son visage ? La honte du bourreau mêlée à la douceur de l'amant... Il devait arriver que l'on ne sache pas lire l'âme des hommes : elle n'avait pas compris la raison de son geste. Il pouvait la tuer, comme ils avaient dû tuer son père, la laisser pourrir dans un des cachots de Fianarantsoa ou d'un camp militaire... Il ne risquait rien de toute manière : à qui aurait-elle fait croire qu'elle avait été violée par un capitaine français ? Mais il avait ouvert la porte, il avait fait ce geste et elle n'avait pas su en lire la raison dans ses yeux... Peut-être un pli de chagrin s'était-il formé au coin de sa bouche, elle avait cru l'y deviner...

Allons, Anka, avoue-toi que tu as tout un long jour attendu qu'il revienne, que tu as aimé ses reins et sa rage, et qu'il t'a amenée dans une contrée rouge et folle dans laquelle jamais tu n'avais encore pénétré.

Un rustaud brutal et malhabile, c'était donc cela dont j'avais besoin ? Un soldat déchaîné et timide qu'il me fallait tuer et bercer à la fois. Un porc et un enfant, le meilleur et le pire, le ciel et l'enfer. Je te maudis, Berthier, et je te veux encore : désormais tous mes lits seront tristes car vides de toi.

Ma honte est immense mais elle s'estompe depuis que j'ai pris le chemin des montagnes. Cette terre me lave à chaque pas, je m'enfonce en elle et je n'ai plus peur de me dire les choses que je sais sur moi-même.

Ils sont des assassins sans pitié, ils ont les rires des monstres et ils m'ont prise et forcée, et c'est un crime. Je voudrais courir plus vite que le temps, pour que rien n'ait eu lieu et je détesterais que cela soit possible. Comme je t'ai oublié, Tulé, pendant ces heures, et me voilà pourtant à ta recherche.

Il n'y avait pas, durant ces nuits, une prisonnière et

son tortionnaire, il y avait moi, Anka, et l'époux d'Ariane, et mes bras se sont refermés sur lui et j'ai été heureuse, follement, et je sais qu'il l'était aussi. Nous sommes sortis brisés, il ne pouvait en être autrement, et maintenant que les brumes arrivent, elles ne parviennent pas à noyer ton souvenir, tes yeux de brute qui ne voulait plus l'être et l'envie de toi me reprend, indomptable, forcenée...

Elle étendit dans les herbes ses jambes ankylosées et renversa son visage vers le ciel. Ne pense plus à lui, chasse-le de ton corps qu'il savait envahir... Comment cela s'explique-t-il ? Je ne sais pas, il devrait condenser toute ma haine.

Il ne m'a pas parlé de mon père lorsque je lui ai posé la question, il ne savait rien, je suppose, et les mots ont cessé si vite entre nous... Si je ferme les yeux, je ressens ses morsures et son souffle, ils reviennent avec la force de ses mains qui m'ont écartelée...

Elle se releva. Il fallait marcher et trouver un abri nocturne ; dans moins d'une heure, il ferait trop sombre pour continuer. Elle repartirait demain, à l'aube.

Je pouvais te tuer pendant ton sommeil. L'étui de ton pistolet brillait dans la chambre, je voyais du lit la crosse de métal dans le rayon de lune, mais tu me tenais si fort, de cette force particulière que possèdent les enfants lorsqu'ils croient que s'ils lâchent, ils resteront abandonnés et malheureux jusqu'au bout extrême de leur vie... C'est moi qui te protégeais en cet instant, et les larmes m'en sont venues, indolores et faciles, et j'ai pensé que c'était le bonheur qui coulait de mes yeux.

Pense à autre chose, Anka, tu savais le faire autrefois. Pense à ceux de Palembang, aux habitants de Vanille, à ton père assassiné. Ariane doit me chercher, elle est mon amie. Non, ne pas penser non plus à Ariane : il s'apprête à passer la nuit près d'elle. Je ne le veux pas. Tu ne le pourras pas, tu es à moi. Tu resteras immobile dans le noir, tes yeux fixeront le plafond, y cherchant mon image, tu te souviendras d'hier, de ce que nous avons fait, tu auras envie de crier ta douleur.

Tu t'écarteras d'elle et tu voudras mourir car je serai absente.

Elle glissa sur des pierres éboulées et ressentit une légère douleur à la cheville. Ce n'était rien, un avertissement, le signe qu'il fallait s'arrêter. Une chute ou une simple entorse dans ces contrées, et elle était perdue. Qui viendrait la chercher dans ce désert ? Elle fit encore quelques pas et vit la silhouette noire du lézard sur le rocher en équilibre qui bloquait le sentier. Il se détachait sur le sang caillé de l'horizon... Une fêlure violine courait vers l'est, une lame imprécise avait ouvert une ligne dans la peau sombre d'un horizon finissant, et révélait une chair maladive. Le dôme crénelé de l'épine dorsale dessinait la forme d'un animal de préhistoire. Andafy lui avait appris à ne pas avoir peur des caméléons géants. Celui-ci devait faire un demi-mètre. Beaucoup de tribus considéraient ces bêtes comme sacrées, elles étaient les plus vieux habitants de la terre, elles venaient des temps d'avant la naissance des hommes. Elle se rappela la main de son père sur la sienne, ils se tenaient accroupis dans le jardin, et il lui expliquait l'aventure des rescapés de la préhistoire, la beauté des cuirasses guerrières qu'ils arboraient sur leurs corps membraneux...

Elle s'approcha et vit briller les yeux d'or hémisphériques. De quel monde gardait-il l'entrée ? Ce dragon aux flancs ocellés, ce survivant des siècles passés la protégerait durant la nuit. Elle dormirait là, la nuque dans les feuilles que la lune métalliserait.

Une nuit dans la montagne. Elle n'avait pas peur, quelque chose de secret résonnait : elle avait, au cours de ces dernières années, passé plus de temps avec les livres qu'avec les étoiles, et l'odeur des bibliothèques avait remplacé celle des terres rôties par les feux de brousse ou baignant sous l'eau des bassins d'irrigation. Elle retrouverait ce soir le vieux parfum. Elle l'avait oublié, cela datait de son enfance lorsqu'elle avait quitté la maison natale pour les pensions catholiques des quartiers coloniaux de Fort-Dauphin.

Et l'odeur revenait : c'étaient des retrouvailles joyeuses et fortes, un retour à une vérité originelle aux fragrances de terreau et de tiges cassées, sucre et poussière, poivre et glaise... Tant qu'elle se tenait près de ce sol, rien ne lui arriverait jamais.

Avec l'apparition des premières étoiles, les nocturnes prirent l'air. Un couple de grands ducs tournoya un instant au-dessus d'elle, très haut dans le dernier rayon, et elle les vit tomber en pierres vers le fond des vallées proches. La fatigue souda ses paupières.

Elle dormit mal. La nuit grouillait de rêves et d'insectes. Autant le crépuscule avait été vide de toute vie, autant le surgissement des ténèbres avait été le signal d'un déchaînement de creusements, envols, glapissements, crissements d'élytres ; des pelages glissaient sur des écorces, une activité incessante de petites existences butées et frénétiques où la mort surgissait parfois, reconnaissable au cri subit d'un mammifère, la fuite cassée net par une serre, une griffe ou une dent...

Elle reprit sa marche alors que les purées épaisses ne s'étaient pas encore dissipées dans les fonds, seules les crêtes des barrières rocheuses se nimbaient de rose. Elle comprit à l'éclat du ciel que la journée serait chaude et elle se coula dans le sentier.

Tulé lui avait démonté longuement les ressorts cachés de la marche de l'Histoire ; c'était une démonstration implacable qui l'impressionnait. Les phénomènes d'exploitation y étaient analysés, il lui avait expliqué comment Andafy, réformateur timoré, faisait le jeu du capitalisme, s'opposant à l'avènement d'un monde de justice et de fraternité.

Il avait su la convaincre, suffisamment pour qu'elle se batte à ses côtés, mais parfois, peut-être toujours, elle avait eu cette pensée, flottante et déraisonnable, que tout ce jeu complexe et rationnel était une architecture, une explication trop parfaite, que c'était elle qui structurait, en l'écrasant, une réalité tout autre.

Tout ne pouvait pas entrer dans les cadres rigides, tout n'était pas transformable en lois sociales universelles. Elle avait essayé d'en parler avec Tulé ; lui-même, à certains moments, l'avait sentie faiblir dans ses convictions, il lui avait démontré que son attitude était typique de son éducation qui en faisait un pur produit de la bourgeoisie indigène ; « volant de manœuvre et garant du colonialisme, Andafy ne se rend pas compte qu'il est une vitrine, une marionnette dans une vitrine... ».

Pauvre marionnette aux fils brisés.

Ses doutes à elle participaient de cet ordre des choses...

Lorsque la lumière du matin baigna la combe la plus profonde, Anka vit une plaine s'ouvrir à ses pieds et entendit un grondement : elle entrait dans le pays des cascades.

VIII

C'était un monde sans statues.

Pronia avait haï dès son arrivée les totems de bois dégrossi. Là-bas, dans les salons du palais de Karlsbad, dans les escaliers de l'Opéra, dans la maison natale de Lodz, des hommes de marbre se dressaient de toutes parts. Il y en avait partout, son enfance s'était passée au milieu d'eux. Lorsque les allées se croisaient, ils étaient là, au centre des bassins, sous les péristyles... Elle se souvenait d'avoir fait rire sa mère lorsqu'elle avait posé la question : « Pourquoi les hommes de pierre ont-ils de gros mollets ? » C'était vrai, elle l'avait remarqué : tous les muscles saillaient, et elle aimait cette ampleur, cette densité de calcaire contrefaisant une chair dense et comblée. Les hommes qui avaient façonné ces formes parfaites étaient des génies. Elle appartenait à un monde qui savait restituer les splendeurs naturelles, il y avait là quelque chose de magnifique et de rassurant.

Ici, rien ne la protégeait plus. Les balustres, les colonnades où dormaient les Hercules, les nymphes enlevées, Acis enlaçant Galatée, les faunes et les dieux, tout avait disparu, il n'y avait que le soleil, les pluies tièdes et les palmes vernies au-dessus des toits. Au centre de tout, un vieux savant qui ne l'avait jamais fait rire. Navrant !

Pronia, ce matin, ne se sentait pas bien. C'était dans l'air, quelque chose d'étouffant rôdait au fond de chaque inspiration... Ce n'était pas encore précis mais cela pouvait le devenir avec les heures.

Elle n'aimait pas cette chambre. Ce n'était pas la sienne. Francis l'avait installée là depuis l'incendie, et elle n'avait rien dit. Les calmants y étaient pour quelque chose, mais elle avait également fait des progrès : elle savait mieux se maîtriser depuis la dernière clinique.

Elle ne connaissait aucun des boys et aucune des servantes, et elle en éprouvait une crainte secrète : elle ne la montrait pas car il était honteux d'avoir peur, mais elle se réveillait la nuit, guettant des pas imaginaires.

Dans le couloir, elle se heurta à l'une des femmes de chambre. Elle l'avait aperçue à maintes reprises. C'était une Sihanaka, une Merina des hautes terres.

— Pardon...

La fille portait un plateau sur lequel des cendriers s'entassaient, des tasses sales, des vieux journaux, toute une liasse qui devait dater de plusieurs jours.

— Donne-moi ça.

Pronia prit les feuilles imprimées et descendit vers le jardin. Elle y avait sa place, un transatlantique dont la couleur de la toile avait passé sous les étés successifs. Personne ne se promenait jamais par là, un jardinier paresseux venait parfois au gros de la chaleur y faire la sieste.

Elle s'installa, étendit ses jambes et déplia les feuilles.

Un journal de France. Il y avait une photo de deux boxeurs, Charron et Cerdan. Un film sortait à Paris : *Le silence est d'or.* Maurice Chevalier et René Clair... Des réclames pour la mode : Carven, Molyneux... Sartre parlait de l'influence du roman américain sur le français. Elle abandonna, en prit un autre, de Tananarive... Des noms toujours : Raseta, Ramadier, général Garbey, haut-commissaire de Chevigné, Coste-Floret, qui pouvait comprendre quelque chose à tout ça ? Elle les laissait tomber à ses pieds au fur et à mesure, ses yeux courant sur les lignes noires, tant de lettres dépensées, tant d'efforts... Qui se souviendrait jamais de tout cela ? Pujazon gagnait toutes les courses, Lévitan vendait des meubles et la Sylvikrine faisait briller les chevelures ; quant aux chaussures Pillot, elles étaient inusables.

Andafy Anjaka.

Elle avait tant de fois pensé à lui que l'ordonnancement des lettres que formait son nom n'avait plus à être déchiffré ; il dessinait sur l'espace de la page une tache rectiligne horizontale d'où dépassaient les deux pyramides identiques des initiales, tourelles d'un double château aux longueurs égales. Les noms étaient des portraits.

Le soleil dansa sur la feuille qu'elle tenait à la main, et son cœur se ralentit.

Elle lut l'article posément, jusqu'au bout. C'était étrange comme ceux qui écrivaient avaient le don d'user le sens des mots ; ils enfilaient les mêmes perles aux mêmes endroits du collier, et le résultat était toujours semblable, des constructions ordinaires aux fadeurs grandissantes.

Mort. Elle n'était pas assez folle pour ne pas comprendre qu'ils l'avaient tué.

La silhouette passa derrière le tronc de l'arbre proche. Ce fut rapide, mais elle eut le temps de surprendre l'éclat du sourire entre les branches. Elle le revit, les muscles fins sous les omoplates de soie. Il s'éloignait.

Elle se leva pour le rejoindre. Elle n'était plus aussi jeune qu'au temps de leurs amours, mais elle le rattraperait, elle était encore rapide à la course. Au collège, elle était la meilleure.

Elle ne le vit plus, il devait avoir atteint la grille de la propriété. Jamais elle ne s'était sentie aussi calme : juste cette trémulation contre sa tempe, un nerf qui battait, une mouche affolée, minuscule, vivante sous la peau.

Attends-moi, Anjaka. Attends-moi...

Adrian allait se replonger dans le tourbillon.

Une nouvelle fois. Il avait ce don.

Il ne rêvait que de calme, d'horizons limpides et, sans savoir comment, il fracassait un avenir qui paraissait écrit. Huit ans auparavant, il avait plongé dans la plus grande tourmente qui ait secoué l'Histoire, dont il se serait voulu un spectateur bienveillant, et au lieu d'applaudir discrètement du haut des gradins, il s'était trouvé au cœur du maelström...

Il recommençait. Jamais il n'avait eu la moindre activité politique ni dans l'île ni ailleurs. On lui avait demandé d'apporter un soutien financier au P.A.D.E.S.M., mais il avait refusé. Il voulait rester à l'écart.

Réussite complète : il couchait à nouveau avec Ariane et s'apprêtait, fort de la mort de son frère, à porter la bonne parole aux acharnés de la gâchette. Il les voyait déjà tous devant lui, les forcenés. Grégoire aussi serait là. Jamais il n'avait eu autant l'impression d'appartenir à cette terre, il l'avait fuie et voilà qu'il s'y enfonçait davantage à chaque seconde... sables mouvants.

Dans quelques minutes, il serait dans l'arrière-salle du café de Manalondo. Un tribun de sous-préfecture.

Il n'empêcherait rien. C'était peine perdue. D'ailleurs, dès hier soir, il avait entendu ronfler les moteurs des camions pour le départ des expéditions punitives. Il hésita. Et s'il revêtait l'uniforme qu'il avait gardé ? Cela leur en imposerait peut-être. Quatre médailles, un début de brochette... Non, c'était ridicule, s'ils avaient décidé de foncer, ce n'était pas l'étalage de cette ferblanterie qui les ferait reculer.

Il descendit les marches et ses pieds foulèrent le gravier. Il espéra un instant croiser Ariane dans cette partie du jardin. Elle s'y trouvait parfois avec l'enfant, mais elle n'y était pas : elle avait dû remonter avec les derniers rayons du jour.

Il marcha vers les garages. Il réfléchirait dans la voiture sur les mots qu'il emploierait et sortit les clefs de sa poche.

— Adrian...

Berthier était adossé à la portière de l'Hamilcar. Les chromes brillaient dans l'ombre.

— Bonjour, Berthier.

Il savait. Il ne pouvait pas ne pas savoir. Peut-être allait-il le tuer dans une seconde. Malgré la pénombre, il chercha à voir si le capitaine avait sorti une arme.

— Adrian, je sais où vous allez. Je vais vous accompagner.

— Pourquoi ?

Les bottes brillèrent lorsqu'il bougea, des reflets zigzagants aux cassures nettes.

— N'oubliez pas que je suis le responsable du maintien de l'ordre sur la totalité de la région. Il faut aussi que je parle à ceux qui ont tendance à l'oublier.

— C'est nouveau. Jusqu'à présent, j'ai eu l'impression que les volontaires civils avaient votre bénédiction.

— Jusqu'à un certain point.

Adrian fit jouer la serrure. Quelque chose de nouveau se passait entre eux.

— Je vous emmène ?

— Volontiers.

Un jour, ils parleraient d'Ariane, demain ou dans

des années. Ce jour viendrait, mais il s'agissait à présent d'autre chose que d'amour.

Les phares tournèrent avec la courbe de la route. Dans le faisceau jaune, les feuillages perdirent leur relief, chaque feuille, chaque branche parut plate : une aquarelle vert et noir plaquée sur le fond gris du ciel.

— Vous avez reçu des ordres ?

— Rien de nouveau, l'heure est toujours à l'exemplarité et à la reprise en main.

— Ce qui veut dire ?

— Fusillez qui vous voulez.

Il devina plus qu'il ne le vit le paquet de cigarettes que Berthier lui tendait. Un personnage ridicule, une face barrée d'une moustache au pinceau. Un séducteur de série B aux uniformes apprêtés. La voiture sentait la gomina et le cirage.

— Jusqu'à présent, vous vous en êtes accommodé.

Le capitaine fit un effort. Même les collines dessinaient Anka. Où était-elle dans cette nuit proche ?

— Jusqu'à présent.

L'allumette explosa contre son œil et Adrian aspira la fumée blonde dans l'éblouissement tournoyant de la flamme.

— Je ne remets pas en question les directives du haut-commissariat, mais il me semble qu'elles peuvent être appliquées avec moins de rigueur.

Adrian prit le virage de la rivière et relança le moteur.

— Vous pensez qu'il y a trop de massacres ?

— Exactement.

L'étonnement montait chez Adrian, qui avait toujours considéré Berthier comme un officier borné, capable du pire si on lui en donnait l'ordre.

— Et en général, poursuivit Marc Berthier, si on fait exception de certains régiments d'infanterie coloniale, la plupart de ces tueries sont dues aux civils organisés en milices. Certains villages ont été décimés, enfants et femmes compris.

Adrian freina sur cinquante mètres et coupa le moteur.

Ils étaient à mi-chemin. Manalondo était tout proche, invisible encore derrière la succession des vallonnements.

Il se retourna et tira avec force sur la cigarette. Une Lucky Strike. Les brins de tabac collaient à ses lèvres.

— Franchement, dit-il, qu'est-ce que cela peut vous faire ? Vous n'avez pas été trop regardant jusqu'à présent...

Berthier ne broncha pas. Il fixait la route devant lui.

— Vous devez savoir l'usage qu'ils vont faire de vous. Vous êtes le prétexte idéal : votre frère a été tué, ils espèrent que vous allez vous lancer dans un bain de sang.

— Je n'en ai pas l'intention.

— Je m'en doutais. A partir de ce moment-là, c'est vous qui êtes en danger.

Adrian décolla légèrement son dos du siège.

— Expliquez-moi ça.

— Je les connais, dit Berthier, ils ne vont pas comprendre que vous ne vengiez pas votre famille. Ils vont trouver cela monstrueux, anormal, vous allez être le traître de l'île.

Il avait raison. Une fois de plus, il quittait les gradins, le destin le tirait sur le sable sanglant de la piste, un sable coagulé à l'odeur de boucherie, mais s'il devait participer à la pièce, du moins choisirait-il son rôle, on ne le lui imposerait pas.

— Expliquer ne servirait à rien. Je suis venu vous mettre en garde contre cette inclination à croire que vous pouvez les convaincre. Ne discutez pas, refusez...

Cet homme près de lui avait possédé Ariane. Il avait senti son souffle, guetté la houle de son ventre. Que cherchait-il ? S'il voulait la garder, c'était lui qui devait le tuer.

— Pourquoi me protégez-vous ?

Une des questions. La plus importante, la plus difficile.

— Ce serait long à vous expliquer.

Adrian écrasa le mégot. Des étincelles moururent sur le nickel du cendrier.

— On dit cela lorsqu'on ne veut rien dire...

Il songea qu'il n'y avait plus rien à perdre, donc à cacher, que rien ne se réglerait sans que tout soit dit.

— Votre intérêt n'est pas de me garder vivant, dit-il.

Les bottes de Berthier craquèrent. Le cuir de son ceinturon produisit un couinement ridicule.

— Vous voulez parler d'Ariane...

Deux syllabes, terribles et saugrenues, qui flottaient depuis quelques secondes, lamentables : cocu. Comment les hommes avaient-ils pu inventer ce mot dérisoire de comédie pour ce qui leur procurait le plus de chagrin ?

— Ce n'est pas parce que vous aimez ma femme que je dois chercher à vous tuer.

Il avait dû souffrir, qui n'aurait pas souffert ? Le bonheur crée la douleur des autres. Il a toujours su, probablement, qu'elle n'était pas à lui, qu'elle ne lui appartenait pas. Que cherche-t-il alors ? Pourquoi cette alliance ?

Nous allons former un duo exceptionnel dont on parlera longtemps : il sauve l'homme qui baise sa femme. Héroïque Berthier.

Le profil du capitaine s'inclina. Adrian vit le menton mou disparaître dans le col de la chemise militaire. Il crut qu'il allait parler mais l'autre se tut. Il fallait en finir, liquider tout d'un coup, lui dire qu'il allait partir avec Ariane et l'enfant, qu'ils referaient leur vie loin de ces montagnes, de cette haine ; elle envahissait les terres, elle gonflait comme les eaux torrentielles à la fin de la saison des pluies, lorsque les chutes dévalaient des sommets à travers la jungle des gorges. Le fleuve bouillonnait, arrachant les troncs d'arbres... La Namorona dégringolait les à-pics en gerbes irisées, crachant une fumée d'eau où jouait le soleil. Tout finissait dans les lagunes étirées le long de l'Océan, la furie de la nature pouvait s'apaiser, pas celle des hommes.

— Ecoutez-moi, Berthier, c'est une histoire où il n'y a pas de coupable... J'ai joué dans ces vallées avec Ariane, nous n'avions pas dix ans, nous avons...

— Je sais...

L'interruption était presque tendre, elle surprit Adrian.

— Je sais, poursuivit Berthier, je l'ai toujours su, j'ai surpris des paroles, Ariane restait trop évasive lorsque je lui parlais de vous. Et puis il y a toujours des gens pour vous fournir des renseignements que vous ne voulez pas obtenir... Peu à peu, l'image de votre couple s'est formée ; durant des années, ce fut ma hantise : deux jeunes gens enlacés et libres entraient dans une forêt ensoleillée...

Le jardin d'Eden. Oui, ce fut cela un peu, nous avions l'espace, toutes les cimes et les vallées de l'Ankaratra pour nous aimer.

— Un soir, j'ai demandé à Ariane pourquoi elle ne vous avait pas attendu. Bien qu'elle ne l'ait jamais dit, je sais que j'ai représenté pour elle une revanche : une réponse à votre départ. Vous l'aviez quittée, elle en épousait un autre. C'était un match nul.

Berthier se tourna vers lui. En cet instant, son visage ne s'accordait ni à sa voix ni à ses paroles : trop rond, trop lisse, trop empâté pour qu'il révèle une émotion ou une souffrance... Peut-être était-ce une malédiction d'offrir une apparence qui supposait une absence de profondeur... Adrian vit la crispation des lèvres. Berthier avait une bouche presque enfantine.

— J'ai relâché Anka, dit-il.

Adrian le regarda sans comprendre.

— Elle a été arrêtée au cours d'un contrôle. Je l'ai relâchée.

— Pourquoi ?

— Je ne voulais pas qu'elle soit torturée.

Adrian avala sa salive.

— Elle pouvait l'être ?

— Vous n'espérez pas qu'une guerre de ce genre se

fasse dans les règles ? Liotard, président de la Ligue des intérêts franco-malgaches, exige vingt mille Malgaches exécutés dans les vingt-quatre heures, au hasard des rencontres.

— Où est-elle allée ?

— Je l'ignore. Je pense qu'elle est allée retrouver son mari.

— Passez-moi une autre cigarette.

Berthier sortit le paquet. Le silence était tel que le froissement de la cellophane lui parut grimper jusqu'aux cimes les plus hautes.

Le talon de son escarpin droit se rompit.

Il avait basculé sur le côté, les trois pointes se dressaient, qu'il fallait remettre dans leurs trous.

Coline empoigna la semelle et frappa sur une pierre encore couverte de suie. Les coups résonnèrent, répercutés par les murs de brique et les vitrages.

Le résultat était suffisant : elle pourrait encore marcher. L'empeigne de satin noir brilla : c'étaient des chaussures de soirée, luxueuses.

Elle se trouvait au centre de la cour. Là où les bêtes avaient été brûlées. Il ne restait rien ; quelques fragments d'os calcinés et une croûte graisseuse aux encres moirées s'étaient figés en méandre entre les rails.

Coline longea les hauts murs et pénétra à l'intérieur de l'abattoir. Les chaînes pendaient en haut des potences mobiles. Elle songea que Marek avait vécu là, au milieu de ces bacs de fer étamé, de ces rouages, le froid du métal contre la chaleur des bêtes désarticulées. A l'extrémité d'un tapis roulant, le cercle d'une scie géante. Cela avait été sa fierté : Marek et son usine modèle... Quelques mois auparavant, *L'Avenir de Madagascar* lui avait consacré un reportage : sur la photo il souriait au milieu de ses ouvriers.

Elle reprendrait l'entreprise.

Il n'avait pas fait de testament mais ce devait être possible. Pour sa mémoire. Elle était une mondaine mais elle leur montrerait qu'elle pouvait tenir l'affaire aussi bien que son frère. Elle irait sur la tombe de Marek et lui dirait : la fabrique marche comme avant, comme avec toi.

Il devait suffire de relancer les machines. Une pression sur un bouton et tout repartirait. Elle embaucherait du personnel nouveau ou reprendrait les anciens ; et le matin, elle entendrait encore le piétinement des troupeaux et les beuglements des mâles sortant du corral pour la mort proche.

Elle se mentait : ce n'était pas pour sa mémoire, qui lui était indifférente puisqu'elle n'avait pas de chair. C'était pour devenir lui, Marek, pour le sentir dans ces murs, à travers ces cours. Il sera en elle, à sa place.

Le hurlement lui vrilla les tympans.

Elle sentit la sueur jaillir, immédiate. Une peur instantanée lui crocha le ventre.

C'était à l'étage, sous les verrières, dans l'un des laboratoires d'analyse.

Qui avait pu crier ainsi ?

Tout était vide, abandonné depuis l'incendie.

Coline essuya de l'extérieur de la main la goutte qui coulait le long de sa tempe droite. Elle se redressa et posa le pied sur la première marche de l'escalier de fer.

Il fallait savoir. Ce n'était pas une bête. Pas totalement un humain non plus.

Elle devrait partir. Revenir avec Berthier ou Grégoire, ne pas aller là-haut seule.

Elle se trouvait à mi-hauteur lorsqu'elle s'arrêta. Un coup sourd ébranla une cloison et ce fut le deuxième cri. Identique au premier.

Son sang se figea. Ses doigts tétanisés étreignirent la rambarde. Marek serait monté, donc elle monterait.

Elle franchit deux marches et ses yeux arrivèrent à hauteur du sol. Un long couloir au sol riveté bordait quatre portes. La deuxième était ouverte. C'était de là que tout provenait.

Il y avait des voix. Deux voix inaudibles. Etrangement, elles résonnaient en même temps... Ce n'était pas une conversation, c'était inexplicable. Un bourdonnement.

Elle monta les derniers degrés et s'avança. En bas, s'alignaient les machines. Les vitres avaient été peintes. Elle ne pouvait voir ce qui se passait derrière. La chaleur sous la verrière était intense. Il lui restait moins de deux mètres à parcourir pour arriver devant la porte ouverte.

N'y va pas, Coline.

Ses jambes bougèrent seules et son regard se fixa au centre de la pièce.

Le Malgache était nu, la tête en bas, des chaînes passaient sous ses genoux. Les bras ligotés dans le dos étaient si serrés qu'elle eut l'impression que les omoplates allaient éclater. Au moment où elle laissait échapper un halètement, le dos mouillé d'un soldat lui masqua l'angle de vision ; elle se déplaça et vit qu'un deuxième militaire maintenait la face de l'indigène dans une cuve emplie d'eau sale. Des filaments flottaient à la surface.

— Qu'est-ce que...

Elle ne sut jamais comment elle se retrouva dans le couloir, le dos plaqué à la cloison de verre. L'homme qui la maintenait n'était pas un inconnu ; pour s'empêcher de vomir, elle tenta de forcer son esprit à s'éloigner de ce qui se passait derrière la vitre : où l'avait-elle vu ? A quel moment de sa vie ? Il sentait la transpiration, une odeur poivrée, insistante, qui la submergea.

— Il faut partir, dit-il, c'est pas pour vous...

Elle l'avait vu avec Marek. Elle avait oublié son nom. Un de la bande. Il devait jouer au billard dans la grande salle du fond.

— Qu'est-ce que vous faites là ?

Elle avala une salive fade, nauséeuse.

— C'est à vous de me le dire. Je suis chez moi. Je suis la sœur de Marek Bécalier

— Je sais...

Le bruit rouillé des chaînes remontées. Un ruissellement comme une éponge que l'on aurait essorée. Cela n'existait pas, ce n'était pas possible, on ne pouvait pas faire des choses semblables.

— Venez avec moi.

Surtout ne pas tourner la tête, ne pas essayer de voir ce qu'on lui fait.

Le plancher de fer sonna sous leurs pas. L'homme laissait des empreintes humides qui dessinaient les cannelures de ses baskets. Il poussa une porte. La pièce servait de bureau à la secrétaire de Marek. Un homme était assis derrière la table et écrivait avec un stylo à agrafe d'or. Pourquoi remarquait-elle ces détails ridicules ?

— Mademoiselle Bécalier, elle est montée au moment où on interrogeait un type.

L'homme sourit avec affabilité. Il était en civil. Il vissa le bouchon de son stylo et tendit un bras vers le fauteuil en face de lui. Lorsqu'elle s'y installa, il eut un geste imperceptible qui congédia le tortionnaire.

— Asseyez-vous. Je crains que vous n'ayez aperçu un spectacle peu reluisant, et je vous présente toutes mes excuses. Je m'appelle André Mondon et je suis fonctionnaire de la Sûreté.

A présent qu'elle était assise, ses jambes tremblaient. Ce type devant elle ressemblait à un employé des postes, comment était-il possible que...

— Nous vous devons des explications. Tout d'abord, nous utilisons cet endroit pour trois raisons essentielles : il est momentanément abandonné, suffisamment loin de la ville pour ne pas éveiller l'intérêt, vous comprendrez que nous avons besoin de discrétion, et enfin il nous a semblé que votre frère ne nous aurait pas refusé son utilisation. J'espère que vous nous octroierez également votre confiance, lorsque vous saurez exactement le but de notre tâche qui, pour rebutante qu'elle soit, s'avère indispensable.

Une chemise impeccable. Cet homme ne suait pas. Une vague odeur d'eau de Cologne flottait autour de lui.

— Ne nous cachons pas la réalité : il s'agit d'une

guerre. Je vous rappelle, s'il en était besoin, que si Paris a décidé l'envoi de troupes aéroportées, de parachutistes de la Légion et d'unités diverses, c'est parce que le ministère a compris que l'heure, et nous le regrettons, n'était plus aux palabres ni aux compromis.

L'image ne s'effaçait pas. Le corps était là, pendu. Pourquoi avait-elle eu l'impression d'un homme écorché ?... Il lui avait semblé voir les tendons, les nerfs, les muscles, comme si tous cherchaient à s'évader hors de la peau.

— ... une guerre de ce genre se gagne davantage dans les bureaux de renseignements que sur le terrain, car l'ennemi que nous avons devant nous est invisible. Or les renseignements ne s'obtiennent pas par la douceur et ils nous sont nécessaires si nous voulons gagner. Une cigarette ? Ou voulez-vous boire quelque chose ?

— Merci.

Il voyait tout. Une machine à enregistrer. Il avait déjà noté la coupe parfaite du tailleur de Coline, la pâleur du visage.

— Je sais, et je comprends ce que vous ressentez, et je voudrais que vous soyez persuadée d'une chose : nous n'aimons pas faire cela, pas du tout. La compassion que vous devez éprouver en ce moment, elle est aussi la nôtre, mais nous ne devons pas y céder.

Il reprit son stylo, le dévissa, le reposa sur le buvard maculé qui recouvrait le bureau.

— Le Malgache que vous avez entrevu a dirigé, il y a quatre jours, un coup de main à soixante-dix kilomètres d'ici, en direction d'Antsirabé ; sept de nos soldats y ont laissé la vie. C'est un déserteur, sergent d'une unité de tirailleurs passé à l'ennemi avec armes et bagages. D'autre part, nos services ont pu apprendre qu'il se préparait une attaque d'envergure dans le sud de l'île, les rebelles devraient s'emparer de points stratégiques par eux répertoriés. Le problème est simple : s'il parle, nous évitons à nos troupes de lourdes pertes. S'il refuse, les combats feront rage et le sang coulera. C'est ce que nous cherchons avant tout à éviter.

Elle ferma les yeux. Peut-être avait-il raison. Peut-être. Une souffrance contre des vies... Mais toujours le corps désarticulé tournait lentement, le visage immergé dans une eau sale, qui pourrait effacer ces instants ?

— Il me reste un service à vous demander. Je suis conscient d'abuser de votre gentillesse et de votre compréhension, mais nous vous avons bien involontairement offert un spectacle déplorable, et voici que je me trouve dans l'obligation d'avoir recours à vous.

Tandis qu'il parlait, elle réalisa qu'elle n'avait pas cessé d'attendre un nouveau cri, appréhendant son déchirement soudain, mais tout s'était tu.

— Je vous demanderai le silence, le silence le plus total.

Comment pouvait-on garder le même sourire, le même regard amical, et introduire dans l'atmosphère une telle impression de menace ?

— Je ne dirai rien. Je vous l'affirme.

— Votre parole est largement suffisante.

Il s'était levé. Courtois mais pressé. Elle aurait pu les chasser, elle était chez elle, chez Marek. Ils n'avaient pas le droit... Mais elle n'avait pas su protester, pourquoi n'avait-elle pas hurlé son dégoût ?...

— Je vous en prie...

Il s'effaça pour la laisser passer et ils redescendirent par l'escalier intérieur.

— Ne croyez pas que je cherche en rien à minimiser l'aspect difficile de notre travail, mais je vous affirme qu'il comporte un élément spectaculaire évident, et la pratique de ces méthodes m'amène à vous dire que, d'une manière générale, les personnes interrogées paraissent souffrir plus qu'elles ne souffrent réellement.

Est-ce qu'il s'imaginait qu'elle allait le croire ? Pourquoi parlait-il sans arrêt ?

Arrivée au rez-de-chaussée, elle vit un soldat assis sur une chaise en équilibre sur ses deux pieds arrière.

Il se balançait ; deux Malgaches étaient accroupis en face de lui de l'autre côté du corridor, leurs poignets étaient pris dans une paire de menottes passée autour d'un tuyau courant le long du mur. L'accompagnateur de Coline ne les regarda pas et ils furent dehors, dans l'éclaboussement du soleil. Elle ne connaissait pas cette issue. Elle donnait sur un alignement de jardinets, sur des cabanes aux toits de tôle.

— Je sais que je peux compter sur votre discrétion.

Quelle importance cela avait-il ? Si elle parlait, personne ne la croirait. Ceux qui savaient étaient d'accord avec ces pratiques.

Elle allait murmurer une vague formule d'assentiment lorsqu'elle s'aperçut qu'elle était seule. La porte blindée se refermait derrière elle. Lorsqu'elle leva à nouveau les yeux, sa voiture était là. Les clefs bougeaient encore à la portière. Elle pensa que ce devait être l'homme aux baskets et à la chemise mouillée qui l'avait conduite jusqu'à cette arrière-cour.

Elle monta dedans et étreignit le volant. Marek savait-il ? Avait-il donné son acceptation pour que ses entrepôts servent de lieux de torture, ou cela avait-il commencé seulement après sa mort ?

Adrian ne connaissait pas l'homme placé au centre. Il avait été présenté comme coordinateur des milices qui s'étaient formées spontanément sur toute l'étendue du territoire, et portait des galons de colonel sur les épaulettes de sa chemise kaki. Il replia rapidement une feuille imprimée et la remit au sergent placé derrière lui.

Dans l'arrière-salle du café de la Place, tous s'étaient groupés au centre, les deux billards avaient été repoussés contre le mur. Il stagnait une odeur de sciure et de bière avec cette pointe de fraîcheur que dispensent les carrelages lavés à grande eau.

L'attaque fut franche.

— Il faut tout d'abord que vous sachiez, monsieur Bécalier, que nous ne manquons pas d'hommes. Nous en avons besoin, certes, mais tout ce qui est en état de porter les armes s'est mobilisé. La raison de ma présence ici n'est donc pas de me transformer en quémandeur, elle est très différente de ce que vous croyez...

Ils ne le regardaient pas. Ils étaient assis, certains sur les chaises de fer, d'autres sur les banquettes ou les tables de marbre. La plupart fumaient et les volutes montaient, paraphes bleus s'enfouissant sous le cône des abat-jour pendant du plafond bas.

— Je n'aurais pas fait le déplacement jusqu'ici s'il s'agissait d'inciter un Français de plus à s'engager à nos côtés, mais votre cas est particulier : vous êtes lieutenant.

Adrian sourit. Ce n'est pas avec ce genre d'argument qu'il le déciderait.

— J'ai quitté l'armée.

— Vous en avez certainement gardé les habitudes. Et si nous ne manquons pas d'hommes, des personnes ayant une expérience militaire, capables de commander un groupe tel que celui de Manalondo, nous font défaut.

Il les regarda. Douvier était près de la porte, mordant un cigare. Pourquoi avait-il tant de poils dans les oreilles ? Deux minuscules forêts à contre-jour.

— Votre devoir de prendre position est bien plus grand que celui de vos camarades. J'ai pu constater, au vu de vos états de service, que vous aviez obtenu la croix de guerre avec palmes et deux citations à l'ordre du régiment.

Pauvre con.

Il ne l'aurait pas avec ça. Il lui sembla que sa colonne vertébrale se redressait seule, un dépliage indépendant...

— Je suppose que vous avez reçu vous-même des décorations ?

Le colonel cilla. Un nerf, sur la tempe, quelque chose avait, une fraction de seconde, faussé le sourire.

— En effet.

— Alors vous savez comme moi ce qu'elles valent.

Cette fois, la plupart le regardaient. Berthier changea de posture dans un craquement de cuir neuf. Pourquoi la colère montait-elle soudain en Adrian ?

— J'aimerais que vous vous expliquiez là-dessus, dit le colonel.

— Facile. Il suffit, pour recevoir ce genre de truc, de se trouver pris dans une bataille, une embuscade, de mourir de trouille et de s'en sortir ; si vous avez la chance d'avoir un éclat dans le bras ou une balle dans la jambe, et que votre supérieur vous a à la bonne, on vous accrochera la médaille militaire sur le pansement. De toute façon, vous ne l'aurez pas fait exprès.

Un bruit de chaise dans le fond rompit le silence mortel qui avait succédé à la réplique d'Adrian. Grégoire s'avança et tous les yeux convergèrent.

— On se connaît, Adrian, tu t'es écorché les genoux sur les allées de mon jardin alors que tu pouvais passer sous une table sans te baisser. Je sais donc que ce n'est pas l'évocation de tes grades ou de tes mérites qui te décidera. Je te pose la question, bêtement : après la disparition de ton frère, viens-tu avec nous ou non ?

— Non.

Grégoire sentit la tension monter et intervint :

— Peux-tu nous dire pourquoi ?

— Parce que je ne crois pas que vous ayez raison.

Pluviot racla ses bottes contre le mur.

— Il faut continuer à entendre ces conneries ? C'est nécessaire ?

Grégoire s'interposa :

— Laissez-le s'expliquer.

Adrian soupira.

— Ce serait long et je ne suis pas un orateur très habile, je peux vous dire simplement que je crains l'engrenage de la violence. A mon avis, tôt ou tard, ce pays sera indépendant. Si nous voulons rester et continuer à y vivre, ce que je désire autant que vous, la répression n'est pas la bonne méthode.

— Tu en connais une autre ?

La voix venait du fond de la salle et Adrian n'identifia pas l'homme qui venait de l'interrompre.

— Je crois que certaines des réformes demandées ne sont pas la mer à boire, et qu'il faut savoir lâcher la bride pour préserver le futur.

Lorsqu'il se leva, la chaise de Pluviot tomba.

— Les types qui ont massacré les nôtres à Moramanga et ailleurs comme ceux qui ont tué ton frère ne voulaient pas de réformes, ils voulaient notre peau et ils la veulent toujours, et le seul moyen...

Grégoire ne se retourna pas :

— Continue, Adrian.

— Je voudrais te poser une question, Pluviot : si tu étais malgache, en ce moment qu'est-ce que tu ferais ?

— Je n'ai pas à l'être. Je pars de ce que je suis et j'agis en conséquence.

Assis sur le billard, un petit homme chauve à lunettes balançait ses jambes, sa voix était étonnamment grave, disproportionnée à son physique.

— Vous commettez une erreur, Bécalier. Savez-vous ce qu'était ce pays avant notre arrivée ici ? Il était un champ de bataille entre tribus. Nous l'avons pacifié, équipé, fertilisé ; le rendre à ses habitants, c'est réinstaller l'anarchie et le livrer à des effusions de sang. La haine des ethnies de la côte contre les Hovas est toujours intense ; en quelques mois d'indépendance il n'y aurait plus une usine, plus un hôpital, plus une rizière.

— Etes-vous d'accord sur ce point ?

Tu l'as voulu, Adrian ; si tu n'es pas avec eux ni avec les Malgaches, tu seras au milieu et tu sais parfaitement que c'est l'endroit où l'on reçoit le plus de coups.

— Rien ne vous permet de dire cela : le Malgache de 1947 n'est plus celui d'il y a un siècle, il peut très bien...

— Grâce à qui ? coupa Grégoire. Qui les a éduqués ? Qui a fait disparaître les superstitions, les épidémies, les féodaux ?

— Je n'ai pas dit que nous avons été inutiles, je suis

d'accord avec vous sur ce point, mais éduquer les gens, c'est les rendre capables de décider et d'agir : alors soyons logiques jusqu'au bout, laissons-les prendre davantage en main leur propre destinée et...

Douvier écrasa sous sa botte le mégot de son cigare.

— Bon Dieu, dit-il, ils brûlent nos maisons, nous tirent dans le dos, et on discute !...

Le brouhaha monta et Adrian sentit que la partie était perdue. Le colonel se dressa et sa voix sonna pour surmonter le tumulte :

— Je voudrais préciser une chose dont personne n'a parlé et qui me parait capitale : nous savons de source sûre que le communisme internationaliste se trouve derrière tout cela et que des émissaires russes arment les révoltés.

— Lorsqu'on ne veut pas tenir compte des revendications de ses adversaires, on explique toujours qu'ils sont manipulés de l'extérieur.

Le bruit couvrit cette fois la fin de la phrase d'Adrian. Grégoire leva une main apaisante.

— Bécalier a son opinion, dit-il, nous avons la nôtre. Tu n'es pas avec nous, j'espère que tu ne seras jamais contre.

— J'estime simplement que la politique du haut-commissariat est une erreur, et que vous avez tort de la suivre : vous ne régnerez pas longtemps par la terreur.

— Ce n'est pas nous qui avons commencé, dit Douvier.

— Ce n'est pas une raison pour continuer.

— C'est une remarque de foireux ; si on cherche à me descendre, je tire d'abord, tout le reste c'est de la parlote.

Adrian ne cilla pas. Il n'aurait pas dû venir. Comment ne s'était-il pas rendu compte que tout était inutile ? Ils continueraient leur besogne, certains comme Grégoire parce qu'ils avaient décidé qu'ils avaient raison, d'autres parce qu'ils aimaient ça, parce qu'ils jubilaient, ouvertement ou pas, de fondre sur les villages et de se sentir des justiciers maîtres du monde, de la vie et de la mort. Et puis ils avaient la métropole avec eux. Castellani avait clamé que la responsabilité des élus malgaches était écrasante, et que leur but consistait à massacrer les dix-huit mille Français de l'île ; quant à de Caillavet, il avait, en pleine séance à la Chambre, déclaré qu'il eût été préférable de ne pas les laisser être élus, ce qui aurait évité d'avoir à demander la permission de les arrêter.

— Vous n'avez pas parlé, Berthier.

Le capitaine regarda Grégoire. Adrian qui s'était tourné vers lui eut une impression curieuse : il ne paraissait pas troublé cette fois... Il était évident pour tous qu'il craignait son beau-père, mais là, dans cette salle, il semblait avoir oublié sa vieille frayeur.

— J'obéis à des ordres. Ce que je pense ne compte pas.

— Vous êtes quand même d'accord avec nous que...

Berthier se tourna vers l'homme chauve. Le reflet sur les verres des lunettes rendait le regard invisible.

— Non seulement ça ne compte pas, mais ça ne vous regarde pas.

Berthier et Adrian sortirent ensemble. Sous la lune, la place était vide.

Ils restèrent un moment silencieux. Ils partirent d'un même pas vers la voiture, en promeneurs, comme s'ils avaient, depuis des années, l'habitude de marcher côte à côte.

— Belle nuit, dit Adrian.

Aldébaran, Bételgeuse sur la gauche, il avait oublié le nom des autres.

— Le ciel ignore la guerre, dit Berthier.

— Pas sûr, dit Adrian, pas sûr...

Les terres extrêmes.

Elle avait l'impression, mais cela datait de quelques jours à peine, que ces mots résumaient le pays. Il avait été un paradis. Il basculait dans l'enfer.

Il ne pouvait pas, il ne savait pas se situer dans les limites raisonnables des mondes intermédiaires. Cela tenait à des tas de choses : au climat, à la violence des paysages, à la force désespérée des parfums... Les fleurs mouraient tant elles s'exténuaient à répandre leurs bouffées de sucre et d'odeurs. Enfant, elle avait eu conscience de cette générosité exacerbée de la nature... Un don trop fort laissait présager les fatigues futures... Un jour, l'île serait exsangue, la force verte contenue dans les herbes et les palmes disparaîtrait, ce serait le temps des roches brûlées, des horizons chaotiques dont la vie aurait fui.

Les hommes aussi changeaient. Dans le reflet d'un miroir, leur regard se transformait et la haine surgissait. Chacun était alors un danger. Peut-être en avait-il toujours été ainsi, et c'était cela le plus effrayant ; elle avait le sentiment parfois de s'être trompée toute sa vie... Elle avait lu sur les visages la bienveillance gentille des servantes, des cuisinières... Les ouvriers qu'elle croisait sur la bicyclette que son père lui avait offerte pour ses douze ans, les saluts joyeux des femmes aux mollets de boue penchées sur les rizières, tout cela n'avait été que duperie. Elle s'était prise pour un être précieux, un diamant juvénile et gracieux fait pour être salué dans sa gloire... La fille de Dieu, la pure merveille, attendrissante et magnifique, capricieuse parfois... Elle avait tout eu et de plein droit : la beauté, la grâce, la blancheur, l'argent, l'intelligence. Elle avait lu les livres qu'il fallait, même ceux qui remettaient en question le sens de son règne...

Et lorsqu'elle avait voulu l'amour, elle l'avait pris, à pleines mains, sans se soucier du monde, parce que ce monde lui appartenait et Adrian avec : elle était la princesse affamée à qui rien n'avait résisté.

Et c'était fini.

Ils n'étaient là que lorsqu'elle appelait. Autrefois, ils semblaient devancer ses désirs. La vie se passait au milieu d'omniprésences empressées et bienveillantes. Il y avait une prise en charge immédiate des difficultés, des fardeaux, sans qu'il soit besoin d'ordonner. Des mains sombres, habiles, surgissaient, s'interposaient, les tâches s'accomplissaient, rapides, parfaites. La vie était une facilité, une bénédiction...

Ariane regarda le petit corps. Les gouttes roulaient sur les joues rondes ; il avait pleuré parce qu'un peu de la mousse de savon lui avait piqué les yeux.

Elle ne voulait pas le lâcher, il fallait l'envelopper dans une serviette, mais toutes étaient mouillées.

— Nampandy !

Il lui avait semblé entendre tout à l'heure les pieds nus de la Hova dans le couloir. Il y a quelques jours encore, elle aurait été là et le bébé serait déjà enveloppé, séché, recouché.

Ariane regarda son fils. Si je souris d'abord, l'envie de sourire viendra peut-être. Je sais que je finirai par l'aimer. Il m'attendrit déjà : son babillage, cette grimace si lamentable qu'il fait lorsqu'il va pleurer, cette force de ses doigts crispés... Je me suis levée la nuit dernière parce que j'ai cru entendre son premier rire, je le guette, je ne suis pas dénaturée... Mais comme tu balaies tout, Adrian, peut-être as-tu pris tout l'amour qui en moi était disponible, il ne me reste rien ou peu de chose pour ce bébé. Si, la crainte. Il naît au moment où tout s'effondre. Il ne connaîtra pas l'univers d'éclatante douceur qui fut le mien, et cela me navre... Je ne veux pas que...

Ariane sursauta.

Nampandy était dans la chambre. Ses yeux étaient fixés sur l'enfant.

Pourquoi ne me regarde-t-elle pas moi ? Depuis combien d'années travaille-t-elle pour nous ? Quinze, vingt ans peut-être... Moins que ça, il me semble que je ne l'ai pas toujours connue. Pourtant, lorsque j'ai eu ma luxation de l'épaule, il me semble que c'est elle qui m'a ramassée. Elle a mis mon vélo sur la charrette, je revois la roue voilée tourner sur fond de ciel bleu. Etait-ce elle ?

Allons, soyons honnête, pendant une partie de ma vie, j'ai dû penser que tous les domestiques étaient interchangeables.

— Tu veux aller chercher une serviette ?

La Malgache disparut. Elle n'a rien dit. Ils parlaient tant avant... C'était la maison des bavardages, cela formait un pépiement dès le matin, il montait jusqu'aux fenêtres. Grégoire grondait : « Vous allez vous taire ! Mlle Sandre étudie !... Mlle Ariane révise pour le bac... »

Les femmes ne rient plus. Les temps sont à la mort. Je ne veux pas croire ce que m'a dit Marc tout à l'heure... un charnier de trente-sept personnes découvert près de Manakara...

Je m'en rends compte : nous n'avons aimé ce pays que parce que nous en étions les rois. Adrian a compris cela confusément, c'est pour cela qu'il est parti.

Marc comprendra notre départ... J'ai cru qu'il était un imbécile, j'en suis moins sûre, il a su ce qui s'était passé, peut-être l'a-t-il admis, la souffrance l'a transformé. Personne ne doit s'approcher des gens qui s'aiment, ils sont terrifiants, ils écrasent tout... Nous avons tout écrasé et nous continuerons...

Nampandy prit l'enfant et l'enveloppa, l'éponge était blanche et sèche.

— Comment vont tes fils ?

Cela lui était revenu subitement, la servante avait deux garçons, des jumeaux, ils devaient avoir une quinzaine d'années.

La Hova berçait le bébé au creux de son bras d'ambre.

— Ils sont très tranquilles.

C'était la réponse habituelle. Il fallait traduire qu'ils n'avaient rejoint aucun camp, qu'ils n'étaient pas du

M.R.D.M. ni du P.A.D.E.S.M., et encore moins des guérilleros.

— Tu as de bonnes nouvelles ?

— Oui, bonnes.

Elle n'en dirait pas plus. Où est passé ton babillage, Nampandy ? Il reste une heure avant le rendez-vous. Je vais y aller tout de suite, je serai en avance, je l'attendrai. Nous allons retrouver la cabane d'autrefois, tu me prendras comme avant et la folie me viendra à nouveau, comme toujours, comme tu sais la faire sourdre...

Elle sentit la chaleur monter, cette quête aiguë qu'il pouvait apaiser, transformer en orage, c'était une note de flûte et le hautbois venait, et l'orchestre la submergerait. Partons, Adrian. Partons, nous trouverons d'autres plaines...

Je n'ai pas aimé la France mais Paris n'était alors qu'une ville de pensions ; par la fenêtre du troisième étage, les rues s'étendaient vers les branchages noirs du parc Monceau. On devinait des statues de pierre grise, l'Institution Notre-Dame... Dieu merci, mon père fut ébranlé par mes lettres d'adolescente désespérée et hâta mon retour, j'aurais pu y rester des années... Je n'ai plus que le souvenir d'un long mois de novembre et des silhouettes inversées, renvoyées par les trottoirs mouillés... Paris luisait, crasseux et triste... Dans les corridors, les cornettes oscillaient, blafardes dans la lumière faible des plafonniers... Les sœurs avaient le teint moiré des vieilles cires, leurs voix coulaient de leurs lèvres sans relief, abominablement douces : « Vous rêvez, mademoiselle Ariane... » Silence des prières et de la cour aux peupliers, préparation de la Fête-Dieu. Et puis, il y avait eu un jour le long cantique à la chapelle, et elle était sortie, folle de joie, elle avait couru, le train, le bateau, et jamais elle n'était revenue.

Avec Adrian, tout serait différent. Elle vivrait n'importe où, et ils sauraient faire jaillir le soleil de chaque mur, de chaque automne. Elle aurait un enfant de lui cette fois : un vrai.

La Malgache tourna les talons. Elle allait mettre le nourrisson dans son berceau.

Ariane avait eu envie d'insister sur les jumeaux de la servante mais que pouvait-elle dire ? Cela aurait eu l'air de vouloir se renseigner, et Nampandy n'aurait pas répondu à l'épouse d'un chef de district. Tout était faussé. Rien ne serait plus jamais simple.

Je n'emporterai rien. Tout tiendra dans une valise, mon passé ne pèsera pas lourd. Je préviendrai Marc. Pas Grégoire. Une lettre suffira. L'écriture est, dans certains cas, la solution des lâches, elle supprime la discussion, un rectangle blanc sur son bureau, il comprendra avant d'ouvrir l'enveloppe. Il a déjà compris.

J'abandonne l'usine. Elle est à mon père, il mettra à sa tête un véritable chef. J'ai aimé y travailler, j'y ai passé des heures dans la poussière blanche. La nuit, le grondement des élévateurs me poursuivait, je voyais des sacs monter à l'infini, ils se déversaient dans des wagons. Même les rails étaient blancs...

Ariane descendit. Dans le grand hall, au pied des escaliers, sur l'un des portemanteaux, elle prit au passage le vieux chapeau de paille. Les bords s'étaient déchirés et le ruban avait disparu. Cela importait peu. Elle l'avait porté pendant bien des étés... Il avait roulé souvent dans l'herbe et la poussière. Elle l'emporterait. Là-bas, en métropole, il ne lui servirait plus mais elle conserverait le souvenir...

Dehors, les ombres avaient disparu. C'était l'heure haute. Midi.

Elle se retourna et eut un coup d'œil vers la façade arrière de Vanille. Derrière le rideau de la fenêtre du premier étage, elle devina une silhouette.

Pronia. Cela faisait plus de deux jours qu'elle ne sortait plus. Les servantes lui apportaient des plateaux. Bécalier errait dans les couloirs, lisant des livres, le regard perdu.

Grégoire était le plus souvent absent. Depuis la mort de Marek, il semblait fuir la maison. Contre l'auvent, dans la mince bande d'ombre qui tombait de l'avant-toit, elle vit Sandre et Coline. Les deux filles s'étaient interrompues et la regardaient.

Eh bien, regardez-moi. Je suis Ariane et je vais retrouver Adrian. Dans moins d'une heure, il sera en moi et il tremblera dans mes bras lorsque son désir éclatera... Vous ne connaîtrez jamais cela et je vous plains, je plains vos âmes étroites et vos ventres pauvres. Vous ne me direz rien, mais je sens vos reproches, vos jalousies, votre bassesse... Non, ce n'est pas vrai, je ne vous hais pas à ce point. Quelle honte, n'est-ce pas ? Moi, mariée et mère, je m'en vais à un rendez-vous d'amour... Il y a dix ans, j'aurais couru comme le vent, je n'aurais pas senti mes talons effleurer la pelouse ; aujourd'hui, je marche mais ne vous y trompez pas : la danse est en moi, toujours.

Sur le sentier, les chenillettes des véhicules militaires avaient tracé des sillons rectilignes. Ce matin, le bulletin d'informations diffusé par Tananarive a été particulièrement bref : le transfert des populations dans la plupart des régions s'effectue sans dommage, le procès des députés se poursuit. Tous ont été arrêtés. Voici des jours que je n'ai pas pensé à Tulé, ni à mon amie Anka.

Elle aimait son père. Moi aussi ; Anjaka m'impressionnait, il avait le don du sourire, de la parole ajustée. J'avais l'impression d'un homme du siècle passé, désuet dans ses vêtements, dans ses principes... La guerre avait secoué le monde, Stalingrad, Buchenwald, Hiroshima avaient révélé la part du monstre, et dans sa jaquette et sa bienveillance sans faille, Anjaka arborait toujours cette croyance en un homme libéral, généreux qui, lentement mais sûrement, pour peu qu'on le lui demande, aurait entraîné le peuple de l'île vers les chemins de la liberté...

Où est Anka ? Il ne faut pas qu'ils la reprennent... Que pourrais-je faire pour elle ? On dit que des documents ont été découverts et que l'on a trouvé des plans d'attaque de certaines fermes de la région. J'ai tenté de savoir si Vanille était dans le lot, mais Marc ne m'a pas répondu. J'ai remarqué que le nombre de sentinelles avait été au moins doublé. C'est peut-être la réponse à ma question.

Hier soir au dîner, Coline a annoncé son intention de reprendre l'usine de son frère. Francis n'a rien dit, je ne suis pas sûre qu'il sache ce qu'est une usine. Grégoire a eu l'air satisfait. Je pouvais lire le cheminement de sa pensée. Il doute qu'elle arrive à tenir la barre car elle est une femme, mais il est satisfait qu'elle reprenne le flambeau. Pour lui, tout ce qui maintient la présence française est positif. J'ai même cru voir une lueur de tendresse dans son œil pour la fille Bécalier, mais il s'agit sans doute d'une interprétation de ma part. Elle était ravissante, Coline, hier soir, crêpe de Chine et talons aiguilles. Le dernier cri. Je me demande si elle va s'habiller différemment lorsqu'elle déambulera dans les corrals, au milieu de trois cents zébus à abattre dans la matinée... Il y a de la force en elle, plus qu'on ne le croit. Et puis elle vénérait Marek, elle s'est investie dans cette mission et elle l'accomplira.

Ariane coupa à travers les fougères. La pente descendait vers la rivière. A cette époque de l'année, les eaux étaient peu profondes, et elle pouvait traverser en utilisant les pierres rondes. C'était là que les enfants pêchaient. Leurs dos de chocolat brillaient dans la lumière. A plat ventre sur les rochers chauds, ils laissaient pendre leurs bras dans les eaux froides et rapides, et en sortaient des poissons trapus dont elle avait toujours ignoré le nom. Les écailles avaient la couleur grenue des figues ouvertes, grenat aux pointes d'or... Les enfants n'étaient plus là ; et elle eut en passant le gué une sensation d'abandon malgré le chant de l'eau en dessous d'elle. On parlait de nouveaux villages, de rassemblement de populations... qu'est-ce que cela voulait dire ?

De l'autre côté de la rive, les herbes étaient plus hautes et plus drues. Elle obliqua vers l'est, et la chaleur colla sa robe contre ses omoplates. Elle aperçut le toit de la cabane et, avec une violence qui la stupéfia, le désir lui mordit les reins. Un soleil intérieur tournoya et elle s'arrêta dans l'éblouissement de l'été qui venait de l'envahir.

Rien ne comptait, ni la guerre, ni la mort, ni les années enfuies ou perdues, ni la splendeur de ce qui l'environnait, ni le bleu d'indicible perfection dans lequel baignait l'univers ; Adrian et moi, seuls, dans la triple incandescence du jour, de nos corps et de nos âmes.

IX

La latérite s'était collée aux vitres du car et Anka vit le village à travers un écran de brume rouge. Elle eut l'impression que son dos était broyé et que les sacs sur lesquels elle s'était appuyée durant le voyage restaient incrustés dans sa chair.

Le chauffeur freina et la longue plainte des pneus martyrisés retentit. Le capot que des ficelles et des fils de fer empêchaient de s'ouvrir s'immobilisa à quelques centimètres d'un mur blanc de chaux.

— On repart dans une heure.

Anka se leva et sa tête heurta le plafond. L'odeur de sueur et de légumes avariés devenait lourde. La paysanne devant elle chancela. Ses jambes ankylosées avaient gonflé durant le voyage, et la laine blanche et crépue de ses cheveux vacilla sur ses épaules.

Anka tenta de voir à l'extérieur mais n'y parvint pas ; une croûte s'était formée sur chaque vitre et les bagages entassés étaient un deuxième écran intérieur.

Ce n'est que lorsqu'elle fut à la porte qu'elle vit les soldats.

Elle avait cinq secondes pour se décider. Refluer

vers l'arrière et se dissimuler derrière les colis, ou tenter sa chance. Les deux hommes vérifiaient les papiers, mais n'avaient pas de listes de noms. Impossible qu'ils sachent par cœur ceux des suspects. Les autres voyageurs poussaient derrière et, avançant de deux pas, elle fut sur le marchepied. Le soleil chauffa ses jambes et, à vingt mètres d'elle, au centre de la place, les pendus se balançaient.

— Dépêchons !

Elle choisit le militaire de gauche. Il avait une épaisseur brutale dans la mâchoire qui appelait la crainte chez les occupants du car. Elle remarqua que, spontanément les voyageurs allaient vers l'autre. Sans hésitation, elle marcha vers lui et tendit ses papiers.

Tandis qu'il parcourait la carte d'identité, elle ne perdait pas conscience de la lente oscillation des cadavres. Les pieds étaient tendus, les orteils vers le sol...

— Où vas-tu ?

— Ma mère est malade, je vais la rejoindre à Bétafo.

Elle remarqua le mouvement des lèvres : c'était imperceptible et il ne parvenait pas à le maîtriser, c'était un réflexe d'enfant, il savait à peine lire, il déchiffrait syllabe par syllabe. Un phono jouait sous les arbres. Le disque grésillait : Lily Fayol, *La Guitare à Chiquita.*

— Tu restes combien de jours ?

— Quatre. Je travaille chez Arians.

— Une plantation ?

— Oui.

— Fais voir tes mains.

Elle les retourna, paume en dessus. Les yeux du soldat semblaient morts.

— Je suis secrétaire et comptable.

Il la fixa. Il appartenait à cette race d'hommes qui peuvent regarder un caillou et les yeux d'une femme sans changer d'expression.

— Allez, dépêchons...

L'autre soldat écarta un vieillard dont le chapeau de paille bascula.

— Non, tu ne bouges pas, tu restes là, pas de papiers, pas de voyage. Va te mettre contre l'arbre.

Le vieux avança. Il ne comprenait pas. C'était un Sihanaka, une ethnie refoulée dans les marais. Des nomades vivant de leurs troupeaux et errant dans les terres pauvres infestées de moustiques.

Ne pas tendre la main pour récupérer les papiers... Le soldat les retourna, examinant les cachets. Que pouvait-il y comprendre, ce crétin analphabète ? Elle s'efforça d'exprimer la bienveillante sérénité. Il y avait une phrase que Tulé lui avait apprise, elle était de Marcel Olivier, un ancien gouverneur général. Elle prenait tout son sel devant les deux cadavres : « Dans le grand Empire qu'elle gouverne, la France a marqué sa politique du même sceau : le signe d'humanité. »

Il y avait cru peut-être, le brave homme : il n'avait simplement pas visité un village après le passage de la Légion.

— Près de l'arbre on t'a dit, avec les autres...

Ils étaient trois en attente, assis sur leurs talons, le grand bâton de berger fiché entre leurs jambes. Le soldat poussa le vieux d'une main et rendit les papiers à Anka.

Un caporal fumait près du phono, scandant la musique. Les volutes bleues de la Gauloise se défirent en atteignant la jambe du premier cadavre. Dans les plis du lamba, les mouches aux ailes bleues grouillaient, alourdies...

Anka rejoignit un groupe de femmes et se désaltéra avec elles près du puits. Des poules et des canards couraient dans l'herbe. L'eau était chaude dans la casserole de fer étamé. Elle ne but que deux gorgées. Il fallait faire attention à la dysenterie. Sans médicaments, elle ne tiendrait pas longtemps.

Elle avait marché trois jours mais la fatigue avait été trop grande, et puis la douleur insidieuse de sa cheville s'était amplifiée. Elle avait décidé de tenter le tout pour le tout et avait pris le car. Cela lui avait valu une nuit de sommeil cahotant et sporadique, mais elle avait avancé de soixante kilomètres. Elle pouvait remonter dans le car ou finir à pied. Les deux solutions étaient aussi dangereuses l'une que l'autre, les soldats étaient partout.

Anka remarqua dans le sac de l'une des femmes le scintillement des topazes.

— Je lui en ai donné trois. Il m'a laissée passer...

— Tu n'étais pas en règle ?

— Si, mais il vaut mieux. Mon mari l'a dit. Parfois tu as les papiers et ils t'arrêtent quand même.

Tulé lui en avait parlé, il y avait un trafic de pierres précieuses : plus que l'argent, elles étaient une monnaie d'échange.

Derrière les bambous qui encerclaient le village, elle vit les camions bâchés. Si le secteur était quadrillé, elle n'avait aucune chance de passer, même de nuit. Sur sa droite, derrière la case centrale du village, les rouleaux de barbelés entreposés s'entassaient. Ils avaient dû en installer pour bloquer les sorties.

Deux des militaires montèrent dans le car et elle les entendit rire. Ils inspectaient les ballots. L'un d'eux ressortit, grimpa l'échelle qui menait au toit et jeta un œil sur l'amoncellement des sacs retenus par des cordes et des sandows.

Le conducteur apparut. Ils allaient repartir.

Quelques gosses s'étaient rassemblés et tournaient autour des voyageurs. La plupart étaient blonds, de cette blondeur maladive que donne la sous-alimentation.

Anka s'approcha du plus grand et indiqua du menton les deux cadavres.

— Qu'est-ce qu'ils ont fait ?

— Ils étaient cachés avec des coupe-coupe. Donne-moi des sous.

Elle n'en avait presque plus, quelques billets à peine. Elle en prit un et le lui tendit.

— Qu'est-ce que tu vas en faire ? Il n'y a rien ici...

Il haussa les épaules.

— Les soldats vendent des cigarettes.

Le grondement s'éleva derrière elle. Le chauffeur venait de mettre le moteur en marche et toute la carcasse métallique tremblait.

Les femmes se bousculaient déjà pour monter.

Anka s'approcha à son tour.

— Viens ici, toi.

Elle eut l'impression que sa vessie allait se vider.

C'était l'autre qui l'appelait. Le soldat aux topazes.

— Tu as tes papiers ?

Elle pensa qu'elle ne pourrait pas bouger un seul membre. Elle marcha vers lui. Je vous salue, Marie...

— Votre camarade a vérifié.

Elle vit le regard sur ses doigts, ses poignets... Pleine de grâce, le Seigneur est avec vous...

Il prit la carte d'identité entre deux doigts et la fit passer entre ses phalanges comme un joueur de poker. Il cherche les bijoux.

— Tu as des pierres ?

Elle écarta les bras. Il faut sourire. Pas trop mais sourire. Vous êtes bénie entre toutes...

— Non, aucune.

— Dans ton sac, fais voir ton sac.

Ils allaient partir sans elle. Tous sont montés. Sauf le vieux là-bas. Que va-t-il devenir ? Qu'est-ce qu'ils vont en faire ? Il fallait prier pour lui aussi... Elle ne croit pas en Dieu mais elle prie... Et Jésus le fruit de vos entrailles...

Il laissa retomber la carte dans le sac et le ferma. Il doit me le rendre, pria-t-elle. Il devait le rendre, faites qu'il le rende avant que le car ne démarre...

— Allez, va-t'en.

Elle se retourna sans hâte. Ne pas se presser, il peut la rappeler. Elle avait pensé à Berthier, pas à Tulé. C'était Berthier qui était devant elle, qui la protégeait.

La fournaise. La puanteur des écorces surchauffées, des étoffes imbibées de sueur... Elle comprend qu'ils soient méprisés ; ils nous enferment, nous entassent et se bouchent les narines. Nos peaux noires puent, nous sommes des macaques.

— Tu veux ?

Anka se retourna vers sa voisine. Elle lui tendait une banane blanchâtre, la peau tigrée pendait, pourrissante. Elle la prit. Depuis son départ, elle avait mangé des ignames sauvages, la chair fibreuse et fade l'avait bizarrement emplie de colère... C'était cela que mangeaient ses frères : tous ceux qui gagnaient les montagnes et les forêts ramassaient les tubercules et s'en nourrissaient.

Elle mâcha lentement la pâte molle, écœurante. Il fallait se forcer à avaler pour conserver des forces. Le car ne roulait pas vite, les ornières étaient nombreuses et elle ne serait pas arrivée avant trois ou quatre heures. Après, ce serait l'inconnu, il faudrait se renseigner, découvrir la cachette, échapper aux militaires, aux policiers.

— Tu vas retrouver Tulé?

Le cœur d'Anka cogna. La femme enveloppait la moitié de la banane dans un chiffon de coton sale. Elle dégageait une odeur sure. Des cheveux noirs d'Indienne sortaient du turban délavé.

— Je vous ai vus à Besalampy il y a quelques mois... en octobre. Tu étais avec lui.

Besalampy.

Ils avaient planté des torches dans le sable pour indiquer l'endroit de la réunion. Beaucoup étaient venus en pirogue des îles proches, les autres de l'intérieur des terres. La plage était couverte de copeaux de bois et de poissons morts. Elle se souvenait des lueurs de cuivre sur les visages et les torses, une huile vivante courait sur les peaux. Elle avait dû s'assoupir quelques instants, la voix de son mari s'était confondue quelques minutes avec le ressac, puis s'en était dissociée... Un moment, elle avait regardé derrière elle et il lui avait semblé que le rivage était plein d'hommes, qu'ils avaient envahi les eaux et les palmeraies.

— N'aie pas peur. Mon mari était chef de village ; il a été arrêté trois fois en cinq ans. Il a réussi cette fois à leur échapper.

— Tu sais où il se trouve ?

— Oui, les chefs sont ensemble.

Elle n'aurait pas à chercher. Elle allait le revoir. Elle s'écoute et aucune musique ne s'est éveillée. Elle est une femme muette, peuplée tristement de silence ; pourtant elle va le revoir et rien ne chante en elle.

— Tu peux m'y amener?

— Tu n'auras pas de mal à trouver.

Les cils d'Anka battaient. Que voulait-elle dire ? Les caches étaient toujours difficiles à trouver.

— Ils sont au Rédempteur.

Une vague d'air brûlant lui emplit les poumons. La mission. Même enfant, elle savait ce qu'était le Rédempteur. Toute la Grande Ile le savait. Il y avait quelques années, elle avait longé les murailles avec Andafy. Par les grilles de l'entrée, elle avait entr'aperçu le clocher bas d'une chapelle romane cernée de cases. Personne ne s'attardait en ces lieux. Les sorciers prétendaient que même les moines avaient fui. Il ne restait que les lépreux.

— Reste là. Surveille-le.

Nampandy hocha la tête et s'enfonça davantage dans les coussins de l'Hamilcar. Ariane ferma la portière en manœuvrant la poignée pour éviter de la claquer, elle trouvait le bébé nerveux et le moindre bruit le faisait sursauter.

Là il pourrait dormir. Elle avait garé la voiture dans la partie ombreuse de la place. La Malgache le berçait. De toute façon, il ne lui faudrait pas plus d'une demi-heure. La liste que Sandre avait écrite était longue. Sandre n'oubliait jamais rien. De la bobine de fil qui manquait pour recoudre le lamba de l'un des fils du jardinier jusqu'aux rames de papier de format 21 x 27 de la marque que Francis affectionnait, en passant par les différentes cigarettes fumées par les habitants de Vanille. Elle donnerait ça à Bantsirahe qui remplirait le coffre.

Avant les événements d'avril, la porte du magasin était toujours ouverte. Ariane frappa à la vitre. Elle y colla son front, mit ses mains en visière. La vieille était là, derrière le comptoir. Elle ne bougeait pas.

Derrière elle, les étagères étaient presque vides. Cela faisait vingt ans qu'Ariane se rendait à la boutique, elle se souvenait de l'entassement des sacs dégorgeant d'épices ; dans la pénombre, les couleurs assourdies se noyaient dans les odeurs jaunes de safran et le rouge broyé des piments... Sur la gauche, c'était le coin de la cannelle et des girofles, graines de pastèque, de caroubier, café vert et grains de poivre blanc ; Bantsirahe donnait des bonbons. Ariane se souvenait de la menthe aux forces vertes qui brûlaient sa langue d'enfant... La boutique-caverne aux rutilances feutrées où trônait la Reine aux Légumes. L'impératrice du marché régnait sur les salades. Grégoire baissait sa haute taille pour l'embrasser, c'était la seule fois où elle l'avait vu s'incliner, la marchande riait de toutes ses dents éclatantes et limées. C'était donc cela la paix : les rires mêlés de Grégoire et de cette matrone aux jupes en corolle, dominant les poivrons en avalanche. Nous avons si peu profité de cette connivence, de cette entente joyeuse... Nous ne savions pas et c'est notre excuse.

Ariane frappa à nouveau. La vieille remonta lentement les lunettes de fer sur son nez et la regarda. Elle a pour moi toujours été vieille ; j'ai dû penser longtemps qu'un indigène avait le même âge toute sa vie. Les bonbons mentholés, elle avait oublié le nom de la marque.

La jeune femme eut l'étrange impression qu'on ne la voyait pas, un reflet devait la rendre invisible. Son poing ébranla la vitre pour la troisième fois.

Lentement, la vieille se leva. Elle ne regardait toujours pas la porte. Quelque chose se passait : elle ne souriait pas et jamais Bantsirahe n'était apparue sans sourire. Elle tourna sur elle-même et Ariane vit ses hanches osciller. Il y avait au fond de la boutique une porte masquée par des tentures. Le bras massif les souleva et la Malgache disparut.

Ariane continuait de regarder la pièce à présent

vide. Elle allait revenir. C'était une farce, ce n'était pas ainsi que les choses devaient se passer... Elle me donnait des bonbons brûlants ou glacés et son rire cascadait, emplissant la rue.

Elle fit un pas en arrière. A droite comme à gauche, tout était vide. Les rideaux de fer étaient tirés et la clenche des portes avait disparu.

La grève.

Elle n'y avait pas prêté attention, pourtant les journaux en avaient parlé. L'Union des syndicats de Madagascar avait donné le mot d'ordre... Mais cela se déroulait ailleurs, dans les villes importantes, pas ici, pas à Manalondo, nous les connaissons tous... nous avons joué dans ces échoppes, couru entre les étals du marché permanent : pourquoi s'arrêteraient-ils de vendre ? Nous étions heureux ensemble... Les parasols blancs de la place doivent résonner encore de nos marchandages.

Elle se sentit soudain stupide. Elle avait gardé la liste de Sandre à la main. Elle se souvint qu'ils n'avaient plus d'allumettes soufrées ni de bougies. Les interruptions de courant étaient fréquentes depuis quelques jours. Ils n'avaient pas le droit, elle pouvait aller chercher l'un des subordonnés de Berthier. Avec deux hommes, on saurait bien lui faire ouvrir l'épicerie...

Elle revint à la voiture. Elle se rappelait à présent. *L'Aurore malgache* avait parlé d'arrêt de travail de vingt-quatre heures. Tout reprendrait demain.

Elle descendit les escaliers de la rue centrale du quartier indien. Il y avait plus terrible que la grève : il y avait cette femme lourde de parfums d'épices et de sucreries dont les gaietés explosives avaient jalonné son enfance, et elle était partie, sans un regard... Comment tout avait-il pu se détruire ?... Bantsirahe aujourd'hui n'avait plus joué à la marchande.

Ariane se jeta derrière le volant et mit le contact.

— Vous n'avez pas les commissions ?

Dans le rétroviseur, elle aperçut le reflet de Nampandy. Pourquoi posait-elle la question ? Le ton ne comportait pas de surprise, elle savait pertinemment qu'il ne pouvait pas y en avoir, et elle ne l'avait pas prévenue.

— Pourquoi ne m'as-tu rien dit ?

Avant d'enclencher la vitesse, elle se retourna :

— Explique-moi: : pourquoi ne m'as-tu pas dit que tous les magasins seraient fermés aujourd'hui?

Les yeux bougeaient, cherchant un appui. Dans les bras de la Malgache, le bébé dormait toujours.

— Je ne savais pas.

— Tu le savais parfaitement.

Ils se connaissaient tous, les informations circulaient, cela avait toujours été comme ça, tous les colons de l'île n'ignoraient rien de l'habileté indigène à tout savoir, à tout se transmettre.

Ariane démarra.

— Au fait, tu ne fais pas grève, toi aussi? Tu n'a pas choisi de te tourner les pouces?

Elle se sentit injuste, mais il y avait un plaisir à s'enfoncer dans la méchanceté...

La voiture roulait. Elle doubla des charrettes à bœufs sans attelage, les timons se dressaient vers le ciel. Sur le trottoir, des rickshaws étaient enchaînés aux lampadaires. Ariane jeta à nouveau un coup d'œil dans le rétroviseur et son pied droit écrasa le frein.

Nampandy pleurait.

— Ne fais pas cela, je t'en prie.

Par-dessus le dossier, les doigts de la jeune femme effleurèrent la joue de la servante.

— Ne pleure pas. Je ne serai plus méchante. Je sais que ce n'est pas de ta faute...

Les larmes coulaient le long du cou, glissaient dans le corsage, mouillant la toile.

La Malgache eut un mouvement rapide.

— C'est trop de malheur, dit-elle, nous ne pouvons plus...

Ariane ramena ses genoux sous elle et se pencha par-dessus le siège.

— Tu ne crains rien ici, rien ne peut t'arriver de

mal. Et tes fils sont en sécurité, c'est toi-même qui me l'as dit.

— Je sais.

— Alors, arrête-toi. Nous reviendrons demain. Pour ce soir, nous pouvons encore nous débrouiller.

Nampandy opina. La douleur des vieilles femmes rejoignait celle des enfants, elle avait quelque chose d'injuste et de farouche qu'Ariane avait du mal à supporter. Elle se réinstalla sur le siège et posa ses deux mains sur le volant. Entre les vallons, la route zigzaguait, menant à la plantation. Regarde bien cela, ma fille, tu ne le verras bientôt plus. Tout cela continuera à exister sans moi... Je sais de source sûre que ma vie n'est plus ici. Des générations se sont succédé, se sont implantées et n'ont plus bougé ; la glaise des rizières a retenu leurs talons, pas les miens. Je n'ai jamais supporté les mondes finissants, et celui-ci s'achève. Ils se battent, se cramponnent, mais ils savent que le vent qui souffle les déracinera. Demain, dans dix ans. Même Grégoire le sait, surtout Grégoire, et c'est pourquoi il frappe le plus fort.

Elle rétrograda dans la côte de l'Homme-qui-rampe. C'était avant que les Français n'arrivent. Une légende : un seigneur avait gravi la pente pour aller chercher une fiancée promise et était tombé. Sa jambe s'était brisée, et il avait parcouru des kilomètres sur le ventre en s'aidant de ses bras, traînant derrière lui sa jambe morte. Le nom était resté.

Elle amorça le virage et le pare-brise s'étoila dans un crépitement sec.

Elle entendit la gifle violente du gravier sur le capot, et les pneus avant éclatèrent. La voiture chassa. Ariane se cramponna au volant et évita la ruée de la roche sur son flanc droit. Elle contre-braqua et l'Hamilcar partit en crabe, elle s'arc-bouta en écrasant le frein. Les jantes rebondirent sur les cailloux de la piste, crachant des lambeaux de caoutchouc.

— N'aie pas peur.

Elle perçut le hurlement de Nampandy, étouffant les plaintes du bébé. Elle redressa au ras du fossé et pila net en travers de la route. Sa tête partit en arrière, rebondit et son thorax s'écrasa contre le volant. Tout s'était immobilisé. Par la portière ouverte, elle perçut le silence surchauffé de la plaine. Un crissement de cigales dans les hauteurs.

— Vous n'avez rien ?

Elle fit un effort pour se retourner. La servante serrait l'enfant. Ils étaient indemnes tous deux.

Ariane sentit ses idées revenir ; elles se réinstallaient lentement, chacune reprenait sa place : les morceaux du puzzle se reconstituaient.

Une douleur à la nuque lorsqu'elle était partie en arrière, deux côtes endolories, les muscles de ses bras encore tétanisés... Rien de tout cela n'était inquiétant. Elle baissa la tête et vit l'étoile de sang sur sa jupe. Ses yeux remontèrent : la blessure était près du coude, dans le gras du biceps. Le deuxième filet allait couler à nouveau, décrivant un cercle autour du bras, large comme un fil de soie. Elle se pencha. Le sang filtrait de la peau soulevée. Sous le derme, elle vit une protubérance noirâtre comme un grain de poivre. Avec la pointe d'un canif, elle pourrait la sortir.

Elle se renversa lentement contre le dossier. Ne pas s'affoler.

Elle savait ce que c'était. Exactement. Une chevrotine. Elle avait accompagné Grégoire à la chasse quelquefois... Elle avait attendu avec lui, tapie dans les raphias et les cocotiers tombés, les oiseaux des marais : sous la plume, dans la chair blanche éclatée, elle avait trouvé, enrobées de sang, les perles noires de la mort.

Le bruit sur la calandre n'était pas celui du gravier, mais des plombs.

— Ne bouge pas.

D'une main, elle chercha un mouchoir dans son sac et ne le trouva pas. C'était toujours ainsi.

Elle fit un effort et se baissa sur le siège pour mieux examiner la cime de la colline. Le coup était parti d'en haut. L'homme pouvait tirer à nouveau. Il avait eu largement le temps de recharger.

Une toile d'araignée translucide s'interposait entre le paysage et elle.

Elle entendit la Malgache déglutir. Elle ne devait plus avoir un milligramme de salive.

— Qu'est-ce qu'il faut faire?

La voiture de Grégoire Arians. Il la prenait souvent. C'était lui qui était visé. Ne pas sortir. Le tireur guettait sans doute. S'il voyait une silhouette, il lâcherait un autre coup.

C'était une fournaise. Ariane eut l'impression que les marteaux du soleil frappaient à toute volée sur les tôles du toit. Ils étaient au fond d'une poêle et ils n'y tiendraient pas longtemps sans griller.

A l'arrière, l'enfant se convulsa dans les bras de Nampandy, et la sueur ruissela sur ses cheveux collés.

Elle s'aperçut que le moteur s'était arrêté. Si le plomb avait crevé le réservoir, il serait dangereux de le remettre en route... Une explosion se produirait et ils brûleraient tous les trois.

Inlassables, les gouttes de sang cerclaient son bras, élargissant leur bracelet.

Elle prit conscience de sa soif. Elle était venue d'un coup, énorme, dévorante. Il ne fallait pas qu'elle pleure, surtout pas, il ne fallait pas mourir ici, sur cette route, abattue par un tueur qui cherchait un autre qu'elle.

Adrian. Viens, Adrian. Comment ne sens-tu pas qu'il faut que tu viennes ?

Je vais sortir. Il a dû partir, il a vidé son fusil et s'est enfui. Le cuir glissait sous ses paumes, et sa jupe collait à ses jambes. Combien de degrés au soleil ? Le thermomètre pouvait monter à cinquante.

Le cri du bébé la surprit par sa faiblesse. Une souris happée par un piège mortel, un couinement désespéré où la mort déjà avait tissé sa toile.

Sortir. Le sang séchait sur son bras, formant une croûte terreuse.

Elle poussa la portière opposée au volant d'un coup de pied.

Elle ouvrit la bouche pour chercher l'air, et il lui

sembla mordre dans une ouate tiède. Il est parti. Il aurait pu tirer encore. Il a eu peur. Grégoire est armé. Il a craint qu'il ne fasse feu à son tour.

Elle se pencha un peu plus. La crête était déserte mais il était facile de se dissimuler derrière les tiges épaisses des bambous.

Sors, Ariane, montre-leur que la peur t'a fuie.

— Non, pas encore...

La main de Nampandy glissa sur elle. La Malgache essaya de la retenir et un sanglot la plia en deux.

Ariane posa son pied gauche sur le sol, le droit, puis se dressa. Elle leva les deux mains dans la lumière blanche. S'ils me voient, ils ne tireront pas. Pas sur une femme.

Elle resta quelques secondes immobile et avança jusqu'au centre de la route. Jamais le soleil ne lui avait paru aussi meurtrier. Une flamme blanche tournait, incessante, au centre d'un ciel complice. Les collines vibraient. Grégoire avait raconté que, certains étés, les pierres des montagnes éclataient dans le lit des torrents asséchés. C'était elle qui allait exploser, désintégrée par la violence des rayons lancés par un zénith impitoyable.

— Viens, sors, doucement...

Nampandy ouvrit la portière à son tour. Ariane alla vers elle et prit son fils dans ses bras. Le corps tout entier ruisselait, il semblait avoir été trempé dans une eau tiède.

— Nous sommes deux femmes, cria Ariane. Deux femmes et un bébé !

Là-haut, sur les sommets, aucune herbe ne bougeait.

— Avançons. Bien au milieu de la route.

Nampandy retint un gémissement et suivit Ariane.

Elle marchait vite, serrant son enfant contre elle. Par deux fois ses talons se tordirent dans les ornières de la route.

Je vais partir. Je ne veux plus vivre cela. Une des chevrotines aurait pu le toucher et le tuer. Je ne laisserai pas mon fils au cœur de la guerre. Il faut que tout aille très vite à présent.

La sueur franchit la barrière de ses sourcils et l'aveugla, inondant ses yeux de larmes chaudes. Elle accéléra sa marche malgré l'écrasement blanc d'une chaleur devenue folle. Il fallait que l'enfant boive très vite. Elle connaissait le risque de la déshydratation.

— Dépêche-toi.

La servante se mit à marcher plus vite. Elles avaient cinq kilomètres à faire... Autour d'elles, les pétales surchauffés des roses sauvages lâchaient un parfum moribond. Dans l'exaspération de l'intense brûlure qui les submergeait, elles semblaient vouloir livrer en quelques heures toutes les odeurs possibles contenues dans leur vie trop courte.

— C'était une précaution, dit Berthier, mais elle était inutile. Il va bien.

Ariane acquiesça. Son bras la brûlait. Peut-être avait-il trop serré le pansement ? Elle n'avait qu'une confiance relative dans les médecins militaires. Celui-ci était jeune et lui avait donné l'impression à chaque instant de résister à l'envie de feuilleter un manuel pour se tirer d'affaire. Mais il n'était pas question de se rendre à Tananarive.

Avec le crépuscule, la chaleur ne semblait pas vouloir baisser. La nuit n'apporterait aucun apaisement.

— Un cyclone est signalé, il va toucher les côtes dans quelques heures.

Il avait fait passer une voiture dans les rues de Manalondo, et la nouvelle avait été annoncée par haut-parleur dans les dernières heures de la journée.

— Je vais le voir, dit Ariane.

— Il dort. Il a bu. Je t'assure qu'il n'y a aucune inquiétude à avoir.

Elle traversa les pièces qu'inondait une lumière pourpre. Le couchant s'incendiait. Il lui sembla que les oiseaux dans le ciel étaient plus nombreux que d'ordinaire. Ils sentaient quelque chose venir, leur vol n'avait pas de sens. Ils planaient en cercles renouvelés, incessants.

— Ne fais pas de bruit, il s'est endormi.

Ariane se heurta au fauteuil de Sandre. Les chromes des roues étaient rouges et son profil surgit. Elle avait de nouvelles rides au coin des yeux, d'une finesse extrême. Un éclairage révélateur découpait les pommettes au scalpel, dessinait le menton : Sandre la sorcière.

L'enfant avait les yeux fermés. Les deux poings encadraient le visage. Elle toucha le front de l'index et du majeur de la main droite, et rencontra la peau fraîche.

Elle se souvint des heures qui avaient précédé. Elles avaient dû parcourir trois kilomètres. Pas une ombre. Le poids du bébé avait rendu son bras mort. Elle avançait en aveugle, les ruisseaux de sueur lui brûlant la cornée. Nampandy trottinait à côté d'elle. Il fallait aller vite, chaque enjambée était une victoire. Sa terreur constante était de se tordre une cheville, si elle ne pouvait plus avancer, il mourrait très vite...

La Jeep était arrivée, précédant un convoi. Le sergent s'était affolé et les avait fait transporter à l'infirmerie du poste. Il avait expédié des hommes pour ratisser les collines afin de retrouver le tireur. Elle avait encore sur ses lèvres le goût de métal du bidon qu'on lui avait tendu.

— Tu vois, tu ne dois pas t'inquiéter...

Le bras de Berthier entoura ses épaules. Il la suivait partout depuis son retour.

Il y eut un craquement au-dessus de leurs têtes.

C'était la chambre de Pronia. Elle s'était mise à marcher de long en large.

Ariane ferma les yeux. Il fallait utiliser cette vague de courage qu'elle sentait encore rôder en elle. Tout à l'heure elle disparaîtrait, et elle ne pourrait plus. Et puis ces cachets que lui avait donnés le médecin allaient l'endormir.

— Je vais partir, Marc. Avec le petit.

Le cliquetis des rayons arrêta ses paroles, déjà Sandre roulait en direction de la porte, son chignon se cerna une fraction de seconde d'une bordure écarlate, et tout disparut.

— Viens, chuchota Berthier. Allons parler dehors.

En descendant le large perron de Vanille, elle se rappela les yeux de Grégoire sur elle. Il n'avait pas dit un mot. Il savait que c'était lui qui était visé, qu'elle aurait pu être tuée à sa place... Elle avait cherché désespérément une faiblesse soudaine dans le regard, une fêlure ouverte dans la volonté, mais Grégoire n'avait pas bougé. Il avait assisté à l'extraction et regardé le plomb rouler dans la cuvette d'eau rose.

Il continuerait la guerre. Il n'avait même pas pâli. Ni pour elle ni pour son petit-fils.

Ariane et Marc s'assirent. Derrière eux, les cœurs ocre des cattleyas se figeaient en lunes de mercure... Les massifs d'orchidées croulaient dans la vasque bouillante de la nuit. Ariane respira, chassant les ondes de somnolence ; elles déferleraient plus tard mais il fallait dormir en ayant tout dit.

— Je veux partir d'ici.

Elle sentit la tension de son mari près d'elle. Pour la première fois, elle s'aperçut qu'il ne portait plus son éternel baudrier en cuir pétaradant.

De la pointe de ses rangers, il dessina un cercle dans le gravier.

— C'est peut-être en effet le bon moment pour aller en métropole. Je te demande simplement de réfléchir un peu, de prendre quelques jours, de ne pas décider sous le choc...

Ne t'enfonce pas dans cette idée, capitaine Berthier, ne tente pas de te faire croire à toi-même que je m'en vais parce que l'on m'a tiré dessus il y a quelques heures... Je ne prendrai pas cette excuse, tu sais très bien que ce n'est pas de cela qu'il s'agit.

— C'est une décision déjà ancienne. Je ne l'ai pas prise cet après-midi.

Elle le vit hocher la tête. A l'horizon, l'incendie faiblissait et l'assoupissement progressif de la lueur leur fit des visages de brume.

Pourquoi ne pouvait-elle pas quitter des yeux les orchidées, les couleurs s'annulaient : le rouge du soir sur le rouge des fleurs créait des brillances d'argent. Des fleurs noires et blanches comme les bouquets d'un film avec Garbo ou Dietrich.

— C'est plus grave que cela. Je pense ne pas revenir dans l'île.

Pourquoi ai-je eu tant de mal toutes ces années à dire son prénom ? Même quand il me prenait, je ne pouvais pas.

— C'est moi que tu quittes, ou la guerre?

— Les deux.

Qu'est-ce qu'il avait à opiner sans cesse ? Les coudes sur les genoux, il n'était plus qu'une statue d'assentiment. J'avais cru qu'il ne comprenait rien et j'ai l'impression ce soir qu'il comprend trop.

— Et tu emmènerais notre fils ?

— Oui.

Elle eut envie d'ajouter « avec ta permission », mais s'en défendit. Il fallait foncer, sans excuse, sans pardon, tout renverser.

La lune était au-dessus des montagnes, voilée : une gomme d'enfant avait raturé le cercle pâle et laissé une traînée sale sur la page du ciel gris.

— Tu sais bien que je ne le quitterai pas. Je regrette, je regrette plus que tu ne peux le croire car je ne veux pas te faire de mal, mais je n'ai que ma vie et elle n'est plus ici... Tu sais que j'ai toujours affronté...

Il se leva. C'était étrange comme il cessait d'être ridicule ; lorsqu'on les quittait, les gens revêtaient une sorte de dignité. Berthier ce soir devenait autre.

— Ariane, si tu t'en vas, ce n'est ni à cause de la guerre, ni à cause de l'enfant, ni même à cause de moi. Aucun de nous n'a parlé d'Adrian, et il est temps que nous le fassions.

L'estomac de la jeune femme devint douloureux. Elle avait cru que ce serait plus facile, un imbécile bardé de cuir et de suffisance qui s'insurgerait, serait brutal peut-être et hurlerait sa colère pour tenter de la retenir... Et c'était l'inverse, un homme calme qui posait les questions qu'il fallait, qui souffrait et ne l'accablait pas.

— C'est avec lui que tu veux partir ?

Allez, ne le ménage pas, c'est chaque fois une erreur. Enfonce le clou, tu n'auras plus l'occasion de le faire.

— Oui.

— C'est une vieille envie, n'est-ce pas ?

Elle ne répondit pas. Il avait toujours su. Pourquoi avait-elle si souvent pensé à lui comme à un ennemi ? Il avait vécu toutes ces années avec une image d'elle mêlée à celle d'Adrian. Elle l'avait compris, à des gestes, à une façon désolée de la regarder à la dérobée... Il lui avait fait parfois l'amour avec rage pour briser quelque chose, pour laminer le souvenir, mais il était battu d'avance.

Ne me demande pas si je t'ai aimé, j'ai trop décidé de ne pas te mentir, et je ne veux pas de ton malheur, pas ce soir ; la nuit est pétrie de trop de fatigue et de peine.

Son rire la surprit.

— C'est étrange, dit-il, les responsabilités m'écrasent, je dois répondre seul de la sécurité du territoire de Manalondo. Grèves et attentats se multiplient, ma femme me quitte avec son vieil amant, elle emporte avec elle mon propre fils, et je ne me souviens pas d'avoir passé de soirée aussi calme... presque douce.

— C'est parce que nous n'avons dit que des choses vraies.

— Pourtant nous les savons depuis longtemps.

— Le courage d'en parler ne nous est venu que ce soir.

Il se rassit près d'elle. La lune se diluait de plus en plus, la moitié inférieure du cercle s'était affaissée dans une eau trouble. Le ciel s'était peuplé soudain d'une mer nocturne et menaçante.

— Je sais peu de choses, dit Berthier, très peu. Mais suffisamment pour être sûr que, si je veux te voir revenir, il ne faut pas que je te retienne. Le problème m'est plus facile parce que je ne suis pas sûr de vouloir te revoir.

— Je sais, dit Ariane, ce que je te fais est...

— Tu ne sais rien.

La voix du capitaine sembla s'alourdir.

— Que je suis un imbécile, vous l'avez décidé dès le premier jour. Ton père, entre autres, s'est admirablement débrouillé pour qu'on le pense. Moi et les autres. Et ici, la parole d'un Arians est sacrée, vous avez toujours eu le goût des patriarches.

Elle se secoua. Elle l'avait haï à certains moments, il n'avait pratiquement pas compté, un personnage un peu ridicule avait un instant partagé sa vie, c'était tout.

— Alors je vais te le dire, Ariane, pour que nous puissions au moins une fois nous regarder d'égal à égal : si ce mariage a été ton erreur, il a été également la mienne. Tout serait long à expliquer, mais je te le dis nettement : tu peux partir. Quand tu veux, où tu veux, avec qui tu veux, et ne crois pas laisser derrière toi un homme en ruine : j'ai une femme dans ma vie et ce n'est pas toi.

Les vapeurs avaient avalé la lune. Elle renversa la tête et éprouva un malaise dont elle ne put, dans un premier temps, discerner l'origine. Le ciel était vidé d'étoiles.

Berthier. Marc Berthier, le petit soldat de plomb aux moustaches parfaites, aux bottes lustrées et aux yeux fuyants... Qui était-ce ? Elle savait qu'il avait longtemps fréquenté les bordels militaires, mais les filles étaient des Malgaches. Jamais elle n'avait vu une femme dans son sillage... Elle connaissait quelques épouses de fonctionnaires, de propriétaires terriens ou de représentants du gouvernement, mais rien n'avait filtré... Et en général tout filtrait dans cette communauté étroite, confinée à l'intérieur d'une douzaine de familles ; les rumeurs montaient, il suffisait d'un regard, d'un mot plus appuyé, et les langues se déchaînaient, impitoyables, infatigables... S'il avait eu une aventure, elle l'aurait su : cela l'aurait arrangée d'ailleurs, il méritait bien d'avoir l'histoire d'amour qu'elle ne lui avait pas donnée. Il mentait. Tout bêtement, il mentait. Par vantardise, pour ne pas tenir jusqu'au bout le rôle du cocu...

— Tu ne m'en as jamais parlé...

— Ce n'était pas la peine.

Pourquoi le questionnait-elle ? Lorsqu'il voudrait répondre, il le ferait...

Les ténèbres étaient épaisses à présent. Une accentuation rapide avait noyé les contours. Il y eut autour d'eux un frémissement de palmes et de feuilles... un éveil soudain des arbres et des herbes qui peuplaient Vanille. Un souffle passait, quasi imperceptible, une main de soie insistante et légère.

Ariane leva sa main à hauteur des yeux et ne la distingua pas. Elle secoua la tête, mal à l'aise, une impression d'avoir les tempes dans un étau.

— Tu auras plus de difficultés avec ton père qu'avec moi. Il doit considérer qu'en ce moment tout départ de cette terre est une lâcheté.

— Je n'en discuterai pas avec lui. De toute façon, il ne peut rien. Je suis majeure et ma décision est prise.

Un rectangle subit sur la pelouse, d'un jaune malade de vieil ivoire : quelqu'un avait allumé dans l'une des chambres de la villa.

Ils devaient à présent être tous réunis dans la salle à manger. Pourquoi n'avait-elle jamais aimé les retrouver ? Même enfant, même avant Adrian, elle ressentait un malaise comme si elle n'était pas complètement des leurs, comme si elle avait refusé une fois pour toutes d'appartenir au clan.

— Tu as mal à ton bras ?

Le pansement collait légèrement, elle sentait une acidité irritante contre sa peau.

— Non. Ce ne sera rien.

Comment lui dire qu'elle était heureuse qu'il ait réagi comme il l'avait fait ? Comment lui dire que, pour la première fois, elle l'avait admiré un peu et que, s'il savait chasser l'amertume, elle pourrait...

— L'heure est passée. Ils nous attendent.

Elle se leva. Les photophores brûlaient sur la véranda. Chacun occupait le centre d'un halo de brouillard terreux.

Lorsque Ariane posa le pied sur la première dalle de l'entrée, il y eut un claquement lointain. Elle reconnut le bruit d'un volet contre le mur. C'était de l'autre côté, sur la façade nord. A travers le gonflement fantomatique des moustiquaires, elle les vit tous installés autour de la table.

Derrière elle, le vent se levait.

Sandre

Pourquoi croit-on que les infirmes sont sourds ?

Ils ont parlé devant moi comme si je n'avais pas été entièrement vivante. Pensez donc, je ne marchais pas, on pouvait donc en déduire que je ne comprenais qu'à peine, une moitié de femme pour comprendre des demi-mots.

Je les ai écoutés au cours des soirées dans les réunions du grand salon ; ils étaient une vingtaine, toujours les mêmes, groupés autour de mon père. Il présidait, le dos au vaisselier, le seul meuble venu du Languedoc qu'il ait voulu conserver... Le bois noir brillait sous les lampes. Il le cirait lui-même : aucune servante ne s'en approchait, les ordres étaient stricts.

Ils parlaient, en général, des rizières, des cours du ciment, des difficultés de main-d'œuvre, des réserves d'ébène et des fluctuations de la vanille... Cela formait une plainte continue, et je ne comprenais pas que jamais ils n'évoquent la douceur des soirées sur leurs terrasses, ni le rire des femmes invisibles dans les cases ; il montait en perles de nuit jusqu'aux étoiles, et ce tintement témoignait que ce vaste monde endormi était habité d'êtres heureux, installés depuis toujours sous les frondaisons, en bordure des roseaux.

Je les écoutais et je lisais, je lisais sans cesse, je luttais contre le sommeil pour poursuivre ma lecture ; j'aurais voulu continuer à table durant les repas, partout, mes yeux brûlaient dans leurs orbites et lever la tête de mes pages était une souffrance, chacune des lignes, chacune des phrases dévorées m'aidait. Je savais qu'un jour, grâce à elles, je saurais que les hommes autour de Grégoire avaient tort. Je me suis instruite contre eux. Enfant, quelque chose d'indéfinissable m'a appris qu'ils se trompaient. Ils parlaient fort, ils avaient des accents de certitude, des formules péremptoires, ils affirmaient, soulignant du geste, de la force de la grimace et de l'intonation, et moi, la gamine cassée sur ma chaise avec ma tête de porcelaine brinquebalée, j'avais décidé qu'ils étaient de gros cons et mon père avec eux.

Je saurais aujourd'hui prouver pourquoi, c'est ce que mes lectures m'ont appris. J'ai de l'admiration pour cette demi-gosse qui n'avalait rien sans suspicion, à qui toute certitude était étrangère, et qui ne souriait jamais.

Au désespoir d'Ariane, d'Anka, de Marek et d'Adrian... Un soir, ils en parlaient sous ma fenêtre. Les heures interminables du crépuscule créées pour que tout s'éternise ! Comment faire pour que Sandre soit enfin joyeuse ? se demandaient-ils. Que lui dire ? Que lui promettre ? Que lui chanter ? Terrorisée, j'avais reculé le fauteuil jusqu'au fond de ma chambre, et j'avais prié en enfonçant mes ongles dans mes paumes... Faites qu'ils parlent d'autre chose, de tout autre chose, de n'importe qui sauf de moi, vite, que quelqu'un lance un mot et que leurs pensées divergent, qu'ils m'abandonnent... Demain je sourirai, je vous le promets, je tenterai même de rire, mais laissez-moi... Un instant, je m'en souviens, ils ont évoqué le projet de monter un spectacle, un théâtre de clowns, j'en serais la spectatrice unique... Ariane s'enthousiasmait, c'est Marek qui avait dit qu'ils ne seraient peut-être pas drôles, que c'était un métier, le cirque... Trente ans après, un frisson me prend encore à penser à cette conversation surprise, et je me plains, fillette paniquée, d'avoir été une cible, d'avoir à ce point envahi leurs préoccupations...

Ils avaient même prétendu, je crois que c'est Adrian qui l'avait dit, que ma mère me manquait, que c'était triste une enfant dont la mère mourait à sa naissance... C'était idiot, on ne peut regretter que ce que l'on a connu, et je n'ai jamais rien su de Mathilde Arians. Il ne reste rien d'elle, pas un objet, pas un vêtement, pas un bijou, Grégoire a tout jeté. Juste la photo qui subsiste... Je sais pourquoi il a fait cela, c'est la technique du patriarche : on n'introduit pas la mort au cœur de la villa Vanille, on la chasse impitoyablement. Je ne sais de toi qu'une chose, jolie mère : je te dois mes jambes immobiles.

Les livres m'ont aidée... les hommes aussi, de façon différente. C'est le contraste qui a tout fait. Il y avait Pascal, Diderot, Voltaire, les philosophes, et le soir Pluviot et Desbrosses qui lâchaient leurs vérités premières et stupides...

De cette rencontre entre l'écrit et l'invective, j'ai appris que les êtres humains ne changeaient pas et que cela n'avait pas d'importance ; ils resteraient ce qu'ils étaient, stupides, velléitaires, égoïstes et méprisants, mais ce qui comptait, c'était qu'ils ne puissent pas faire ce qu'ils affirmaient vouloir faire, et pour cela il existait un rempart : la Loi.

Grégoire s'insurgeait parfois, mais la plupart crachaient sur cette race qui n'était pas la leur. J'ai su qu'il ne servait à rien de discuter. Les imbéciles ne changent pas d'avis. Aucun argument ne compte, mais il y avait des règles auxquelles ils devaient obéir : on ne tuait pas l'indigène parce que c'était interdit. J'ai cru jusqu'à ces derniers mois que le droit suffisait, que les Malgaches n'avaient qu'à se contenter de ce régime qui les protégeait. Et la frayeur qui m'envahit aujourd'hui est qu'avec la révolte les barrières sont tombées. Le vacarme tonitruant du sang et de la guerre a permis ce qui ne l'était pas, le droit s'écroule et ce sont ceux-là mêmes qu'il protégeait qui l'ont fait s'effondrer. Pluviot et les autres vont donc sans limites démontrer la puissance et la force de leur haine. Rien ne les arrêtera...

Mon père sait cela. Nous n'avons jamais parlé de ces problèmes, il est le roi de sa terre, le maître de Vanille ne prend pas conseil dans les écrits anciens ou nouveaux... Il n'a pas compris que le vent tournait; il vit dans l'immuable, et pourquoi serait-il venu réaliser le vieux rêve de la jeune infirme: mon père, un soir, pénétrait dans ma chambre, s'asseyait, un peu las, et ouvrait la bouche pour murmurer la phrase cent fois espérée: «Sandre, explique-moi le monde puisque tu es savante et que tout est prévu et écrit...»

Beaucoup de choses le sont, des vagues nous emportent dont nous pourrions connaître l'amplitude et la direction, mais qui de nous s'en soucie tant est prenant le jeu de la houle sur laquelle nous dansons...

J'ai voulu certains soirs quitter le pays des fleuves rouges... L'automne venu, lorsque les vents se lèvent et que les pluies furieuses s'installent, tenaces et rageuses, la terre se dilue dans l'immensité des plaines et les courbes des rivières se teintent d'une encre pourpre ; c'est la saison que j'ai préférée, elle est plus violente et plus douce, la terre saigne et les cataractes emplissent les canyons de tonnerres permanents... Malgré la dévorante beauté du paysage, malgré l'envol des papillons géants dans les premières brumes du matin, j'ai pensé continuer ma vie ailleurs, j'ai dû, un temps, rêver que loin d'ici je serais moins infirme. Je ne partirai plus, je le sais... Peut-être s'en iront-ils tous un jour, même Grégoire, il sera meurtri mais, s'il le décide, il prendra le bateau et tentera de bâtir un nouvel empire, malgré l'âge, l'échec et les souvenirs.

Moi seule ne quitterai pas cette terre car une tombe m'y retient.

Ne crois pas, Marek, que je n'ai pas su que tu étais

capable d'être imbécile, vantard ou bravache ; comme les autres, tu avais tes théories simplificatrices et tes volontés que tu voulais irrésistibles... Tu aimais ressembler à ceux qu'Ariane appelait les « Obtus de la Place » ; tu n'avais ni l'intelligence désabusée d'Adrian ni le savoir de ton père... Mais tu m'as fait danser, Marek, et j'en tremble encore. Comme tes dents étaient blanches et ton rire enfantin...

Je resterai près de toi. Ce pays est celui des morts rois. Dans les cases fantômes de l'Ankaratra, terre de l'au-delà, sur les hauts plateaux ou dans les étendues où pousse la canne à sucre, les tribus sortent leurs morts... Les vivants pensent qu'ils leur doivent beaucoup : les troupeaux, un lopin de terre, une barque. Ils croient que rien n'aurait eu lieu sans eux, et je les rejoins ce soir. J'aurais eu peu de choses sans toi, Marek. Le luxe m'entourait à ma naissance, mais il me fut offert si naturellement qu'il est passé inaperçu... C'est à toi que je dois l'unique fusion de ma vie, ces minutes tourbillonnantes où je fus femme entière et joyeuse. Tu as eu ce don, garçon fêtard et sans cervelle, de condenser en quelques étreintes toutes les densités et les exaspérations que ressentent les humaines ordinaires... Tu as fait tenir en deux tours de valse toute mon aventure d'amour. Je sais ce soir qu'il n'y en aura pas d'autre, je ne le veux pas. A partir de cet instant, tu m'appartiens, Marek, à moi seule, et tu seras ce que je veux que tu sois en chacun de mes rêves... Je nous verrai courant, ivres de rhum blanc et de désir, sur les plages où l'eau d'améthyste dort dans les criques, je sentirai quand je le voudrai tes mains sur ma peau nue... Tu me posséderas sans fin jusqu'à ma mort. Je t'inventerai chaque soir un sexe mortel et délicieux. Tu seras mon poignard, je mourrai de toi et je mordrai dans la nuit vide ta bouche absente aux lèvres de sueur.

Quelle fièvre, ce soir... Dans la longue cohorte des jours à venir, je n'envisage plus que ton corps, je le fais surgir, je porte sur le mien son empreinte. Seule la mémoire oublie, pas la peau, pas la chair ; ton souvenir pèse encore, je sens tes muscles rouler sous mes paumes, et ils ne s'effaceront pas, comme le ferait une simple image ; je t'ai aimé, Marek, comme une femme, de tout mon ventre, de tout mon désir.

Le vent se lève. Je m'en suis aperçue avant de descendre à table avec les autres. La porte de l'une des chambres était ouverte et une écharpe s'est envolée. La soie a flotté un instant dans le couloir avant de retomber. Pronia s'est précipitée pour la prendre, elle a bougé dans sa main, comme mue par une vie propre. Autour de la table, tous étaient là, sauf Ariane et son mari.

L'attentat de l'après-midi nous a tous secoués.

Adrian est devenu gris en l'apprenant et, en ce moment encore, un métal plombe le regard de Grégoire. Francis a pris un air vaguement offusqué : on avait tiré sur une femme. Un regard anglais devant une inconvenance. Coline en a oublié de se pulvériser du Guerlain, et nous allons pouvoir respirer autre chose que du parfum de Paris durant toute une soirée.

Nous avons pris nos places en attendant les deux absents. Autrefois, lorsque les Bécalier venaient nous rendre visite, on rajoutait des chaises d'osier ; Marek s'asseyait toujours à ma gauche. Peut-être a-t-il eu envie de moi ? C'est la seule chose au monde que je voudrais savoir. Est-ce qu'un instant de sa vie, durant une folle et faible seconde il a eu, malgré mes jambes mortes aux muscles atrophiés, malgré mes chaussures sans grâce, malgré ce qu'il a imaginé de l'amour avec une paralysée, est-ce qu'un seul instant il a eu un élan, une tension vers moi... Je sais comment deviennent les hommes qui désirent, je sais tout ce qu'on a cherché à me taire, est-ce que je t'ai fait bander, Marek, mon bel amour ?... Si je pouvais en être sûre, j'en conserverais un sourire au fond de moi, si vaste, si gai qu'il m'en viendrait une chanson muette, inlassable, que je répéterais tous les jours de ma vie. Personne n'entendrait jamais le chant de Sandre, mais chacun saurait qu'il existe, incessant, Marek, mon désirant, ma raison de vivre... Il m'en fallait une et c'est toi... Désormais, chaque jour ne basculera plus pour renaître sans raison, je te garde, je te ferai revivre, je te ferai m'aimer... je trouverai les poses, les attitudes, les gestes qu'il faut pour que tu oublies la glace de mes genoux et de mes cuisses.

— Commençons sans eux, propose Coline. Ariane ne descendra sans doute pas et Berthier a dû vouloir...

Grégoire regarde Coline qui se tait.

— Elle tient à être là. Je le lui ai demandé.

— Pourquoi ?

Les yeux d'Arians se déplacent et s'arrêtent sur l'un des serviteurs :

— Parce qu'il faut qu'ils sachent que rien ne peut nous faire changer.

L'obstination des crocodiles, tous les soirs fidèles à leur coin de mare... peut-être savent-ils que c'est leur entêtement qui les perd, mais ils n'y peuvent rien, ils reviennent et le chasseur est là.

Le silence autour de la table... C'est ce que l'on appelle une famille. Et moi dans tout cela ? D'abord je n'en fais pas vraiment partie, puisque je suis déjà un peu morte, disons incomplète, et peut-être suis-je la seule à savoir ce qui m'attend. Je n'ai pas l'avantage de connaître leurs incertitudes... Peu importe la guerre, peu importe la paix, je resterai à Manalondo. A l'autre bout de la table, Adrian allume une cigarette. Il me semble qu'il ne fumait pas lorsqu'il est arrivé, ou beaucoup moins.

Ils vont partir ensemble, Ariane et lui, je le sais, il n'y a que moi qui le sache car je suis amoureuse et je connais tout de leur folie. Pauvres insensés qui croyez que l'amour s'arrête avec la mort, vous ne savez donc pas de quel métal sont trempées nos passions...

Pauvre Grégoire qui tente de rassembler son monde autour du repas du soir pour que tout ait l'air de continuer, comme au temps de la mer étale... Ça n'a jamais été ainsi, Grégoire, petit homme qui n'est pas Dieu, depuis des années tout se défait insensiblement, l'usure lente a préparé les déchirures d'aujourd'hui, notre tissu n'était pas de si grande qualité...

Sandre fixe par la baie les escarpements lointains qui préludent à l'Ankaratra. Les contours s'effacent. Elle pressent la violence tournoyante des vents rouges gommant les montagnes et le ciel... Le cyclone.

Nous allons ensemble connaître cette tempête, mon amour, oui je veillerai ce soir, je serai dans tes bras à l'instant des rafales, nous roulerons emportés, deux écharpes emmêlées ondoyant dans un interminable couloir... Nous déboucherons dans les océans qui bordent notre côte et commencerons le voyage.

— Sandre, tiens-toi.

Je le regarde. Je n'ai pas su maîtriser le raidissement de mes mains sur les accoudoirs lorsqu'il m'a interpellée. Rien ne t'échappera donc jamais, patriarche... L'œil permanent a découvert au fond de la penderie de ma chambre les bouteilles de rhum de Nosy Be... Il sait que je bois, j'aime provoquer chaque soir la lente éclosion des neurones... Rien n'est plus clair, plus transparent que cet alcool, une eau suprême, diamantée, toute-puissante, elle écrase les chagrins, elle est le broyeur des grises plaines du regret. Elle a la douceur violente des tumultes embaumés de la Namorona lorsque l'hiver est venu, oui, chaque soir je m'installe des cascades à l'intérieur de mon cerveau brûlé, je crée le décor qui va nous recevoir, voici les personnages de ce soir : la princesse qui court et son amant Marek plus vivant que la vie, plus rapide que les truites des torrents qui dévalent l'escalier des falaises d'Alaotra... Ils se poursuivent et se saisissent, ils sont écharpes, et les voici papillons, lorsque mourront toutes mes cellules, ils vont...

— Sandre !

Je n'ai pas pu attendre pour commencer... J'ai de plus en plus de mal à ne boire qu'à la nuit... Ne gronde pas, Grégoire, ne me gronde pas...

Adrian s'est levé. Il fait le tour de la table, passe derrière l'infirme et manœuvre le fauteuil. Il ramène Sandre à sa chambre. Ariane le lui a dit il y a quelques jours, cela date d'un ou deux ans, mais tend à s'accentuer. Plusieurs fois, elle est descendue ivre à table. Sur le dossier, la tête de la jeune femme oscille... Dans quelques minutes elle dormira.

Tandis que les miroirs successifs du couloir réfléchissent leurs silhouettes, une nuit ocre vient se coller aux vitres de Vanille et un poumon géant aspire l'air du ciel... Dans une rétractation de défense, chaque herbe s'immobilise, une rage va déferler et s'abattre en cataclysme. Sandre ne s'apercevra de rien : pour quelques heures elle a rejoint Marek.

X

Ils avaient descendu le fleuve sur des pirogues dont les peintures s'écaillaient. Lorsque les paumes de Tulé s'étaient mises à saigner, Anka avait à son tour pris les pagaies. L'eau lui était apparue épaisse, une soupe mauve d'où jaillissaient les racines grasses des flamboyants et des filaos géants. Ils longeaient les berges, l'embarcation dissimulée par la mangrove s'échouait parfois sur des sables ou s'envasait. La nuit, ils s'enveloppaient dans le lamba pour échapper aux moustiques des rives. A l'arrière, les deux Arabes qui les guidaient n'avaient pas prononcé une parole depuis le début du voyage. Anka connaissait leur histoire ; ils étaient des descendants d'esclaves, et leurs ancêtres avaient été échangés contre les sabres aux manches d'ivoire incrustés d'argent que les brigantins venus des Comores déversaient sur les plages de contrebande, à la fin du siècle dernier. Le plus grand traînait dans le sillage de la pirogue une ligne courte dont les hameçons crochaient dans de la viande avariée et, chaque soir, ils avaient fait cuire sur des braises des poissons aux écailles d'ardoise et à la chair fade.

Après s'être roulée en boule dans le fond de l'embarcation, Anka se laissait aller au tangage des eaux puissantes et il lui semblait que le fleuve berçait sa peine. Tulé, brisé de fatigue, s'endormait fréquemment et, avant qu'elle ne sombre à son tour, Anka se sentait mourir de tristesse, cela durait peu, quelques minutes sans espoir fondaient sur elle. Ses mains se levaient et elle aurait voulu frapper le vide pour faire fuir le malheur... Dans quelques jours, ils seraient à Majunga et embarqueraient sur un cargo battant pavillon portugais, un ancien bananier reconverti dans le ciment et les anacardes. Ils descendraient à la première escale, Lourenço Marques. De là, ils s'enfonceraient dans les grands espaces de l'Afrique australe : ils reviendraient plus tard, lorsque les choses se seraient apaisées... La mission de Tulé était de faire connaître dans les différentes nations qui bordent l'océan Indien le sort que les Blancs avaient réservé à ses frères dans l'île toute proche. Il créerait des foyers, tenterait d'attiser l'incendie. Elle le seconderait, ils avaient des faux papiers, tout était prévu. Ainsi en avait décidé l'Indien. Tulé avait expliqué que Anka et lui devenaient un maillon d'une grande chaîne révolutionnaire dont le but était d'embraser les pays pauvres, le grand frère soviétique les soutiendrait.

Quatre jours. Quatre jours s'étaient écoulés depuis l'arrivée d'Anka à Bétafo. Elle avait longé les hangars aux planches disjointes, zigzagué dans un univers de palissades et traversé le cimetière des buffles aux cornes coupées. Après, son guide l'avait poussée dans une case aux toits de tôle et de carton où elle était restée plus de cinq heures, le menton sur les genoux, avec un bidon d'eau tiède où flottaient encore les cercles jaunissant d'huiles anciennes. Elle s'était endormie et le bruit de la porte l'avait réveillée : Tulé se tenait sur le seuil. Ses pieds étaient nus comme ceux des paysans, et il portait le lamba de ses pères. Il était si maigre qu'elle ne put s'empêcher de caresser sa joue creusée. Elle n'avait eu envers lui aucun élan, simplement cet attendrissement rapide... Avec terreur, elle avait pris conscience qu'elle s'était fermée pour toujours, et tout ce qui viendrait de lui resterait lettre morte, quoi qu'il dise il en résulterait indifférence et malaise... Elle pouvait admirer le combattant clandestin qu'il était devenu, cela ne changeait rien, il faudrait qu'un jour, le plus vite possible, elle lui avoue que l'amour avait fui, et qu'il ne reviendrait plus. Tulé admettrait, plus facilement peut-être qu'elle ne le pensait : depuis qu'ils s'étaient retrouvés, il n'avait eu aucun geste vers elle, il n'avait pas cherché à faire l'amour ; ils avaient gagné la léproserie, la cache la plus sûre... La nuit, elle sentait rôder des présences derrière les murs. Il parlait de la lutte à mener, de son importance, de ses dangers. Il lui avait expliqué que continuer à se battre sur l'île serait une folie inutile, ils étaient connus l'un et l'autre, repérés, pourchassés, tôt ou tard ils seraient pris... Sur de grandes terres, leur utilité serait bien plus grande ; avec l'appui d'autres camarades, ils porteraient la bonne parole, ils expliqueraient les grands phénomènes d'exploitation de l'homme par l'homme, qui régentaient le monde, ils apprendraient à s'en libérer, ils vanteraient le modèle communiste : le seul juste, le seul fraternel... Ils évoqueraient la figure d'Andafy Anjaka assassiné.

Tulé s'animait, sa vie se déployait alors devant lui, pleine de sens et riche de dangers. Il était un nouveau missionnaire, il chasserait en lui l'homme des livres, il serait celui de l'organisation, il implanterait, manipulerait... Grâce à lui, grâce aux camarades, il soulèverait un continent, il introduirait sur les terres de la misère l'espoir rouge de la liberté et du bonheur.

Anka l'avait écouté. Elle partagerait sa vie de révolutionnaire professionnel, elle le seconderait, elle croyait à ses idées, elle lutterait pour qu'elles triomphent... Elle avait vu la face de l'ennemi et la cause pour laquelle elle combattrait était juste.

Elle se retourna et son front heurta le bord intérieur de l'embarcation. Elle écarta le linge de son visage. Le bourdonnement des moustiques avait disparu. Elle sentait derrière elle le poids énorme de la jungle ; une gigantesque éponge verte respirait, lâchant de lourdes nappes de miasmes, et des relents de pourriture flottaient au ras des eaux, arbres morts impalpables construits de brumes et d'appréhensions.

Demain, ils embarqueraient. Ils se perdraient dans le fourmillement des quais au milieu des dockers, des conducteurs de rickshaws, des pêcheurs de requins et des mendiants qui hantent les abords des barges ou des chalands surchargés de riz et de bois précieux. Ils seraient désormais des exilés.

Elle ouvrit les yeux sur la nuit profonde. Elle installa plus commodément sa nuque sur le plat-bord et le visage de Berthier se forma, un puzzle instantané, une image fixe de lanterne magique... Il était ainsi quand il jouissait. L'impression fut si forte qu'elle serra les jambes et s'arqua pour retenir un corps absent.

Elle reviendrait, quoi qu'il arrive. Elle reviendrait à Manalondo, pour lui, pour l'avoir encore en elle, pour qu'il lui refasse ce qu'il lui avait fait, pour qu'elle soit folle à nouveau... Pauvre Tulé, avec ses tâches si nobles, son souci d'arracher les masses au joug colonialiste, il ne sait pas à quelle soumission elle aspire, il ne sait pas combien peu lui importe le vent de l'Histoire. Elle donnerait toute cette nuit pour que... pour qu'il la ramène à l'état de chienne, pour qu'une force la dépasse, la renverse, une force si grande qu'elle cesse d'être elle-même.

L'eau battait contre l'embarcation. Au matin, lorsque l'aube recouvrait d'argent les eaux fangeuses, la pirogue était cernée d'herbes et de mousses arrachées aux berges lentement effondrées. Au centre du fleuve passaient des baobabs déracinés, les troncs énormes semblaient s'être gonflés d'eau au cours de leur long voyage. En contre-lune, leurs formes monstrueuses imitaient des animaux disparus, créatures amphibies d'un autre temps...

Marc respire aussi sous ces étoiles ; tant qu'elle n'a pas mis le pied sur le bateau qui va l'emmener sur une autre terre, elle se sent proche de lui, mais lorsque les amarres seront larguées, elle le sait, peut-être en mourra-t-elle.

Un mouvement à ses pieds. L'un des hommes avait bougé. Il pouvait ramer des jours entiers sans faiblir. Parfois l'un des deux suspendait son geste, et la pale s'égouttait lentement. L'autre l'imitait et un silence total tombait sur les eaux, coupé par le cri d'un singe sur une cime d'arbre lointaine. La pirogue regagnait la rive et ils attendaient sans parler, éblouis par le chatoiement du soleil à travers les branches. Un vol de flamants rasait le fleuve et Anka suivit des yeux, jusqu'à ce qu'elles aient disparu, happées par la bouche de grande lumière, leurs ailes de buvard et de velours passé.

— Tu ne dors pas ?

Elle ferma les paupières, sans répondre au chuchotement de son mari. Aucun homme ne la touchera plus.

Elle dormit près de trois quarts d'heure et fut réveillée par un balancement plus fort que d'ordinaire. Elle se souleva et, aussitôt, l'odeur de sel et de goémon emplit ses narines. Ce fut si violent qu'elle pensa que la barque avait rompu ses amarres et dérivé jusqu'à la mer. Il faisait nuit encore mais le jour n'allait pas tarder à se lever. La Betsiboka était envahie de vagues courtes et rapides. La marée semblait remonter le fleuve, la mer envahissait les terres alluviales.

Anka s'assit et dut faire un effort pour ne pas basculer.

— Qu'est-ce qui se passe ?

A l'avant, elle vit les trois silhouettes côte à côte de ses compagnons se séparer, et Tulé, escaladant un cordage, se rapprocha d'elle.

— Il faut trouver un abri, dit-il, il y a un village à moins d'un kilomètre.

— Pourquoi ?

Tulé leva la tête. C'était vers l'ouest, en direction de l'Océan. Une masse vineuse avançait, dépassant les montagnes, obstruant le ciel.

Avant qu'il ne réponde, elle comprit : dans quelques minutes, le cyclone serait sur eux.

Adrian écrasa la Lucky Strike sur le marbre du cendrier et traversa la chambre. Quelqu'un frappait à la porte. Il avait cru tout d'abord à un craquement du bois dû aux premiers souffles du vent, mais une deuxième série de coups plus nets avait retenti. Il ouvrit et Ariane se rua sur lui. Il vacilla et elle le mordit violemment à la lèvre tandis qu'ils coulaient, enlacés, sur la natte. Derrière eux, la porte se rabattit avec fracas et une pelletée géante de sable et de poussière souffleta les vitres. Ils eurent l'impression qu'elles allaient jaillir du cadre des fenêtres.

— Où est Berthier ?

— Sorti. Il y a des blessés dans le village nègre, des toits se sont envolés et des cloisons effondrées.

Ses doigts s'emmêlaient dans les boutons de la chemise. Le même parfum depuis toujours, pomme fraîche et cheveux vanille... Il la renversa et sentit l'air courir sous la porte.

— Prends-moi.

Il la pénétra brutalement, ses doigts plongés dans les boucles tièdes. Aucun couple humain ne s'était aimé ainsi, elle était sa force, son désir, sa rage et sa douceur.

Quelque chose gonflait dehors, une voile appuyait sur les murs de Vanille, poussée énorme d'un bateau géant fonçant droit sur eux.

Les reins d'Ariane se creusèrent, elle se tendit et il la cloua au sol par les poignets.

Elle s'élança en pur-sang, soulevée de plaisir... Lorsque le hurlement de la bourrasque balaya la nuit, il se dressa, l'entraînant empalée. Elle se cramponna, les jambes serrées autour de ses reins. Il la jeta sur le lit et les ongles de la jeune femme creusèrent ses hanches.

— Adrian !

Le cri percuta dans le tonnerre qui se déchaînait au-dehors. Dans une lueur de sanguine, les cocotiers du parc se courbèrent comme des arcs tendus et les palmes fouettèrent le ciel de mercure. Il résista, les oreilles écrasées par le vacarme d'une unique et immense rafale, il sentit les lentes pulsations d'Ariane s'accélérer, il eut l'impression qu'elle passait de crête en crête, rejetée sur la rive par un ressac interminable. Il sentit à son tour venir le plaisir... Il força sur ses avant-bras, cherchant à se dégager, mais elle resserra sa prise.

— Reste, je veux te sentir...

Un enfant... La vieille terreur... Toujours il en avait été ainsi ; combien de fois n'avaient-ils pas attendu l'instant de ses règles, avec toute cette angoisse d'adolescents. Ils avaient connu les nuits sans sommeil, l'attente à briser les nerfs.

— Je veux un bébé, je t'en prie...

La maison craquait de toutes ses poutres, de toutes ses boiseries. Le cœur de l'ouragan s'ouvrit, lâchant ses cavaliers, des chevaux de vent plus hauts que le ciel se ruèrent. La jouissance le prit à la nuque et se ramifia jusqu'aux ongles de ses orteils. Le trouble le submergea et il se laissa aller sur elle, la bouche abandonnée sur le cou d'ombre tiède.

— Adrian...

Elle le serra, murmurant son nom, trois syllabes, axes fixes dans la furie de la tempête. Ils basculèrent, roulèrent l'un sur l'autre. Sous le mugissement de la folie qui cernait la propriété, ils entendaient une course au-dessus de leurs têtes. Il eut l'intuition que c'était Coline.

— Regarde.

Elle se crispa, arc-boutée au corps d'Adrian, et hurla. Face à eux, une masse monstrueuse d'un gris de métal sembla se creuser, se retourner sur elle-même, et le typhon partit en vrille, toupie déséquilibrée dont l'extrémité vidait le ciel de toute lumière. Elle pensa à un entonnoir d'étoiles, et toutes les vitres volèrent. Le bruit des verres brisés se fracassa contre la note d'orgue continue que déversait la tornade.

Ariane bondit sur ses pieds et fonça vers la porte.

— Le bébé !

Adrian la regarda sans réagir se battre contre la porte qu'un appel d'air plaquait dans son chambranle, puis se précipita à son aide. Il la vit fuser dans le couloir et s'élança derrière elle. Dans le hall central, la détonation lui perfora les tympans : le toit craquait... Vanille allait s'ouvrir comme une mangue, comme une grenade trop mûre que les enfants jettent contre les pierres pour la faire éclater.

L'éclair livide figea Francis et Pronia accrochés à la rampe de l'étage.

Adrian escalada les marches. Les murs frémirent autour de lui.

— Où est Sandre ?

Un chariot de pierres roula soudain dans un fracas d'épouvante, des tombereaux dévalaient des escaliers infinis, lâchant des chargements de ferraille.

Il se trouvait à moins d'un mètre de ses parents qui ne l'entendirent pas. Il enjamba une console tombée et courut vers la chambre. A présent, par les fenêtres béantes, les bourrasques s'engouffraient, arrachant de leurs mains folles les tentures, renversant les vases et les coupes... Sandre, seule dans son fauteuil face au cyclone... Il se jeta contre la porte qui s'ouvrit instantanément. Un éclair illumina la pièce bouleversée. Un palmier barrait la baie d'une diagonale incurvée, et, dans le tourbillon de la rafale, il vit flotter un drap... Son regard glissa sur une chaise renversée et arriva à l'angle du mur. Assis à terre, le buste droit, Grégoire Arians fixait le vide. Il tenait sa fille évanouie dans ses bras et la chevelure dénouée de l'infirme balayait, sans qu'il y prêtât attention, le visage du maître de Vanille.

— Ne bougez pas, dit Berthier, je ne veux aucun véhicule sur les routes, cela ne sert à rien.

Bacci haussa les épaules et gagna la porte.

— Bacci...

Le gendarme se retourna, interrogeant des yeux son capitaine.

— Si je vous vois encore faire un geste semblable, je vous colle au trou pour deux mois.

La mâchoire de Bacci tomba. Il avait toujours considéré son supérieur comme un personnage mollasson et vaguement enfantin ; son bras droit retrouva instantanément le sens du salut militaire, tandis que ses talons claquaient.

— Mettez vos hommes à l'accueil dans les baraquements. Vous installerez les marabouts et les tentes dès que les vents tomberont. Les pluies vont être violentes et longues.

Les familles arrivaient de toutes parts, de Manalondo et des montagnes. Elles progressaient, courbées en deux par la force des rafales, les lambas flottaient, parallèles au sol, tendus comme des voiles par la tempête...

Dès le début, les lignes téléphoniques avaient été coupées, et Berthier n'avait pas pu obtenir les fréquences militaires. Il s'était contenté d'organiser les cellules d'accueil. Il connaissait la violence démentielle des hurricanes, il en avait connu le long du littoral : en quelques secondes, les villages et les plantations disparaissaient, les raz de marée, les pluies torrentielles noyaient les choses et les hommes... Les cadavres de zébus gonflés dérivaient des semaines entières avant que les eaux ne se retirent... Rares étaient les cyclones franchissant la barrière des montagnes, mais il en existait, et rien ne pouvait les arrêter. C'était une fièvre du firmament, un accès terrible de folie contre lequel on ne pouvait lutter.

Berthier ouvrit la porte et la rafale le plaqua au mur.

Il détourna le visage pour ne pas être étouffé par le vent qui le frappait de face et tenta d'atteindre les premières baraques. Le souffle le happa et il chancela, projeté le long de la paroi. Une boule sur un tapis de billard. Il décolla en donnant une impulsion du talon comme un nageur au fond d'une piscine, et partit à travers la cour, dérivant en ivrogne.

Déjà la foule s'entassait à l'intérieur. Sur des couvertures, les femmes berçaient des enfants aux larmes silencieuses... Au-dessus des toits, les grondements des nuées gonflaient sans cesse, coupés par le sifflement strident d'un vent zigzagant et dévastateur.

Berthier entra. Devant lui, et jusqu'au fond de la salle, tout le quartier indigène de Manalondo était là, les ballots s'entassaient entre les lits à étages. Il vit remuer des poules dans des cageots et le métal des machines à coudre emportées à la dernière seconde brilla sombrement dans l'éclatement d'un éclair.

— Il y a des blessés ?

Un des gendarmes se retourna. Il portait une vieille femme dans ses bras et suait à grosses gouttes.

— Une vingtaine. Ils sont à l'infirmerie.

Berthier pensa à Vanille. Il n'y avait rien à craindre. La bâtisse était solide. Grégoire connaissait les cyclones, et son père avant lui : ils s'étaient trouvés à maintes reprises sur leur chemin, et la maison avait été construite pour résister.

— Les lits pour les femmes et les enfants. Il reste des paillasses ?

— Je ne crois pas.

— Allez vérifier, je m'occupe d'elle.

Il sentit l'odeur de sueur aigre qui se dégageait du corps usé. Des cheveux qu'aucun peigne ne démêlerait jamais. Elle était incroyablement légère. Il eut l'impression d'os creux vidés de leur moelle, des roseaux desséchés. Il la déposa à côté d'un groupe de fillettes.

Dehors, la trombe s'éleva en oscillant, cela formait une pyramide molle dressée sur sa pointe, d'une couleur d'éléphant. Elle hésita et partit latéralement, arrachant les roseaux et les planches des cabanes. Par l'une des ouvertures, Berthier la vit passer à moins de cent mètres, une patte de dragon, la chose la plus énorme qu'il ait vue de sa vie. Il recula sans la perdre des yeux, un pousse-pousse lâché en catapulte traversa la place à plus de dix mètres de hauteur ; malgré le hurlement des airs, il perçut le battement lointain d'une cloche, un glas désespéré exhalé du haut de l'église de Manalondo, et la peur fondit sur lui.

Le fouet de la pluie hacha leurs visages. Le vent poussait sur eux un rideau horizontal qui leur parut infranchissable. L'eau s'écrasait avec une violence qui les rejeta en arrière. Tulé trébucha et continua à courir, serrant le bras d'Anka. Tout s'était noyé, et les nuages craquant comme des ventres trop lourds accouchaient de viscères d'eau, un fleuve se déversait, un fleuve que le typhon traversait, projetant en tous sens des cataractes dévastatrices. Autour d'eux, la forêt s'effondrait ; ils écrasaient sous leurs pieds un matelas de palmes imbibées que la tornade venait d'arracher. Anka accéléra pour gagner l'intérieur de la brousse...

Le sentier montait, il s'était transformé en torrent, et le courant bouillonnait, blanc autour de leurs chevilles.

Elle cracha un mélange de pluie et de salive. Elle se retourna. Derrière elle, dans la lueur intermittente des éclairs, elle put voir les rives de la Betsiboka. L'eau montait et elle ne cesserait de monter, alimentée par les cataractes du ciel... Il fallait grimper encore pour lui échapper. Elle se rappela les récits que son père lui avait faits des inondations ravageant le littoral, les terres alluvionnaires noyées à l'infini sous des mètres d'eau que le sol ne boirait qu'après de longs mois... Tout mourait alors, bêtes et gens, les épidémies décimaient ceux que la famine n'avait pas tués.

Derrière, les deux Arabes pressaient leur course.

Anka s'enfonça jusqu'aux genoux dans un trou plein de boue gluante, et devina le minuscule maelström... Le sentier se rétrécissait encore. Elle avança entre les troncs des baobabs.

— Attention !

Elle cria pour prévenir Tulé qui la heurta violemment de l'épaule. Devant elle, le cadavre du bœuf pivota dans un lent clapotement et dévala la pente, droit sur les quatre fuyards, écrasant tout sur son passage. Les cornes démesurées s'accrochèrent dans les racines de l'un des arbres, et l'animal boucha le sentier. L'éclair dévoila l'éclat irisé de l'œil mort. Un oignon coupé.

Tulé tira la bête à lui pour libérer le passage, mais le mâle était énorme. Les pagayeurs tentèrent de l'aider mais le taureau s'ancrait dans les vases. Les gouttes frappaient sur le cuir tendu du corps, résonnant comme un tambour de fête.

Ils durent escalader l'animal et débouchèrent sur les rizières. Il n'y avait plus trace des parcelles et des remblais. Un lac s'étendait devant eux et, dans la fulgurance diamantée de l'orage, le ciel s'inversa dans les eaux bouillonnantes. Un enfer liquide et tonitruant.

— Il faut continuer, dit Tulé, jusqu'au sommet de la pente.

Il s'avança le premier, et elle craignit qu'il ne s'enfonçât dans la terre meuble. Elle progressa à son tour et sentit les tiges s'écraser entre ses orteils. L'eau lui arrivait à mi-cuisses.

Peut-être le cyclone n'avait-il pas atteint Vanille, peut-être en cet instant étaient-ils tous groupés autour de la table ; le ciel s'était dégagé sur les montagnes et les oiseaux se taisaient comme toujours à cette heure... Il y avait si peu de temps encore, elle avait sa place dans ce monde. Marc devait être là, assis avec les autres, près d'Ariane.

L'exclamation derrière elle l'arrêta. Elle suivit la direction qu'indiquait le doigt du guide.

Elle ne vit d'abord rien. C'était vers la mer, en direction du delta.

Il y avait un bourdonnement lointain d'abeilles,

une note constante sous les craquements de l'orage et une ligne blanche à l'horizon qui brillait par intermittence. Elle ferma les yeux quelques secondes pour mieux se concentrer et les rouvrit.

C'était incompréhensible. La ligne se trouvait à une grande hauteur au-dessus du niveau de la mer, elle s'étendait d'un bout de l'horizon à l'autre... Le bourdonnement s'intensifiait.

— Qu'est-ce que c'est ?

La main de Tulé se posa sur son bras. Il murmura quelque chose qu'elle ne comprit pas et elle se tourna vers lui, chassant l'eau de son visage.

— Qu'est-ce que c'est ? répéta-t-elle.

— La mer, souffla-t-il.

Elle se retourna brusquement. La ligne lumineuse était le sommet d'une vague. Une vague unique, gigantesque.

Le raz de marée.

Ils se mirent à courir à travers les rizières, soulevant des gerbes d'eau. Il fallait grimper encore, monter le plus haut possible, c'était leur chance, la seule... Le terrain s'élevait et, sous le poids de la pluie, les terrasses s'étaient effondrées ; leurs talons huilés de boue commencèrent à glisser et Anka s'étala la première, elle se releva couverte de terre humide, pataugeant dans les fanges de plus en plus liquides, et un sanglot la secoua. Au moment où elle allait échapper aux hommes, le ciel la condamnait.

Tulé l'enlaça, dérapa à son tour, l'entraînant avec lui dans une chute qui leur fit perdre trois mètres. Elle se débattit, sentant monter la colère contre lui, contre sa maladresse éternelle ; s'il pouvait mourir noyé, enseveli par un glissement de terrain, elle serait libre, elle n'aurait pas à quitter l'île, elle reviendrait à Manalondo et Berthier la garderait près de lui, toujours ; Ariane comprendrait, Ariane qui ne l'aimait pas...

Le grondement devint si fort que, malgré sa terreur, elle se retourna. Elle crut que la mer se dressait verticale, pour retomber sur elle. Elle hurla, entraînée par Tulé, statue de boue ruisselante.

— Encore un effort.

Elle escalada sur les genoux et sur les mains les deux dernières terrasses, et empoigna des mottes de terre sur la paroi pour se hisser...

Derrière eux, la vague déferla. Elle sentit le déplacement d'air, un souffle froid comme elle ne se souvenait pas en avoir ressenti.

Sur toute la surface de la plaine, l'onde s'écrasa. Dans le crépitement continu des éclairs, Anka vit les installations portuaires de Majunga disparaître. Les bras des grues oscillèrent, fétus balancés au-dessus du cataclysme avant de s'enfoncer dans le maelström. Le moutonnement cotonneux emplit l'embouchure, recouvrant les méandres argileux de la Betsiboka.

Une rafale l'aida à gravir les derniers mètres. Elle se retrouva plaquée contre le tronc d'un arbre. Ses ongles s'enfoncèrent dans l'écorce et, à travers le feuillage ruisselant que l'orage inondait d'une lumière survoltée, elle vit entre deux nuées une déchirure quasi imperceptible, un doigt d'enfant crevant l'épaisseur d'un matelas... Par la lézarde, apparut un clignotement incertain et familier qui lui gonfla les paupières de larmes : c'était le retour de la première étoile.

Adrian, Coline, Francis et Pronia.

C'était la première fois qu'ils étaient réunis, seuls, depuis bien longtemps.

Adrian lut dans les yeux de Coline qu'elle y pensait aussi. Il n'avait fallu rien de moins qu'un cyclone pour reformer la famille.

Francis Bécalier s'approcha de la fenêtre dont toutes les vitres étaient brisées. La pluie tombait toujours, verticale depuis que les vents avaient cessé... Le tonnerre ruminait sa dernière colère vers l'est, entraînant un cortège de lueurs de plus en plus blafardes.

Adrian desserra l'étreinte de ses bras autour des épaules de Pronia. C'était fini ou tout au moins cela allait l'être, le typhon était passé.

— Les récoltes sont perdues, dit Coline, il n'est pas possible que les pousses aient résisté...

Elle avait toujours été celle qui s'intéressait le plus aux produits de la terre. Marek s'était moqué d'elle souvent à ce sujet... Comment pouvait-on à la fois collectionner les écharpes Hermès et être au courant du prix du quintal de riz sur le marché d'Antsirabé ?... Elle lui avait conseillé, il y avait quelques années, de se lancer dans la culture du tabac dont elle prévoyait l'essor et la rentabilité. Il ne l'avait pas écoutée et l'avait regretté.

Adrian sut qu'elle avait raison. La plupart des rizières étaient certainement détruites. Cela voulait dire la famine, la nécessité d'une aide financière de la part de la métropole. Y serait-elle disposée, étant donné les événements ? La révolte s'exacerberait encore, les mois à venir seraient difficiles et peut-être sanglants.

— J'aime la pluie, dit Pronia. Je l'ai regardée tomber durant des années.

Le jardin de Pologne. Il y avait deux clochettes face aux balustrades... Elle aimait ce salon, il donnait dans la salle des gardes. C'était là où étaient rangés les vieux étendards des régiments.

— Je me demande si les drapeaux sont toujours là, dit-elle.

— Quels drapeaux ? demanda Coline.

Francis regardait la pluie... Il donnait l'impression d'avoir envie de s'immobiliser sous l'averse, de laisser l'eau couler sur lui, comme une douche purifiante.

— Elle suit son idée, dit-il, ne cherche pas à comprendre...

— Si toi tu avais essayé de temps en temps, les choses auraient peut-être été différentes.

Bécalier ne se tourna pas vers sa fille. Coline avait des aigreurs, Pronia des crises, Adrian des absences, c'était le lot des fatalités, seul Marek avait offert un visage uni ; mais Marek à sa façon était incompréhensible, un canard pataud au milieu de cygnes maladifs.

— Rien ne peut être différent de ce qui est, ou si peu que ça ne vaut pas la peine de s'en préoccuper.

— Tu veux dire par là que tu n'es pour rien dans le fait que maman...

— Arrête, Coline !

Adrian intervenait rarement mais il avait subitement trouvé insupportable que l'on parlât de sa mère devant elle, comme si elle n'avait pas été là.

— Tiens, dit Coline, tu te mets à jouer avec les simples mortels ? Tu ne restes plus sur les gradins à contempler le spectacle ? Je croyais que nous ne t'intéressions pas, qu'il n'existait que le recul et Ariane...

Adrian chercha une cigarette. Il savait pertinemment qu'il avait achevé le paquet, mais ses doigts fouillèrent d'eux-mêmes. Un signe d'intoxication. Il se baissa, ramassa une couverture tombée à terre et la déposa sur le lit.

— Je ne pense pas que cette discussion arrive au bon moment...

Coline eut un rire aussi bref que faux.

— C'est une phrase que tu as souvent répétée.

Autour d'eux, dans les étages et vers les dépendances, des bruits se faisaient entendre, les habitants des lieux commençaient à quitter leurs abris. La silhouette de Grégoire se profila quelques secondes par la baie, elle se refléta, multipliée par les brisures des vitres. Il marchait en direction des voitures pour aller se rendre compte des dégâts qu'avait subis la plantation.

— Palembang par le feu, Vanille par la tornade, il ne restera bientôt plus rien de nos activités humaines, dit Francis.

Adrian vit Coline serrer les dents pour éviter une repartie violente. Elle avait toujours trouvé détestable cette manie de se délecter des catastrophes ; son père pataugeait dans la tragédie avec une amère satisfaction.

— Il y avait des armures aussi, dit Pronia. De chaque côté de la porte, je les ai frottées plusieurs fois ;

c'était la tâche des servantes, mais nous l'accomplissions parfois lorsque nous étions punis.

Coline se pencha vers elle.

— Cela t'est arrivé souvent ?

Pronia croisa le regard de sa fille et ne changea pas d'expression.

— Je crois qu'Adrian va partir, dit-elle, il nous l'apprendra bientôt.

Francis Bécalier eut un sourire crispé.

— Depuis quelque temps, nous avons tendance à dévoiler l'avenir... Boule de cristal et marc de café...

La stridence du cri de Coline surprit Adrian.

— Cela fait vingt ans que tu fais l'esprit fort et que tu t'enfonces ; si tu pouvais t'entendre, ne serait-ce qu'une seconde...

L'eau ruisselait des terrasses. Adrian pensa qu'elles devaient être inondées et il se demanda pourquoi l'image de l'eau miroitant sur les dalles venait subitement de surgir.

— N'importe qui vivant avec toi deviendrait fou, tu joues avec l'amertume, le cynisme, le dégoût, le malheur... Personne n'aurait pu supporter tout cela, parce que tu es un bouffon...

Que se passait-il en ce moment dans les forêts ? Ceux qui avaient fui, ceux qui habitaient les villages sur les pentes de l'Ankaratra et des chaînes proches, qu'étaient-ils devenus ? Les glissements de terrain, les torrents de boue avaient dû entraîner les cahutes, les bêtes et les gens comme des fétus... Cela rendait dérisoire le déballage soudain de Coline.

— Parce que tu as écrit des inepties par vanité, pour qu'on parle de toi, tu t'es entêté, tu t'es enfoncé dans ton galimatias, tu as voulu te transformer en martyr de la science, en incompris... Le Galilée de l'anthropologie...

Adrian se leva et tenta de l'arrêter mais Coline était déjà contre son père et lui crachait des mots au visage.

— Le berceau de l'humanité enfin découvert. Le pays des premiers hommes ! Tu ne t'en es jamais remis et tu nous l'as fait payer, à tous et trop cher ! Même Marek...

La main d'Adrian s'abattit sur la joue de sa sœur.

— Ça suffit, Coline !

Les nuées de bronze obscur filaient au-dessus des sommets. Les étoiles. En direction de Manalondo se devinait une vague lueur pourpre. Des claquements plus espacés sur le seuil : la pluie faiblissait.

Il vit les larmes poindre dans les yeux de la jeune femme... Pauvre Coline, si belle, si seule, qui perdait vie et jeunesse dans ce bout de monde...

— J'ai cru qu'ils existaient, murmura Bécalier. On m'en a parlé souvent, j'ai vu les flèches de leurs sarbacanes, ils ont fui les volcans, j'ai retrouvé des traces de feu récent...

Les Sionas... Ils avaient eu leur enfance marquée par ces êtres dont on disait qu'ils chuchotaient la nuit au fond des grottes du pays secret. Ils étaient blancs et petits : à chacun ses farfadets.

— Qu'est-ce que tu cherches ?

Coline se recula et se tapit dans l'angle du mur contre lequel elle se laissa couler. Pronia eut un rire bref.

Adrian s'agenouilla devant sa sœur.

— Laisse-le, dit-il, ne règle pas tes comptes, cela ne sert à rien.

Elle renifla et cette grimace d'enfant dans ce visage de femme l'émut... Comme il avait peu pensé à elle, toutes ces années, cette fillette avec laquelle il avait partagé quelques gambades et quelques rires, et qui lui avait toujours préféré Marek... Et puis, Ariane avait envahi le monde et n'avait laissé de place pour personne... Elle était une formule au bas des lettres, rares, qu'il avait écrites à Francis durant la guerre, même pas une formule, un nom parmi d'autres : « Embrasse maman pour moi ainsi que Coline et Marek. » « Ainsi que », tout un programme.

Où sont tes amours, Coline ? Tes amants, tes folies ?

Elle baissa la tête. Elle était belle : pour qui ? Le

mascara avait débordé du coin extérieur de l'œil, l'étirant encore vers les tempes.

— Je ne supporte pas qu'il la méprise, dit-elle, c'est au-dessus de mes forces.

— Je sais, dit Adrian, mais ce n'est pas du mépris, c'est dur à vivre pour lui aussi, c'est un moyen de défense... et puis tout croule autour de nous et ce n'est pas le moment.

Elle porta la main à sa chevelure dans un geste de cinéma, et il en ressentit une impression de dérision et de solidité : elle ne changerait jamais, sa futilité était son essence, sa réalité. Le monde explosait et, au fond d'une pièce obscure dévastée par la tornade, Coline, le fard délayé par les larmes et l'orage, rajustait une boucle tombée pour ne pas faillir à son image.

— Je vais reprendre l'usine, dit-elle, lorsque tout se sera calmé.

Le frère modèle. L'idole. Continuer la tâche. Tout se tenait.

— Tu as raison. Pardon pour la gifle.

Pourquoi ne puis-je pas la prendre dans mes bras, pourquoi ne pas lui parler davantage ?... « Tu as raison » : contente-toi de cela, pauvre Coline, voilà qui va enrichir nos rapports. Qu'est-ce qui m'arrête et m'a toujours arrêté ?...

Ils se relevèrent ensemble. Francis avait quitté la pièce sans qu'ils s'en aperçoivent, et Pronia les regardait.

Un klaxon lointain retentit. Les secours devaient être insuffisants. Adrian eut la vision de Berthier se débattant au milieu des réfugiés.

— Tu vas vraiment partir avec elle ?

— Ce n'est pas...

— ... le moment idéal pour en parler. Je sais.

Elle eut un sourire et sa main frôla l'épaule d'Adrian.

— Je vais voir si l'on a besoin de moi.

Ils quittèrent la chambre. Elle avait passé un bras sous le sien. Ils se retournèrent pour jeter un dernier regard à leur mère. Elle tapotait de son pied nu un des tapis rapportés d'un port de la mer Noire, au sud de Varna.

— Partir est difficile, dit Pronia, je le sais, quelque endroit où l'on se rende, on laisse derrière soi des armures et des forteresses.

Ils refermèrent la porte.

Pronia resta immobile et eut un mouvement rapide d'insecte aux aguets ; de toutes parts lui parvenait un ruissellement continu, de toute la surface de la terre elle entendait la course rampante des gouttes s'infiltrant entre les mottes, s'insinuant dans les fissures du sol, creusant de minuscules et éphémères galeries, imbibant chaque racine, gonflant chaque feuille d'un poids nouveau, elles se rejoignaient, se séparaient, se déformaient, toute une chorégraphie aquatique et insidieuse qui conférait aux plaines une deuxième peau liquide et chatoyante, dans laquelle les étoiles revenues danseraient, tremblotantes et ténues, jusqu'à ce que tout soit bu, jusqu'à ce que, sous l'empire revenu du soleil et du vent, la terre recouvre sa carapace brûlante d'éternelle guerrière blessée.

Dans la semaine qui suivit le passage du typhon, Adrian se rendit à Tananarive. Il aurait pu s'éviter le voyage mais les postes fonctionnaient avec retard et l'on disait que le personnel malgache s'ingéniait à le ralentir encore ; des grèves du zèle éclataient périodiquement sur toute l'étendue du territoire.

Il fallait qu'il se rende au haut-commissariat où il avait à remplir des formulaires pour se trouver en règle avec les autorités militaires. Il se mit à déambuler dans les rues d'Analakély et des autres quartiers surplombant la cuvette du grand marché.

Il faisait bon. Au-dessus de lui, les balcons fleuris de roses pourpres s'accrochaient aux villas construites à flanc de colline, et lorsqu'il descendit vers la mer des parasols blancs qui recouvraient le marché, il sentit l'odeur des piments et des poissons séchés venus des côtes d'Afrique monter vers lui.

Un entracte. Cette journée ressemblait à cela... Une

promenade rapide entre deux actes difficiles dont le pire peut-être restait à jouer... Il déambula dans l'enceinte royale et erra le long des nécropoles. Il était seul. Là, une rumeur lui parvenait, lointaine, de la ville. Il traîna dans le bâtiment où reposaient les tombeaux des reines d'autrefois dont son père lui avait un jour raconté l'histoire... Rasoherina, les Ranavalona, la dernière inhumée il y avait dix ans à peine, octobre 1938. Il ne restait rien de la splendeur d'autrefois. Qui venait ici ? Qui, dans vingt ans, se souviendrait des fastes, des palanquins, des trônes d'or et de palissandre ?

Lorsqu'il redescendit par les escaliers menant à la ville basse, il retrouva la misère et la guerre. Des mendiants agglutinés au coin des murs, entortillés dans leurs lambas, attendaient, les genoux collés aux oreilles, que passe la vie... Aux carrefours, des soldats en battle-dress montaient la garde derrière des sacs de sable. Il vit quelques Jeep sillonner les artères centrales. Sur les toits surplombant le marché aux volailles, il vit dépasser la gueule d'une mitrailleuse. Peu de monde dans les rues. Où étaient les foules d'autrefois ? Il se souvenait des encombrements, l'emmêlement des taxis, des camions, des charrettes et des pousse-pousse, les sifflets des policiers débordés... Au fronton de l'Excelsior, il vit l'affiche géante d'un film italien, *Sciuscia*. Il entra. La salle était déserte. A quatre rangs devant lui, un Européen dormait, le front appuyé contre le dossier du fauteuil lui faisant face. Le velours des sièges sentait la poussière et, sous ses pieds, Adrian sentit craquer des épluchures de cacahuètes... Lorsque les lumières s'éteignirent, il se rappela que c'était dans cette salle qu'avaient éclaté les événements de 1929, un meeting en faveur de la citoyenneté française, une façon de lutter contre la discrimination ; les orateurs étaient Razafy, des communistes... L'accès avait été interdit aux Malgaches et une manifestation s'était formée ; il était un enfant alors.

Fox Movietone, le monde en noir et blanc...

« Sommer et Wimille concurrents au Grand Prix automobile de Pau. Qui va gagner ? La romancière Agatha Christie signe à Londres son dernier succès, *Les Dix Petits Nègres,* tandis qu'en France Raymond Queneau remporte un accueil sympathique de la critique pour ses *Exercices de style*... » Adrian se laissait bercer. Il aimait la voix du speaker, haute et nasale... Comme tout était loin, un univers rectangulaire et bicolore se déroulait, irréaliste, de vieilles dames en fourrure décapuchonnaient des stylos, souriaient aux caméras... Des voitures de course... « Le ministre des Affaires étrangères rencontre Messali Hadj dans la banlieue d'Alger... » Burnous blancs et complets noirs, les deux hommes se serraient la main et il était si évident qu'ils n'y croyaient pas...

La guerre. Mais ce n'était pas la leur. Des soldats sur fond de jungle et de pagodes, visages d'enfants en gros plans, tapotements de joues, chewing-gums, sourires, Saigon. Vincent Auriol inaugure un groupe scolaire et Anabella assiste à la présentation de la collection d'hiver de Jean Patou où elle serre la main de Mme Ramadier. A Marseille, Le Corbusier bâtissait une maison révolutionnaire et controversée...

Fin des actualités.

Ils n'existaient pas. Qui parlait du corps expéditionnaire, des massacres, de la rébellion ?... On avait arrêté des hommes, mais tous savaient qu'il fallait discuter, tenir compte de cette colère lointaine qui éclatait... Il en avait encore parlé avec Berthier la veille... Le capitaine l'avait reconnu : les ratissages, les regroupements ne donnaient rien. Malgré le danger, les indigènes s'enfuyaient, revenaient sur l'emplacement de leur village s'il avait été rasé, et ils rebâtissaient, car là dormaient les ancêtres ; c'est en ces lieux que s'exerçait leur force, que le fluide passait... C'était une poursuite incessante... Il aurait fallu désarmer les colons mais c'était impossible, le haut-commissaire s'y était formellement opposé... Trois jours après le cyclone, des rebelles avaient attaqué simultanément à Tuléar et à Fort-Dauphin, détruisant des installations, emportant des vivres, quelques armes volées aux sentinelles, du matériel explosif... La situation pourrissait.

Sur le chemin du retour, Adrian dut se garer trois fois sur le bas-côté de la route pour laisser passer des convois : des paysans entassés sur les plates-formes dans l'amoncellement des bagages mal ficelés. Les hommes avaient entre leurs genoux des pièces métalliques de charrue... Ils devaient venir de loin, les femmes somnolaient et les chapeaux de paille dansaient à chaque cahot du chemin, cercles jaunes brinquebalant derrière les ridelles. Où les menait-on ? Il eut l'impression d'une saignée, d'un corps magnifique perdant ses forces... Ces camions étaient portés sur le flot d'une hémorragie que rien ne pourrait arrêter... Mais on pouvait tout stopper, il suffisait de se battre et, jusqu'à présent, il ne s'était jamais battu. Même pas durant les années Leclerc où il avait suivi un grand jeu dont les règles lui importaient peu. Ici, c'était autre chose. Il s'était réveillé la nuit précédente avec une étrange sensation : ce qui arrivait à l'île lui arrivait. Dans l'obscurité quasi totale, une interrogation avait bondi du fond de sa conscience : avait-il le droit de partir ? Ariane ou ce pays, l'amour ou le devoir, des conneries, trop simples, trop tranchées... Les roues énormes défilaient contre les flancs de sa voiture, et la poussière soulevée voilait les visages des déportés. Les fumées ocre retombaient ; devant lui, le sergent lui faisait signe que la voie était libre.

Qu'est-ce que tu vas faire ? Régler le problème à toi tout seul alors que tu n'as jamais ouvert un seul bouquin d'économie politique, que tu ne connais rien à rien, que le sang coule... Et en face, il y a Ariane et chaque seconde sans elle est une seconde perdue, et tu mets cela dans la balance ? Tu es un idiot, Adrian.

Il jeta un coup d'œil dans le rétroviseur. Il se demanda si c'était dû à l'éclairage rasant du soleil couchant ou si la poussière soulevée par les convois avait souligné ses traits d'une poudre révélatrice, mais il se trouva vieilli... C'était la première fois. Peut-être existait-il dans la vie de tout homme un moment précis où la jeunesse fuyait. Elle rôdait encore au tournant d'une innocence, d'un regard, d'un sourire, et tout à coup elle disparaissait et c'était fini. Elle ne rafraîchirait plus la chaleur du jour arrivé à mi-course. Cela venait de se passer pour lui, à l'improviste, c'est entre Tananarive et Manalondo que le vol avait eu lieu, les dieux lui avaient confisqué sa jeunesse, et il porterait désormais sur le visage la marque en creux de cette absence.

Pronia

Ils croient que je n'ai pas compris que Marek était mort, ni Anjaka. Vaccinée contre les décès. Ils me jugent au-delà de l'au-delà... Ils parlent à mots couverts, mais au fil des années ils couvrent de moins en moins leurs mots. Il suffit que je prenne mon visage absent, que je regarde le mur ou le plancher et ils s'échangent des nouvelles au-dessus de ma tête, c'est très pratique... Faites comme si je n'étais pas là.

Il existe une grande différence entre eux et moi : ils me craignent alors que je les épie.

Très différent. Ils me craignent parce qu'on ne sait jamais. Cela veut tout dire, « on ne sait jamais ». Je peux bondir de mon lit et me trancher la gorge. Ou leur trancher la gorge. Les explications viendront plus tard. S'ils les trouvent.

J'entretiens le danger. Il suffit de peu de choses : un regard décalé, un silence, une remarque jetée sans raison, un signe qui leur rappelle que, tout de même, je suis de l'autre côté du miroir et que ma raison s'égare. Où ai-je entendu ça ? « Ma raison s'égare... » Un chanteur disait cela, c'était au cours d'un voyage à Varsovie, je revois les rideaux, les dorures, des anges oubliés sonnaient dans des trompettes d'or, des lieux faits pour des archiducs, mes yeux les cherchaient dans les loges obscures, des lampes ténues révélaient la lourdeur des velours cramoisis... Les opéras se déroulaient, interminables, je n'aimais déjà pas la musique et cette manie qu'avaient les ténors de s'avancer vers le public pour pousser leur contre-ut... Je voyais leurs ventres trembler, jusqu'à leurs cuisses qui bougeaient, tétanisées par l'effort, les veines de leur cou comme des amarres tendues. Je pensais que si elles se rompaient, ils partiraient, toujours chantant, vers d'autres mers, ils monteraient vers les cintres, baudruches gonflées. « Ma raison s'égare », c'était dit en français. *Werther* peut-être. Ou *Les Contes d'Hoffmann*. Aussi fous l'un que l'autre... Tempéraments de suicideurs. Nous devions être tous comme cela à l'époque : Schönberg, Kokoschka, Schiele, je prenais le thé à la Maison Willgenstein, Kundmanngasse... A seize ans, j'ai failli être la maîtresse de Strasser, il adorait sculpter des lions ; quand je lui ai demandé pourquoi, il m'a dit que c'était le plus facile à faire, si l'on donnait à un crétin un bloc de pierre et un marteau, il ferait un lion. C'est pour cela qu'on en trouvait partout : un signe de paresse. Comment passe-t-on de Vienne à Manalondo ? Comment aboutit-on de Klimt et Mahler à Francis Bécalier ? La solution est très simple : en devenant folle. C'est ce que je n'ai pas manqué de faire, ma vie est donc d'une simplicité enfantine, bien que l'enfance soit le contraire de la simplicité, et serait même à l'origine de toutes les complications.

Je n'ai retiré de mes années européennes que des souvenirs de tentures. Des toiles écrues. Elles étaient partout, les peintres les tiraient devant la verrière de leurs ateliers, les sculpteurs en recouvraient leurs ébauches de glaise ou de plâtre, Schiele en mettait partout sur ses canapés, sur ses châssis qu'il tournait contre le mur... Il a fallu Paris un jour, bien sûr : cela manquait à la panoplie... J'ai débarqué du wagon-lit en chapeau cloche et jupe courte ; à moi Ville lumière, introduisons dans notre culture germano-slave cette larme de classicisme latin que seule peut dispenser la France... Et voici qu'apparaît Francis Bécalier ; il règne déjà sur des ossements et des étiquettes, il tient d'une main un compas, de l'autre un crâne du Neandertal, et la lampe à l'abat-jour vert diffuse une lumière parcimonieuse, tout, autour de lui, est sombre, des foetus flottent dans des bocaux, des apophyses brillent dans des vitrines. Francis note et me sourit. Il est le cœur vivant du musée funèbre. Au-dessus de sa tête, des bustes sévères : les anthropologues ne sourient jamais, et je bascule de l'avant-garde austro-hongroise dans la science éternelle, des pirouettes de l'art aux certitudes naturalistes... Une odeur de tabac et de mort flotte autour du maître, nous traversons les mers pour aboutir à la naissance de l'homme ; c'est là-bas que ça s'est passé, rêves de cocotiers, de grandeur et de croisière, il éjacule précocement, et je mets cela sur le compte du roulis autant que du tangage : erreur profonde, la terre ferme ne lui est pas plus favorable. Lorsque naît Adrian, nous nous installons à Palembang. Des terrasses, je pourrai voir les soleils se coucher sur une terre que je hais sans le savoir.

Autour de Francis le cercle se referme, blancs colons aux aisselles mouillées ; ils dirigent du haut des buttes des hordes paysannes courbées vers la terre... Ils achètent des pianos en Europe pour meubler leurs salons moites, et se délectent de musiques suprêmes : le vrombissant vacarme des moteurs de leurs camions... Francis, vite ridicule, supporte leurs mâchoires lourdes et leurs triomphes permanents, moi j'ai déjà décroché et me tourne vers la seule oreille ourlée et délicate dans laquelle je puisse déverser les souvenirs lointains des églises baroques de mon Europe précieuse. L'homme qui m'écoute me baisera comme jamais je ne le fus, parce qu'il était patient, doux, souriant et tendre, j'ai eu de lui une enfant au Kenya. Ils ont tué cet homme parce qu'il était normal qu'ils le fissent. Adieu Andafy Anjaka.

Nulle révolte en moi et nulle peine : il y avait une

fois un petit homme de bronze, intelligent et sensible, entouré de très grands et très gros hommes blancs, très bêtes, très savants et entêtés. Il voulut un temps leur demander sa part de justice. Que croyez-vous qu'il arriva ? Ils l'écrasèrent et le petit homme mourut. Voici une histoire sans surprise comme on devrait en apprendre aux enfants.

La folie est absence de chagrin. Je n'ai rien éprouvé, Anjaka. Rien. C'est la preuve que je suis morte, plus encore que toi. Je ne sais même pas où se trouve ma fille Anka et je m'en moque. Parfois, je cherche en moi, dans des recoins, désespérément, s'il ne traîne pas une inquiétude ou une peine, j'allume une torche et entre dans des salles successives, c'est une crypte, et je n'en perçois pas tous les murs... Je me penche et scrute le bas des colonnes, je tourne et les ombres tournent avec moi, et il n'y a rien, jamais, tout est sec sous mes doigts, je les promène sur les pierres, sur les marbres, il n'y a pas une trace de larme... J'emprunte des escaliers, j'en suis les volutes, ce sont ceux de Schönbrunn, ils ouvrent sur le soleil des jardins de Manalondo.

Que laisserai-je ? Depuis peu, cette question surgit. Elle m'étonne car elle est nouvelle pour moi et peu dans ma nature. Il me semble d'ailleurs qu'elle représente un tournant de civilisation, l'ancien monde tentait d'y répondre... Jusqu'au XIXe siècle peut-être, nous fûmes hantés par le souvenir, le message, le testament. Des hommes ont dû construire leur vie de telle manière qu'elle offre après leur mort une belle image : il a fait cela, il fut cela, il a laissé cela... Nous avons bien changé d'optique, la postérité ne nous embarrasse guère... Peut-être est-ce pour cette raison que nous avons relâché toute rigueur dans le cours de nos vies. Le temps des guerres grandit, l'intervalle de paix se rétrécit, les crimes se font légion. Que laisserai-je ? Un de mes enfants est mort, l'autre erre Dieu sait où. Coline n'a pas d'avenir, ni Adrian d'ailleurs, et Francis l'imbécile regarde le jardin descendre vers les vallées...

Ils m'ont laissée seule. Je ne lis plus. Il y a trop d'hostilité dans chaque lettre, un beau jour, elles se sont révélées ainsi ; bien que les caractères d'imprimerie n'aient pas changé, chacune d'elles possédait cette charge agressive que l'on trouve dans l'écriture gothique : pointes aiguës, épaisseurs, crochets, mots forteresses aux défenses aiguisées pour m'empêcher d'y pénétrer.

Je ne laisserai rien. Ce soleil est trop violent pour que subsiste une ombre ; elle disparaît à midi.

J'aurai bourré mon temps de migraines, des lourdes pastilles m'engonçaient dans de longs sommeils oblongs : à peine étaient-elles sur ma langue, mes yeux se fermaient ; cela a duré un grand temps de vie, et je ne le rattraperai pas.

Beaucoup d'arrestations... J'entends des chiffres que j'oublie aussitôt. Il y a des condamnations à mort prononcées, Raseta et Ravoahangy en font partie. J'ai vu souvent des photos du premier, parlant à la tribune de l'Assemblée, il ressemble à Anjaka, tiré à quatre épingles noires... Un sourire, ils le tueront aussi.

Personne ne dormira cette nuit. Tous grouillent autour de moi ; dans les jardins aux grands insectes, moi je suis immobile, la reine des abeilles... Ils n'ont de sens que par moi car je suis l'astre fixe, le soleil de Vanille autour duquel ils tournent, affolés. Je tire des ficelles inconnues, je défais peu à peu leur monde, détricotant patiemment leur univers... Ils croient que le mal leur vient d'ailleurs, des menées souterraines communistes véhiculées par des spécialistes chinois ou soviétiques semant l'ivraie de la révolte. Faux. C'est moi.

Si mes pensées devenaient sonores, ils me ramèneraient à l'asile... Electrochocs... Qui veut de l'électrochoc ?... A vendre et à revendre, deux ventouses collées aux tempes, amicales, fraîches, et puis le plafond qui éclate et les murs resserrés, écrasant les talons, et ces lambeaux de vie déchirés, flottant autour de moi, déchiquetés, hideux... Je m'en suis débarrassée et j'ai cru qu'il en naîtrait une femme nouvelle.

Je ne suis pas faite pour être folle. Ni pour être vieille. En réalité, je ne suis pas faite pour être moi.

Les phares balaient la route. Ils jouent les importants. Ils doivent rechercher les blessés du cataclysme. On porte toujours secours aux victimes des catastrophes naturelles ; lorsqu'ils les auront soignés, ils les pendront pour des raisons politiques.

A l'entrée de Vanille, des arbres effondrés avaient enfoncé le portail, et des hommes cerclaient les troncs de chaînes enroulées sur des treuils.

Pronia ferma les yeux. Malgré la distance, elle eut la sensation douloureuse des maillons d'acier mordant l'écorce qui cédait, et de la ferraille creusant dans le tronc nu aux blancheurs satinées. Les vies se peuplaient de ruines lentes... Cela avait commencé il y avait longtemps, dans la villa d'été des montagnes de Novipazar. D'année en année, lorsque, au premier jour des vacances, les voituriers déchargeaient les bagages, elle sentait au détour des péristyles, sur les chapiteaux, des effondrements, des fissures... Elle aimait ces lieux vastes et princiers, et s'était demandé si l'attachement qu'elle avait pour eux n'était pas dû à ces traces accentuées par lesquelles la mort s'insinuait. Elle croyait à cette époque que cela n'arrivait qu'aux hommes et aux choses qu'ils fabriquaient, tout ce que créait l'humanité portait la marque d'une déchéance, d'un néant... La nature échappait à cette loi. Mais depuis quelques années, elle sentait que les arbres, les collines et les fleuves participaient à la même cruauté dévastatrice : eux aussi portaient l'empreinte sombre... L'immuable n'était qu'illusion, un jour cet air serait différent, un jour cet azur disparaîtrait... Certains changements demeuraient lents, d'autres s'accéléraient, il y avait des évolutions, des secousses, mais ceux qui s'installeraient sur ces terres n'auraient plus dans leurs narines la même senteur qui l'avait envahie à son arrivée... Les herbes n'étaient plus pareilles, trahison des térébinthes et des roses ; il existait un mensonge des racines et de la sève.

Marek avait un cuir trop dur pour comprendre ces choses. Adrian les ressent, Coline peut-être aussi sans se l'avouer. Moi seule en ai la conscience remplie, et c'est pour cela qu'ils me déclarent folle...

Ils ont peur de la guerre parce qu'ils la croient seule porteuse de transformations essentielles, alors qu'il leur suffirait de fixer, durant quelques heures, un caillou sur le chemin pour comprendre que rien ne demeure.

Je n'ai rien à faire ici, tout m'y est étranger.

Nous avons, Francis et moi, réussi un étrange miracle, celui d'être l'un à l'autre de plus en plus lointains avec les années. Je ne me suis jamais habituée à lui ni lui à moi, et les choses empirent ; seul le sexe rapproche les êtres, j'en suis sûre aujourd'hui. L'homme qui ne vous fait pas jouir reste un inconnu avant d'être un ennemi. Ces cachets m'ensuquent.

Pronia va dormir.

Elle sera la seule. Ariane berce son fils qu'une fièvre agite, ce ne doit pas être grave, le médecin viendra demain. Sandre roule silencieusement du lit à la salle de bains et de la salle de bains au lit, transportant des compresses mouillées. Celle qu'elle retire du front du bébé est chaude, et elle a l'impression à chaque fois que c'est un peu de son mal qui s'en va.

Berthier a pu enfin établir un contact radio avec Tananarive et demander des secours, tentes et nourriture ; mais la route est impraticable et les réserves insuffisantes ; les actes de réquisition dépendent du haut commandement qui n'a encore rien signé... Il a pu extorquer une vague promesse de parachutage de containers dans des villages isolés dépendant de son district. Il a envoyé des équipes réparer les lignes téléphoniques. La plupart des pylônes se sont effondrés.

Le jour va se lever. Récalcitrant, un pan de nuit traîne sur les montagnes que des brouillards étranglent. Adrian marche dans un sentier que les pluies ont raviné et craint l'arrivée de l'aube. Il n'arrive pas à comprendre la raison de cette angoisse, plutôt il se refuse à l'admettre : et si les premières lueurs allaient dévoiler un spectacle différent ? Sur la scène du théâtre, le décor de la pièce a été démonté, et rien ne subsiste des monts et des courbes, des rivières et des forêts... Si tout était devenu autre ? Pourquoi a-t-il si peur de ce que réserve la lumière ?

Il est arrivé sur l'éminence qui surplombe Vanille. De là, on voit l'ancien pont, la cabane, celle des longs après-midi pleins d'Ariane, l'enfance à l'odeur de feuille sèche et de parfum de pomme respirés dans ses cheveux...

Adrian s'agenouille. Il refuse que ce monde soit détruit ; cette terre est sienne et il ne le savait pas. Il l'a construite sans le savoir, avec ses souvenirs, sa jeunesse et son amour... Pourquoi a-t-il ces larmes ? Il ne veut plus de ces souffrances, de ces flamboiements.

L'aurore.

Dans quelques secondes, Adrian pourra lire sur la peau de la terre l'étendue des blessures, mais dans le premier envol d'un oiseau du matin, dans le lent déploiement des ailes planantes qui dépassent les hautes falaises, il découvre déjà qu'il ne partira pas, que l'île l'appelle et le retient, que l'errance dilettante vient de s'arrêter ; l'autre s'enfuit d'ailleurs à tire-d'aile par-delà les monts de l'Ankaratra, bien au-delà des lacs, des grands cratères et des îles de cannelle, aussi sûrement que s'élève l'or du soleil.

XI

« ... Et nous arriverons demain à Livingstone. « Voici quatre jours que nous suivons le cours du Zambèze, les vallonnements se succèdent, l'herbe est jaune et drue, la pierre affleure, on dit que c'est le pays des lions, je n'en ai point encore vu. Nous marchons vers l'ouest résolument, et chaque mètre m'éloigne... La corde qui me retient se tend sans cesse, peut-être cassera-t-elle, peut-être ne reviendrai-je pas, la meilleure preuve en est cette lettre. T'écrirais-je tout cela si je devais un jour me retrouver devant toi ? Certainement pas... C'est parce que nous ne nous verrons plus que je puis te dire la force de mon envie. Pas une seconde sans que mon corps t'appelle, je n'ai pas perdu l'odeur de ta sueur ; elle rôde la nuit avec ton souffle et je me meurs alors, épouvantablement. »

Marc Berthier déplia le deuxième feuillet. La lampe bleue datait de la guerre. Il l'avait conservée pour sa douceur. Elle diffusait une lumière d'aquarium, celle que les plongeurs d'éponges devaient connaître en descendant, avec les ténèbres des grands fonds. Il avait débranché le téléphone et personne ne viendrait à cette heure ; tous le croyaient parti, ces moments étaient à lui, donc à eux.

« Je conduis sur les pistes rhodésiennes, Tulé travaille, il apprend des langues africaines, le swahili surtout, mais il est loin de le maîtriser, et il est obligé de faire appel à l'interprète russe qui le parle encore moins bien que lui. Il résulte de tout cela que le message délivré paraît bien obscur aux populations, à tel point que les autorités ne nous tracassent pas, tant nous avons dû être jugés inoffensifs.

« Je reprends des forces et les cauchemars s'éloignent. Je ne rêve plus, ou moins, aux êtres qui peuplaient le Rédempteur... Mais ils existent toujours, le monde s'arrête à ces portes... Les rares journaux que nous avons obtenus à Lusaka ne parlaient pas de Madagascar. »

Elle lui avait raconté sa fuite dans sa lettre précédente, son arrivée à la léproserie : dix jours dans une case désaffectée dans laquelle elle ne pouvait pénétrer qu'en rampant. Par les interstices, elle voyait les lentes promenades des fantômes aux faces rongées. Les femmes ramassaient le bois mort et des linges maculés sortaient des moignons. Le soir, ils allumaient des feux et laissaient cuire le manioc ; à la lueur vacillante et rouge, elle regardait s'ouvrir des bouches sans lèvres, des visages sans yeux... Jusqu'à quel néant des êtres pouvaient-ils être réduits ? Dans l'ombre des baraques lointaines, elle avait deviné les mouvements de ceux qui ne sortaient plus ; les pieds dévorés par la lèpre, ils se traînaient jusqu'aux portes, s'accroupissaient sur les fémurs ouverts...

« Une douceur s'installe, nouvelle. Elle te concerne. Comme il est long le voyage, il ne finira peut-être jamais, mais il ne m'éloignera pas de toi... Je peux nous rêver plus facilement, je m'installe le soir venu dans la lumière d'un feu de village, des enfants jouent avec les braises, ils enflamment des bâtons et courent après les chiens errants. La brise retombe et je t'emporte. Comme tout cela est puéril et romanesque... Ce sont les incompréhensibles résultats d'un long viol, mais personne ne voudra comprendre... A quoi cela servirait-il d'éclaircir une histoire d'amour ?... Le désir de toi me vient en traçant ces lignes que je ne vois presque plus, elles vacillent sur la feuille et tu auras l'impression d'une lettre d'enfant. Ma main cherche mon sexe et c'est toi qui te glisses et m'écartèles... »

Il sait maintenant ce que l'on peut se dire lorsque l'on ne se verra plus. Avaient-ils donc été si effrayants pour qu'une femme s'exile et aille apprendre aux tribus qu'il leur faut combattre, que les Blancs ne sont ni nécessaires ni invincibles ? Il y a si peu de temps qu'il est capable d'admettre cela, il n'a si longtemps pensé qu'à l'Ordre... Un homme apprend beaucoup en une nuit, trop... Il ne sait pas encore s'il continuera sa vie de la même façon. Tout est allé si vite, lui est un soldat, enfin un gendarme... Tout se mélange, il n'est pas formé pour comprendre certaines choses... S'il fut victime, qui dit qu'il ne l'est pas différemment aujourd'hui ? Il a tant cru à son utilité, à son rôle, il maintenait l'ordre dans les territoires d'outre-mer...

Tulé a entraîné Anka sur une fausse route, c'est un

utopiste... Il a vu sa fiche : « Révolutionnaire dangereux. » Qui y croit ? Il y a des erreurs, il y en a eu, les derniers rapports en provenance de Tananarive sont durs, très durs, nous ne réussirons pas de cette façon, les mesures à prendre ne seront pas comprises. Nous allons vers un état de tension permanent. Les condamnations à mort ne seront pas commuées, et si les sorciers soulèvent une nouvelle fois les villages, les massacres s'amplifieront. Adrian est d'accord sur ce point.

« Il y eut de grandes batailles le long du fleuve ; les anciens racontent leurs combats, l'ennemi varie avec les frontières, il est allemand, anglais, hollandais, merci l'Europe... Avec l'alcool de mil, les faits d'armes s'amplifient, je croyais mon peuple vantard, mais ce n'est rien à côté des Bantous et des nomades. Cela exaspère Tulé, corseté dans ses rationalités marxistes. Il prêche l'économie collective, la mise en commun des troupeaux, et eux, face à lui, racontent que leurs ancêtres chassaient les lions à mains nues et dépassaient les gazelles à la course. Demain, nous prendrons le chemin du lac Salé par la route des hauts plateaux, et nous gagnerons le Transvaal. »

Berthier eut la sensation d'une immense falaise et Anka se tenait assise sur l'extrême rebord. A ses pieds s'étendait l'Afrique, l'herbe ondoyait à l'infini et sa vie n'avait ni fin ni limites... Il resterait toujours ici, petit soldat empêtré, cloué par les règlements dans son bureau d'officier. Le vent était pour elle, elle était devenue un être d'espace et de liberté. Un jour, elle disparaîtrait, et le monde n'entendrait plus parler d'elle. Ce qu'elle transmettait était trop vaste, trop fou pour ne pas être mortel.

« Le feu se meurt et je n'y vois plus. Nous partirons à l'aube. Tulé travaille, il prépare les rencontres à venir, établit des comptes rendus, des procès-verbaux, tout cela atteindra-t-il vraiment Moscou ? Je n'ose y croire. Je pense à vous, à Vanille, à toi. Je me demande si deux êtres furent jamais aussi séparés que nous le sommes. L'Histoire nous a placés dans des camps différents. Tant de choses devront changer avant que je revienne, bien des années peut-être, et le temps aura alors fait son œuvre ; je ne peux en cet instant ni le croire ni l'admettre, je ne peux pas penser que nous ne nous verrons plus, et ne plus me sentir mourir sous ta fièvre, il m'en viendrait un trop grand désespoir. Plein d'étoiles. Les mêmes que celles de la nuit de Manalondo. Partageons-les encore, je les aime puisqu'elles nous ont vus réunis. Je t'écrirai encore. Tant que le sang coulera dans mes veines, je t'écrirai. Anka .»

Il replia les feuillets et les glissa dans la poche de sa vareuse. Il se leva et fit tomber son ceinturon et l'étui du colt qu'il avait accrochés au dossier de la chaise. Cela faisait plus de huit jours qu'il ne les avait pas cirés. Il tira sur les pans de sa veste par habitude et constata qu'il avait perdu le réflexe de rentrer le ventre... Il n'en avait d'ailleurs plus, il avait maigri ces derniers temps, et cela n'avait plus aucune importance.

Vingt-deux heures. Adrian va arriver. Il soutient qu'il faudrait peu de chose pour que les combats s'arrêtent. Mais qu'est-ce que « peu de chose » ?

Quatre fermes ont encore été attaquées hier. Le gouvernement ne veut pas donner l'impression de faillir et avalise toutes les exactions sans en prendre la responsabilité. En face, il est impossible de trouver un interlocuteur, ce sont des actions sporadiques, désordonnées, les types arrêtés obéissent à la vengeance... Devant la mission d'information de l'assemblée de l'Union française que présidait Autissier, le général Garbey a avancé le chiffre de quatre-vingt-neuf mille morts parmi les indigènes, et la plupart des districts sont toujours en état de siège. Adrian a raison, mais la situation est telle que toute solution raisonnable est inapplicable. Les nouvelles mesures de réquisition des réserves de riz mettront le feu aux poudres, s'il n'y était déjà... Scarabées sur le dos, nous agitons nos pattes dans tous les sens, mais nous ne nous redresserons pas.

Marc Berthier ouvrit la porte et appela le planton.

— Vous nous faites du café.

La nuit serait longue, il leur faudrait travailler longtemps, interpréter les ordres, émousser leur tranchant, un travail d'équilibriste. C'était épuisant, mais s'il en ressentait une angoisse, il en éprouvait un bizarre plaisir. Adrian Bécalier, cet homme qu'il avait haï, qui avait hanté sa mémoire jalouse, celui qui avait été le héros lointain contre lequel il ne pouvait lutter, avait cessé d'être une obsession vaine... Ils s'étaient rapprochés et, sans qu'ils se le soient dit, ils menaient un même combat silencieux, difficile et secret... Cela ne ressemblait pas à une amitié, mais lorsqu'un silence surgissait, il ne pesait pas et, pour la première fois de sa vie, Berthier avait eu l'intuition qu'il pouvait ne pas être qu'un fantoche.

Quatre jours plus tard, Grégoire décida de se rendre à Doadapa. C'était plein sud, la limite extrême de la propriété. Il y avait planté des girofliers et les conseils d'un contremaître de la tribu Mahafaly l'avaient incité à tenter d'introduire des plants pour la culture du cacao. L'homme s'y connaissait et Arians avait consulté les derniers cours : la demande augmentait régulièrement, l'Europe achetait et les prix montaient. Grégoire voulait se rendre compte où en était l'expérience. Si les pousses avaient résisté à l'orage et si la récolte se présentait bien, il louerait les terres voisines et jouerait à fond la nouvelle carte. On l'avait parfois accusé d'immobilisme dans le choix de ses productions, c'est vrai qu'il se sentait un homme de tradition, mais ceux qui le mettaient en cause oubliaient un peu trop que c'était sur ses terres qu'étaient apparus en un printemps déjà lointain les feuillages tendres, les bouquets aux couleurs d'amande douce des premiers poivriers... Les autres colons avaient suivi et l'île était devenue l'une des premières productrices du monde de poivre vert.

— Elong !

Grégoire poussa les portes du garage et remarqua que l'une coinçait. Les pluies récentes avaient fait gonfler le bois.

Arrivé devant les capots des voitures, il se souvint du nouveau règlement édicté par son gendre : aucun déplacement n'était autorisé sans protection militaire. Cela l'irrita. D'autant qu'il ne roulerait que sur ses terres. Son premier réflexe fut de ne pas tenir compte des nouvelles directives. Il était chez lui. Elong conduirait et, en cas d'incident, il avait une carabine anglaise, cadeau de l'officier qui, pendant la guerre, était responsable du district de l'Ankaratra ; il savait se défendre.

— Elong !

Que foutait le vieux ? Cela faisait un quart de siècle qu'il vivait la tête plongée sous les capots des véhicules de l'entreprise. Arians ne se souvenait pas de l'avoir vu autrement que les mains couvertes de cambouis. Il avait conduit successivement une Delahaye 135MS, un cabriolet Horch 855A et, bien sûr, l'Hamilcar, en plus des véhicules de terrain. Grégoire se reprit. En repassant devant la villa, il appellerait la gendarmerie et annoncerait son intention de gagner Doadapa ; il aurait son escorte et donnerait l'exemple aux autres colons qui avaient tendance à croire davantage à des formations d'autodéfense qu'aux protections fournies par les autorités.

Il prendrait la Jeep. Il l'avait rachetée à la fin de la guerre aux autorités britanniques rembarquant le matériel sur les docks de Diégo-Suarez. Elle était devenue son véhicule préféré. Les vitesses accrochaient de plus en plus, et les fixations de la bâche s'étaient déchirées, mais cela ne gênait pas Arians ; il s'était avec elle sorti de tous les embourbements durant la saison des pluies. La puissance du moteur était telle que, même enfoncé jusqu'aux moyeux, il était arrivé à s'extirper des marécages.

Il ouvrit la portière et se hissa à l'intérieur. Machinalement, il nota que sa paume n'enregistrait pas la même texture de la toile qu'à l'ordinaire. Il n'en reconnut pas le grain, il y avait une pellicule épaisse formant une sorte de laque.

On y voyait mal et la voiture se trouvait dans le coin le plus obscur de la bâtisse. Il chercha dans la pénombre et ses yeux plongèrent dans ceux d'Elong.

L'un était à demi fermé mais l'autre semblait prêt à jaillir de l'orbite. La tête coupée du Malgache était posée sur le siège voisin de celui du chauffeur.

Le cœur de Grégoire ne s'accéléra pas. Jusqu'à présent, il avait su maîtriser sa rage lorsque l'un des siens avait été frappé. Lorsque Marek était mort, il avait failli partir avec les autres pendre les hommes et brûler les cahutes, mais cette fois il lui vint un désespoir comme il n'en avait jamais connu.

Parmi la longue lignée des serviteurs, Elong n'avait pas été le plus spectaculaire, ni celui dont la personnalité avait le plus marqué Vanille. Il y avait eu Antaisaka, gigantesque et clownesque, dont les facéties secouaient de rire tous les habitants de la propriété. Certaines nurses aussi avaient été célèbres pour leur tendresse, leur dévouement, mais parmi eux, Elong avait eu une particularité qu'aucun des autres n'avait possédée : lorsque l'on revenait dans l'île, sur les quais de la gare de Tananarive, ou devant une estacade de Fort-Dauphin ou de Tamatave, quand le bateau s'arrimait, il était le premier visage de Vanille que le voyageur apercevait... Il était le signe du retour et de l'accueil. Tous, à un moment de leur vie, avaient eu en le voyant le sentiment d'être de retour. Dans la face noire et amène du chauffeur, le voyageur lisait déjà la longueur des soirs mauves sur l'Ankaratra, l'odeur des fleurs ouvertes dans les vasques du parc, tout un monde un instant délaissé et qui allait, dans quelques heures, se refermer, énorme cocon vert et parfumé dans lequel il s'endormirait comme au sein d'un ventre retrouvé, accueillant et généreux, qui pardonnait son absence à l'infidèle.

Grégoire se dégagea de la voiture et enleva sa veste. Il la posa sur le siège vide et, sans hésitation, empoigna la tête d'Elong qu'il plaça au centre. Il rabattit par-dessus les manches et les deux pans qu'il noua ensemble, formant une sorte de sac qu'il saisit.

Il fit deux pas pour sortir et se heurta à Bécalier.

Les deux hommes se regardèrent. Francis était livide et Grégoire comprit qu'il avait tout vu. Pour la première fois, le vieil Arians eut envie de l'entendre parler ; il le fuyait d'ordinaire, redoutant sa faconde, cette facilité d'aligner des phrases qu'il avait toujours jugées prétentieuses, mais aujourd'hui, en cet instant, il avait besoin de mots, de paroles qui lui apprendraient que l'homme n'était pas qu'une machine à meurtres, qu'il savait aussi souffrir et douter...

— Qui a fait cela ?

Grégoire haussa les épaules.

— Il y a beaucoup de factions. Ils ne sont pas d'accord entre eux. Elong a peut-être refusé d'accomplir quelque chose qui lui avait été demandé.

Francis hocha la tête.

— Vous devriez vous asseoir, Grégoire, vous êtes vert.

Le poids au bout de son bras était insupportable.

Ils sortirent du hangar et plongèrent dans la lumière du matin. Grégoire cracha une salive fade, abondante ; il lui sembla que ses glandes étaient prises de folie. Il déposa son fardeau sur l'herbe et suivit Bécalier jusqu'à l'arbre bleu. C'était le plus grand de tous et l'on disait qu'il se trouvait placé exactement au centre des territoires Arians. Les indigènes appelaient cette espèce les « longotras ». Le tronc immense s'évasait comme celui des platanes et, durant l'été, les branches disparaissaient sous des feuilles caoutchouteuses aux reflets parme.

Bécalier cherchait quelque chose dans ses poches. Grégoire lui avait vu faire ce geste maintes et maintes fois. Il s'était demandé, au début, ce que cela pouvait être, il avait compris assez vite que ce n'était rien et que l'ethnologue l'ignorait lui-même.

— Il avait de la famille ?

Ils s'étaient assis l'un près de l'autre, à l'ombre du feuillage.

Grégoire fit un effort. Il ne se souvenait pas. Elong était là, toujours ; il semblait avoir passé sa vie entre les voitures et l'atelier de réparations. Qui se serait soucié de savoir s'il possédait femme et enfants ?

— Je ne sais pas, sans doute...

Bécalier soupira :

— L'horreur est une étrange chose, dit-il, contrairement à ce que l'on croit, on s'y habitue très facilement.

C'était vrai. Qui aurait supporté, il y avait encore quelques mois, de trouver une tête décapitée sur un siège de Jeep ?

Il préviendrait Berthier qui établirait un procès-verbal, mettrait deux hommes sur l'enquête, mais on ne connaîtrait jamais les coupables.

— Sans Pronia, dit Francis, je partirais peut-être.

— Je sais, dit Grégoire, vous avez un avantage sur moi : on peut transporter le savoir, pas la terre.

— La terre est partout.

— Celle-ci est la mienne.

Bécalier frotta ses omoplates contre l'écorce.

— Nous sommes seuls, dit-il, vous pouvez poser sans déchoir le masque de chef de clan, je ne vous en voudrai pas, au contraire, et cela vous fera du bien. Donc répondez-moi sans employer un style patriarcal. Ne vous forcez pas à trouver la réplique à l'emporte-pièce.

Grégoire ferma les yeux.

— Je n'ai pas le masque de chef de clan car j'en suis un, que vous le vouliez ou non.

Il ne se sentit pas sincère. Il avait joué un rôle lui aussi. Il aurait simplement dû dire qu'il s'était senti dedans, que la pièce s'était déroulée et qu'il y avait été à sa place.

— Vous avez réussi dans votre entreprise, dit Francis, moi j'ai échoué dans la mienne, lamentablement, mais les événements nous rassemblent : nous arrivons au dernier acte et l'histoire finit mal.

— Il y a des derniers actes très longs, dit Grégoire, et rien n'est écrit d'avance.

— Vous savez bien que si. Dans six mois ou dans trente ans, ce pays sera indépendant. Ça peut vous révulser, mais vous le savez parfaitement. A brève ou longue échéance, nous avons perdu.

Grégoire eut un coup d'œil vers la veste roulée, à quelques mètres d'eux.

— Il n'est pas indispensable que des hommes soient décapités.

Francis eut un sourire.

— C'est la première fois que je vous entends admettre l'inévitable. A mon avis, il y a du vieillissement dans l'air...

— De la fatigue, murmura Grégoire.

Une brise passait, depuis le cyclone l'air avait gardé une turbulence. Sur le tertre, au pied de l'arbre bleu, les herbes se courbaient, renversées en chevelure...

— Emmenez Pronia, dit Grégoire, regagnez la France, vous ne vous êtes jamais fait à ce sol.

Arians avait raison. Il n'en avait que de mauvais souvenirs, c'était le lieu de sa honte, de ses doutes... Pourquoi était-il resté tant de temps ?

— Je vais réfléchir... Peut-être préfère-t-elle rester, et puis il y a Coline...

— Ce que j'aime en vous, dit Grégoire, c'est votre esprit de décision.

— Cela fait vingt ans que vous me le faites remarquer. Vous avez retrouvé des couleurs.

Grégoire se leva. Il se sentit lourd. Son ventre passait au-dessus de la ceinture. Il avait été longtemps mince mais, depuis belle lurette, les abdominaux avaient lâché.

— Des débris, dit-il, je me demande lequel de nous deux va être balayé le premier.

— Vous, dit Bécalier. Sans conteste.

C'était étrange, cette connivence soudaine qui leur venait. Sans s'en apercevoir, ils avaient l'un comme l'autre déposé les armes. Une chamaillerie avait pris la place du mépris. Peut-être en viendraient-ils à fumer la pipe ensemble dans les derniers rayons du jour ; ils seraient les survivants... Chacun aurait joué sa partition, elles auraient été différentes, mais ils auraient fait partie du même orchestre, et cela finissait par les rassembler.

L'idée frappa Coline au moment où le toit des anciens magasins s'écroulait. Les roues des camions et des pelleteuses patinaient dans la boue de la cour, et les ouvriers avaient noué un mouchoir sur leur visage comme les cow-boys des films d'Amérique qui fleurissaient sur les écrans de Tananarive.

Elle resta quelques instants à contempler les travaux ; l'enchevêtrement des poutres noircies et tordues avait disparu. Les grondements des bulldozers faisaient vibrer les vitres dans leur châssis de métal.

— Je dois partir. Je serai de retour dans une heure.

Le chef des travaux acquiesça sans surprise. Il se tenait penché au-dessus des épures du projet, et Coline n'était pas sûre qu'il comprît parfaitement de quoi il s'agissait. C'était un ancien officier mécanicien breton, bricoleur, débrouillard et entêté, mais les cotes et les subtilités de l'architecture comportaient pour lui bien des mystères qui ne semblaient pas près de s'éclaircir.

Elle descendit. Devant elle, les bras tirés par le poids des brouettes, des manœuvres grimpaient un plan incliné de planches oscillantes, et déversaient les pierres et les briques noircies des anciens bâtiments dans les bennes.

Comment n'y avait-elle pas pensé plus tôt ? Cela ferait bientôt plus d'une semaine que le cyclone s'était abattu, et la crainte ne l'avait pas effleurée... C'est ce matin seulement qu'elle y pensait. Elle suivit le chemin de caillebotis et monta dans la voiture. Sur la carrosserie, des mouchetures de boue traçaient un sillage de navire. Elle enclencha la première et prit le chemin du cimetière.

La tombe de Marek. Tout avait dû être saccagé. Peut-être même des arbres s'étaient-ils abattus sur le marbre. Dans les rues de Manalondo, l'animation semblait revenir. Elle klaxonna à plusieurs reprises pour que s'écartent les charrettes surchargées de sacs de manioc et de riz. Par l'échancrure rapide d'une ruelle en escalier, elle vit la place en contrebas et devina, dans la flaque de soleil, le déploiement des parapluies géants sous lesquels se tenaient les marchands.

La paix. Si elle pouvait revenir, si elle pouvait retrouver l'innocence...

Elle se gara contre la murette et manœuvra le rétroviseur intérieur pour une vérification de maquillage. Elle sortit son tube de rouge à lèvres du sac à main et effectua un raccord à la lèvre supérieure. Jamais aucun homme n'eut de sœur plus belle qu'elle.

Le sentier grimpait en pente douce sous les arbres. Il ne semblait pas y avoir eu de gros dégâts. Elle remarqua une croix brisée... Certains avaient déjà rapporté des fleurs. Les branches des tamariniers avaient été ramassées et déposées dans l'angle ouest.

Coline passa la ligne des arbres et déboucha dans le soleil. Devant le marbre gris du tombeau, elle aperçut le fauteuil.

Sandre.

Les rayons des deux roues étincelaient.

L'immobilité de l'infirme était telle qu'elle s'arrêta. Que faisait-elle ? Elle eut l'intuition d'un secret, quelque chose, sans doute, devait s'être passé entre Marek et elle, qu'elle avait ignoré et ne devait pas chercher à connaître. Coline recula d'un pas ; le cœur, vieux compagnon complice, s'était crispé en battements plus amples. Il n'en avait pas aimé une autre. Pas elle. Il ne m'a même pas aimée, moi. Il fallait partir, elle reviendrait, c'était ridicule... Deux pleureuses, c'était une de trop.

Elle se trouvait à moins de vingt mètres. Elle pouvait redescendre doucement ; prise dans sa songerie, Sandre ne s'apercevrait de rien, il lui fallait seulement faire attention à ne pas briser des brindilles...

— Coline !

Elle avait crié son nom sans se retourner.

Coline franchit les derniers mètres qui la séparaient de la fille de Grégoire et s'immobilisa. Sandre avait le regard de celles qui n'ont plus de larmes. Que s'était-il passé entre eux ? Mais était-il nécessaire qu'il se soit passé quelque chose ?

Elle s'agenouilla.

— Il m'a fait valser, dit Sandre, à chaque fois...

Coline fixa la surface de marbre gris. Marek Bécalier 1918-1947. Lettres et chiffres perdraient vite leurs dorures... Peut-être cette fille à demi morte avait-elle fait l'amour avec lui. Peut-être avait-il aimé avoir dans son lit cette malheureuse aux jambes folles, une perversion... Un grand bébé, coincé entre un inceste et une handicapée, de quoi crever de rire.

Sandre ne perdait pas Coline de l'œil. Elle vit l'interrogation affolée tourner dans la pupille. Une crainte panique... Comme si elle avait été la gardienne de la vertu de son frère, comme si elle n'avait pas su qu'il avait couché avec toutes les putes de l'Ankaratra et d'ailleurs...

— Je l'aimais, dit Sandre, je l'aimais, c'est tout.

— Et lui ?

— Je ne sais pas. Il n'oubliait pas de me faire danser, on ne peut pas en déduire grand-chose... Il ne t'a jamais parlé ?

— De toi ?

— Oui, de moi...

Coline caressa le bras caoutchouté du fauteuil roulant. L'envie la traversa de mentir, de transformer le reste d'une vie ; Sandre aurait désormais cette joie illuminée d'avoir été aimée. Il suffisait qu'elle invente quelques phrases qu'elle mettrait dans la bouche de Marek. Ce n'était pas compliqué... Mais on ne bâtit rien sur les bonnes œuvres, il y aurait eu dans ce mensonge une charité douteuse qui n'allait pas à Sandre. Et qui pouvait croire que ce gros pataud, amateur d'anisette, le boute-en-train du café de la Place, s'était consumé d'un platonique amour pour Sandre Arians, l'infirme ?

— Je n'en ai pas le souvenir...

Elles restèrent immobiles. La brise, depuis la tempête, ne cessait pas... Le silence qui les entourait était fait de la plainte des herbes doucement malmenées. Au-dessus d'elles, le ciel avait retrouvé son azur de porcelaine marqué des fêlures mobiles des oiseaux.

— Tu viens souvent ici ?

Sandre se pencha et eut un geste rapide sur le tombeau, comme si elle effaçait un pli sur un drap.

— Tous les jours. Ou presque.

Coline ne cilla pas. Avec les travaux qui avaient commencé à l'entreprise, elle avait oublié. Elle se couchait chaque soir rompue et repartait au matin. Le travail était une solution, la seule contre les souvenirs.

— Tu veux travailler avec moi ?

Sandre eut un recul du buste et heurta le dossier.

— Aux abattoirs ?

Coline se pencha. L'extrémité de ses escarpins était mouillée, cela formait une demi-lune noire. La trace serait sans doute indétachable, le daim était une matière fragile.

— Je suis seule, dit-elle. Il y a beaucoup de travail. Et je n'ai pas la force de Marek. J'ai demandé des plans pour agrandir les ateliers. Je voudrais que tout fonctionne à nouveau en septembre.

— Je ne sais rien faire, dit Sandre, je n'ai pas la moindre idée de...

— Je n'en sais pas plus que toi, coupa Coline, j'ai écouté Marek parler quelquefois, Grégoire peut m'appuyer auprès de la Caisse centrale et de la Banque de l'océan Indien. Un des comptables va revenir, tu pourrais m'aider dans pas mal de domaines.

Sandre manœuvra les roues et accomplit un quart de tour.

— Je n'ai pas besoin de pitié, je peux vivre même en le sachant mort.

— Je n'ai pas de pitié, dit Coline, simplement je pense que tu peux m'être utile, que nous ferions moins de bêtises à deux. J'ai toujours pensé que diriger une entreprise frigorifique n'était pas le bout du monde et ne nécessitait pas des dons spéciaux. Libre à toi de refuser

Sandre inclina la tête. Un jour peut-être, si le travail les rapprochait, Coline lui avouerait-elle aussi ce que son frère avait représenté pour elle, ce qu'elle avait rêvé qu'il fût : ce qu'aucun homme n'avait jamais su être.

— Septembre, murmura l'infirme. Que se sera-t-il passé d'ici là ?

— C'est exactement la question que nous ne devons pas nous poser.

Sandre avait senti depuis longtemps une ambiguïté chez la fille de Francis Bécalier ; elle était une gravure de mode mais elle était la plus solide d'entre tous. Elle pouvait diriger une entreprise, cela se voyait, elle dégageait souvent une force semblable à celle de Grégoire. C'était cela peut-être qui, jusqu'à présent, l'avait éloignée d'elle.

— Laisse-moi réfléchir, dit-elle, il me faut quelques jours.

Coline hocha négativement la tête.

— Surtout pas, dit-elle, c'est ici que tu dois choisir.

Les ailes courtes et écarlates d'un oiseau des rizières vrillèrent l'air au-dessus d'elles. Un trille rapide fusa à leurs oreilles.

— C'était Marek. Il se moque de toi.

Sandre rit.

— Tu ne me lâcheras pas, dit-elle, je le sens.

— Une femme d'affaires ne lâche pas sa proie.

— D'accord, dit Sandre, c'est toi qui l'auras voulu.

Coline poussa le fauteuil dans le sentier. Arrivée à la porte, elle renvoya la voiture avec laquelle Sandre était venue. Le remplaçant d'Elong était un Merina aux cheveux rouges de khôl.

— Je t'emmène, dit-elle, il n'est jamais trop tôt pour commencer.

Sandre s'installa à l'arrière et eut la vision de la tombe restée solitaire. Toutes deux l'avaient aimé et il les réunissait. Elle reviendrait le voir, peut-être moins souvent qu'elle ne l'avait cru, mais elle reviendrait. Désormais elle tenterait de ne plus boire...

Elle souhaita que son sommeil fût paisible et que reposât en paix Marek, leur beau cavalier.

C'était la dernière ville.

Les toits écrasés par le grand soleil rouge du canal de Mozambique brillaient de leurs tuiles laquées : Tuléar.

Adrian y était venu plusieurs fois, il en avait toujours ressenti une sensation de bout du monde, passé les derniers quais, au-delà des dernières cabanes de bambou où séchaient les coquillages et les conques marines, il avait eu la sensation d'un désert, une plaine enfumée semée de baobabs et d'épineux.

Quatre bateaux étaient ancrés dans la rade, un cargo italien, un minéralier battant pavillon cubain et deux paquebots : *L'Aquitaine* de la Cunard Line, rafiot à quatre cheminées qui avait servi de navire-hôpital durant la Première Guerre mondiale, et le *De Grasse* de la Transat sur lequel Ariane embarquerait. Il avait longé les carènes goudronneuses. Très haut, au-dessus de lui, il avait deviné des casquettes blanches d'officiers ; ils fumaient, accoudés au bastingage, regardant la cité implacablement grillée dans la poêle d'un après-midi caniculaire. Les passerelles avaient été descendues il y avait moins d'une heure, et quelques passagers étaient déjà montés.

Il eut un geste vers la poche de sa chemise mais fit un effort pour le suspendre. Il était trois heures de l'après-midi et il achevait son deuxième paquet. Sa bouche était desséchée par le tabac, et chaque bouffée était une défaite exaspérante dont il ne pouvait se passer.

Il suivit le boulevard rectiligne et s'enfonça dans le quartier des échoppes. Les femmes qui avaient glané le matin les coquillages sur les plages d'Ankilibé les vendaient aux matelots, après les avoir assemblés en colliers irisés. Des soldats patrouillaient, le P.M. à l'épaule et la cannette de bière à la main. Il remarqua un groupe de dockers déchargeant des sacs de jute dans les cales du cargo. C'était le signe que la grève était finie. La radio avait annoncé le matin même qu'elle se poursuivait à Fort-Dauphin, à Morombé et à Foulpointe. Le mouvement était désorganisé, il y avait eu des arrestations parmi les meneurs. Dans les bassins, l'eau était grise, il pensa à une vaisselle grasse. Des albatros criaillaient au-dessus d'un amas flottant d'immondices jetés des cuisines.

Anesthésié.

Il fallait que cela dure. C'était une sensation inconnue. Il ne ressentait rien. Elle allait partir. Dans moins d'une heure, elle embarquerait, et peut-être ne la verrait-il plus... Pendant près de quinze années, il n'avait pas vécu une seule heure de sa vie sans songer à elle, et voilà qu'il s'enfonçait dans un calme cotonneux. Il évoluait dans un paysage pastellisé, il y régnait des couleurs éteintes, une photo trop ancienne aux contrastes noyés... Il avançait sans secousses, un tapis roulant l'emportait lentement à travers des rues mortes ; c'était agréable, surprenant et doux. Il fallait que ça continue longtemps parce que si cet univers de tulle et d'ouate s'arrêtait, il surgirait une souffrance qui ne pardonnerait pas... Une lame aiguë crèverait le velours, elle fendrait les voiles qui tamisaient le monde et le frapperait au cœur. Tout bondirait sur lui, le sang et la souffrance, le hurlement soudain de la vie déchirée... Les mots « Ariane s'en va » cesseraient d'être des mots pour devenir un corps à jamais absent, une flexibilité, une chaleur qu'il poursuivrait sans trêve et qu'il ne retrouverait plus...

Ne pense pas, demeure dans le cocon qui t'enveloppe ; ses lèvres, ses yeux dans les tiens appartiennent à un autre temps. Je ne sais toujours pas pourquoi je reste. Je dois aimer plus que je ne le crois ce putain de pays...

Pauvre crétin redresseur de torts, imbécile de pacifiste compréhensif qui voudrait encore sauver ce qui ne peut déjà plus l'être, malade qui suit le chemin morbide du sacrifice et qui ne peut faire autrement...

Ils étaient si peu nombreux, ils ne savaient même pas comment se nommer, des Blancs libéraux, haïs par les Malgaches parce qu'ils étaient blancs, détestés par les Blancs parce qu'ils étaient libéraux... Quelques prêtres, quelques fonctionnaires, plusieurs enseignants, une poignée de discutailleurs trop bavards, souvent timorés, un barrage ballotté s'opposant aux forces dévastatrices de la révolte et de la répression. Ils s'étaient réunis avec difficulté, ils élaboraient des perspectives floues, utopiques... Des humanistes, des hommes de bonne volonté, qui entendrait leurs voix ? Certains en métropole reprenaient en écho, mais ils étaient peu nombreux, des journalistes, Domenach dans *La Défense*, d'autres dans *Combat*, *Franc-Tireur*, *Le Populaire*, *La Jeune République*, *Le Monde* aussi, avec prudence... Mais ce n'était qu'une goutte d'eau dans l'océan. Il avait choisi la meilleure place pour perdre. Les cocus de l'Histoire étaient toujours au milieu. Et c'est à ce fantôme de tâche qu'il avait sacrifié la femme qu'il aimait. On ne faisait pas plus con.

Elle n'allait plus tarder à présent.

Il alluma la Lucky Strike. Presque plus d'essence dans le Zippo. C'était un sergent tankiste américain qui le lui avait donné aux portes de Saverne. Il aspira une bouffée géante et laissa la fumée envahir ses poumons. Il cesserait de fumer lorsque le *De Grasse* aurait disparu, lorsque la mer serait aussi vide que sa vie.

Au poste de douane qui autorisait l'entrée du port d'embarquement, Berthier freina et descendit. Ariane le suivit, l'enfant dans les bras, et ils restèrent un instant immobiles à l'ombre de la coque géante. Des silhouettes s'agitaient aux ponts supérieurs. Ce n'était pas le plus gros navire de la compagnie, il jaugeait dix-sept mille tonneaux et pouvait embarquer deux mille passagers, mais ces quais avaient connu des navires bien plus impressionnants. Les formalités furent rapides et Berthier souleva l'unique valise. Tout le reste avait été expédié la veille et devait déjà se trouver dans la cabine.

Ils firent quelques pas jusqu'à la passerelle. Le petit enfant dormait.

Berthier posa la valise et regarda Ariane. Elle portait une robe claire et des chaussures à talons hauts. Ils lui faisaient de jolies jambes, celles que l'on voyait sur les photos de starlettes que les hommes de troupe punaisaient au-dessus de leur lit de camp.

— Je vais vous laisser, dit-il.

Elle n'avait jamais eu les yeux aussi pâles, peut-être était-ce l'éclairage, le hâle du visage, le bleu se délayait...

— Tu ne montes pas avec nous ?

Il secoua la tête.

— Adrian va venir et je vais partir.

Elle le regarda. Il avait une sûreté dans le dessin des mâchoires qu'elle remarquait pour la première fois. Mais qu'avait-elle remarqué de lui durant ces années ?

— Il te l'a dit ?

— Il me l'a dit. Il ne va pas tarder.

L'enfant pesait. Avec douceur, pour ne pas le réveiller, elle changea de bras.

— Je suis content que tu partes, dit Berthier. Je serai plus tranquille de vous savoir en France tous les deux. Les choses ici peuvent se calmer comme s'aggraver. C'est encore impossible à dire

C'est parce que je pars seule, pensa Ariane ; si Adrian était avec moi, il n'aurait pas cette tranquillité, ce voyage est un peu sa victoire.

Elle serra son fils contre elle. Voilà. Elle y était. Elle avait choisi et tiendrait jusqu'au bout. Elle serait libre. Sur le même quai, elle laissait son mari et son amant, et elle ne pleurait pas. Elle serait attendue à Marseille, à Paris, mais elle bâtirait vite sa propre vie ;

elle n'avait besoin de personne. Madagascar était une page déjà tournée.

— Je n'aime pas les adieux qui s'étirent, dit Berthier. Je te quitte. Ecris-moi, je t'écrirai, et n'aie pas honte de ta faiblesse : si tu veux revenir très vite, tu le peux. L'exil n'est pas une chose facile.

— Et toi ?

— Je demanderai une permission, mais pas avant des mois, peut-être l'été prochain.

Il l'embrassa. Cela faisait longtemps qu'il ne l'avait plus fait, et elle retrouva au coin de la joue le frôlement de la moustache qu'elle avait tant détesté.

Il s'écarta rapidement et dit sans regarder l'enfant :

— Embrasse-le pour moi.

Elle devina l'émotion qu'il maîtrisait. Il se retourna rapidement. Il avait toujours eu une démarche de canard, un peu ridicule.

— Marc !

Il se retourna. Il y avait deux soleils dans ses yeux.

— Oui...

— Pardon.

Il eut un geste des deux mains, une mimique empêtrée et fataliste.

— On s'en sort bien, dit-il, on n'est pas ennemis...

— Grâce à toi...

Les voyageurs affluaient à présent, des porteurs montaient les bagages jusqu'aux cabines... Par-dessus les têtes, elle le vit soulever son képi et disparaître. Il l'avait aimée, la façon dont il prenait ce départ en était la meilleure preuve. Sa force avait été de comprendre qu'on ne lutte pas contre l'évidence, il avait accepté d'être celui que l'on n'aime pas et il s'effaçait.

L'enfant bougea contre son épaule. Un soupir bienheureux d'animal dormeur, un frisson dans le lait du sommeil. Capitaine Marc Berthier, j'ai brisé ta vie, et tu viens de démontrer que les hommes dont la vie est brisée pouvaient vivre quand même. Cela s'appelle une leçon. Je n'aurais jamais cru qu'un jour je pourrais t'admirer.

La sirène. C'était le son des départs. Même dans ce

plein soleil de midi, il avait quelque chose de nocturne. Un appel d'un dieu en peine, une âme en détresse s'exhalait et survolait le port dans l'éclatement des mouettes.

Les voyageurs s'agglutinaient à présent. Que fuyaient-ils ? Elle chercha parmi les visages quelqu'un de connu... Elle se déplaça pour laisser passer un chariot ferraillant sur les pavés du quai. Les bagages en pyramide occultèrent la foule et, lorsqu'il eut disparu, Adrian était là.

Elle referma la porte de la cabine sur l'enfant endormi et s'avança.

Dans la coursive, appuyé au bastingage, Adrian regardait l'ascension des passagers gravissant les passerelles d'embarquement. A l'étage inférieur, sur le pont-promenade, certains avaient déjà envahi les transatlantiques et tentaient d'attirer l'attention des rares stewards.

Elle posa la main sur son épaule et il se retourna. L'air sentait la fumée et l'eau de Javel ; les planchers de bois du *De Grasse* en étaient encore imbibés. Le cœur lent et lourd des chaudières battait en dessous d'eux, un tambour régulier scandant une musique absente.

— Ce n'est pas ce que nous avions prévu...

Il n'y avait plus trace de colère dans la voix d'Ariane, et il en fut bouleversé. Plus que les cris et les larmes, cette acceptation mettait fin à ce qu'il avait eu de plus précieux dans sa vie. Lorsqu'il lui avait annoncé qu'il ne viendrait pas avec elle, elle l'avait injurié, avait tenté de le frapper ; elle avait été tour à tour suppliante et obscène, elle avait trouvé dans son chagrin la furie des femmes trahies... Et il n'avait pas su expliquer les raisons de sa décision, pour la bonne raison qu'il n'avait pas décidé vraiment. C'était une multiplication convergente de refus et de moralisme flou : une mission pacificatrice, un intérêt presque soudain pour ce peuple en danger, on ne partait pas avec la femme et l'enfant d'un autre ; tout s'était accumulé, lentement, les sédiments peu à peu avaient colmaté son envie, ils s'étaient déposés et, sous leur surface durcie, l'amour ne respirait plus.

— Il faut me pardonner, Ariane, mais je ne pouvais pas.

Il aurait toujours, même lorsque l'âge viendrait, cette expression d'enfant perdu. Adrian aux mille visages. Elle le revit, renversé dans ses bras au moment du plaisir, tournant vers la lumière ses yeux de jeu, ses yeux de peine, des yeux d'amour.

— Je sais, dit-elle, tu as sans le savoir décidé depuis longtemps que nous ne passerions pas ensemble le reste de notre vie.

Ils s'effacèrent pour laisser la place à deux grooms aux vestes écarlates.

Elle avait raison. Son engagement dans l'armée venait de là : ne pas se laisser dévorer par une passion unique, comme si quelque chose en lui cherchait un autre horizon, d'autres buts que le seul amour d'une femme.

— Pourtant, je le voudrais, il n'y a rien qui compte autant pour moi...

Elle s'était juré de ne pas le toucher, mais il semblait y avoir tant de malheur en lui qu'elle effleura sa joue. Sur la tempe, la sueur lui mouillait les cheveux.

— Ne donnons pas dans la tragédie, on dirait que nous nous quittons pour toujours.

Il eut du mal à sourire.

— L'année prochaine, dit-il. Je viendrai te voir.

— Pas de date ; après on compte les jours et on oublie d'exister.

— Ça ne risque pas de t'arriver.

Ariane gagnée, Ariane manquée et perdue... Jamais une femme n'aura été aussi mienne, jamais plus je ne me fondrai dans cette apothéose. Elle fut le miel et la musique, elle fut ma vie et, je ne sais pourquoi, je la laisse partir.

— Je suis un pauvre con, incapable de me comprendre...

— Ne cherche plus, ce qui compte c'est ce que l'on fait... Il n'est pas si utile que ça de se connaître, c'est le luxe de ceux qui se croient perspicaces.

Elle ne lui en voulait plus ; c'était un soulagement, mais aussi une amertume. Et s'il avait moins compté pour elle qu'il ne l'avait cru ?...

En contrebas, les marchands de figues de Barbarie, de mangues et de pastèques avaient franchi les barrières et s'éparpillaient à travers les voyageurs. Devant eux, la ville s'étalait, coulant crémeuse au bord de l'Océan. A l'extrémité, les baraques s'enfonçaient dans le miroitement du sable surchauffé.

Ariane dépassa du regard la ligne des toits. Très loin derrière, on devinait le brasier des jungles et des plaines, c'était la direction de Manalondo. Quelques fractions de seconde plus tôt, deux enfants couraient vers le fleuve dans la poussière d'un été semblable, ils poussaient la porte d'un hangar et roulaient l'un sur l'autre, pleins d'un bonheur si fou qu'ils pensaient en mourir. Ils ne se sépareraient jamais car ils étaient les lèvres d'une même bouche, les membres d'un même corps et le désir d'une âme unique.

La main d'Ariane serra la rambarde pour chasser l'odeur sèche des cannes à sucre et le goût de la sueur sucrée sur la poitrine d'Adrian.

Tu pars. Un bateau. Le *De Grasse.* Dans quelques jours Marseille, Paris. Rien d'autre n'existe. Il n'a pas voulu. Je n'ai plus à en tenir compte.

La sirène à nouveau, plus proche. Le jet de vapeur montait, rectiligne, avant de se dissoudre dans le ciel uniforme.

— Il faut partir, Adrian.

Il eut un regard vers sa montre.

— Il reste plus d'une heure.

Elle avait raison, à quoi cela lui servirait-il de rester ?... A lui dire encore qu'il l'aimait ? Elle le savait depuis l'enfance, et il n'en avait plus le droit : si cela était le cas, pourquoi ne l'accompagnait-il pas... ?

Il s'écarta de quelques centimètres de la rambarde

et ne se rappela pas avoir accompli un geste qui une seule fois lui avait coûté un tel effort.

Profite, Adrian, remplis tes yeux d'elle, verse Ariane en toi, enferme-la à jamais. Il faut que tu deviennes le vase et le coffre qui la contiennent.

— Au revoir, Adrian.

La sirène encore... A l'autre bout de la coursive, un groupe chahuteur approchait, des gosses, une balle rebondissait, rouge avec des étoiles vertes, l'excitation des grands départs.

— Pars vite...

Tu n'auras pas le temps de l'emporter, c'est fini à présent, elle est déjà lointaine. Il la prit dans ses bras avec violence. La balle roula, rebondit entre leurs pieds.

Impardonnable. Il avait tout brisé, et il ne restait plus que des cendres et des ruines du bel édifice construit de regards, de baisers, de désirs... Ils avaient bâti une tour plus haute que le ciel, rien de là-haut ne pouvait les atteindre, ils avaient du sommet défié la terre des hommes, et il fallait redescendre, marche à marche, et c'était aujourd'hui.

Il chercha à inscrire dans la paume de ses mains la courbe de sa taille lorsqu'elle se dégagea. Nous ne faisions qu'un mais nous pouvons survivre séparés. Je ne l'ai même pas embrassée. Un enfant se baissa, ramassa la balle entre leurs pieds. Des voix piaillaient, l'une demandait avec insistance la cabine 12.

— A bientôt, Ariane.

Elle agita la main. Il recula. Ne la perds pas de vue, elle va s'imprimer en toi ; dans les années qui suivront, tu ne verras plus qu'elle là où tu poseras tes yeux, comme un aveugle ayant conservé une image unique. Une femme dressée à bord d'un paquebot.

— Ne te retourne pas, Adrian, je t'en prie.

Sur la passerelle, il sentit les larmes venir. Il enjamba des ballots, les passagers de troisième classe envahissaient le navire. Les machines grondaient, un gong profond, régulier, inexorable. Le soleil le frappa d'une gifle brûlante. La vie est devant toi, Adrian, sans ombre, sans air, sans elle.

Ariane vit le paysage s'incurver, se déformer, et les digues crevèrent... Je m'étais juré de ne pas pleurer. Cela n'a plus d'importance, il est parti et je suis seule. Ses doigts tâtonnèrent sur la poignée de la cabine et elle entra dans l'ombre étroite de la pièce. L'enfant dormait encore et elle résista à l'envie de le prendre dans ses bras pour bercer sa propre douleur. Je l'ai perdu et je suis perdue.

— Attention...

Adrian suivit des yeux une charge de coton que l'une des grues enlevait pour la descendre à fond de cale, et se retourna. Là-haut, à l'extrémité de la coque noire verticale qui bouchait le ciel, elle avait disparu. Des têtes se penchaient, il distingua les mouchoirs agités au bout des bras, il avala une goulée d'air chaud et regagna sa voiture. Voilà, c'était fini. S'il roulait toute la journée, toute la nuit, lorsque l'aube prochaine se lèverait, il verrait les premiers rayons glisser sur les toits de Manalondo, et ce serait un nouveau jour à la villa Vanille.

Epilogue

Treize années s'écoulèrent avant que ne fût proclamée l'indépendance de l'île. Ce fut une lutte difficile, les événements de l'année 1947 pesèrent lourd et ne furent jamais oubliés dans la conscience du peuple malgache. Contrairement à ce que crurent certains, férus de thèses innocentes, la liberté n'apporta pas le bonheur, des révoltes eurent lieu, la famine souleva les tribus et, en 1971, les terres du Sud flambèrent à nouveau. Une fois de plus, les troupes de la misère fournirent leur contingent de cadavres, les partis s'affrontèrent, s'unirent, se défirent, et l'Histoire continua, menée par des destins trop souvent malveillants.

C'est le 17 janvier 1958 que Tulé mourut dans la salle commune de l'hôpital de Kasongo.

Il fut victime d'une double pneumonie, son cœur trop faible lâcha au matin. Assis sur une paillasse dévorée de vermine, sa dernière vision fut celle du fleuve Congo. Les eaux gonflées par les pluies récentes avaient débordé et il ne put distinguer l'autre rive. Il pensa qu'il était un peu ridicule d'avoir échappé à plusieurs attentats et de mourir, faute de sulfamides. Son dernier rapport, à destination d'un des innombrables bureaux du Kremlin, ne fut pas envoyé ; la crainte l'effleura parfois que ceux, nombreux, qu'il avait expédiés pendant plus de dix ans, n'aient jamais été lus.

Anka semblait disparue, évanouie dans l'immensité de l'Afrique et dans la complexité des réseaux d'espionnage révolutionnaires où elle s'était fondue, balayée par les luttes d'influence auxquelles se livraient la Chine, l'Union soviétique et les différents services de propagande créés par les Etats d'Europe, tant du monde occidental que du bloc de l'Est.

En février 1959, alors que, devenu colonel, Marc Berthier se trouvait en poste dans le Sud constantinois, il reçut une lettre d'Anka : elle vivait à Khartoum et travaillait dans une association humanitaire. La missive avait fait le tour du continent africain et datait de quatre mois. Le colonel Berthier quitta son uniforme et partit sans refermer la porte de son bureau. Il traversa le désert libyen avec une caravane de pillards nomades et pénétra au Soudan. A Dongola, il s'embarqua sur un bateau qui remontait le Nil et parvint dans la capitale. Anka dirigeait un camp de réfugiés venus des montagnes d'Abyssinie et vit un soir la silhouette de l'homme qu'elle aimait traverser les groupes accroupis auprès des feux du soir. Il vint vers elle : douze années s'étaient écoulées. Une mélopée s'élevait, un chant d'esclaves nubiens qui résonnait à chaque coucher du soleil. Lorsqu'il sentit le corps de la métisse contre le sien, Marc comprit que le destin s'apaisait, que la vie à cet instant cessait d'être rongée, minute après minute, par l'agressive corrosion du temps. Une paix s'installa en lui qui ne finirait pas. Anka l'emmena jusqu'à l'entrée de sa tente-marabout et, assis sur les pierres chaudes, ils burent un thé vert et âpre. Devant eux, au-delà des limites du camp, ils apercevaient jusqu'à l'infini les sables rouges du désert s'apprêtant à plonger dans la nuit.

C'est là que leur trace se perd. Le couple s'évanouit comme si l'Afrique jalouse les avait gardés pour ne plus les rendre. Quel que fût leur sort, on peut l'imaginer heureux.

Pronia et Francis Bécalier quittèrent Madagascar trois ans après les événements. La villa Palembang ne fut pas reconstruite. Lui tint, pendant quelques années, une chaire d'ethnologie à la Sorbonne. Il venait de décider d'écrire une thèse sur l'influence indonésienne dans l'art d'avant-garde européen des années vingt. Pronia s'était enfermée dans un mutisme dont elle ne sortit plus.

Ils se tuèrent ensemble sur une portion d'autoroute ouverte l'avant-veille à la circulation, entre Lyon et Marseille. Durant le trajet qui les emmenait à l'hôpital, après qu'on les eut extraits des tôles et des ferrailles, Pronia vit s'éteindre une à une les dernières bougies d'un chandelier serti de cires ivoirines : un de ceux du palais où elle avait passé son enfance. Elle éprouva un bizarre sentiment de satisfaction à mourir à côté du vieux savant inconsistant qui avait partagé sa vie, et elle en éprouva une intense surprise. Lorsque les portes s'ouvrirent, Anjaka parut et elle n'en ressentit aucune émotion : c'était le signe qu'elle était une vieille dame et que les temps étaient venus de disparaître.

Sandre et Coline remontèrent l'entreprise frigorifique de Marek qui devint florissante. Elles créèrent leur propre élevage, travaillèrent avec des spécialistes des races bovines et s'enrichirent.

Coline se maria deux fois. La première avec un industriel libanais de vingt-cinq ans plus âgé qu'elle : elle le vit rarement, ses voyages étaient nombreux. A sa mort, il lui laissa une grosse fortune que Coline investit en partie dans des laboratoires de recherche sur l'amélioration du cheptel. Elle dépensa le reste avec un financier brésilien de Tabatinga sur le rio Marañon, et finit par l'épouser. Il la battit trois fois. A la troisième, il lui cassa les deux clavicules et elle reprit l'avion pour Madagascar. Elle n'eut plus jamais de nouvelles de lui.

Elle retrouva Sandre, et toutes deux sentirent souffler le vent des nationalisations. Elles vendirent l'entreprise et s'enfermèrent dans leur vie de vieilles filles. Progressivement, elles devinrent les gardiennes du cimetière de Manalondo. La tombe de Marek s'y trouve toujours.

Elles se rendent parfois dans l'ancien parc de

Vanille et déposent des fleurs sur le tertre où Grégoire est enterré. Le patriarche mourut stupidement d'une blessure mal soignée. Le tétanos s'en mêla. Depuis la mort d'Elong, Grégoire n'avait plus voulu d'autre mécanicien et la tôle épaisse qui lui broya la main, alors qu'il tentait une réparation sur sa vieille Jeep, introduisit le poison dans ses veines.

Les médecins qui le soignèrent comprirent que le vieillard aurait pu être sauvé s'il en avait eu la volonté, mais Grégoire regarda filer la vie sans tenter de la retenir. Depuis de longues nuits, ses rêves étaient trop rouges pour lui apporter le repos, il lui fallait quelque chose de définitif, et le destin lui fournissait une occasion de sortie qu'il ne laissa pas échapper. Aucun signe ne marque sa tombe si ce n'est, à certains moments de l'année, les bouquets d'orchidées et de roses sauvages que deux vieilles dames ont apportés, l'une poussant l'autre. Sandre a conservé son visage presque intact, Coline colmate les rides venues par l'étalement savant de fards successifs.

A sa mort, Grégoire légua ses plantations à Adrian.

Ce dernier consacra les quarante dernières années de sa vie à les faire fructifier et à ses activités politiques dans lesquelles il n'obtint d'ailleurs pas un grand succès. Il fut régulièrement battu à toutes les élections auxquelles il se présenta.

Il ne revint pas en France. Il en eut plusieurs fois le projet et l'envie, mais, chaque fois, un événement vint l'en empêcher. Il en déduisit que ce voyage avait moins d'importance pour lui que ce qu'il avait imaginé, et fit sien définitivement le destin de l'île qui l'avait vu naître. Il assista à ce qu'il avait prévu : l'indépendance était au bout d'un chemin difficile et tortueux, mais elle y était. Agé de soixante-sept ans, il a adopté les deux filles de sa compagne, une femme de la tribu du Bezanozano qui, après avoir partagé sa vie durant un quart de siècle, ne survécut pas à un cancer. Il voit souvent Sandre et Coline. Tandis que la soirée fait place à la nuit et que montent les premières étoiles au-dessus des montagnes, ils n'évoquent jamais le passé. C'est peut-être à cela que l'on reconnaît les survivants.

Ariane entra au ministère des Colonies où elle occupa assez vite un poste de responsabilité. Elle se consacra parallèlement à l'éducation de son fils et n'eut de cesse qu'il fût admissible à Polytechnique où il fit des études médiocres. Il lui sembla qu'elle avait usé dans sa jeunesse le capital d'amour qui lui avait été imparti. Elle ne fut attirée par aucun des hommes qu'elle rencontra, et devint un sujet de plaisanterie pour ses collègues et amis lorsqu'ils constatèrent qu'au cinéma ou devant la télévision elle s'endormait régulièrement pendant les scènes tendres. Par Sandre et Coline, elle eut des nouvelles d'Adrian qu'elle ne chercha pas à revoir. Elle savait qu'ils avaient eu tous deux une chance inouïe, de celles qui ne se produisent pas deux fois dans une destinée humaine : ils s'étaient aimés et l'univers, durant bien des années, s'était réduit à leur folie. Cela ne reviendrait pas, ni avec lui ni avec un autre, il appartenait à présent au monde des passions éteintes. Une braise parfois couvait mais, même ranimée, elle ne déclencherait plus les grands incendies d'autrefois... Elle savait que si l'on peut toujours revenir, on ne peut jamais revivre : le temps est un espace infranchissable. C'est la loi de la vie.

Un jour se lève pour Ariane, semblable aux autres, elle écoute les informations du matin, embouteillages sur les périphériques et l'autoroute de l'Ouest, la pluie n'arrange pas les choses, mais les températures restent anormalement élevées pour la saison, nous sommes à peine à quelques jours de l'hiver...

« ...La république démocratique de Madagascar a repris ses relations diplomatiques avec les Etats-Unis. On se souvient en effet que le rapprochement effectué avec les pays socialistes avait altéré... »

Ariane tourne le bouton et, machinalement, arrache la page de l'éphéméride. On est le 17 décembre 1982, elle a soixante-cinq ans aujourd'hui.

Là-bas, à l'autre bout du monde, dans les écharpes

silencieuses des crépuscules, lourdes dans la nuit d'hiver ou bruyantes des mouches des étés resplendissants, les collines demeurent... Il reste les collines... rien que les collines...

Du même auteur

AUX ÉDITIONS ALBIN MICHEL

Laura Brams
Haute-Pierre
Povchéri
Werther, ce soir
Rue des Bons-Enfants
(prix des Maisons de la Presse 1990)
Belles Galères
Menteur
Tout ce que Joseph écrivit cette année-là

CHEZ JEAN-CLAUDE LATTÈS

L'Amour aveugle
Monsieur Papa
(porté à l'écran)
E= mc² mon amour
(porté à l'écran sous le titre « I love you, je t'aime »)
Pourquoi pas nous ?
(porté à l'écran sous le titre « Mieux vaut tard que jamais »)
Huit jours en été
C'était le Pérou
Nous allions vers les beaux jours
Dans les bras du vent

Composition réalisée par JOUVE

IMPRIMÉ EN FRANCE PAR BRODARD ET TAUPIN
Usine de La Flèche (Sarthe)
LIBRAIRIE GÉNÉRALE FRANÇAISE - 43, quai de Grenelle - 75015 Paris.
ISBN : 2 - 253 - 14150 - X

31/4150/4